La Encantadora

La Encantadora

Los secretos del inmortal Nicolas Flamel

Michael Scott

Traducción de María Angulo Fernández

Rocaeditorial

Título original: *The Enchantress*
© 2012 by Michael Scott

«This translation published by arrangement with Random House
Children's Books, a division of Random House Inc.»

Primera edición: noviembre de 2012
Segunda edición: abril de 2013

© de la traducción: María Angulo Fernández
© de esta edición: Roca Editorial de Libros, S.L.
Av. Marquès de l'Argentera 17, pral.
08003 Barcelona
info@rocajunior.net
wwww.rocajunior.net

Impreso por EGEDSA
Rois de Corella 12-16, nao 1
08205 Sabadell (Barcelona)

ISBN: 978-84-9918-525-5
Depósito legal: B. 22.646-2012
Código IBIC: YFH

A la memoria de mi padre,
Michael Scott.
Consummatum est

Soy leyenda.

Hubo un tiempo en que aseguré que la muerte no podía reclamar mi alma, que ninguna enfermedad podía afectarme.

Pero eso ha dejado de ser cierto.

Ahora sé la fecha de mi muerte, y también la de mi esposa: no es otro día que hoy.

Nací en el año de Nuestro Señor de 1330, hace más de seiscientos setenta años. He vivido mucho, cierto; he sido inmortal, no puedo negarlo, pero no soy invulnerable. Perenelle y yo siempre supimos que este día llegaría.

He gozado de una vida larga y buena, y me arrepiento de pocas cosas. A lo largo de mi vida he aprendido varios oficios: he sido médico y cocinero, librero y soldado, maestro de lenguas y profesor de química, agente de la ley y ladrón.

Y fui el Alquimista.

Nos ofrecieron el don, ¿o la maldición?, de la inmortalidad, y Perenelle y yo luchamos contra el mal de los Oscuros Inmemoriales y les mantuvimos alejados de este reino mientras buscábamos a los mellizos de la leyenda, el Oro y la Plata, el sol y la luna. Siempre estuvimos convencidos de que nos ayudarían a defender este planeta.

Estábamos equivocados.

Ahora la muerte nos acecha y los mellizos se han esfumado, pues han viajado en el tiempo hasta la isla de Danu Talis, unos diez mil años atrás, justo donde todo empezó…

Hoy nuestro mundo se acaba.

Hoy Perenelle y yo falleceremos, si no por la mano o zarpa

de algún Inmemorial o monstruo, por vejez. Mi querida esposa me ha regalado un día más de vida, pero el coste es terrible.

Y si hay algo de consuelo en esta historia es que, al menos, pereceremos juntos.

Pero aún no estamos muertos y no nos iremos de este reino sin luchar, pues Perenelle es la Hechicera y yo el inmortal Nicolas Flamel, el Alquimista.

Extracto del diario personal de
Nicolas Flamel, Alquimista.
Escrito el 7 de junio
en San Francisco, mi ciudad adoptiva

JUEVES, 7 de junio

Capítulo 1

El pequeño espejo de cristal era un objeto ancestral.

Más antiguo que la raza humana, era anterior a los Inmemoriales, a los Arcontes e incluso a los seres más primitivos. Se trataba de un objeto fabricado por los Señores de la Tierra que fue arrastrado a este reino cuando la isla de Danu Talis fue arrancada del fondo del mar.

Durante milenios, ese espejo había permanecido colgado en una pared de una habitación del Palacio del Sol, en Danu Talis. Generaciones de Grandes Inmemoriales y sus herederos, los Inmemoriales, cavilaron y dieron mil vueltas a aquel pequeño rectángulo de cristal con marco negro y liso. Todos se quedaban desconcertados al tocar aquel material, pues no era madera, ni metal, ni piedra. Aunque tenía la apariencia de un espejo, no era un cristal reflejante: la superficie del objeto tan solo mostraba sombras, aunque aquellos que osaron acercarse afirmaban haber distinguido la silueta de sus cráneos, la marca de los huesos bajo su piel. En alguna ocasión hubo quien aseguró haber apreciado una fugaz visión de paisajes lejanos, glaciares polares, desiertos infinitos o selvas humeantes.

En épocas muy puntuales del año, precisamente durante los equinoccios de otoño y primavera, y durante los eclipses lunares y solares, el vidrio parecía temblar e irradiaba escenas de una época y lugar más allá de la comprensión y el entendimiento humanos: reinos exóticos de metal y quitina, mundos donde en los cielos no brillaba estrella alguna y donde un sol negro permanecía inmóvil. Generaciones de eruditos invirtieron toda su vida en tratar de interpretar esas escenas, pero ni siquiera el legendario Abraham el Mago fue capaz de descifrar tales misterios.

Y un día, mientras el Inmemorial Quetzalcoatl colocaba derecho el marco del espejo, vislumbró el reflejo de su mano en la esquina del cristal. Notó un repentino escozor y apartó la mano enseguida, sorprendido. Una única gota de sangre salpicó el cristal y, de inmediato, la superficie se diluyó, empezó a mecerse bajo el minúsculo hilo de sangre. En ese preciso instante, Quetzalcoatl vio maravillas:

… la isla de Danu Talis en el corazón de un vasto imperio que se extendía sin fronteras por todo el globo…

… la isla de Danu Talis en llamas y destruida, arrasada por terremotos, las grandes avenidas y los majestuosos edificios tragados por el océano…

… la isla de Danu Talis visible bajo una gruesa capa de hielo, rodeada de ballenas con nariz puntiaguda que se amontonaban sobre la ciudad sepultada…

… Danu Talis alzándose pura y dorada en el centro de un desierto sin límites…

Ese mismo día, el Inmemorial robó el espejo y jamás lo devolvió.

Ahora, más esbelto y con la barba blanca, Quetzalcoatl extendía una tela de terciopelo azul sobre una mesa de madera. Alisó cada arruga de la tela con la mano y quitó todo rastro de hilos y motas de polvo. Después, colocó el rectángulo de cristal de marco oscuro sobre el centro de la tela y, con sumo cuidado, limpió la superficie con la manga de su camisa de lino blanco. El espejo no reflejó la nariz de halcón del Inmemorial: la superficie brillante empezó a retorcerse y desprendió un humillo gris.

Quetzalcoatl se inclinó sobre el cristal, extrajo un alfiler de la manga de la camisa y presionó la punta del alfiler en la yema de su pulgar.

—Esta quemazón en mi pulgar… —murmuró en el antiguo idioma de los Toltecas antes de que una gota rubí de sangre emergiera de su piel—… me dice que algo malo va a pasar.

Sosteniendo la mano sobre el objeto, el Inmemorial dejó que la gota cayera sobre el espejo. Al instante la superficie empezó a titilar y el ancestral cristal se tiñó de un arcoíris de colores. Un vapor rojizo empezó a humear sobre el extraño objeto y, en un abrir y cerrar de ojos, los colores formaron imágenes.

Milenios de experimentación y grandes cantidades de sangre, casi siempre ajena, le habían enseñado a Quetzalcoatl a controlar las imágenes del cristal. Había alimentado al objeto con tanta sangre que incluso creía que, de alguna forma, poseía conciencia y estaba vivo. Sin apartar la vista del cristal, susurró:

—Llévame hasta San Francisco.

El espejo mostró varias imágenes borrosas y, tras un destello de luz blanca y grisácea, Quetzalcoatl se halló sobrevolando la ciudad, justo por encima de la bahía.

—¿Por qué no está ardiendo? —se preguntó en voz alta—. ¿Por qué no hay monstruos merodeando por las calles?

Había dejado que el humano inmortal Maquiavelo y Billy el Niño regresaran a San Francisco para liberar a las criaturas de la isla de Alcatraz en la ciudad. ¿Habían fracasado en su misión? ¿O acaso había llegado demasiado pronto?

La imagen del cristal cambió una vez más y se retorció hasta mostrar Alcatraz. En ese momento, el Inmemorial avistó una línea de movimiento bajo las aguas. Una sombra avanzaba por la bahía, dejando atrás Alcatraz y dirigiéndose hacia la ciudad. Quetzalcoatl se frotó las manos. No, no había llegado tarde: había llegado justo a tiempo para ver en vivo y en directo un poco de caos. Hacía mucho tiempo que no veía una ciudad arrasada, y le encantaba el espectáculo.

De repente, la imagen parpadeó a medida que perdía intensidad. El Inmemorial volvió a clavarse el alfiler en el pulgar varias veces para alimentar el cristal. Segundos más tarde el espejo cobró vida otra vez y recreó de nuevo la imagen de la ciudad, aunque esta vez en tres dimensiones. Quetzalcoatl se concentró para poder ver más de cerca lo que estaba sucediendo. El Inmemorial entornó los ojos. Le costaba sobremanera perfilar cualquier detalle pero, por lo visto, la criatura tenía más de una cabeza. Asintió a modo de aprobación; estaba satisfecho. Era un toque con estilo. La opción de enviar a las criaturas marinas primero era sensata. Sonrió, dejando al descubierto una dentadura salvaje, al imaginarse a aquel monstruo vagando por las calles y devorando todo lo que se encontraba.

Quetzalcoatl observó a la serpiente marina arrastrándose por la bahía hasta rodear uno de los embarcaderos que daban al mar. Frunció el ceño y, al entender el movimiento, asintió con la cabeza. La criatura aparecería en el Embarcadero. Excelente: un montón de turistas alrededor, qué elegancia.

De repente un resplandor brilló sobre el mar y el Inmemorial avistó el débil temblor de una mancha aceitosa de color azul y rojo sobre el agua. Fue entonces cuando se percató de que la culebra se dirigía directamente hacia allí.

Sin darse apenas cuenta, Quetzalcoatl se acercó aún más al espejo. Su nariz de halcón a punto estuvo de tocar la superficie. Ahora podía percibir el olor del mar, salado pero con una pizca de tufo a pescado podrido y algas marinas… y algo más. Cerró los ojos e inspiró hondo. Una metrópolis como San Francisco debería oler a metal y tráfico, comida quemada y cuerpos sudorosos. Pero los hedores que distinguía ahora no tenían lugar en ciudad alguna: la acidez de la menta, el dulzor del anís y la esencia floral del té verde.

En ese instante comprendió lo que estaba ocurriendo frente a sus ojos y, de repente, la monstruosa criatura, el Lotan, emergió del fondo marino y sus siete cabezas apuntaron hacia la mancha bermeja y azul del agua. Quetzalcoatl reconoció enseguida las auras y los colores: el rojo era Prometeo y el azul era el humano inmortal Niten. Y esa peste enfermiza a menta solo podía pertenecer a un hombre: al Alquimista, Nicolas Flamel.

Quetzalcoatl detectó entonces la presencia del resto, que permanecía de pie en el borde del embarcadero. Sí, la mujer también estaba allí; Perenelle, la Hechicera, a quien conocía de sobra, y no por tener buenas experiencias con ella. De forma automática, la lengua del Inmemorial palpó un espacio vacío en su dentadura, donde antes se hallaba el molar que Perenelle le había arrancado. Aquello no pintaba bien, no pintaba bien en absoluto: un Inmemorial renegado y tres de los humanos más peligrosos y mortales en aquel Mundo de Sombras. Quetzalcoatl apretó los puños y sus afiladas uñas rasgaron la palma de su mano, lo cual hizo correr un hilo de sangre que ayudó a mantener vivas aquellas imágenes. Sus ojos oscuros contemplaban el espectáculo sin pestañear.

… el Lotan nutriéndose de las auras…

… la criatura elevándose del agua, sosteniéndose sobre su cola mientras las siete cabezas se disponían a buscar más comida…

… un destello de luz verde y el inconfundible hedor a menta.

—¡No! —siseó el Inmemorial mientras observaba cómo el Lotan se transformaba en un diminuto huevo con venas azuladas. De pronto, el huevo cayó sobre la mano extendida del Alquimista, quien no dudó en lanzarlo con ademán triunfante hacia el aire… donde una gaviota lo cazó al vuelo y se lo tragó.

—¡No! Nonononono… —aulló Quetzalcoatl con rabia y con el rostro enrojecido mientras se contorsionaba como la serpiente que tanto había aterrorizado a las civilizaciones maya y azteca. En cuestión de segundos, unos prominentes colmillos ocuparon su mandíbula superior, los ojos se le estrecharon y unas púas negras le brotaron por todo el rostro. Dio un fuerte golpe sobre la mesa y la madera ancestral crujió. Gracias a sus reflejos, rápidos como un rayo, el Inmemorial impidió que el espejo se cayera al suelo y se hiciera añicos.

Con la misma rapidez que había llegado, la rabia pasó.

Quetzalcoatl cogió aire y se pasó la mano por la cabellera, tratando de alisarla. Lo único que Billy el Niño y

Maquiavelo tenían que hacer era liberar algunos monstruos en la ciudad, con tres o cuatro habría bastado. Dos no habrían estado mal; incluso uno, preferentemente con escamas y dientes, habría sido un buen inicio. Pero habían fracasado, y sin duda pagarían por ello más tarde ¡si lograban sobrevivir!

Necesitaba sacar a aquella colección de bestias de la isla, pero para hacerlo tendría que mantener ocupados a los Flamel y a sus amiguitos, incluyendo un Inmemorial y varios inmortales.

Era el momento perfecto para que Quetzalcoatl se ocupara él mismo de aquel asunto. Una repentina sonrisa dejó al descubierto los dientes de aguja del Inmemorial. Había reunido a unas cuantas mascotas en su Mundo de Sombras, mascotas que los humanos sin duda denominarían monstruos, y podía dejarlas que salieran a jugar un poco. Pero era evidente que el Alquimista hallaría un modo de acabar con ellas, del mismo modo que había conseguido destruir al Lotan. No, necesitaba algo más grande, algo más dramático que un puñado de monstruos sarnosos.

Quetzalcoatl cogió el teléfono móvil que tenía sobre la mesa de la cocina. Marcó el número de Los Ángeles de memoria. Sonó varias veces antes de que un ruido áspero respondiera la llamada.

—¿Sigues teniendo ese saco de dientes que te vendí hace miles de años? —preguntó Quetzalcoatl—. Me gustaría comprártelo. ¿Por qué? Quiero utilizarlo para enseñarles a los Flamel una buena lección… y para tenerlos ocupados un ratito mientras saco a nuestras criaturas de la isla —añadió con cierta prisa—. ¿Cuánto me va a costar? ¡Gratis! Bueno, sí. Por supuesto que puedes mirar.

19

Reúnete conmigo en Vista Point; yo me encargaré de que no haya humanos alrededor.

»Presiento que algo malo va a pasar... —susurró Quetzalcoatl—. Te va a pasar a ti, Alquimista. A ti.

Capítulo 2

ophie Newman abrió los ojos. Estaba tumbada boca abajo sobre un campo de hierba que era demasiado verde para ser natural y tenía el mismo tacto de la seda. Aplastadas bajo su rostro brotaban flores que nunca habían crecido sobre la faz de la tierra, minúsculas creaciones de cristal y resina endurecida.

Se dio media vuelta y miró el cielo... y de inmediato tuvo que cerrar los ojos. Un instante antes estaba en Alcatraz, en la bahía de San Francisco, donde una brisa fresca con aroma a sal se mezclaba con el hedor a zoológico que desprendía un ejército de bestias y criaturas. Ahora, en cambio, el aire parecía limpio y fresco. Abrió de nuevo los ojos e intuyó una figura que se movía frente al sol. Entornó los ojos y distinguió una silueta ovalada de cristal y metal.

—¡Oh! —exclamó sorprendida al mismo tiempo que le asestaba un suave codazo a su hermano—. Tienes que levantarte...

Josh estaba recostado sobre su espalda. Abrió un ojo y protestó con un gruñido cuando la luz le cegó, pero un segundo más tarde, tras entender la sombra que había visto, se levantó de sopetón y se incorporó.

—Es un...

... un platillo volador —finalizó Sophie.

Los dos notaron un movimiento detrás de ellos y am- volvieron al unísono para comprobar que no estaban solos en aquella colina. El doctor John Dee estaba apoyado sobre rodillas y manos, observando con los ojos como platos aquel cielo despejado. Sin embargo, Virginia Dare estaba sentada con las piernas cruzadas y el suave viento le erizaba su cabellera azabache.

—Una vímana —susurró Dee—. Jamás creí que vería una con mis propios ojos.

El Mago se puso de cuclillas sobre la hierba, contemplando maravillado aquel objeto que se acercaba a una velocidad supersónica.

—¿Estamos en un Mundo de Sombras? —preguntó Josh mirando a Dee y Dare.

La mujer sacudió la cabeza.

—No, no es ningún Mundo de Sombras.

Josh se puso en pie y se protegió los ojos del sol para fijarse con más detenimiento en aquella nave. A medida que la vímana se acercaba, el joven se percató de que estaba fabricada de lo que parecía un cristal lechoso ribeteado por una banda de oro. El platillo bajó en picado hasta tocar el suelo, produciendo un suave zumbido subsónico que se convirtió en un profundo ruido cuando aterrizó sobre el césped.

Sophie no tardó en levantarse para colocarse junto a su hermano mellizo.

—Es preciosa —murmuró—. Es como una joya.

El cristal opalescente estaba impecable, sin un solo rasguño ni grieta, y el ribete dorado del vehículo tenía inscritos unos diminutos caracteres.

—¿Dónde estamos, Josh? —farfulló Sophie.

El muchacho negó con la cabeza.

—La pregunta no es dónde… sino cuándo —bisbiseó—. Las vímanas son producto de los mitos más antiguos.

Sin producir sonido alguno, la parte superior del óvalo se deslizó y uno de los costados de la nave se replegó, revelando así un interior blanco níveo. Un hombre y una mujer aparecieron por la abertura. Altos y con la tez muy bronceada, ambos iban ataviados con una armadura de cerámica blanca con inscripciones, pictogramas y jeroglíficos en varios idiomas. La mujer llevaba el pelo corto, con un estilo moderno, mientras que el hombre iba rapado. Tenían los ojos de un azul brillante y, cuando sonrieron, mostraron una dentadura perfecta y blanca, a excepción de los incisivos, que parecían más largos y afilados de lo habitual. Cogidos de la mano, se apearon de la vímana y avanzaron por el campo de hierba. El césped y las flores de resina se fundían bajo sus pies.

De forma inconsciente, Sophie y Josh retrocedieron varios pasos, con los ojos entornados por la luz cegadora del sol y el reflejo de la brillante armadura. Había algo en aquella pareja que les resultaba terriblemente familiar…

De repente, Dee dejó escapar un grito ahogado y acto seguido se abrazó las piernas, como si quisiera hacerse lo más pequeño posible.

—Maestros —anunció—. Perdonadme.

La pareja le ignoró por completo. Siguieron su camino sin apartar la mirada de los mellizos hasta que sus cabezas taparon la luz del sol. Fue entonces cuando todos los presentes pudieron apreciar sus rasgos en un halo de luz.

—Sophie —saludó el hombre, cuyos ojos azules titilaban de felicidad.

—Josh —añadió la mujer sacudiendo ligeramente la

cabeza y con una sonrisa dibujada en los labios—. Estábamos esperándoos.

—¿Mamá? ¿Papá? —musitaron de forma simultánea. Los mellizos dieron otro paso atrás, confundidos a la par que asustados.

La desconocida pareja hizo una reverencia más que formal.

—En este lugar nos llaman Isis y Osiris. Bienvenidos a Danu Talis, niños —comentaron mientras les ofrecían las manos—. Bienvenidos a casa.

Los hermanos se miraron entre sí, con la boca abierta por el temor y la confusión. Sophie agarró con fuerza el brazo de su hermano. A pesar de haber vivido una semana repleta de extraordinarias revelaciones, esto era demasiado. Trató de articular palabras para formular una pregunta, pero tenía la boca seca y sentía la lengua hinchada.

Josh no dejaba de mirar a sus padres, tratando de dar sentido a lo que estaba viendo. Aquella pareja se parecía a sus padres, Richard y Sara Newman. Sin duda, sus voces eran idénticas, pero sus padres estaban en Utah… de hecho, él mismo había charlado con su padre hacía tan solo unos días. Habían estado hablando de un dinosaurio astado del período Cretáceo.

—Sé que esto es muy difícil de asimilar —dijo Richard Newman-Osiris con una amplia sonrisa.

—Pero confiad en nosotros —agregó Sara-Isis—, lo acabaréis comprendiendo.

La voz de aquella mujer era tranquilizadora.

—Vuestras vidas han estado encaminadas a este momento. Este, niños, es vuestro destino. Y este es vuestro día. ¿Y qué es lo que siempre os hemos dicho? —preguntó sonriendo.

—*Carpe diem* —respondieron los mellizos de forma automática—. Aprovechad cada día.

—¿Qué...? —empezó Josh.

Isis alzó la mano.

—Cuando sea el momento. Todo llegará en el momento apropiado. Y, creednos, este es un buen momento. De hecho, es el mejor momento de todos. Habéis retrocedido diez mil años.

Sophie y Josh compartieron varias miradas. Después de todo lo que habían pasado en los últimos días sabían que deberían sentirse felices por reunirse al fin con sus padres, pero había algo que no encajaba. Tenían infinidad de preguntas... y precisamente las dos personas que tenían enfrente no habían querido responder ninguna de ellas.

El doctor John Dee gateó por la hierba hasta ponerse en pie y, con aire fastidioso, se sacudió el traje, antes de empujar a los mellizos y realizar una majestuosa reverencia a la pareja de armadura blanca.

—Maestros. Es un honor, un gran honor, volver a estar en vuestra presencia. —El Mago alzó la cabeza para mirar a Isis y Osiris—. Y confío en que valoréis el hecho de que he sido una pieza fundamental para conseguir que los mellizos de la leyenda estén aquí, con vosotros.

Osiris echó un vistazo a Dee y borró la tierna sonrisa que había mostrado a los mellizos.

—Ah, el fiable y cumplidor doctor Dee, siempre tan oportunista... —dijo Osiris mientras extendía su mano derecha, con la palma hacia arriba. El Mago casi se tropieza para agarrarla con ambas manos y besarle los dedos—... y siempre tan tonto.

Dee enseguida alzó la mirada y trató de soltarse, pero Osiris le estrechaba la mano con fuerza.

25

—Siempre he… —empezó el Mago alarmado.

—… sido un idiota —espetó Isis.

Una sombra cruzó el rostro de Osiris y su dulce sonrisa blanca se transformó en una máscara de crueldad. El hombre agarró la cabeza de Dee por ambos lados, colocó los pulgares sobre los pómulos del inmortal y alzó su cuerpecillo hasta que los pies le quedaron colgando sobre el césped.

—Y de qué nos sirve un idiota… o, peor aún, ¡una herramienta defectuosa! —gritó cuando sus ojos azules se nivelaron con la mirada gris del Mago—. ¿Recuerdas el día en que te hice inmortal, Dee? —susurró.

El doctor empezó a forcejear y, de pronto, abrió los ojos de par en par, aterrorizado.

—No —jadeó.

—¿Cuando te dije que podría volverte humano otra vez? —insistió Osiris—. *Athanasia-aisanahta* —suspiró. Y después lanzó al Mago por los aires.

Tras dar varias volteretas, Dee aterrizó junto a los pies de Virginia Dare y, cuando volvió a alzar el rostro, se había convertido en un anciano enjuto: un arrugado y marchito saco de trapo, con el rostro escondido tras infinidad de líneas de expresión y calvo, pues los mechones de cabello gris estaban esparcidos sobre la hierba sedosa de su alrededor. Tenía los ojos bañados en cataratas, los labios azulosos, y los dientes le bailaban.

Sophie y Josh contemplaban horrorizados la criatura que, tan solo segundos antes, había sido un humano brillante. Ahora era un anciano, aunque seguía vivo y consciente. Sophie se dio media vuelta para mirar al tipo que tanto se parecía a su padre, cuya voz era idéntica a la de su padre… y entonces se dio cuenta de que no le conocía en absoluto. Su padre, Richard Newman, era un hombre cariñoso y amable. Habría sido incapaz de llevar a cabo un acto tan cruel. Osiris se percató de la expresión de Sophie y, en un tono más afectuoso, dijo:

—Júzgame cuando conozcas todos los hechos.

—Sophie, hay algo que aún no has aprendido, y es que hay momentos en que la lástima es una debilidad —añadió Isis.

Sophie empezó a negar con la cabeza. No estaba en absoluto de acuerdo y, aunque aquella era la misma voz de Sara Newman, no acababa de creerse que fuera su madre. La joven siempre había considerado a su madre como una de las personas más generosas y agradables del mundo.

—El doctor no se merece la misericordia de nadie. Es el hombre que ha asesinado a miles de personas en su búsqueda por el Códex, el hombre cuya ambición ha sacrificado incontables naciones. Es el hombre que os habría matado sin pensárselo dos veces. Debes recordar, Sophie, que no todos los monstruos tienen apariencia de bestia. No malgastes tu lástima con personas como el doctor John Dee.

Mientras la mujer hablaba, Sophie captó unas imágenes muy débiles de los recuerdos de la Bruja de Endor sobre la pareja conocida como Isis y Osiris. Y la Bruja les despreciaba a ambos. Con un tremendo esfuerzo, Dee alzó la mano izquierda hacia sus maestros.

—He estado a vuestro servicio durante siglos… —graznó.

El esfuerzo le dejó exhausto y el Mago se desplomó de nuevo sobre la hierba. Su tez arrugada se tensaba en la cabeza, marcando aún más el cráneo.

Isis ignoró el comentario y miró a Virginia Dare, que había permanecido inmóvil durante el breve encuentro.

27

—Inmortal: el mundo está a punto de cambiar de tal manera que será irreconocible. Todos los que no están con nosotros están contra nosotros. Y aquellos que decidan estar contra nosotros morirán. ¿De qué lado estás tú, Virginia Dare?

La mujer se puso en pie con un movimiento grácil, dando vueltas a su flauta de madera en la mano izquierda y dejando tan solo una única nota titilando en el aire.

—El doctor me prometió un mundo —anunció—. ¿Qué me ofreces tú?

Isis se movió y los rayos de sol deslumbraron sobre su armadura.

—¿Intentas regatear con nosotros? —dijo el Inmemorial alzando la voz—. ¡No estás en posición de negociar!

Dare hizo girar la flauta de madera una vez más y el aire se estremeció con una nota sobrenatural. Todas las florecillas de cristal se hicieron añicos.

—No soy Dee —replicó Virginia con frialdad—. Ni os respeto, ni os aprecio. Y, desde luego, tampoco os temo —continuó ladeando la cabeza para mirar a Isis y a Osiris—. Y espero que no hayáis olvidado lo que le ocurrió al último Inmemorial que me amenazó.

—Puedes quedarte con tu mundo —rectificó Osiris enseguida mientras posaba su mano sobre el hombro de su esposa.

—¿Qué mundo?

—El que desees —contestó con una falsa sonrisa—. Necesitaremos a alguien que sustituya a Dee.

Virginia Dare se alejó con sumo cuidado del anciano tembloroso que yacía a sus pies.

—Yo me encargaré de eso. Temporalmente, por lo menos —añadió.

—¿Temporalmente? —repitió Osiris.

—Hasta que consiga mi mundo.

—Lo tendrás.

—Cuando eso ocurra, no volveré a veros, y no me molestaréis.

—Tienes nuestra palabra.

Isis y Osiris se volvieron hacia los mellizos, ofreciéndoles de nuevo la mano, pero ni Josh ni Sophie mostraron intención de estrecharlas.

—Venid —dijo Isis con un ápice de impaciencia en la voz, lo cual era muy habitual en la Sara Newman que ellos conocían—. Tenemos que irnos. Hay mucho que hacer.

Ninguno de los mellizos se movió.

—Queremos algunas respuestas —dijo Josh desafiante—. No podéis esperar que nosotros…

—Responderemos a todas vuestras preguntas, os lo prometo —interrumpió Isis. Se dio media vuelta y la amabilidad y la ternura de su voz desaparecieron de inmediato—: Tenemos que irnos ahora.

Virginia Dare estaba a punto de pasar junto a los mellizos cuando se detuvo y miró fijamente a Josh.

—Si Isis y Osiris son vuestros padres, ¿quiénes sois vosotros? —preguntó. Echó un fugaz vistazo a Dee por encima del hombro, pero enseguida se dio media vuelta para dirigirse hacia la nave de cristal.

Sophie miró a su hermano.

—Josh… —empezó.

—No tengo la menor idea de lo que está sucediendo —murmuró, respondiendo así la pregunta muda de Sophie.

Una tos seca y áspera captó su atención. Era Dee. Aunque el sol brillaba con toda su fuerza en el cielo y el aire era cálido, el anciano se había enroscado y temblaba con violencia, con los brazos abrazados alrededor de su cuerpo en busca de calor. Ambos podían oír cómo castañeteaban los dientes. Sin decir ni una palabra, Sophie se quitó su chaqueta de lana y se la entregó a su hermano. El joven se quedó mirándola durante unos instantes, después asintió y finalmente decidió arrodillarse junto a Dee. Con sumo cuidado, tapó al Mago con la chaqueta. Dee hizo un gesto de agradecimiento, con los ojos húmedos de la emoción, y estrechó la chaqueta a su alrededor.

—Lo siento —dijo Josh.

Sabía cómo era Dee y de qué era capaz, pero nadie merecía morir de aquella manera. Echó un vistazo por encima del hombro. Isis y Osiris estaban subiéndose a la vímana.

—No podéis dejarle así —reprochó.

—¿Por qué? ¿Preferirías que le matara, Josh? —preguntó Osiris con una carcajada—. ¿Eso es lo que realmente quieres? Dee, ¿eso es lo que tú quieres? Puedo matarte ahora, si eso es lo que deseas.

—No —respondieron Josh y Dee simultáneamente.

—Está recuperando sus cuatrocientos ochenta años de vida, eso es todo. Pronto morirá por causas naturales.

—Eso es muy cruel —opinó Sophie.

—Para ser honestos, teniendo en cuenta todos los problemas que nos ha causado en los últimos años, creo que estoy siendo bastante misericordioso.

Josh se volvió hacia Dee. Los labios cuarteados del anciano dejaban escapar sus últimos suspiros.

—Vete —susurró mientras una mano esquelética agarraba a Josh por la muñeca—. Y cuando dudes, Josh —jadeó—, sigue tu corazón. Las palabras pueden ser falsas y las imágenes y sonidos pueden manipularse. Pero esto... —dijo señalando el pecho de Josh—, siempre te dirá la verdad.

Tocó el pecho del joven y ambos oyeron hojas de papel crujir bajo el algodón de la camiseta.

—Oh no, no, no —se lamentó el Mago—. Dime que no son las páginas que faltan del Códex —farfulló con voz entrecortada.

Josh asintió.

—Lo son.

Dee estalló en lo que empezó como una carcajada, pero el esfuerzo le provocó un ataque de tos que le sacudió todo el cuerpo. Cuando por fin recuperó el aliento, continuó:

—Las has tenido siempre contigo —adivinó.

Josh volvió a asentir.

—Desde el principio.

Temblando con una risa silenciosa, Dee cerró los ojos y se recostó sobre la hierba sedosa de la colina.

—Menudo aprendiz habrías sido —susurró.

Josh estaba contemplando al inmortal moribundo cuando la voz de Osiris le interrumpió.

—Josh —dijo con firmeza—. Déjale. Tenemos que irnos ya. Debemos salvar un mundo.

—¿Qué mundo? —preguntaron los mellizos a la vez.

—Todos —respondieron Isis y Osiris también al unísono.

os gritos eran desgarradores.

Una bandada de loros y guacamayos con el cuerpo verde y la cabeza carmesí planeaban sobre el Embarcadero de San Francisco. Pasaron volando junto a tres hombres y una mujer que estaban apoyados sobre la barandilla de madera, a orillas de la bahía. Aquellos alaridos tan estridentes y agudos retumbaban en la atmósfera vespertina. Uno de los hombres, más corpulento y musculoso que el resto, se tapó los oídos con las manos.

—Odio los loros —gruñó Prometeo—. Hacen ruido, son asquerosos...

—Pobrecitos; están asustados —dijo Nicolas Flamel, impidiendo que Prometeo acabara su queja. Abrió las ventanas de la nariz e inspiró hondamente—. Perciben las auras en el aire.

Prometeo dejó caer una pesada mano sobre el hombro del Alquimista.

—Un monstruo marino de siete cabezas ha estado a punto de comerme. Yo también estoy un poquito asustado, pero no me has oído gritar como un loco, ¿verdad?

El tercer hombre, esbelto y vestido con un traje negro, tenía los rasgos delicados de un japonés y observaba el rostro arrugado de Prometeo.

—No, pero sin duda estarás refunfuñando por ese incidente durante todo el día.

—Eso si sobrevivimos a este día —murmuró Prometeo.

Un loro pasó volando lo bastante cerca como para alborotar el cabello grisáceo del Inmemorial y una mancha de líquido blanco cayó sobre el hombro de su chaqueta a cuadros. Su rostro se convirtió en una mueca de repugnancia e indignación.

—Oh, genial. ¡Lo que faltaba! ¿Podría empeorar este maldito día?

—¡Callaos de una vez los tres! —espetó la mujer. Deslizó una moneda en la ranura que había bajo los binoculares azules antes de guiarlos hasta la isla de Alcatraz, que yacía justo delante de ellos, al otro lado de la bahía. Giró el volante para enfocar los edificios que se alzaban sobre la isla.

—¿Qué ves? —preguntó Nicolas.

—Paciencia, paciencia.

Perenelle sacudió la cabeza. Se le había deshecho la trenza y ahora su cabellera negra y plateada ondeaba sobre su espalda.

—Nada fuera de lo habitual. No hay movimiento sobre la isla y no veo nada en el agua. No hay ningún pájaro sobrevolando Alcatraz —informó antes de apartarse de los binoculares para que su marido echara un vistazo. Se quedó quieta durante un instante, cavilando con el ceño fruncido, y después añadió—: Está demasiado tranquila.

—Calma después de la tormenta —murmuró Nicolas.

Prometeo apoyó sus gigantescos antebrazos sobre la barandilla de madera y miró al otro lado de la bahía.

—Y sin embargo sabemos que esas celdas están repletas de monstruos. Además, Maquiavelo, Billy, Dee y Dare también están allí. A estas alturas, Marte, Odín y Hel ya habrán llegado...

—Esperad —dijo Nicolas de repente—. Veo un barco...

—¿Quién lo lleva? —preguntó Prometeo.

Nicolas giró los enormes binoculares y se centró en la pequeña embarcación que había aparecido tras la isla, dejando tras de sí un rastro de espuma blanca.

El inmortal japonés se subió a la barandilla inferior y se inclinó hacia delante, protegiéndose los ojos de la luz del atardecer.

—Veo a una persona sobre el barco. Es Black Hawk. Y está solo...

—Entonces, ¿dónde está todo el mundo? —se preguntó Prometeo en voz alta—. ¿Está huyendo?

—No, estamos hablando de Black Hawk... —cortó Niten, impidiendo así que el Inmemorial pudiera acabar su discurso—. No deshonres su nombre —añadió meneando la cabeza con convencimiento—. Ma-ka-tei-me-she-kia-kiak es uno de los guerreros más valientes con quien me he enfrentado.

Los tres humanos inmortales y el Inmemorial contemplaron el barco meciéndose sobre las olas, dirigiéndose hacia la orilla de la bahía.

—Esperad... —dijo el Alquimista de forma abrupta.

—¿Hay algo en el agua? —quiso saber Niten.

A través de los binoculares, Nicolas avistó una docena de cabezas de foca emergiendo del oleaje que rodeaba el barco. Entornó los ojos para enfocar un poco más. A pesar de que su agudeza visual había envejecido en los últimos días, resultaba evidente que aquellas cabezas pertenecían a las jovencitas con el cabello verde que eran hermosas hasta que abrían la boca y dejaban al descubierto una dentadura de piraña.

—¿Focas? —tanteó Prometeo.

—Hay Nereidas en el agua —anunció Nicolas—. Y vienen más.

El barco enseguida se acercó lo bastante a la orilla como para que todo el grupo pudiera distinguir a las criaturas que lo rodeaban. Observaban en silencio cuando, de pronto, una Nereida emergió del océano y trató de subirse a bordo. El inmortal de tez cobriza ladeó la embarcación y el casco golpeó a la criatura con cola de pez, enviándola de nuevo al agua. Black Hawk giró el barco formando un círculo, casi volcándolo, para colocarse frente al banco de Nereidas, y avanzó peligrosamente hacia ellas. Al apartarse, las criaturas formaron nubes de espuma.

—Está intentando atraer a las Nereidas de forma deliberada —opinó Niten—. Está alejándolas de la isla.

—Lo cual significa que Marte y los demás deben tener problemas —adivinó Prometeo. El gigantesco Inmemorial se volvió hacia Nicolas—. Tenemos que ayudarles.

Nicolas miró a su esposa.

—¿Qué crees que deberíamos hacer?

El rostro de la Hechicera se iluminó con una temeraria sonrisa.

—Creo que deberíamos atacar la isla.

—¿Solo los cuatro? —murmuró su marido.

Perenelle se inclinó hacia delante hasta que su frente rozó la de su marido y le lanzó una mirada penetrante.

—Este es el último día de nuestras vidas, Nicolas —susurró—. Siempre hemos vivido en el silencio, ocul-

35

tándonos en las sombras, atesorando nuestra energía, sin utilizar apenas nuestras auras. No tenemos que hacerlo más. Creo que ha llegado el momento de recordar a esos Oscuros Inmemoriales por qué hubo un tiempo en que nos temían.

Capítulo 4

a vímana Rukma se sacudía con violencia mientras el motor rugía. La gigantesca nave triangular había recibido varios impactos durante la refriega en la terraza de la torre de cristal de Abraham. Un costado de la nave estaba repleto de rasguños, las portillas estaban echas añicos y la puerta había dejado de encajar en el marco. Un aire gélido soplaba y siseaba por la apertura de la nave. Las pantallas y los diversos paneles de control estaban apagados y la mayor parte de los que funcionaban solo mostraban un símbolo circular de color rojo.

Scathach la Sombra estaba detrás de Prometeo. Le había conocido como su tío, pero él no tenía la menor idea de quién era aquella jovencita. En ese hilo del tiempo, Scathach aún no había nacido y, de hecho, no lo haría hasta que la isla se derrumbara. El Inmemorial hacía todo lo que podía por controlar la aeronave. La Sombra estaba agarrada fuertemente al asiento delantero, donde pilotaba Prometeo. Desesperada, trataba de no vomitar.

—¿Puedo ayudarte? —se ofreció.

Prometeo gruñó.

—¿Alguna vez antes has pilotado una vímana Rukma?

—He volado una nave más pequeña… aunque hace mucho tiempo de eso —admitió Scathach.

—¿Cuánto tiempo? —preguntó su tío.

—No sabría decirte. Diez mil años, siglo arriba, siglo abajo.

—Entonces no puedes ayudarme.

—¿Por qué? ¿Tanto ha cambiado la tecnología? —inquirió.

William Shakespeare estaba sentado a la derecha de la nave, al lado del corpulento Caballero Sarraceno, Palamedes. El inmortal inglés miró a Scathach, con los ojos vidriosos y enormes tras sus gigantescas gafas.

—Ya sabes que soy una persona curiosa —dijo—; entrometida, dirían algunos.

Ella asintió.

—Siempre ha sido mi mayor defecto… y mi mejor virtud —añadió con una sonrisa que dejó al descubierto su dentadura desigual—. En mi opinión, creo que se aprende mucho haciendo preguntas.

—Haz la pregunta de una vez —murmuró Palamedes.

Shakespeare ignoró por completo la recomendación de su amigo.

—La experiencia me ha enseñado que hay ciertas preguntas que uno jamás debería hacer —continuó señalando hacia el símbolo circular rojo que no dejaba de parpadear en algunas de las pantallas—. Pero creo que quiero saber qué significa eso.

Palamedes no se contuvo una carcajada.

—Yo puedo responderte a eso, William. No soy un experto en lenguas antiguas pero, por mi experiencia, cuando algo es rojo y parpadea solo tiene un significado: problemas.

—¿Qué tipo de problemas? —insistió Shakespeare.

—Significa abandonar la nave —informó Prometeo—. Pero no prestéis demasiada atención a eso. Estas viejas naves están siempre lanzando ese tipo de alarmas.

El ala izquierda se hundió y todos los ocupantes escucharon un fuerte impacto y un rasguño en la parte inferior de la nave.

Juana de Arco se removió en su asiento para asomar la cabeza por una de las portillas rotas del costado izquierdo. La vímana estaba sobrevolando, casi rozando, copas de gigantescos árboles, dejando un rastro de hojas y ramas rotas a su paso. Miró de reojo a su marido y alzó las cejas a modo de pregunta silenciosa. El conde de Saint-Germain se encogió de hombros.

—Soy partidario de solo preocuparnos por aquellas cosas que sí podemos controlar —respondió en francés—. Y no tenemos absolutamente ningún control sobre esta aeronave; así que no deberíamos inquietarnos.

—Muy filosófico —murmuró Juana.

—Muy pragmático —rectificó Saint-Germain con elegancia—. ¿Qué es lo peor que puede ocurrir?

—Que choquemos, que muramos —sugirió la guerrera.

—Y moriríamos juntos —replicó él con una sonrisa—. Preferiría eso a seguir viviendo en este mundo, o en cualquier otro mundo, da lo mismo, sin ti.

Juana alargó el brazo para estrechar la mano de su marido.

—¿Por qué tardé tanto en casarme contigo?

—Porque creías que era un idiota arrogante, ignorante, fanfarrón y peligroso.

—¿Quién te ha dicho tal cosa? —exigió saber Juana.

—Tú.

—Y tenía toda la razón, y lo sabes.

39

—Lo sé —admitió con una amplia sonrisa.

Se produjo otro golpe y la nave entera se tambaleó. Una colección de hojas verdes y brillantes se colaron por la puerta mal encajada de la vímana.

—Tenemos que aterrizar —dijo la Sombra.

—¿Dónde? —preguntó Prometeo.

Scathach se bamboleó para llegar a una de las portillas y mirar a través del agujero. Estaban sobrevolando un bosque espeso y primigenio. Unos gigantescos lagartos alados volaban en espiral por el cielo mientras unos pájaros con plumas multicolores emergían de las copas de los árboles creando un sinfín de arcoíris. Unas criaturas humanoides, con cierto parecido a los simios pero cubiertas de plumaje en vez de pelo, se esparcían por la corona del bosque, gritando, graznando. Y, tras las sombras de las hojas y las ramas, unos enormes ojos contemplaban con detenimiento la vímana.

La vímana Rukma se balanceó de nuevo, se sumergió unos centímetros más en la jungla y el ala derecha arrancó una pequeña rama de un árbol. El bosque entero aulló con alaridos insufribles, demostrando así su inconformidad.

Scathach estiró el cuello y miró a todas direcciones. Aquella selva se extendía sin una rama rota hacia el horizonte, pero en un punto muy lejano unos nubarrones de humo parecían tragársela.

—No hay ningún lugar donde podamos aterrizar —informó.

—Ya lo sé —respondió Prometeo impaciente—. No es la primera vez que vuelo esta ruta.

—¿Dónde podremos tomar tierra? —gritó su sobrina.

—No muy lejos de aquí —contestó Prometeo en tono

grave—. Tenemos que llegar hasta las nubes. Solo necesitamos permanecer en el aire unos minutos más.

William Shakespeare se apartó de una de las portillas.

—¿Podríamos descender sobre los árboles? —preguntó—. Muchos parecen ser lo bastante fuertes como para soportar el peso de la nave. O, quizá, si te quedaras suspendido sobre uno de ellos, podríamos utilizar cuerdas para bajar.

—Vuelve a echar un vistazo, Bardo. ¿Puedes ver el suelo del bosque? Estas secuoyas miden más de ciento cincuenta metros. Y, aunque lograras llegar al suelo ileso, dudo mucho que consiguieras sobrevivir muchos minutos antes de que algo con dientes y zarpas te comiera. Si tuvieras mala suerte, las arañas del bosque serían las primeras en dar contigo y envolverte en telaraña para poner sus huevos.

41

—¿Por qué sería tener mala suerte?

—Seguirías vivo cuando los huevos incubaran.

—Creo que es lo más asqueroso que he oído nunca —murmuró Shakespeare mientras sacaba un trozo de papel y un lápiz—. Tengo que tomar nota de eso.

Un trío de descomunales criaturas con aspecto de buitre alzó el vuelo desde sus desmesurados nidos sobre los árboles y se unieron a la vímana. Scathach enseguida cogió sus armas, aunque sabía perfectamente que si las criaturas atacaban, apenas podría hacer nada para sobrevivir.

—Parecen hambrientas —comentó Saint-Germain apoyándose sobre su esposa para mirar a través de la portilla.

—Siempre tienen hambre —confirmó Prometeo—. Y hay más en este lado.

—¿Son peligrosas? —preguntó la Sombra.

—Son aves carroñeras —respondió Prometeo—. Están a la espera de que perdamos el equilibrio y choquemos contra algún árbol. Así podrán darse un banquete con nuestros restos.

—Entonces, ¿creen que vamos a estrellarnos? —insistió Scathach sin apartar la mirada de aquellas aves. Parecían cóndores, aunque triplicaban el tamaño de cualquier cóndor que hubiera visto.

—Saben que, tarde o temprano, toda vímana se estrella —dijo Prometeo—. A lo largo de los años han visto muchos accidentes.

De repente, la pantalla de cristal ubicada justo delante del Inmemorial se apagó y entonces, una detrás de otra, todas las pantallas excepto una dejaron de emitir la señal roja.

—¡Agarraos! —gritó Prometeo—. ¡Poneos el cinturón!

Echó atrás el controlador y la vímana Rukma se elevó dando bandazos mientras el motor parecía ahogarse. Toda la aeronave empezó a vibrar una vez más, de modo que todo lo que no estaba atado se desplomó al fondo de la nave. A medida que la vímana ascendía en el cielo, las tenues nubes blancas se tornaban gruesas y sólidas, ensombreciendo así el interior de la nave. De repente, unos riachuelos de lluvia empezaron a recorrer el suelo y las paredes de la vímana. La temperatura bajó en picado, a niveles insospechados. La única pantalla que todavía funcionaba emitía una luz roja que parpadeaba sin parar.

Scathach se arrojó hacia un asiento que no había sido diseñado para un cuerpo humano y se agarró con firmeza al cuero ancestral.

—¡Pensé que íbamos a descender!

—Voy a elevar la vímana lo más alto que pueda

—gruñó el Inmemorial. Tenía el rostro bañado en sudor y la luz roja parpadeante le teñía el rostro del mismo color de la sangre.

—¿Lo más alto? —repitió Scathach con un graznido agudo. Tragó saliva y volvió a intentarlo—: ¿Lo más alto? —volvió a repetir—. ¿Por qué?

—Para que cuando el motor se apague podamos planear —respondió Prometo.

—¿Y cuándo crees que eso...? —empezó Scathach.

De repente se produjo un fuerte impacto y el interior de la vímana Rukma se cubrió del hedor a goma quemada. Y justo en ese instante, el zumbido del motor se apagó y se quedó en silencio.

—¿Y ahora qué? —preguntó Scathach.

El Inmemorial se recostó en su asiento, que sin duda era demasiado pequeño para él, y se cruzó de brazos.

—Ahora planeamos.

—¿Y después?

—Después descendemos.

—¿Y después?

—Después nos estrellamos.

—¿Y después? —insistió desesperada Scathach.

Prometeo sonrió de oreja a oreja.

—Después ya veremos.

Capítulo 5

iten —llamó Nicolas volviéndose hacia el japonés—. Tú eres un experto en estrategia. ¿Qué sugieres?

El inmortal ladeó los binoculares y escudriñó la isla que se alzaba al otro lado de la bahía, fijándose en cada esquina, en cada recoveco.

—¿Alguna vez has leído mi libro? —preguntó como si nada. Y entonces, sin esperar una respuesta, continuó—: Hay tres formas de enfrentarse a un enemigo. La primera llamada *Tai No Sen*, cuando uno espera a que el oponente ataque para contraatacar. También está la técnica *Tai Tai No Sen*, cuando uno hace coincidir el ataque con el del enemigo, y así se entra en guerra a la vez. Y, desde luego, también tenemos…

—*Ken No Sen* —finalizó Prometeo—. Atacar uno primero.

Niten miró de reojo al Inmemorial.

—Has leído mi libro. Me siento halagado.

Prometeo sonrió.

—No tienes por qué. Lo cierto es que hallé varios errores. Y, por supuesto, Marte discrepó con casi todo lo que decías.

—Cómo no —murmuró Niten antes de volver a centrar su atención en los binoculares—. *Ken No Sen.* Creo que deberíamos atacar primero, pero deberíamos saber la disposición de nuestro enemigo antes de realizar cualquier movimiento. Necesitamos unos ojos en la isla.

—¿Debo recordarte que solo estamos nosotros cuatro? —farfulló Prometeo.

—Ah —suspiró Niten mientras giraba los binoculares para echar un vistazo al grupo—. Pero supongo que nuestros enemigos no tienen esa información —añadió con una sonrisa—. Podremos animarles a creer que somos muchos más.

—El fantasma de Juan Manuel de Ayala está atrapado en la isla —informó Perenelle—, porque está anclado para siempre a ese lugar. Pero más espíritus habitan la isla de Alcatraz. Me ayudaron a escapar de allí y no me cabe la menor duda de que nos echarían una mano. Juan Manuel haría todo lo posible para proteger su isla.

Niten esbozó una sonrisa.

—Los fantasmas y espíritus siempre son una distracción muy útil. Pero para combatir las bestias necesitaremos algo un poco más tangible. Preferiblemente algo con dientes y zarpas.

Poco a poco los labios de Perenelle formaron una sonrisa que era aterradora.

—Bueno, Areop-Enap está en Alcatraz.

Prometeo se dio media vuelta.

—¡La Vieja Araña! Pensé que había muerto.

—La última vez que la vi, millones de moscas la habían envenenado con sus mordiscos. Se había protegido en un cascarón para poder curarse. Pero está viva.

—Si pudiéramos despertarla... —murmuró Prome-

45

teo—. La Araña es… —Hizo una pausa, sacudiendo la cabeza y finalizó—: La Araña es aterradora en la batalla.

—Cuando dices Vieja Araña… —dijo Niten—, ¿te estás refiriendo a una araña grande?

—Grande —respondieron Nicolas y Perenelle a la vez.

—Muy grande —puntualizó Perenelle—. E increíblemente poderosa.

Prometeo sacudió la cabeza.

—La conocí cuando era hermosa, antes de que la Mutación se apoderara de ella. El cambio no suele ser positivo, pero en mi opinión fue especialmente cruel con ella.

Un grupo muy numeroso de turistas japoneses se reunió junto al embarcadero y empezó a fotografiar la isla, mientras la bandada de loros y guacamayos planeaba sobre sus cabezas. Los inmortales y el Inmemorial se tomaron esa imagen como una señal para avanzar por el muelle.

—Necesitamos contener a los monstruos sobre la isla —dijo Nicolas en voz baja mientras caminaban—. Si están en un mismo lugar resultará más fácil defender la ciudad.

Prometeo negó con la cabeza.

—Esto va más allá de proteger la ciudad, Nicolas. Debemos destruir esa colección de monstruos. Y el tiempo no juega a nuestro favor. Te garantizo que cualquier bestia y criatura malvada que viva en la Costa Oeste de América se está dirigiendo hacia aquí en este momento. Todo Oscuro Inmemorial y sus siervos están de camino. No podemos luchar contra todos.

—Y no tenemos por qué hacerlo —replicó Niten con confianza—. Deberíamos centrarnos en un solo enemigo.

Abordemos lo que tenemos frente a nosotros primero —recomendó señalando la isla con la barbilla—. La intención de los Oscuros Inmemoriales es liberar a esas criaturas para extender el terror y la confusión por la ciudad. Si podemos prevenirlo, entonces ya habremos conseguido destruir sus planes. Y sí, estoy convencido de que muchos otros vienen hacia aquí, pero podremos encargarnos de ellos, no me cabe la menor duda.

—Y no tenemos por qué ser solo cuatro —añadió Perenelle—. Hay inmortales como nosotros, leales y fieles a los Inmemoriales o a criaturas de la Última Generación, que no dudarían en ponerse de nuestro lado. Deberíamos contactar con ellos.

—¿Cómo? —preguntó Prometeo.

—Tengo sus números de teléfono —contestó Perenelle.

47

—Tsagaglalal luchará con nosotros —continuó Nicolas— y nadie sobre la faz de este reino conoce el alcance de sus poderes.

—Es una criatura anciana —opinó Niten, meneando la cabeza.

—Tsagaglalal es muchas cosas —rectificó Perenelle—, pero sería un error considerarla solo una criatura anciana.

—Si tienes contactos, llámalos —ordenó Niten con decisión—. Diles que vengan hacia aquí —añadió. Después se volvió hacia el Inmemorial—: Prometeo, eres un Maestro del Fuego. ¿Podrías crear una lluvia de fuego sobre la isla?

Con aire triste, el descomunal Inmemorial negó con la cabeza.

—Podría, pero sería una lluvia débil y acabaría destruyéndome. Soy viejo, Niten, y me estoy muriendo. He perdido mi Mundo de Sombras y he consumido la mayor parte de mi aura… Puede que solo me quede lo bastante como para librar una última batalla —explicó con una melancólica sonrisa—. Y preferiría guardar mi energía hasta ese momento.

El inmortal japonés asintió con la cabeza.

—Lo entiendo.

—Así que centremos nuestros esfuerzos en la isla —anunció Nicolas—. Pero antes de hacerlo, debemos saber qué está sucediendo por allí.

—Podríamos probar con la adivinación —sugirió Perenelle.

Nicolas negó con la cabeza.

—Demasiado limitado y exige mucho tiempo. Solo podríamos ver lo que está reflejado en cristal o en charcos de agua. Necesitamos tener una visión más amplia. —De repente se detuvo y esbozó una gran sonrisa—. ¿Te acuerdas de Pedro? —preguntó.

Perenelle le miró inexpresiva y, un segundo más tarde, su rostro se iluminó con una sonrisa.

—Pedro. Desde luego que me acuerdo de él.

—¿Quién es Pedro? —quiso saber Niten.

—Era. Pedro ya no está entre nosotros. Murió hace casi un siglo —informó Perenelle.

—¿Os referís al rey Pedro de Brasil? —preguntó Prometeo—. ¿A Pedro de Portugal? ¿El explorador, el inventor?

—El loro —contestó Perenelle—, llamado Pedro en honor a nuestro gran amigo Periquillo Sarniento. Durante décadas tuvimos una cacatúa galerita. Y digo «tuvimos», pero en realidad estaba muy unida a Nicolas; a mí solo me toleraba. La encontramos abandonada cuando buscábamos las ruinas de Nan Madol, por allí en el mil ochocientos. Estuvo con nosotros durante casi ochenta años.

Prometeo sacudió la cabeza.

—De verdad, no veo cómo… —empezó.

—Los loros son los pájaros más excepcionales —continuó Nicolas haciendo caso omiso al Inmemorial.

Extendió el brazo izquierdo y un suave olor a menta inundó el aire salado. Movió los labios y siseó unas palabras inaudibles. De repente se escuchó el batir de unas alas y un espectacular loro con cabeza rubí y cuerpo esmeralda se posó sobre su mano. El pájaro ladeó la cabeza y un gigantesco ojo plateado y dorado le miró con curiosidad; después, con lentitud, el animal empezó a andar con cierta timidez por el brazo del Alquimista. Nicolas acarició el pecho del loro con el dedo.

—Los loros son muy inteligentes. Y su visión es maravillosa. Existen algunas especies cuyos ojos pesan más que su cerebro. Pueden ver incluso a través de espectros infrarrojos y ultravioletas; ven las olas de luz.

—Alquimista… —dijo Prometeo.

Nicolas se concentró en el loro, atusando con sumo cuidado su plumaje iridiscente. El pájaro acarició la frente de Flamel con la cabeza y, de pronto, empezó a arreglarle las cejas, que las llevaba alborotadas.

—Alquimista —repitió Prometeo con una nota de irritación en su voz.

—John Dee y los de su calaña utilizan ratas y ratones como espías —explicó Perenelle—, pero con los años Nicolas ha aprendido a ver a través de los ojos de Pedro. Es un sencillo proceso de transferencia. Envuelves a la criatura en tu aura y puedes controlarla, guiarla.

49

—Pedro nos salvó la vida en más de una ocasión —dijo Nicolas en voz baja—. Cada vez que intuía la peste a azufre de Dee, gritaba como un loco —explicó mientras acercaba la cara al guacamayo con cabeza carmesí y este respondía con un gesto igual de cariñoso—. Prometeo, ¿te importaría sostenerme? —continuó—. Voy a marearme un poco.

—¿Por qué? —preguntó Niten, desconcertado.

—Voy a volar —susurró el Alquimista. Ladeó la cabeza y el loro imitó el movimiento. Durante un breve instante, los ojos de Nicolas y del ave casi se rozaron. La brisa salada se cubrió del olor a menta y el pájaro se estremeció. Sin dejar de acariciar el plumaje del loro, los dedos de Nicolas dejaban un rastro brillante de color verde que se confundía con el esmeralda de sus plumas. El Alquimista cerró los ojos… y los ojos amarillos del loro empalidecieron, perdiendo así todo el brillo.

Y entonces, con un repentino aleteo, el pájaro alzó el vuelo y Prometeo evitó que el cuerpo del Alquimista se desplomara sobre el suelo.

Capítulo 6

ois realmente nuestros padres? —preguntó Sophie.

—¡Vaya pregunta! —espetó Isis.

Sophie y Josh se miraron el uno al otro. Los mellizos estaban sentados en dos estrechos asientos, justo detrás de Isis y Osiris. Virginia Dare iba detrás, pero en vez de estar acomodada en un asiento se había puesto de cuclillas 51 sobre el suelo. Josh le había ofrecido su asiento, pero la inmortal le había dicho que prefería no tener que ponerse el cinturón de seguridad. Le dio una suave palmadita en el hombro como agradecimiento, y el simple roce de Virginia enrojeció las mejillas del joven.

Richard Newman, Osiris, se giró en su asiento de cuero negro y sonrió.

—Sí, somos vuestros padres, de veras. Y somos arqueólogos y paleontólogos, al menos en vuestro Mundo de Sombras. Todo lo que sabéis sobre nosotros es cierto.

—Excepto la parte de que también sois Isis y Osiris, soberanos de Danu Talis —recalcó Josh—. O todo ese asunto de la vejez y la inmortalidad.

Osiris sonrió todavía más.

—He dicho que todo lo que sabéis de nosotros es cierto, lo cual no significa que sepáis todo sobre nosotros.

—¿Cómo tenemos que llamaros? —quiso saber Sophie.

—Como siempre nos habéis llamado —contestó Isis. Pilotaba la vímana de cristal y oro con las manos extendidas sobre un panel de cristal. Tan solo movía el pulgar y el dedo índice para dirigir la aeronave por el cielo.

Sophie se quedó mirando la nuca de aquella mujer. Isis era idéntica a su madre, hablaba y se movía igual que ella... pero sin embargo... había algo distinto, algo que no encajaba. Miró de reojo a su mellizo y, de forma instintiva, supo que él sentía lo mismo. El hombre que decía ser su padre les estaba sonriendo. Y aquella sonrisa era clavada a la que Sophie conocía en su Mundo de Sombras, la Tierra, con líneas de expresión en los ojos y unas casi imperceptibles arrugas en la boca. Tenía los labios apretados, igual que los de su padre, quien jamás abría la boca cuando sonreía. La joven siempre había creído que lo hacía a propósito, para no mostrar sus colmillos. Cuando no era más que una niña, su padre solía referirse a ellos como «dientes de vampiro». Entonces se desternillaba de la risa, pero ahora mismo aquellas palabras resultaban escalofriantes.

—Creo que os llamaré Isis y Osiris —dijo al fin. Le parecía lo más correcto y, con el rabillo del ojo, pudo ver a su hermano asentir, mostrando así su acuerdo.

—Desde luego —contestó Osiris sin alterar el tono de voz—. Supongo que tenéis mucho que asimilar. Volvamos a palacio y comamos algo. Eso siempre facilita las cosas.

—¿Palacio? —preguntó Josh.

—Uno pequeño. El más grande se encuentra en un Mundo de Sombras cercano.

—¿Así que vosotros sois los que mandáis por aquí? —inquirió Virginia Dare desde el fondo de la aeronave.

Al oír la pregunta, una casi imperceptible nota de fastidio alteró a Osiris.

—Somos los soberanos, sí, pero no los máximos mandatarios. Es otro quien gobierna Danu Talis.

—Aunque no por mucho más tiempo —corrigió Isis mientras dedicaba una sonrisa a su marido.

Esta vez los puntiagudos incisivos de Osiris aparecieron presionando el labio inferior cuando sonrió.

—No por mucho más tiempo —acordó—. Y entonces podremos ser los gobernantes de este mundo y de todos los reinos que lo rodean.

—Así pues estamos en Danu Talis —dijo Josh, casi para sí mismo. Levantó la cabeza para mirar por una de las portillas de la vímana. Lo único que podía ver desde allí era la boca de un gigantesco volcán y una pequeña columna de humo grisáceo que ascendía en espiral hacia el cielo—. El famoso origen de todas las leyendas de Atlantis.

—Sí, estamos en Danu Talis.

—¿Cuándo? —insistió el muchacho.

Osiris se encogió de hombros.

—Es difícil de decir. Los humanos han ajustado y modificado sus calendarios tantas veces que ahora resulta casi imposible calcular una fecha precisa. Pero a unos diez mil años antes de vuestra época en la Tierra.

—¿De nuestra época? —dijo Josh—. ¿Acaso no es también la vuestra?

—Este es nuestro tiempo, Josh. Vuestro mundo tan solo es una sombra de este.

—Pero vosotros también vivisteis en nuestro mundo.

—Hemos vivido en muchos reinos —respondió Isis—, y en muchas épocas distintas.

—Tu madre tiene razón —añadió Osiris—. Hemos vagado entre diferentes mundos durante milenios. Entre los dos quizás hayamos explorado más Mundos de Sombras que cualquier otro Inmemorial.

—Entonces, ¿sois Inmemoriales? —preguntó Sophie.

—Sí, así es.

—¿Y eso en qué nos convierte a nosotros? —cuestionó Josh—. ¿Somos Inmemoriales o criaturas de la Última Generación?

—Eso aún está por ver —contestó Osiris—. En este punto del tiempo en particular, no existe ningún ser de la Última Generación. Y, si todo va según lo planeado, la raza de la Última Generación no existirá, pues nació después del hundimiento de la isla.

—Lo importante ahora es que estáis aquí, que alguien os ha Despertado y os ha formado en varias de las Magias Elementales —finalizó Isis.

La aeronave descendió ligeramente y, de repente, una ciudad circular muy extensa, como si fuera un laberinto, apareció ante sus ojos. Los rayos de sol iluminaban los canales y riachuelos que rodeaban una gigantesca pirámide situada en el corazón de la ciudad. Las calles estaban a rebosar de gente y las cimas de las pirámides más pequeñas estaban iluminadas con antorchas de fuego y banderas de brillantes colores. Por lo visto, la ciudad estaba repleta de casas, palacios, templos y mansiones diseñados en una docena de estilos arquitectónicos. En las afueras de la metrópolis se había instalado una madriguera laberíntica de edificios en ruinas.

—Es enorme —suspiró Josh.

—La mayor ciudad del mundo —anunció Osiris con orgullo—. De hecho, es el centro del mundo.

Josh señaló la gigantesca pirámide alrededor de la cual estaba construida la ciudad y el palacio que se extendía justo detrás.

—¿Vamos hacia allí?

—Todavía no —dijo Osiris con una sonrisa—. Ese es el Palacio Real del Sol, actual hogar de Aten, el gobernador de Danu Talis.

—Parece muy entretenido… —empezó Josh.

De forma abrupta, Isis se inclinó hacia delante y la vímana se desniveló sobremanera.

—¡Osiris! —gritó con voz de alarma.

Osiris se dio media vuelta y se echó hacia delante para tener una mejor panorámica de la pirámide. Sobre el edificio planeaban vímanas de todos los tamaños y formas y un ejército de guardias con armadura negra estaba tomando posición sobre la cima. Una multitud de personas se había aglomerado delante del edificio, y cantidad de gente recorría las calles más cercanas a la pirámide.

Isis miró de reojo a su marido.

—Parece ser que algo ha ocurrido mientras estábamos fuera —dijo en voz baja.

—¡Bastet! —bufó Osiris—. Tendría que haberme imaginado que no se quedaría de brazos cruzados. Cambio de planes: llévanos a la pirámide. Debemos ocuparnos de este asunto de inmediato.

—¿A la pirámide? —repitió Isis.

Y entonces el motor de la vímana dejó de emitir un ruidoso zumbido y la aeronave empezó a oscilar suavemente sobre una extensa plaza donde yacía un mercado repleto de brillantes tenderetes con marquesinas de colores vivos. La plaza estaba abarrotada de personas bajitas y con tez muy bronceada y la gran mayoría lucía vestidos

55

de lana blancos o camisetas y pantalones del mismo color. Algunos echaron un rápido vistazo a la vímana, pero nadie pareció prestarle especial atención a la aeronave. Dos guardias anpu ataviados con armadura de cuero y armados con escudos y lanzas se acercaron a toda prisa hacia la vímana, pero cuando se percataron de quién iba a bordo, dieron media vuelta y desaparecieron por un callejón. Cuando la nave aterrizó en el centro de la plaza formó una nube de polvo.

—Virginia, dejo a los mellizos a tu cargo —dijo Osiris mientras se descorría la parte superior de la aeronave.

—¿A mi cargo? —dijo Virginia Dare atónita.

Osiris asintió.

—Así es.

Isis se volvió en su asiento para dirigirse a Sophie y Josh.

—Quedaos con Virginia. Vuestro padre y yo estaremos de vuelta pronto, cenaremos en familia y nos pondremos al día. Responderemos todas vuestras preguntas, os lo prometo. Os aguardan un montón de sorpresas. Os reconocerán como Oro y Plata. Os venerarán. Gobernaréis. Pero ahora tenéis que iros.

Los mellizos se desabrocharon el cinturón de seguridad y se apearon de la aeronave. Respiraron hondamente para limpiar los pulmones del olor metálico que desprendía la vímana. La plaza del mercado estaba cargada de miles de olores distintos, algunos extraños y otros no muy agradables: fruta, más de una podrida, especias exóticas e incontables cuerpos sudorosos.

—¿Dónde vais? —preguntó Virginia a Osiris.

El Inmemorial se detuvo frente a la puerta de la vímana.

—Tenemos que llegar a palacio, y no quiero poner en peligro a los niños —contestó. Después señaló hacia una aguja dorada que se alzaba sobre los tejados de las casas. Sobre la aguja ondeaba una bandera y sobre la tela se distinguía un ojo bordado—. Esa es nuestra casa. Id para allí y esperadnos.

Osiris miró a su alrededor. La mayoría de los comerciantes miraban fijamente al Inmemorial desde sus tenderetes. No todos eran capaces de ocultar la expresión de desprecio en su rostro. Osiris se tomó su tiempo para escudriñar la multitud. Nadie osó mirarle a los ojos.

—Nadie os hará daño —anunció en voz alta para que las palabras retumbaran en cada esquina de la plaza—. Nadie se atreverá a intentarlo, pues saben de sobra que mi venganza sería terrible.

Osiris se inclinó ligeramente y apoyó una mano sobre el hombro izquierdo de Virginia. La inmortal apartó el hombro de inmediato.

—Protege a mis hijos, inmortal —susurró—. Si algo les ocurriera, me enfadaría. Y tú pagarías las consecuencias.

Virginia Dare observó con detenimiento la mirada azul del Inmemorial. Él fue quien desvió la vista primero.

—No me gustan las amenazas —murmuró.

—Oh, no es una amenaza —dijo Osiris en voz baja. El Inmemorial se apeó de la vímana y un suave murmullo recorrió la multitud que ocupaba el mercado—. Dejo constancia —exclamó— que estas tres personas están bajo mi protección. Ayudadlas, guiadlas, protegedlas, y seré generoso con vosotros. Entorpeced su camino, aconsejadles mal, hacedles daño y todos y cada uno de vosotros seréis partícipes de mi venganza. Os doy mi palabra, y sabéis que mi palabra es la ley.

—Vuestra palabra es la ley —murmuró el gentío. Las mujeres y hombres de avanzada edad se arrodillaron sobre el suelo y posaron la frente sobre el empedrado de la plaza; los más jóvenes, en cambio, tan solo inclinaron la cabeza.

Osiris clavó la mirada en el grupo de jóvenes.

—Si tuviera más tiempo, les enseñaría una lección para corregir su insolencia... —masculló antes de volver a entrar a la vímana—. Idos. No os entretengáis por el camino. Dirigíos directamente al edificio con el banderín. Estaremos de vuelta lo antes posible.

La puerta de la vímana Rukma se cerró tras él y la aeronave alzó el vuelo dejando a Sophie, Josh y Virginia Dare solos en mitad de la plaza. La vímana todavía no había desaparecido tras los tejados de las casas cuando un tomate apareció volando sobre las cabezas de la muchedumbre hasta aterrizar en los pies de Josh. Un segundo y un tercer tomate lo siguieron.

—Me tranquiliza ver que Isis y Osiris se han ganado el respeto del pueblo —ironizó Josh.

—Vámonos —ordenó Virginia agarrando a los mellizos de los brazos—. Suele empezar con fruta... —dijo en el mismo instante en que una roca cayó sobre el suelo haciéndose pedazos—... pero siempre acaba con piedras.

Capítulo 7

Colores
Colores vivos y brillantes…
Hilos resplandecientes de iridiscencia…
Cintas palpitantes de luz…

Nicolas alzó el vuelo en el muelle y se fue elevando cada vez más alto mientras notaba unas corrientes de aire casi invisibles que giraban y se retorcían bajo su cuerpo. Miró hacia el embarcadero y avistó un grupo de gente apiñada junto a la barandilla que enseguida reconoció.

Estaba volando.

Y la sensación era extraordinaria.

Hubo una época en que casi cada día alzaba el vuelo y contemplaba el mundo a través de los ojos de Pedro. Nunca comprendió el atractivo de volar hasta que consiguió planear sobre las junglas de las islas del Pacífico, las calles en ruinas de la ciudad de Roma y la extensión de campos verdes de Irlanda. Fue entonces cuando Nicolas entendió por qué Leonardo da Vinci había invertido tantísimo tiempo en crear máquinas para que el ser humano pudiera volar. Quizá los rumores eran ciertos; puede que Leonardo hubiera sido inmortal y con toda probabilidad hubiera aprendido a ver el mundo a través de los ojos de un pájaro.

Aunque estaba anocheciendo y la luz del día empezaba a perder su intensidad, el mundo visto a través de los ojos de un loro permanecía igual de vivo, con colores brillantes y fogosos. El Embarcadero irradiaba destellos amarillos y dorados que se reflejaban sobre la superficie de la bahía.

Nicolas podía sentir la brisa soplando contra su cuerpo, el murmullo de las plumas rozándose entre sí. Tras muchos años de vuelo con Pedro, el Alquimista había aprendido que no debía pensar, sino concentrarse en un destino y permitir que la naturaleza del loro le guiara hasta allí. Bajo sus pies, el agua no se veía cristalina, sino repleta de burbujas fosforescentes y reflejos de corrientes de agua fría y caliente.

Alcatraz estaba a menos de dos kilómetros de la orilla, lo cual no era gran distancia para un loro salvaje, pero Flamel sabía que Pedro no estaba cómodo sobrevolando el océano. La idea de que había tierra firme muy cerca hizo que el guacamayo se diera media vuelta y se dirigiera hacia el Embarcadero. El loro graznó y todos los pájaros de la orilla que se alineaban sobre los tejados respondieron con un graznido de bienvenida.

Nicolas visualizó la inconfundible silueta de Alcatraz una vez más y el pájaro, a regañadientes, se alejó de tierra firme. Pedro se elevó aún más esta vez, distanciándose así de la brisa salada y permitiendo que el Alquimista pudiera ver la isla con más claridad: una figura horrenda y alargada permanecía en lo más alto del edificio carcelario. De color blanco y encima de esa horripilante piedra, el faro de Alcatraz. Tras Nicolas, y a su derecha, el puente de la Bahía no era más que un cordón rojo y blanco y, mucho más lejos, el puente Golden Gate se distinguía por una línea difuminada horizontal iluminada por las corrientes de aire cálido. En contraste, Alcatraz estaba sumida en una oscuridad absoluta, y ni un ápice de calidez irradiaba del suelo.

A medida que se acercaba a la isla, el Alquimista se dio cuenta de que Perenelle tenía toda la razón. No había ningún pájaro sobrevolando las orillas de la isla. Las gaviotas que se habían instalado en la isla y que frecuentaban las rocas, manchándolas de blanco, habían desaparecido. Cuando estuvo lo bastante cerca de la costa, Nicolas se percató de que no había movimiento alguno en la isla. No había cormoranes, ni palomas. Sin embargo, Alcatraz era un santuario de pájaros; centenares de aves anidaban allí cada año.

Nicolas se estremeció y ese escalofrío sacudió la diminuta figura del loro. Algún monstruo se había dado un banquete.

Cuando Pedro llegó a la costa de rocas, el guacamayo se dejó llevar por las corrientes de aire hasta descender en picado sobre el muelle y aterrizar sobre la base que sostenía el mapa y la guía de la isla. Nicolas dejó que el pájaro descansara un rato. Saltando con ambas patas, Pedro se giró formando un círculo completo para que Nicolas pudiera tener una vista panorámica de los muelles de Alcatraz. Estaban desiertos. Tampoco había rastro del barco de Black Hawk. Al comprobar que no había restos de ningún naufragio, se tranquilizó y esperó que el inmortal no hubiera caído en manos de las Nereidas.

Nicolas alentó al pájaro a ascender y Pedro obedeció volando en lentos círculos sobre la librería y el Edificio 64. Ascendió un poco más hasta llegar al edificio del carcelario y, por primera vez desde que alcanzó la isla, vislumbró una tenue luz. El loro aterrizó sobre una de las vigas metálicas que sostenían la casa en ruinas y después se deslizó por la superficie, clavando las garras en el metal y asomándose. En una esquina, cubierta por los escombros, distinguió una gigantesca masa. Parecía una pelota de barro seco. Gracias a la visión realzada del loro, Nicolas pudo apreciar una figura bajo el fango: una criatura inmensa, enroscada en una pelota y envuelta de demasiadas patas. Era una serpiente. En su interior latía una luz lenta pero regular: Areop-Enap seguía viva.

Pero ¿dónde estaba todo el mundo?

Black Hawk había dejado a Marte, Odín y Hel en la isla. No podían estar muertos, ¿verdad? ¿Y dónde se hallaban los monstruos? Perenelle aseguraba haber visto boggarts, troles y duendes en las celdas. Incluso había visto a un retoño de minotauro, un wendigo y un oni. Otro pasillo de la cárcel contenía dragones, lagartos heráldicos y monstruos que escupían fuego.

Pedro empezaba a cansarse y Nicolas sabía que tendría que regresar a tierra firme pronto. Pero antes de que anocheciera, quería echar un rápido vistazo al resto de la isla. Rodeó el faro y, tras avistar un repentino destello de luz, planeó sobre el edificio que albergaba la cárcel y descendió hacia el patio de recreo.

El patio rebosaba de energía.

Los restos fantasmagóricos de auras increíblemente poderosas serpenteaban entre las losas del patio, retorciéndose como culebras. Nicolas adivinó la presencia de un aura dorada y otra plateada y distinguió la apestosa aura amarilla de azufre y un hilo de color verde pálido recorriendo el suelo. Y, justo en el centro del patio, la marca de un rectángulo que resplandecía con los vestigios de energías ancestrales. La silueta de cuatro espadas estaba ligeramente marcada sobre las losas.

De pronto alguien abrió una puerta. El loro alzó la mirada, pues una luz brillante irradiaba por el marco. En ese instante el Alquimista vio a Odín atravesando el umbral a toda prisa para después bajar una escalera de piedra. El Inmemorial tuerto se detuvo al pie de la escalera y se dio media vuelta con una espada corta en cada mano.

Marte se asomó por la puerta y la mantuvo abierta. Un segundo más tarde aparecieron corriendo Maquiavelo y Billy el Niño, sosteniendo a Hel entre ambos. Los brazos de la Inmemorial rodeaban a los inmortales. Arrastraba las piernas por el suelo y, a su paso, dejaba un rastro de líquido oscuro difícil de reconocer. Marte cerró de golpe la puerta metálica y apoyó la espalda sobre ella. La chaqueta negra de cuero del guerrero estaba hecha trizas y la espada que empuñaba en su mano derecha goteaba un líquido azul muy brillante. Incluso en aquella penumbra, Nicolas vio que le resplandecían los ojos por la emoción. La puerta que mantenía cerrada Marte no dejaba de temblar, pero el Inmemorial hizo acopio de su fuerza y la sostuvo cerrada hasta que Maquiavelo y Billy alcanzaron el pie de las escaleras y Odín se colocó delante para protegerles.

El Inmemorial tuerto le hizo un gesto a Marte y este se apartó de la puerta. En ese preciso instante, un colmillo puntiagudo y afilado se clavó en el metal y lo rasgó como si fuera una hoja de papel.

Marte y Odín tomaron posiciones en el pie de la escalera, protegiendo así a Maquiavelo y Billy, que trataban desesperados de curar las heridas de Hel sobre la escalinata del patio de entrenamiento. Billy se había quitado el cinturón para atarlo alrededor de las piernas de la Inmemorial y tenía las manos manchadas de sangre oscura.

Silencioso e invisible, el loro sobrevolaba dando círculos. Nicolas trató de dar sentido a lo que estaba presenciando: Marte y Odín trabajando codo con codo con Billy y Maquiavelo, protegiéndolos mientras el inmortal americano se ocupaba de las heridas de Hel. El Alquimista estaba confundido: el italiano no guardaba cariño alguno a los Flamel ni apreciaba su causa y había decidido luchar del lado de los Oscuros Inmemoriales toda su larga vida. ¿Quizá Maquiavelo se las había ingeniado para engañar a los demás? El Alquimista sacudió la cabeza y el loro imitó el movimiento. Engañar a Marte era una posibilidad; quizá también había burlado a Hel. Pero nadie podía mentir a Odín. Quizá Maquiavelo y Billy por fin habían elegido posicionarse en el bando correcto. ¿Qué había dicho Shakespeare sobre que la miseria creaba extrañas parejas?

El Alquimista tuvo que realizar un tremendo esfuerzo para animar a Pedro a descender unos metros. Cada instinto del pájaro le indicaba que huyera de aquel lugar. Ahora, el patio rebosaba de auras brillantes y vivas y la atmósfera estaba cargada del hedor de la sangre del Inmemorial mezclado con la peste a zoológico que desprendían las bestias.

La criatura que apareció por la puerta era enorme. Parecía un jabalí, pero era del tamaño de un toro y sus colmillos eran tan largos como un brazo humano.

—Hus Krommyon —anunció Marte—. El Jabalí Cromañón. No es el original, por supuesto. Teseo lo mató.

El único ojo de Odín pestañeó.

—Es grande —murmuró—. Fuerte.

La bestia bajó lentamente los peldaños de la escalera. Era tan ancha que los costados rozaban la pared de ambos lados, y su áspero pelaje raspaba las piedras.

—Se abalanzará sobre nosotros —advirtió Marte.

—Y no podremos parar a esa bestia —añadió Odín—. He cazado jabalíes. Esos animales atacan con la cabeza agachada y después la levantan. Los músculos que rodean su cuello y hombros son muy gruesos. Dudo que nuestras espadas y lanzas puedan atravesarlos.

—Y si utilizamos nuestras auras, llamaremos la atención de la esfinge y la criatura se dará un festín con nuestra energía —dijo Marte, antes de apartar con sumo cuidado a Odín hacia un lado—. No tenemos que morir los dos. Deja que cargue contra mí. Agarraré la cabeza de la criatura e intentaré sostenerla. Tú encárgate de clavarle tus lanzas en el costado. Si puedes, colócate bajo la bestia. La piel no es tan rígida ni los músculos tan fuertes.

Odín asintió con la cabeza.

—Es un buen plan, excepto...

—¿Excepto?

—No podrás sostener la cabeza de ese jabalí. Te corneará hasta arrancarte las manos.

—Sí. Eso es lo más probable. Entonces es cuando tú intervienes y lo apuñalas.

—¿Has visto lo que ha hecho con la puerta metálica? —preguntó Odín en voz baja.

—Soy resistente —sonrió Marte.

—Estás disfrutando, ¿me equivoco?

—He pasado milenios atrapado en el interior de una concha de hueso, incapaz de moverme —dijo mientras movía la muñeca y hacía girar la espada—. No me divertía tanto desde... bueno... no lo recuerdo.

65

Las pezuñas del Hus Krommyon rechinaban sobre las losas de la escalera y, de repente, cargó contra el grupo.

Se produjo un abrupto destello de color verde y rojo y lo que parecía ser un pequeño e inofensivo loro fue disparado hacia la bestia, arañando su hocico con las garras y mordiéndole las orejas. El jabalí chilló y alzó la cabeza mientras de sus quijadas resbalaban hilos de saliva. El pájaro descendió en picado una vez más sobre la criatura y arrancó de un mordisco un pedazo de la oreja peluda del jabalí. El Hus Krommyon bramó y se alzó sobre sus patas traseras para atacar al colorido loro.

En ese instante, la lanza de Odín se clavó en la garganta del animal. El cuerpo sin vida de la criatura se derrumbó sobre el suelo.

—¡Así se hace! —voceó Billy.

—Billy, por qué no gritas un poco más. Estoy seguro de que despertarás a unos cuantos monstruos más y los traerás hasta aquí —murmuró Maquiavelo.

El inmortal americano le asestó un suave golpe en el hombro.

—A veces tienes que soltarte y celebrar los éxitos —recomendó antes de desviar la mirada hacia Hel—. ¡Has visto el tamaño de esa cosa!

—He visto criaturas más grandes —ceceó.

El loro agitó las alas hasta aterrizar sobre la cabeza de Hus Krommyon. El pajarito ladeó su diminuta cabeza roja para mirar a Marte y a Odín.

—¿Quién eres, lorito? —preguntó Marte y entonces abrió las aletas de la nariz—. Menta —dijo atónito—. ¿Nicolas?

El guacamayo abrió el pico y graznó:

—Flamel.

Marte hizo una pequeña reverencia al pájaro con su espada.

—Alquimista. Me alegro de… ejem… de verte. Estamos vivos, como puedes ver. Somos dos más que cuando llegamos, pero estamos en apuros. Hay demasiados monstruos, incontables, y la esfinge ronda por aquí —informó. Tras una pausa, añadió—: No puedo creer que esté dando un informe a un loro.

—Areop-Enap —canturreó el loro.

Marte miró al Inmemorial tuerto.

—¿Acaba de decir «Areop-Enap»?

El loro bailaba moviendo los pies.

—Areop-Enap, Areop-Enap, Areop-Enap.

Odín asintió.

—Ha dicho «Areop-Enap».

—¿Dónde? ¿Aquí? —preguntó Marte.

El pájaro alzó el vuelo y planeó sobre los dos Inmemoriales.

—Aquí, aquí, aquí.

—Eso es un sí —dijo Odín—. Menuda aliada si la Araña está dispuesta a luchar con nosotros —comentó dando una suave palmada en la espalda de Marte—. Tenemos que encontrarla. No será muy difícil. Yo me encargaré de las heridas de Hel.

El Inmemorial agarró a Hus Krommyon por el descomunal colmillo y lo arrastró por los peldaños de la escalera.

—¿Qué piensas hacer con eso?

—Hel no es vegetariana —sonrió Odín—, y le encanta la carne de cerdo.

—¿Cruda?

—Sobre todo cruda.

El guacamayo de pelaje vistoso descendió en picado del cielo vespertino hacia el Embarcadero, agitando las alas exhausto, hasta aterrizar sobre la cabeza del Alquimista. Posó su cabeza bermeja sobre el hombro de Nicolas y se refregó contra la tela de su camiseta.

El cuerpo de Nicolas empezó a tiritar y, tras inspirar profundamente, Prometeo le sujetó para evitar que se desplomara sobre el suelo. El Alquimista tenía los dedos dormidos, como si infinitud de diminutas agujas se le estuvieran clavando en la yema. Después alzó la mano derecha y el pájaro se posó sobre sus dedos.

—Gracias —susurró. Una bruma del mismo verde que la menta fresca emergió de entre el plumaje rubí y esmeralda del loro.

Pedro se estremeció y alzó el vuelo graznando:

—Areop-Enap, Areop-Enap, Areop-Enap.

Flamel siguió el recorrido del ave por un cielo cada vez más estrellado.

—En un par de días, todos los loros del Embarcadero gritarán esa frase —dijo el Alquimista.

—¿Has visto algo interesante? —preguntó Perenelle.

Nicolas afirmó con un gesto de cabeza.

—Los monstruos están en el bloque principal. He visto a Marte, Odín y Hel. No había rastro de Black Hawk por ningún sitio y Hel está malherida. Pero por lo visto contamos con dos nuevos aliados: Maquiavelo y Billy el Niño estaban ayudando a la Inmemorial a curar sus heridas.

Perenelle pestañeó, mostrando así su asombro.

—Maquiavelo jamás se ha puesto de nuestro lado.

—Ya lo sé. Pero es un oportunista. Quizá por fin se haya dado cuenta de que lo más apropiado es estar en el bando ganador.

—O puede que simplemente haya vuelto a descubrir su humanidad —añadió Niten en voz baja—. Quizás alguien le haya recordado que antes de inmortal es un ser humano.

—Da la sensación de que hablas por experiencia propia —opinó Perenelle.

—Y así es —contestó el inmortal—. Hubo un tiempo en que era... salvaje.

—¿Qué ocurrió?

El japonés no pudo ocultar una sonrisa.

—Conocí a una guerrera irlandesa pelirroja.

—¿Y te enamoraste? —se burló la Hechicera.

—Yo no he dicho eso.

—No hacía falta —comentó volviéndose hacia su marido—. ¿Y qué hay de Dee?

—Eso es lo más extraño de todo: he olido su aura, pero su presencia se desvanecía. La peste a azufre se mezclaba con el aroma a vainilla de Sophie y a naranjas de Josh. También he podido distinguir un suave olor a salvia...

—Virginia Dare —adivinó Perenelle.

—Las cuatro auras estaban mezcladas, junto con las energías de las cuatro Espadas de Poder. Pero creo que Dee ya no está en la isla.

—¿Y entonces dónde? —preguntó el japonés.

El Alquimista empezó a menear la cabeza y, de repente, se quedó inmóvil.

—Había la marca del cuadrado de las cuatro Espadas de Poder sobre las losas del patio —explicó mientras describía el cuadrado con las manos—. Parecía que las hubieran colocado juntas, para formar un rectángulo sobre el suelo.

69

—Ha creado una puerta telúrica —intervino Prometeo—. No lo he presenciado jamás, pero sé que es posible.

—¿Una puerta que conduzca a dónde? —preguntó Nicolas.

Al mirar a su esposa, descubrió que Perenelle sacudía la cabeza.

—A ningún rincón de este mundo, de eso puedes estar seguro —dijo Prometeo—. De hecho, puedo garantizarte que esa puerta telúrica conducía a algún lugar de Danu Talis. Dee ha llevado a los mellizos a un viaje en el tiempo.

sí que esto era lo que se sentía cuando uno moría.

El doctor John Dee recostó la espalda sobre la hierba sedosa de aquella colina y se abrigó con la chaqueta que Sophie le había prestado. Tenía frío, muchísimo frío, una sensación tan gélida que le adormecía los dedos y le hacía arder el estómago. Sentía un pinchazo en la frente, como si hubiera comido demasiado helado, e incluso notaba que el corazón le latía con más lentitud. De hecho, los latidos eran cada vez más débiles e irregulares.

Aunque tenía la visión borrosa, todavía podía apreciar el azul brillante del cielo, tan resplandeciente que incluso parecía imposible, y por el rabillo del ojo observaba una hierba de un verde asombroso.

Había maneras mucho peores de morir, supuso.

El doctor John Dee había tenido una vida apoteósica en momentos muy peligrosos de la historia humana. Había sobrevivido a guerras, plagas, conspiraciones en la corte y traición tras traición. Había viajado por todo el mundo, había visitado casi cada país del mundo, excepto Dinamarca, un lugar al que siempre había querido ir, y había explorado muchos de la extensa red de Mundos de Sombras.

Había creado y perdido fortunas y conocido en persona a casi cada líder, inventor, héroe y villano que había caminado sobre la faz de la tierra. Había sido el consejero personal de monarcas, había fomentado guerras y traído la paz y había sido una de las pocas personas que había empujado a los humanos hacia la civilización actual. Él había moldeado el planeta, primero en la era isabelina y después en el siglo XXI. Y se sentía orgulloso de todo ello.

Había vivido casi quinientos años en el Mundo de Sombras de la tierra y había pasado al menos una vida en algunos de los demás reinos. Así que, en realidad, no tenía mucho de qué quejarse. Sin embargo, todavía había muchas cosas que deseaba hacer, multitud de lugares que ansiaba visitar e infinidad de mundos que quería explorar.

Intentó levantar los brazos, pero apenas los sentía. También había perdido la sensibilidad en las piernas y su visión empezaba a oscurecerse. Sus maestros Inmemoriales sin duda le habrían hecho envejecer el cuerpo, pero habrían procurado que su cerebro estuviera tan alerta y despierto como siempre. Quizá esa era su mayor crueldad. Le habían dejado despierto en esa cáscara inútil. De repente se acordó de Marte Ultor, quien estuvo encerrado durante milenios en su propia aura en lo más profundo de las catacumbas de París, con el cuerpo inerte pero el cerebro despierto y, por primera vez en siglos, el Mago inglés experimentó la ajena emoción de lástima.

Ahora, Dee se preguntaba cuánto tiempo sobreviviría.

La noche estaba a punto de caer, y se encontraba en una colina de Danu Talis, un mundo donde las criaturas que en el reino humano se extinguieron hacía milenios merodeaban libremente y los monstruos de una miríada de Mundos de Sombras campaban a sus anchas.

No quería que ningún monstruo se lo zampara.

Cuando se imaginaba su muerte, lo cual era bastante habitual teniendo en cuenta el carácter caprichoso de sus maestros, siempre había tenido la esperanza de que fuera un momento glorioso. Deseaba que su desaparición fuera significativa. Le irritaba sobremanera pensar que, con todo el trabajo que había hecho en secreto, el mundo ignorara la existencia de tal genio. Durante la era isabelina, todo el mundo conocía su nombre. Incluso la mismísima Reina le había temido y respetado. Cuando le concedieron el don de la inmortalidad, decidió esfumarse entre las sombras y, desde entonces, había permanecido allí oculto.

No resultaba muy significativo morir tumbado sobre una colina de Danu Talis.

De pronto percibió un movimiento y escuchó un golpe seco. Algo se acercaba. Justo a su derecha.

Dee trató de volver la cabeza, pero ya no podía moverse.

Entonces distinguió una sombra.

Sería un monstruo, que venía a por su cena.

Así pues, este era su destino: solo y sin amigos mientras una criatura lo devoraba todavía vivo… Trató de invocar su aura. Si pudiera reunir un poco de fuerza, quizá podría espantar a la criatura. O su cuerpo se incendiaría en el intento. Eso no estaría del todo mal. Al menos de ese modo evitaría ser zampado por una bestia.

La sombra se aproximó un poco más. Pero ¿para qué querría espantarla? De todas formas regresaría a por él. Únicamente estaría retrasando lo inevitable. Lo más acertado era rendirse y recordar todas las cosas buenas que había hecho a lo largo de su vida… aunque no había muchas.

La sombra se oscureció aún más.

Y ahora el fin estaba muy cerca. Los antiguos miedos y las dudas le abrumaron. Y entonces se descubrió a sí mismo tarareando la estrofa de una canción.

—Tengo algún que otro remordimiento…

Bueno, en realidad tenía más que unos pocos. Podría haber sido o, mejor dicho, debería haber sido un mejor padre para sus hijos y un marido más atento para sus esposas. Quizá no debería haber sido tan avaricioso, no solo por el dinero, sino también por la sabiduría y, por supuesto, jamás debería haber aceptado el don, la maldición, de la inmortalidad.

Esa idea le golpeó como un puñetazo en el estómago y se quedó casi sin aliento. La inmortalidad le había condenado.

La sombra se agachó junto a él y el Mago vislumbró algo de metal.

Así pues, no se trataba de un animal. Era un humano. Un bandido, quizá. Se preguntó si en Danu Talis había caníbales.

—Hazlo rápido —susurró—. Ten clemencia.

—¿Qué clemencia has otorgado tú a los demás? —preguntó mientras unos brazos fuertes y musculosos le levantaban del suelo—. No te mataré, todavía, doctor Dee. Tengo una misión para ti.

—¿Quién eres? —jadeó Dee, mientras intentaba desesperadamente ver el rostro del hombre que se alzaba junto a él.

—Soy Marethyu. Soy la Muerte. Pero hoy, doctor, soy tu salvador.

Capítulo 9

A la tía Agnes le había llegado el momento de morir.

La anciana se puso delante del espejo del cuarto de baño y observó su propio reflejo. Una mujer la contemplaba desde el cristal, un rostro anguloso, con los pómulos marcados, una barbilla que sobresalía demasiado y una nariz un tanto aguileña. Tenía la cabellera grisácea atada en un moño prieto, justo por encima de la nuca. Sus ojos, de un gris pizarra, parecían estar hundidos en las cuencas. Tenía el mismo aspecto que una anciana de ochenta y cuatro años. Pero era Tsagaglalal, Aquella que Todo lo Ve, cuya edad sobrepasaba todos los límites.

Tsagaglalal había adoptado el disfraz de la tía Agnes durante casi todo el siglo xx. Había llegado a apreciar mucho ese cuerpo, y sería una lástima dejarlo marchar así como así. Sin embargo, había vestido muchos disfraces a lo largo de los milenios. El truco estaba en saber cuándo morir.

Tsagaglalal había vivido épocas de la historia en que cualquiera que fuera diferente, de cualquier modo, era sospechoso. Los humanos tenían virtudes maravillosas, pero siempre habían sido y seguirían siendo criaturas que sospechaban y temían a todos aquellos que destacaran de entre la multitud. Incluso en tiempos buenos, los humanos parecían estar en alerta constante, buscando a alguien que saliera un poco de los cánones habituales. Y cuando una persona permanecía joven durante mucho tiempo, siempre levantaba sospechas.

Tsagaglalal había vivido las décadas en que hombres y mujeres eran condenados a morir en la hoguera porque parecían extraños o eran de carácter franco e independiente. Pero mucho antes de esos terribles años en Europa y después en Norteamérica había aprendido que, si quería sobrevivir, no tenía más remedio que integrarse en la sociedad para hacerse invisible.

Tsagaglalal aprendió a envejecer.

Cada siglo de la historia humana poseía una percepción distinta de lo que estaba bien y era apropiado. En ciertas épocas, una persona no vivía más de treinta o cuarenta años y, por lo tanto, se consideraba anciana. En algunas de las culturas más primitivas y aisladas, donde la vejez se veneraba como signo de sabiduría, la misma persona cumpliría sesenta o setenta años antes de «morir».

Y cuando envejecía, lo hacía por completo, alterando la textura de su tez, su postura e incluso su masa muscular para imitar el paso del tiempo. Hacía generaciones que, en Egipto, ¿o era en Babilonia?, había perfeccionado la técnica de hinchar las articulaciones, muñecas y rodillas para indicar artritis. Más tarde, aprendió a ajustar su piel para que las venas azules se trasparentaran. Había llegado a dominar una fórmula que debilitaba la piel de su cuello, tornándola más floja y suave, e incluso se las arregló para amarillear los dientes. Para completar la ilusión, dejó que el oído y la vista perdieran su agudeza habitual. Envejecía y, por lo tanto, no tenía que estar fingiendo todo el tiempo. Era más seguro así.

Contemplando su reflejo en el espejo del lavabo, Tsagaglalal alzó las manos, se quitó las antiguas horquillas que sujetaban el moño en su lugar y se soltó la cabellera plateada.

La segunda mitad del siglo xx había sido la época más sencilla. Era la era de los cosméticos y la cirugía plástica. La época en que la población trabajaba para retrasar al máximo posible el envejecimiento, en que las estrellas de música y cine parecían más jóvenes con el paso de los años.

Tsagaglalal se quitó la peluca. Dejó caer la masa de cabello gris en la bañera y se frotó el suave cráneo con los dedos. Detestaba llevar peluca: siempre le picaba.

Desde luego, ese siglo también tenía sus peligros. Era la época de la cámara: cámaras personales, cámaras callejeras, cámaras de seguridad y, por si fuera poco, ahora la mayor parte de los teléfonos móviles también tenían cámaras fotográficas. Además, era la era de la identificación por fotografía: pasaportes, carnés de conducir, tarjetas de identificación personal. Todos los documentos contenían una instantánea y la inmortal que aparecía en ellos tenía que cambiar y envejecer sutilmente. Un error llamaría la atención de las autoridades y, a decir verdad, los inmortales eran en especial vulnerables a cualquier investigación que cuestionara su pasado. Tsagaglalal no había salido del país en décadas y su pasaporte estadounidense había caducado. Sin embargo, un humano inmortal que trabajaba en Nueva York se había especializado en la falsificación de obras de arte del Renacimiento. Tenía un negocio paralelo que consistía en falsificar pasaportes y carnés de conducir. Sin duda, cuando todo esto acabara tendría que hacerle una visita. Eso si sobrevivía, por supuesto.

Tsagaglalal abrió el grifo de agua caliente, después el

de agua fría y llenó la bañera. Se mojó las manos y se lavó la cara con el jabón de manteca de karité de L'Occitane para quitarse el maquillaje que se había puesto para la pequeña reunión de inmortales e Inmemoriales que habían venido a merendar a su patio trasero ese mismo día.

Morir siempre era la parte más complicada. Durante las semanas y meses previos tenía que encargarse de un montón de cosas: asegurarse de que todas las facturas estuvieran pagadas y que el seguro de vida estuviera al día, cancelar cualquier suscripción a periódicos y revistas y, por supuesto, redactar un testamento para que un «familiar» lo heredara todo. Los hombres inmortales solían legar todas sus posesiones a un sobrino y, las mujeres, a una sobrina. Otros, como el doctor John Dee, decidieron dejar todo a una serie de empresas y Tsagaglalal sabía de buena tinta que Maquiavelo había legado todos sus bienes a su «hijo». Los Flamel, en cambio, heredaban del uno al otro, aunque en su testamento aparecía el nombre de un sobrino, Perrier, que Tsagaglalal dudaba mucho que jamás hubiera existido.

Tsagaglalal miró otra vez al espejo. Sin pelo y con la cara lavada, sin una pizca de maquillaje, pensó que parecía incluso más anciana de lo habitual. Se acercó un poco más al espejo y permitió que un ápice de su aura envolviera su pecho. Un suave aroma a jazmín cubrió el pequeño cuarto de baño, entremezclándose con la rica esencia de manteca de karité. Sintió una oleada de calor que le recorrió el cuerpo, desde los pies hasta la cabeza. Se quedó mirando fijamente su mirada grisácea. La esclera, el blanco de los ojos, estaba amarillenta, cubierta de venas, y en el ojo derecho empezaban a formarse cataratas. Siempre había creído que ese era un toque de estilo.

El olor a jazmín se intensificó. El calor quemó la garganta y la boca de Tsagaglalal, le enrojeció las mejillas y alcanzó los ojos: y en ese instante la esclera empalideció.

La mujer tomó aliento hondamente para llenar los pulmones y después mantuvo la respiración. La piel de su rostro se tensó, suavizando todas las arrugas, y su cara huesuda se fue llenando lentamente, desde las mejillas hasta la barbilla, pasando por la nariz. Todas las líneas de expresión desaparecieron, las patas de gallo se desvanecieron y las ojeras amoratadas perdieron su color.

Tsagaglalal era inmortal, pero no era humana. Era una mujer de arcilla. Había nacido en la Ciudad sin Nombre, situada en el lindero del mundo, cuando el aura fogosa de Prometeo imbuyó a antiguas estatuas de barro de vida y conciencia propia. En lo más profundo de su ser llevaba una diminuta porción del aura del Inmemorial: y esa llama la mantenía viva. Ella y su hermano, Gilgamés, fueron los primeros seres que nacieron y consiguieron alcanzar conciencia. Cada vez que se renovaba, recordaba con absoluta claridad el instante en que había abierto los ojos y había respirado por primera vez.

La mujer soltó una carcajada. Empezó como la tos áspera de una anciana y acabó con el sonido agudo de la risa de alguien mucho más joven.

Avivada por su aura, la transformación continuó. La carne se volvió más tersa, los huesos se estiraron, la dentadura emblanqueció y sus cinco sentidos volvieron a ser afilados como el primer día. Una delgada pelusa de cabello negro azabache empezó a crecer hasta volverse más gruesa y alcanzar la altura de sus hombros. Abrió y cerró varias veces las manos, hizo crujir los nudillos y giró las muñecas. Tras colocar ambas manos sobre las caderas, movió el tronco a un lado y a otro y, sin doblar las piernas, se agachó hasta colocar las palmas sobre el suelo.

Sin moverse de delante del espejo, Tsagaglalal fue testigo de cómo la edad se desprendía de su cuerpo y vio cómo rejuvenecía hasta volverse hermosa otra vez. Había olvidado qué era sentirse joven y había pasado mucho tiempo desde la última vez que fue hermosa. De hecho, la última vez que tuvo este aspecto fue el mismo día en que Danu Talis se hundió, hacía ya más de diez mil años.

Y, si el mundo estaba destinado a acabar hoy, Tsagaglalal estaba decidida a no pasar sus últimas horas sobre la tierra como una anciana.

Tsagaglalal se dirigió hacia la diminuta habitación de invitados situada en la parte trasera de la casa, que daba a la calle Scott. Caminó por el pasillo con agilidad, disfrutando de su nueva libertad de movimiento. Dio un par de vueltas en el centro del recibidor por puro divertimento.

Casi desde el mismo instante en que compró la casa, había usado esa habitación para almacenar trastos. Estaba abarrotada de un montón de cosas: maletas, libros, revistas, muebles, un sillón roto de cuero, un escritorio decorativo y una docena de bolsas de plástico llenas de ropa vieja que cuando decidió tirar a la basura se dio cuenta de que volverían a ponerse de moda unos años después. Había una antigua bandera estadounidense con un círculo de estrellas y, junto a ella, el póster original de la película de King Kong enmarcado y firmado por Edgar Wallace. Al fondo de la habitación, apartado en una esquina y medio enterrado con pilas de revistas de National Geographic, había un armario horrendo de madera de cerezo Luis XV del siglo XVIII.

Tsagaglalal se abrió camino por la habitación y apartó

pilas de revistas a un lado para poder llegar hasta el armario. La puerta estaba cerrada con llave, pero la llave no estaba puesta en el cerrojo metálico del armario. Poniéndose de puntillas, Tsagaglalal palpó la parte superior de la puerta, tras un tirabuzón de madera ornamental, y sus dedos indagadores dieron con la llave de latón, que colgaba de un clavo roto.

Al deslizar la llave por encima de la madera, la mujer experimentó una repentina oleada de recuerdos: la última vez que había abierto aquel armario fue cuando regresó de Berlín, a finales de la Segunda Guerra Mundial. De pronto, notó los ojos húmedos, como si estuviera a punto de llorar, y una quemazón en la garganta. De vuelta a Nueva York, había hecho una pequeña parada en Londres para encontrarse con su hermano, Gilgamés. El rey no se podía imaginar quién era ella, pues no lograba recordar que tenía una hermana. Sin embargo, admitió que le resultaba familiar. Tsagaglalal decidió sentarse junto a él sobre las ruinas de una casa bombardeada en la zona este de Londres y echó un vistazo a los miles de papeles que su hermano había acumulado allí. Habían pasado toda la tarde ordenando cronológicamente aquellos papeles, cambiando del papel al pergamino, después al papel de vitela hasta llegar a la corteza de árbol y a unas hojas finísimas de oro casi transparentes. Por fin Tsagaglalal encontró su nombre en una escritura y un idioma aún por descubrir para la raza humana. Los hermanos lloraron juntos mientras ella le recordaba lo que una vez ambos habían sido.

—Jamás te olvidaré —dijo Gilgamés cuando su hermana se levantó para irse.

Tsagaglalal le vio garabatear su nombre en un trozo

de papel, pero sabía que sería incapaz de recordar su rostro o incluso su nombre pasada una hora. Tsagaglalal cargaba con una maldición, una memoria que no olvidaba detalle alguno; en cambio, Gilgamés estaba condenado a no recordar absolutamente nada.

Tras meter la llave en el cerrojo, abrió la puerta del armario.

Enseguida le invadió una ráfaga de aire húmedo y rancio con un toque de cuero antiguo y especias amargas, todo ello mezclado con el tufillo de bolas de naftalina podridas y jazmín.

Un uniforme de enfermera colgaba de una percha frente a Tsagaglalal. La mujer alargó el brazo para recorrer la suave tela con las manos. Los recuerdos que evocó aquel uniforme la estremecieron. Había trabajado de enfermera en las dos guerras mundiales y en todo combate que se había sucedido durante el siglo anterior. Había sido una de las treinta y ocho voluntarias que habían trabajado junto a Florence Nightingale en las barracas de Scutari, en Crimea. Tsagaglalal había visto, y provocado, muchas muertes a lo largo de los siglos; de modo que trabajar como enfermera había sido su pequeña contribución para intentar reparar todo el daño que había causado.

Tras el uniforme había ropa de media docena de siglos: trajes de cuero y lino, de seda y fibra sintética, piel y madera. En aquel armario estaban los zapatos que María Antonieta le había regalado, el vestido con perlas bordadas que ella misma había cosido para Catalina la Grande de Rusia, el corpiño que Ana Bolena había llevado el día en que se casó con Enrique… Había una vida entera de recuerdos. Tsagaglalal sonrió, dejando así al descubierto una mandíbula perfecta. Incontables museos y coleccionistas estarían dispuestos a pagar una fortuna por la ropa que albergaba aquel armario.

En el fondo del ropero colgaba una bolsa de arpillera. Sin esfuerzo alguno, Tsagaglalal sacó el saco del armario y lo arrastró hasta su habitación. Lo colocó sobre la cama y jaló el cordón de cuero. Al principio, el nudo pareció resistirse pero poco después el viejo cuero se partió en dos y el saco se abrió.

Tsagaglalal sacó una armadura de cerámica blanca que, con sumo cuidado, dejó sobre la cama. Elegante a pesar de no lucir ornamentación alguna, había sido diseñada para amoldarse a su cuerpo como si fuera una segunda piel. Acarició la suave coraza de pecho con los dedos. La armadura estaba prístina y brillaba como si fuera nueva. La última vez que la había llevado, la superficie había quedado completamente rasgada y arañada por metal y garras, pero aquella protección era capaz de cicatrizar y repararse por sí sola.

—¿Magia? —había preguntado a su marido, Abraham.

—Tecnología de los Señores de la Tierra —había explicado este—. No volveremos a ver algo así en milenios o, con un poco de suerte, jamás.

En el fondo del saco halló dos vainas, una de madera y la otra de cuero. Cada una guardaba en su interior un kopesh metálico, la espada con forma de hoz diseñada por los egipcios, aunque su origen era mucho más antiguo. Desenvainó una de las kopesh de su funda. El filo era tan afilado que incluso siseaba cuando Tsagaglalal lo movía en el aire, como si la espada pudiera cortarlo.

Tsagaglalal recorrió la superficie de la armadura impecable con los dedos. Hacía más de diez mil años, su marido, Abraham el Mago, le había hecho entrega de aquellas armas junto con la armadura.

83

—Para que estés a salvo —había dicho entre murmullos—. Ahora y siempre. Cuando te pongas la armadura, piensa en mí.

—Pensaré en ti incluso cuando no la lleve —había prometido Tsagaglalal, y desde entonces no había pasado un día en que no pensara en el hombre que tanto había trabajado y sacrificado para salvar el mundo.

El recuerdo de su marido era vívido.

Abraham permanecía de pie, alto y esbelto, como siempre, en una habitación sumida en la penumbra. Estaba en lo más alto de la torre de cristal, la Tor Ri. Estaba envuelto por una sombra espeluznante y le daba la espalda para impedir que su esposa pudiera verle. La Mutación le había transformado toda la piel hasta convertirla en una capa de oro sólido. Tsagaglalal recordó haberle girado para poderle ver por última vez. Le estrechó entre sus brazos, sintiendo su piel metálica contra su rostro y no pudo contener las lágrimas. Y cuando miró a su esposo a la cara, una sola lágrima, una gota de oro puro, recorrió su mejilla. Se puso de puntillas para besarle la lágrima. Tsagaglalal se llevó las manos al estómago. Todavía podía sentir esa gota de oro en sus entrañas.

Aquella que Todo lo Ve había llevado la armadura blanca el día en que Danu Talis se hundió. Había llegado el momento de volvérsela a poner.

Capítulo 10

a noche había caído sobre la ciudad de San Francisco y una espesa niebla había empezado a invadir la ciudad.

Unos zarcillos de bruma merodeaban por la bahía, enroscándose por la superficie del agua como hilos de vaho antes de esfumarse. Unos minutos más tarde, la niebla volvió a aparecer, esta vez más densa, y unas cintas blanquecinas se arrastraban por entre las olas.

La niebla se volvió aún más espesa.

La sirena que indicaba alerta de niebla empezó a sonar.

Un banco de nubes casi opacas se había congregado sobre el Pacífico; la parte inferior era oscura, casi negra, y daba la sensación de que se iba a abalanzar sobre la ciudad como un muro sólido de neblina. La nube de niebla se inmiscuyó por debajo del puente Golden Gate, pero segundos más tarde la bruma se tragó la edificación, alzándose cada vez más, hasta que las luces ámbar de los postes se difuminaron en diminutos puntos de color.

Los faros rojos, que hasta entonces no habían dejado de parpadear en lo más alto de las torres, a casi cuatrocientos metros de altura sobre el agua, iluminaron la niebla con destellos carmesí, pero instantes más tarde los enormes faros también desaparecieron tras la nube. Y, a medida que la bruma se volvía más espesa, las luces se fundían por completo.

De repente, muchos hogares encendieron las luces. Durante un breve periodo de tiempo, las luces blancas y rojas de los coches iluminaron la niebla y muchos edificios se iluminaron por completo. La niebla continuaba creciendo, volviéndose cada vez más oscura, difuminando las luces, ocultándolas, robándoles todo el brillo. En menos de treinta minutos, desde los primeros zarcillos que merodeaban por la bahía hasta la llegada del impenetrable banco de niebla, la visibilidad se había vuelto nula y ningún ser humano podía ver más allá de unos centímetros.

Los sonidos de San Francisco se fueron amortiguando poco a poco, hasta que toda la ciudad quedó sumida en un silencio absoluto. Tan solo se escuchaba el gemido de la sirena de alarma. Era una voz triste y de abandono.

La bruma no olía a mar y sal, sino que apestaba a podrido.

Capítulo 11

ophie gritó.

Un hombre bajo y fornido, vestido con ropa que antaño había sido blanca pero ahora estaba mugrienta y sucia, salió corriendo de un callejón y la agarró del pelo. Jaló de ella con fuerza, casi tirándola al suelo. Los conocimientos de taekwondo de Sophie aparecieron de la nada. Le cogió la mano y, sujetándola con fuerza, cambió el peso hacia el lado contrario, giró el cuerpo noventa grados y arremetió contra el hombre con la pierna derecha, realizando así un *yeop chagi*, o, en otras palabras, una patada lateral. El talón de su bota de montaña golpeó la rótula de su asaltante con una fuerza devastadora.

Los ojos del atacante parecían salirse de sus órbitas; abrió la boca varias veces, revelando así unos dientes podridos, pero antes de que pudiera coger aliento para gritar, Josh se abalanzó sobre él para asestarle un puñetazo en el centro del pecho. Cuando el hombre se inclinó hacia delante como acto reflejo del golpe, el joven no dudó en darle otro puñetazo en la nuca para dejarle en el suelo.

—Bueno, eso es bastante impresionante —murmuró Virginia Dare—. No estoy tan segura de que necesitéis mi protección.

Josh miró a su hermana.

—¿Estás bien?

Con cautela, se llevó una mano temblorosa a la cabeza para palparse la zona por donde la habían agarrado. Unos mechones rubios se quedaron enredados entre los dedos de la joven.

—Por lo visto todos estos años de artes marciales no fueron en vano —dijo con una tímida sonrisa—. Gracias por… bueno, ya lo sabes, por rescatarme.

Josh hizo un gesto con la mano para quitarle importancia.

—No era necesario. La patada habría bastado, pero no quería que nadie le pusiera un dedo encima a mi hermana.

—Gracias —dijo Sophie una vez más.

—Siempre dije que te protegería —murmuró Josh con las mejillas ruborizadas.

—Tienes razón. Pero la última vez que te vi…

Avergonzado, Josh Newman se encogió de hombros, con la cara sonrojada.

—Lo sé.

La última vez que había visto a su hermana la había visto atacar salvajemente a la hermosa Inmemorial Coatlicue. Horrorizado, Josh decidió dar media vuelta y huir de ella. El joven sacudió la cabeza.

—Todavía no sé qué pensar sobre…

Sophie dejó escapar un soplido.

—Ya lo sé. Yo tampoco.

—Pero aquí, en este lugar, somos tú y yo, hermanita.

—Siempre hemos sido tú y yo —recordó Sophie—. Cuando crecimos en la Tierra… cuando regresemos a casa… allá donde estemos siempre seremos tú y yo contra el mundo.

—Es cierto —dijo Josh con una amplia sonrisa. De repente, Sophie volvió a ver al hermano que había conocido—. Y ahora somos, literalmente, tú y yo contra el mundo.

La joven asintió con la cabeza.

—Me alegro de volver a verte, Josh.

—Yo también —susurró él.

—He estado muy preocupada por ti.

—Las cosas se pusieron… —Hizo una pausa, buscando la palabra más apropiada.

—¿Locas? —sugirió Sophie.

El muchacho dijo que sí con la cabeza.

—Aunque debe haber una palabra mejor. «Locas» ni siquiera se acerca.

—Todo esto es muy alentador —interrumpió Virginia—. Pero ¿podemos tener esta pequeña charla más tarde? —preguntó tras dar un suave golpe al hombre que yacía en el suelo con la punta de las botas. El tipo gruñó—. Está claro que esta gente no aprecia mucho a vuestros padres. Y estoy convencida de que este tipo debe de tener amigos.

Sophie miró a su hermano.

—¿Son nuestros padres? —preguntó.

—Ya lo sé. Se parecen a mamá y papá… pero…

La joven asintió con la cabeza.

—Pero no son mamá y papá.

—Entonces, ¿quiénes son? —quiso saber su hermano.

Sophie sacudió la cabeza.

—Creo que la pregunta más importante es: ¿quiénes somos nosotros?

—Y, tal y como ha dicho Osiris: eso está por ver —finalizó Josh.

Capítulo 12

Virginia Dare y los mellizos corrían a toda prisa por las calles de Danu Talis. Iban vestidos con ropa blanca que habían robado de algunas cuerdas de tender para ocultar su vestimenta y llevaban unos sombreros cónicos de paja que habían sustraído a hurtadillas de un tenderete del mercado. Se movían por callejones oscuros, avanzando lentamente hacia la aguja con el banderín ondeante.

—¿Sabes una cosa? —dijo Josh—. Se supone que Danu Talis es la ciudad más poderosa y hermosa del mundo, pero me da la sensación de que está un poco destartalada y en mal estado.

Sophie asintió.

—Sin embargo, cuando la sobrevolábamos parecía maravillosa.

—La distancia hace que todo parezca hermoso —murmuró la inmortal.

Virginia se detuvo en la boca de una estrecha callejuela y observó con atención los tejados, tratando así de orientarse y encontrar la bandera situada sobre la casa de Isis y Osiris.

Sophie se dio media vuelta y echó un vistazo al callejón para comprobar si alguien les estaba siguiendo. El único movimiento provenía de un perro delgaducho y pulgoso que hurgaba entre una montaña de basura. Sacó lo que parecía ser un pedazo de carne y miró a Sophie con detenimiento. La mirada roja del perro resplandecía en la penumbra del callejón, pero tras unos segundos se dio la vuelta y se marchó.

Desde que dejaron atrás la plaza del mercado habían recorrido una docena de laberínticos callejones idénticos al que estaban ahora. Flanqueado en ambos lados por unos muros lisos y sin ornamentos, se trataba de un pasaje estrecho y oscuro que apestaba a fruta podrida y por donde zumbaban cientos de moscas. Sophie vislumbró una rata que se escurría por la alcantarilla y la vio desaparecer por un agujero de la pared. Supuso que era habitual que hubiera ratas y moscas. Josh y ella habían viajado por todo el mundo con sus padres, visitando los países donde, en aquel momento, estuvieran trabajando Richard y Sarah Newman. Había visto callejones como ese en Sudamérica y en Oriente Medio, en el sur de Europa y por toda Asia, aunque, a diferencia de estos, el callejón donde ahora se hallaba no tenía papeles tirados, ni plásticos, ni trozos de madera o latas de aluminio esparcidas por el suelo.

Sophie se volvió y miró por encima del hombro de su hermano. El contraste era asombroso. Tras ella, un rastro de suciedad y pobreza; y, ante sus ojos, se alzaba la riqueza y la magia de la legendaria Danu Talis. El callejón daba a un amplio bulevar. Al otro lado de la calle fluía uno de los canales que la muchacha había avistado desde el aire. Cruzando el canal se extendían más calles repletas de árboles y flores, con fuentes intercaladas y con estatuas de hombres, bestias y criaturas que no eran ni lo uno ni lo otro. Unos edificios muy vistosos pintados de color dorado y plateado yacían tras muros rematados con púas afiladas y puertas de piedra tallada. Cada edificación seguía un estilo arquitectónico distinto, y Sophie vislumbró fugazmente pirámides con la cima plana, cubos sin ventanas ni balcones, delicadas espirales que se enroscaban hacia el cielo y círculos recubiertos de cristal.

—¿Los reconoces? —preguntó Josh.

Y así era. De repente la joven se dio cuenta de que aquellos edificios guardaban cierto parecido con las ruinas que había visitado junto con sus padres: aquí se habían construido réplicas de Egipto, el Cañón del Chaco, Angkor Wat y Escocia.

Josh enseguida se percató de que su hermana había reconocido aquellos edificios.

—Supongo que estos son los originales. Los humanos copiaron el diseño.

—¿Por qué las formas son tan diferentes entre sí? —preguntó Sophie.

—¿Clanes distintos? —apuntó Josh.

—Cuando los Inmemoriales envejecen, mutan —dijo Virginia—. A veces de una forma muy extraña e inusual. De modo que necesitan edificios extraños e inusuales donde vivir.

Algunos de aquellos edificios lucían esculturas o murales en su exterior; otros estaban embadurnados con pintura y mostraban banderines y banderas. Unos pocos, sobre todo las pirámides con cima plana, no tenían ornamentación alguna.

—Creo que estamos ante la mejor parte de la ciudad —adivinó Virginia con una sonrisa adusta—. Y, como todas las comunidades ricas, está llena de puertas y guardias. Hay cosas que nunca cambian.

—¿Guardias? ¿Dónde? —preguntó Sophie.

Josh señaló con el dedo hacia una puerta.

—Justo dentro de las puertas...

La joven asintió en cuanto les descubrió. Había pequeños puestos de guardia dentro de las puertas de todas las mansiones y palacios. En el interior de esas poternas se movían figuras en las sombras.

—Creo que hay más puestos de guardia al otro lado del puente —comentó Sophie.

—No me cabe la menor duda —acordó Virginia—. Y tengo una teoría sobre eso.

La inmortal salió del callejón y cruzó el bulevar vacío dirigiéndose hacia el puente más cercano.

—Dejadme que os la demuestre.

Los mellizos se cruzaron varias miradas y se apresuraron a seguir a Virginia.

—¿Una teoría? —repitió Josh.

—Es evidente que Danu Talis es idéntica a todas las civilizaciones que he conocido hasta ahora —empezó la inmortal. Arrugó los labios al pronunciar el término «civilizaciones», como si la palabra le resultara desagradable.

Se produjo una repentina serie de movimientos en las estrechas cabañas que se alzaban a cada lado del puente y aparecieron unas siluetas. Los rayos de sol reflejaron una superficie metálica.

—Tenía razón —dijo Sophie—. Puestos de guardia.

—Con guardias —añadió Josh algo nervioso.

—Yo nací en una época más sencilla —continuó Virginia—. Corría libre por el bosque, me nutría de lo que me ofrecía la naturaleza, mataba los animales que necesitaba para sobrevivir y compartía mis alimentos con todos los que vivían en el bosque. No tenía dinero y mi única posesión era la ropa que llevaba. Vivía en las copas de los árboles y en las cuevas. Era feliz, verdaderamente feliz. No ansiaba nada más. Y entonces entré en una civilización.

La inmortal caminaba por el margen del canal, en dirección al puente. Los guardias le seguían la pista; otro grupo se había reunido en el puente y resultaba obvio que no eran humanos. Tenían la cabeza de un chacal y vestían una armadura negra semitransparente. Cuando miraron a los mellizos, su mirada se iluminó del mismo color de la sangre.

—Anpu —susurró Sophie.

Virginia se detuvo en el borde del puente.

—¿Y qué lección me tenía guardada la civilización? —prosiguió—. Aprendí que se basaba en la creación de clases para dividir a la población. Hacía creer a algunos que eran mejores que los otros.

—¿Y no ha sido siempre así? —preguntó Josh—. Toda civilización está dividida.

—No toda civilización —espetó Virginia—. Solo aquellas que tanto os gusta denominar «civilizaciones avanzadas».

Dio un paso hacia delante, situándose sobre el puente, y los anpu tomaron posiciones al otro extremo. Uno de ellos era más grande que el resto. Iba ataviado con una armadura oscura tan brillante que reflejaba la luz. La criatura avanzó varios pasos y alzó la mano derecha. Los tres humanos tardaron varios segundos en darse cuenta de que aquella bestia, en realidad, no llevaba un guante metálico. La mano del anpu había sido sustituida por un cachivache de metal y engranajes. Una espada kopesh colgaba de su mano izquierda.

—Y aquí estamos, delante de esta gran civilización de Danu Talis —continuó Virginia Dare con aire amargo—, gobernada por una colección de Grandes Inmemoriales e Inmemoriales inmortales... ¿y qué nos encontramos? —preguntó sin esperar respuesta—. Que nada es distinto. Los más pobres viven junto a los canales exteriores mientras los ricos están a salvo entre los círculos interiores, protegidos por puentes que vigilan monstruos con cabeza de perro. A los pobres ni siquiera se les permite pasear por estas calles. Supongo que están pavimentadas con oro.

—En realidad, creo que sí —murmuró Josh. Las baldosas y las aceras del otro lado del canal resplandecían con una luz dorada.

Virginia Dare ignoró al joven. Caminó hasta el centro del puente y los guardias empuñaron sus espadas con forma de hoz.

—¿Alguna duda de por qué el mundo en el que vivimos es tan desastroso? —dijo con los brazos extendidos—. Proviene de este reino. Los humanos no solo copiaron los edificios de Danu Talis. El mundo humano estaba condenado desde el inicio. Cuando tenga mi propio reino, las cosas serán muy diferentes, os lo prometo.

—Tienen espadas, Virginia —avisó Josh.

—Así que tienen espadas —ironizó la inmortal.

Más guardias de seguridad aparecieron por ambos lados del canal para respaldar a los compañeros que ya estaban en posición sobre el puente.

—Así pues, ¿cuántos guardias necesitas para proteger las preciosas calles doradas de una mujer y dos adolescentes? —preguntó Virginia.

Josh hizo un rápido cálculo mental.

—Treinta.

—Treinta y dos —corrigió Sophie.

Virginia ya había alcanzado la mitad del camino. Los anpu se habían extendido y todos tenían las armas preparadas para atacar. Tenían los hocicos abiertos, dejando así al descubierto una dentadura desigual y rasgada. Daba la sensación de que aquel puñado de criaturas estuviera sonriendo de oreja a oreja. El líder de los guardias golpeó su kopesh contra su garra de metal. El ruido sonó como una campana.

La inmortal continuó caminando hacia delante, sin acobardarse.

—¿Y sabéis qué desprecio sobre todas las cosas? —espetó—. Los matones. Sobre todo los matones que creen que una estrambótica espada y una armadura les hacen invulnerables.

Virginia Dare buscó bajo su vestido blanco la flauta de madera. La sacó de su funda de tela y se la llevó a los labios. Tocó tan solo una nota. El sonido empezó agudo y fue subiendo hasta que incluso Sophie y Josh, con el oído agudizado, no pudieron distinguirlo. El efecto sobre los anpu fue inmediato. Se quedaron agarrotados, como si estuvieran atados a unas cuerdas y alguien jalara de ellas, con los brazos y los dedos extendidos. Las espadas kopesh se desplomaron sobre las losas.

Los delicados dedos de Virginia Dare se movieron sobre los agujeros de la flauta y el ejército de anpu empezó a bailar. Las criaturas se pusieron de puntillas para balancearse de izquierda a derecha, golpeándose entre sí. Las armaduras chocaban produciendo un estrépito horrendo. La inmortal soltó una carcajada, un sonido agudo que parecía casi histérico.

—Creo que haré que se caigan al canal bailando.

—Virginia —llamó Sophie—. ¡No!

Con la flauta aún en los labios, la inmortal se dio la vuelta para mirar a la muchacha.

—¡No! —repitió Sophie.

—¿No? Es lo que normalmente hago.

—No es necesario —dijo la joven—. Si les matas, serás igual que ellos. Y tú no eres como ellos, ¿verdad?

—No tienes la menor idea de cómo soy —susurró Virginia. Pero al final cedió y apartó los dedos de la flauta.

Los anpu se derrumbaron como si alguien les hubiera golpeado, desmoronándose sobre el puente en un estruendo de armaduras y metal. La gigantesca mano metálica del líder arañó las piedras, rasgando unos surcos profundos sobre las losas y, de repente, se quedó inmóvil.

Virginia siguió caminando entre los anpu, tratando de no rozarles con los pies. Sophie y Josh siguieron su ejemplo. De cerca, aquellas criaturas eran espeluznantes. Sus cuerpos negro azabache eran humanos, pero de cuello para arriba tenían la cabeza de un chacal. Sus manos también parecían humanas, con la excepción de que, en vez de uñas, tenían unas garras curvadas y, en los pies, lucían las pezuñas de un perro. Algunos mostraban una cola peluda que se enroscaba en la espalda de su armadura y la inmensa mayoría tenía unos diminutos escarabajos verdes y dorados tatuados en la piel.

—Por aquí, o eso creo —indicó Virginia señalando con la flauta un gigantesco edificio circular en cuyo tejado se alzaba una aguja con una bandera en cuyo centro se distinguía un ojo bordado. Daba la sensación de que aquel ojo ondeante estuviera parpadeando. Las paredes no contenían ventana alguna y estaban recubiertas de placas de oro y decoradas con piedras preciosas que formaban constelaciones celestes. El edificio estaba protegido por un foso lleno de líquido burbujeante del mismo color que el césped y un par de gigantescos anpu albinos armados con lanzas más grandes que ellos protegían ambos lados del puente levadizo.

Virginia sonrió a las criaturas e hizo girar su flauta, dejando así una nota colgando en el aire. Las bestias dejaron caer la lanza, bajaron el puente levadizo, se dieron media vuelta y, sobre las cuatro patas, se dirigieron hacia una especie de conejera escondida entre la maleza. Unos ojos carmesí observaban a la inmortal con admiración cuando Virginia pasó por su lado.

—Es mejor ser temido que amado —dijo Virginia con cierta alegría—. Creo que fue Maquiavelo quien lo dijo.

Capítulo 13

Oh, tío. Nunca, y cuando digo nunca quiero decir nunca, voy a volver a comer carne.

Billy el Niño apartó la mirada de la malherida Hel, que en ese instante se estaba comiendo el gigantesco jabalí.

—La naturaleza del ser humano no es ser vegetariano —balbuceó la Inmemorial con el rostro y los colmillos negros por la carne de la bestia.

—Tú no eres humana —dijo Billy sin mirar a Hel.

—Es bueno para mí. De este modo, mi aura se recuperará y me ayudará a curarme —farfulló sin dejar de zampar el animal. Se produjo un chasquido, como si alguien partiera un tronco de madera, seguido por un sonido absorbente.

Billy miró a Maquiavelo.

—Por favor, no me digas lo que está haciendo ahora mismo.

El italiano meneó la cabeza.

—Tiene un gran apetito, no puedo negarlo —dijo y, con una sonrisa maliciosa, añadió—: ¡Y la médula en particular es muy nutritiva!

Billy se alejó de la peste que desprendía el puerco masacrado e inspiró varias bocanadas de aire fresco. Una espesa niebla había empezado a invadir el edificio, cubriendo los muros de la cárcel con una bruma blanquecina. Además, la temperatura había empezado a caer en picado.

—Nunca pensé que serías tan aprensivo —opinó Maquiavelo, que se había unido a él—. Creí que eras el típico héroe americano, intrépido y valiente.

Billy puso los ojos en blanco.

—Has visto demasiadas películas basadas en mí. Siempre me pareció injusto que no ganara ni un centavo de derechos de autor. Están usando mi nombre y sin pagarme.

—Billy, se supone que estás muerto.

—Ya lo sé —acordó. De repente, el muchacho escuchó algo líquido entre los colmillos de la Inmemorial y no pudo evitar sobresaltarse y taparse la boca con ambas manos—. No soy aprensivo —continuó Billy, cuyas palabras se perdían en el aire como humo—. He cazado búfalos, he matado mis propios bueyes y he degollado pollos y cerdos para poder comer. He cogido y destripado pescado. Pero ¡me gusta cocinar la carne antes de comérmela!

Billy el Niño miró de reojo a Hel, que seguía sobre los escalones del patio de ejercicio disfrutando de los restos del Hus Krommyon. Odín permanecía junto a ella, acompañándola en tal banquete.

Marte Ultor se había posicionado frente a la puerta, espantando a toda criatura que se atreviera a acercarse demasiado. Desde el interior de la cárcel, una criatura que jamás había sido humana se reía con la voz de una niña pequeña.

Hel pilló a Billy mirándola y esbozó una sonrisa atroz. Después, le ofreció algo que brillaba y parecía estar húmedo.

—He guardado esto para ti. Un regalo muy especial —ceceó.

—Creo que lo dejaré correr, pero gracias de todas formas. He comido algo antes de venir. Y, además, estoy a dieta. Y soy vegetariano.

Maquiavelo agarró a Billy por el brazo y le guio hasta el centro del patio de entrenamiento. Señaló la marca rectangular que había sobre las baldosas.

—¿Qué hueles? —preguntó.

—Te refieres a parte del cerdo...

—Concéntrate, Billy.

El inmortal americano inspiró.

—Aire salado...

—Más.

—Naranjas, vainilla, azufre y... —Tomó aire antes de continuar—. Y salvia. Esa es mi chica, Virginia —añadió.

—El azufre es Dee —explicó Maquiavelo mientras dibujaba el perfil de un rectángulo con la punta de sus botas—. Y los mellizos de la leyenda también han estado aquí.

—¿Dónde están ahora?

—Han desaparecido.

—¿Desaparecido?

—Estoy convencido de que Dee activó las cuatro antiguas Espadas de Poder para crear una puerta telúrica y así poder viajar y retroceder en el tiempo.

—¿Retroceder hasta cuándo? —se preguntó Billy en voz alta.

—Hasta el final —dijo el italiano con tono grave—. Si fuera un hombre de apuestas, lo cual no soy, diría que ha viajado hasta Danu Talis.

Billy se rodeó el cuerpo con los brazos y se estremeció.

—Supongo que eso no es buena señal.

Maquiavelo sacudió la cabeza.

—No. Sin duda ha trazado un plan para apoderarse de Danu Talis y gobernar el mundo. El doctor siempre ha ingeniado conspiraciones dementes como esa. Y siempre ha jugado siguiendo sus propias reglas.

—Me imagino.

—Y, en general, siempre se ha equivocado. Dee tiene una idea exagerada de lo importante que es. El doctor es inteligente, sin duda, pero ha conseguido sobrevivir porque es astuto. Y, además, siempre ha tenido mucha suerte.

—No puedes tener siempre suerte —objetó Billy—. Tarde o temprano la suerte desaparece —dijo señalando con el pulgar la cárcel que albergaba infinidad de monstruos—. Quizá nuestra suerte ha cambiado. Estamos atrapados en una isla repleta de bestias y —bajando el tono de voz, señaló a Hel y Odín—, hasta hace unas pocas horas, ese par eran nuestros enemigos.

—El enemigo de mi enemigo es mi amigo —le recordó Maquiavelo.

—Sí, y el enemigo de mi enemigo puede seguir siendo mi enemigo. Y déjame que te recuerde que la mayoría de la gente que muere asesinada conocía a su asaltante. Eso lo he aprendido por experiencia propia. Conocí a Pat Garrett.

El italiano posó las manos sobre los hombros de Billy y le miró directamente a los ojos. La bruma blanquecina teñía la mirada del italiano de color alabastro, haciéndole parecer un ciego.

—¿Tomamos la decisión correcta al intentar impedir que Dee liberara los monstruos en la ciudad? —preguntó.

—Sin la menor duda —respondió Billy con convencimiento.

—¿Tomamos la decisión correcta al luchar junto a estos Inmemoriales para combatir a los monstruos?

—Por supuesto —aseguró Billy.

—Piensa esto —dijo Maquiavelo con una sonrisa—. ¿Qué habría ocurrido si tú y yo hubiéramos optado por quedarnos con Dee y los monstruos?

Billy se quedó en blanco, sin saber qué decir.

—No tengo ni idea.

—Dee y Dare habrían desaparecido y nos habrían abandonado en la isla para enfrentarnos a Marte, Odín y Hel. Y, si bien tú eres un buen luchador, Billy, yo soy un nefasto combatiente. ¿Cuánto tiempo crees que habríamos sobrevivido?

—Bueno, yo me habría encargado del tipo tuerto…

Maquiavelo soltó un suspiro desesperado.

—El tipo tuerto es Odín.

Billy le miró sin expresión alguna en el rostro.

—Cuando eras pequeño, ¿tenías perro? —preguntó de repente el italiano.

—Claro.

—¿Cómo le llamabas?

—*Kid.*

—¿Llamaste a tu perro *Kid*?

El inmortal esbozó una amplia sonrisa.

—Eso fue antes de ganarme mi apodo.

Maquiavelo asintió con la cabeza.

—Odín, el tipo tuerto, tiene dos lobos. *Geri* y *Freki*.

—Me gustan esos nombres.

—Las palabras significan «hambriento» y «glotón», y son dos adjetivos que encajan a la perfección con su carácter. Son del mismo tamaño que un par de burros. Los saca a pasear con una única correa.

Billy se dio media vuelta para mirar al hombre cuyo ojo derecho tenía tapado con un parche.

—¿Perdió el ojo en una batalla?

El italiano negó con la cabeza.

—No. Se lo arrancó él mismo y lo utilizó para pagar una deuda a un gigante. ¿Todavía crees que podrías encargarte de él?

—Quizá no.

El italiano señaló la puerta del patio con la barbilla.

—¿Y cuánto tiempo crees que habrías aguantado frente al último guerrero, Marte Ultor?

Billy extendió la mano con la palma hacia abajo y la meneó de un lado a otro.

—O frente a Hel, que reina en el mundo de los muertos.

—No mucho —admitió Billy.

—No mucho —acordó Maquiavelo. Se inclinó ligeramente hacia delante y acercó la boca al oído del americano. —Y recuerda, Hel no es muy quisquillosa con la carne que come.

Billy tragó saliva mientras contemplaba los restos del jabalí.

—Ese cerdo podrías ser tú —dijo Maquiavelo.

—En realidad disfrutas explicándome todas estas cosas, ¿verdad?

—Es educativo.

—Perfecto entonces, señor educador, maestro estratega. Dime cómo vamos a salir de esta maldita isla.

El italiano empezó a menear la cabeza una vez más y, de forma inesperada, la niebla cambió y empezó a retorcerse entre los dos inmortales, como si soplara un fuerte viento. Pero no se intuía rastro de brisa marina en el patio de la prisión. Unas gotas de agua estaban suspendidas en el aire. Se fusionaron entre sí para formar gotas más grandes de humedad.

Y, de repente, la silueta de una cabeza se formó en el aire.

Apareció un rostro: era alargado y estrecho, pero antaño había sido hermoso. Contenía tres agujeros que correspondían al lugar que ambos ojos y la boca deberían ocupar. Entonces, la niebla se hizo aún más espesa y las gotas de agua empalidecieron hasta convertirse en aire. Por fin aquel rostro tomó forma y sustancia. Por debajo se empezó a distinguir la ropa: una camisa de lino blanca que hacía juego con unos pantalones pesqueros. Las piernas desaparecían por debajo de la rodilla y no se veían los pies.

—Fantasma… —chilló Billy.

El fantasma movió la boca. La abrió varias veces antes de que su voz fuera audible. El sonido era un hilo de voz que se asemejaba a una serie de burbujas de agua.

—*Soy Juan Manuel de Ayala. Yo descubrí Alcatraz.*

—Es un honor conocerte —saludó Maquiavelo mientras realizaba una reverencia y golpeaba a Billy con el pie.

Billy enseguida reaccionó.

—Un honor. Claro.

—*¿Lucháis junto a la Hechicera, Perenelle Flamel?* —preguntó el fantasma.

—Combatimos el mismo enemigo —dijo Maquiavelo con cautela.

—*Entonces tenemos una causa común* —anunció el fantasma—. *Seguidme.*

Capítulo 14

Prometeo alzó la mano, cubierta con un guante metálico.

—Agarraos fuerte. Estamos a punto de alcanzar el cénit de nuestro vuelo.

La tullida vímana Rukma se quedó suspendida en el aire durante un momento. Entonces se produjo un repentino bandazo. Al mismo tiempo, todas las pantallas de la nave se resquebrajaron hasta hacerse añicos; las placas de metal que cubrían el suelo se despegaron, tornillos y pernos se desplomaron de las paredes y un diminuto fuego empezó a arder en los controles, bajo los pies de Prometeo. El Inmemorial pisó las llamas en un intento de extinguirlas.

—Y ahora nos caemos.

La vímana Rukma se sumergió en el aire. William Shakespeare empezó a gritar con un tono sorprendentemente agudo que acabó siendo una tos áspera. El Caballero Sarraceno le asestó una suave patada en el brazo.

—Estoy convencido de que el hombre que escribió tanto sobre la muerte ha debido reflexionar mucho sobre ella. Has escrito miles de historias basadas en la muerte, Will —reprochó Palamedes.

—Muchísimas —respondió Shakespeare con voz

aguda—. Pero no he pensado mucho en caer en picado, dar varias volteretas en un aeroplano y estrellarme en una bola de fuego.

—Dudo que haya fuego —puntualizó Prometeo.

—Eso me alivia. Así pues, solo nos caeremos en picado, daremos volteretas y nos estrellaremos.

Juana de Arco se inclinó hacia delante.

—Siempre me ha gustado tu verso «Ya que en ese sueño de muerte, qué sueños podrán venir»… Muy poético. Es un sentimiento muy francés. Me sorprendió saber que lo había escrito un bardo inglés —añadió con una sonrisita.

—*Hamlet* —desveló Will—. Una de mis obras favoritas.

Palamedes sonrió de oreja a oreja, dejando al descubierto una dentadura prístina que contrastaba con su tez bronceada.

—Y qué hay de: «Lamento, ruina y destrucción: clamo contra decadencia y muerte, y muerte tendrá consumación».

—De *Ricardo II* —adivinó el inmortal inglés—. Sabía que no te olvidarías de ese verso. A pesar de haberlo escrito yo, debo reconocer que es un gran verso.

Saint-Germain cruzó las piernas.

—Debo admitir que siempre he admirado al rey Juan: «Muerte, muerte; ¡Oh, queridísima muerte!… Ven y sonríeme que ya vendrán tiempos peores» —citó mirando de reojo a su esposa—. Otro sentimiento muy francés, ¿no te parece?

—Toda la razón. Will, tienes que tener sangre francesa —insistió.

El Bardo se entrelazó las manos sobre el regazo y

asintió con afabilidad. Al igual que la mayoría de los escritores, le encantaba charlar de sus obras y, tras aquellos comentarios, se había animado un poco.

—Bueno, es cierto que viví con una familia de hugonotes franceses en Cripplegate, en Londres, durante una época.

—Una influencia francesa. ¡Lo sabía! —exclamó Juana dando palmas.

—¿Ya habéis terminado con las citas sobre la muerte? —espetó Scathach.

—Oh, tengo algunas más —ofreció el Bardo.

—¡Basta ya! —gritó Scathach.

La Guerrera cerró los ojos y respiró hondamente. Una vez, hacía ya mucho tiempo, le habían revelado que moriría en un lugar exótico. Ahora se preguntaba qué podía haber más exótico que una vímana sobrevolando la legendaria isla de Danu Talis.

No le daba miedo morir, pues se había pasado toda la vida luchando. Siempre existía la opción de fallecer en cualquier batalla y, a decir verdad, a lo largo de los milenios había estado al borde de la muerte en más de una ocasión. Solo se lamentaba de una cosa: de no volver a ver a su hermana una última vez. Aoife había sacrificado su vida para mantener a la espantosa Coatlicue lejos de este Mundo de Sombras y de Scathach.

Y ahora Aoife estaba atrapada en el oscuro reino de Coatlicue, condenada a una eternidad de sufrimiento. A menos que alguien la rescatara. Pero ¿quién la salvaría? ¿Quién sería tan insensato, o valiente, como para aventurarse al reino de Coatlicue? Scathach había jurado que ella misma rescataría a su hermana, pero todo apuntaba que no sería capaz de mantener esa promesa.

—Tío, no pareces muy preocupado por nuestra inminente muerte —le dijo a Prometeo.

—Por última vez, jovencita, no soy tu tío —espetó el Inmemorial pelirrojo.

—Todavía no —replicó la Sombra—. Pero, por centésima vez, lo serás. A ver: ¿vamos a estrellarnos y morir?

—Estrellarnos, sí. ¿Morir? Quizá. Todo depende de si mis cálculos son correctos.

Scathach se revolvió en el asiento y, balanceándose, se dirigió hacia una portilla resquebrajada.

Estaban precipitándose hacia el bosque. Scathach meneó la cabeza. Aquello no encajaba. Se habían elevado muchísimo hacía cuestión de segundos, ¿cómo era posible que hubiera árboles tan cerca de la aeronave?

De repente se percató de que no eran árboles, sino un árbol, un único árbol. Estaban descendiendo hacia la copa de un solo árbol.

Scathach se lanzó hacia la cabina del piloto, rebotando en ambos lados de la nave para asomarse por las distintas portillas y tener así panorámicas diferentes. Aquel árbol era inmenso. Descomunal y con el tronco retorcido, se alzaba ante ellos como un muro infranqueable. Escudriñó el paisaje y descubrió que el tronco desaparecía entre la maleza del bosque. La copa del árbol estaba rodeada de nubes, como si quisiera alcanzar el cielo. Era consciente de que, ante sus ojos, tan solo se veía una minúscula parte del árbol, pero que en sí debía ser enorme.

—Yggdrasill —suspiró.

—El Árbol de la Vida —confirmó Prometeo.

—El Yggdrasill original de Danu Talis —murmuró Scathach asombrada.

—¿El original? Es el único de su especie.

Scathach abrió la boca para responder, pero finalmente decidió que lo más apropiado era mantenerse callada. No era la primera vez que veía el Yggdrasill. Sin embargo, el árbol que había contemplado en un Mundo de Sombras que hacía frontera con Mill Valley resultaba raquítico comparado con este. Y Dee lo había destruido.

—Deberías sentarte —ordenó Prometeo—. ¡Ahora!

La Sombra se dejó caer en su asiento y agarró con fuerza los apoyabrazos. Todos los tripulantes pudieron ver el árbol, acercándose cada vez más. La luz que se adentraba por las portillas de la vímana Rukma se había vuelto oscura y verdosa. Daba la sensación de que la aeronave estuviera cayéndose sobre un bosque, pero en realidad descendía sobre el ángulo de un costado del Yggdrasill.

—¡Sujetaos! —bramó Prometeo mientras las ramas empezaron a rascar y arañar la parte lateral de la vímana. Y entonces chocaron contra el inmenso tronco del Árbol del Mundo. Y la vímana se partió en dos.

Una gigantesca grieta dividió la aeronave, y la parte delantera de la vímana, con Prometeo y Scathach, se desplomó hacia delante. Por suerte, se cayó sobre una red de lianas y gigantescas ramas que amortiguaron el golpe. Una lluvia de hojas roció a Prometeo y su futura sobrina. La mitad trasera de la aeronave, en cuyo interior estaban Juana, Saint-Germain, Will y Palamedes, se derrumbó sobre multitud de ramas, que cedieron por el peso hasta romperse, y la vímana descendió varios metros en caída libre apoyándose sobre una rama infinitamente larga. La nave se tambaleó durante un segundo y, de pronto, la rama se partió. Un segundo crujido estalló en un millón de astillas. Bajo la rama tan solo se distinguía un vacío infinito y multitud de nubes.

Scathach salió a gatas de la vímana, agarró una liana y en un abrir y cerrar de ojos diseñó una cuerda. Ató la liana alrededor de la rama sobre la que estaba apoyada y se deslizó hacia la mitad de la aeronave donde estaban sus amigos.

Prometeo se quitó los guantes metálicos con los dientes, se ató una segunda liana alrededor de la cadera y se dejó caer sobre la mitad posterior de la vímana, que yacía bajo sus pies. A punto estuvo de aterrizar sobre las manos del Caballero Sarraceno.

—¡Rápido, rápido! —gritó Scathach.

La Sombra veía que la rama sobre la cual la vímana se estaba balanceando estaba a punto de romperse.

Magullado y ensangrentado por un corte en la frente, el conde de Saint-Germain levantó a una inconsciente Juana de su asiento y la cargó sobre el hombro. Agarrando la liana que le ofrecía Scathach con una mano, Saint-Germain se arrastró ayudándose de los pies hacia arriba. La Sombra clavó los pies en la rama y tiró de la liana. Ejerció tal fuerza que los dientes empezaron a rechinar mientras los músculos se tensaban.

Palamedes alzó a un tembloroso Will Shakespeare y le sujetó mientras le ataba la liana de Prometeo alrededor de su enclenque cuerpo, ajustando un nudo bajo sus brazos. Echó un vistazo al Inmemorial pelirrojo y asintió con la cabeza.

—Tira de él.

Los enormes brazos de Prometeo tiraron de la liana y el Inmemorial deslizó a Shakespeare a un lugar más seguro.

La rama crujió una vez más y se partió.

Palamedes saltó y, justo en el instante en que la rama

111

se desprendió del tronco del árbol, se agarró del pie derecho del Bardo y se quedó colgando, balanceándose de un lado a otro.

Prometeo gruñó por el peso de más que pendía de la liana. Se le resbalaba la cuerda de las manos, rasgándole la piel, dejándola al rojo vivo; y entonces empezó a desmarañarse. El Inmemorial rugió de frustración.

—Will —llamó Palamedes mirando hacia arriba—. Tengo que soltarme…

—¡No! —gritó el Bardo con lágrimas en los ojos—. No, por favor…

—Will, si no lo hago, los dos moriremos. Y no hace falta que tal cosa ocurra.

—Espera… —suspiró Shakespeare—. Espera…

—Ha sido un honor compartir contigo una amistad que ha perdurado siglos…

—¡No!

—Cuando todo esto acabe, quizá te replantees volver a escribir. Dame un papel importante y hazme verdaderamente inmortal. Adiós, Will —se despidió el Caballero Sarraceno soltándose de la liana.

Se produjo un silbido y, de repente, un lazo de lianas abrazó el pecho de Palamedes en el mismo instante en que este se dejó caer. De forma abrupta, decenas de hilos y serpentinas de lianas se desprendieron de la parte superior y envolvieron a Juana de Arco, Saint-Germain, Shakespeare y Palamedes como si de una gigantesca telaraña se tratara. Las lianas se replegaron, arrastrándoles así hacia una rama más ancha, donde fueron depositados de una forma brusca. Las cuerdas se deslizaron como serpientes y desaparecieron de nuevo tras el árbol, dejando así al grupo de inmortales agitados pero vivos.

112

Dos figuras aparecieron al otro extremo de la rama.

—Nos hemos metido en un buen lío —murmuró Prometeo—. Esto no le habrá gustado ni un pelo.

El Inmemorial se fijó en las palmas de la mano y empezó a extraer astillas de madera que se le habían clavado mientras tiraba de la liana.

Bajo aquella luz verdosa resultaba muy difícil distinguir algún detalle, pero una de las dos figuras era alta y corpulenta y estaba protegida bajo una armadura de metal y cristal oscuro. Una mirada azul y brillante resplandecía bajo un casco ornamentado. La segunda figura, en cambio, era una mujer de mediana edad con la tez oscura como el carbón y una cabellera blanca como el hielo que caía sobre sus hombros. La mujer lucía un vestido irisado que desprendía tonalidades verdes y doradas con cada paso.

113

Avanzando hacia Prometeo, la mujer posó las manos sobre las caderas y golpeó el suelo con los pies en un gesto de enfado.

—Te has estrellado contra mi árbol. Otra vez.

—Lo siento, señora. No teníamos otra opción.

—Has dañado a mi árbol. Tardará años en curarse —dijo bajando el tono de voz—. Incluso has roto algunas ramas. No ha sido muy agradable para él.

—Me disculparé. Me desharé en disculpas —añadió—. Haré una ofrenda a las raíces.

—Puede que eso funcione. Espero que sea una buena ofrenda. Algo grande. Asegúrate de que tenga huesos; le encantan los huesos —dijo la mujer mirando a su alrededor—. Así pues, aquí están. Por fin. Abraham tenía razón, una vez más. Aunque no mencionó nada de estrellarse contra mi árbol —comentó mirando a todos los presentes—. Tienen un aspecto sospechoso, furtivo. Sobre todo ella —dijo señalando con el dedo a Scathach. Después, se inclinó hacia delante y olfateó—. ¿Te conozco?

—Todavía no. Pero me conocerás.

La mujer abrió las aletas de la nariz una vez más.

—Conozco a tu madre —adivinó—. Y a tu malicioso hermano.

Juana de Arco dio un paso hacia delante y se colocó entre las dos mujeres.

—Prometeo, estás descuidando tus modales. ¿Por qué no nos presentas? —sugirió.

—Desde luego —acordó Prometeo—. Damas y caballeros, permitidme que os presente a la Inmemorial Hécate, la Diosa de las Tres Caras.

La mujer hizo una delicada reverencia y su vestido se iluminó de color esmeralda.

—Y, por supuesto, al Campeón, Huitzilopochtli.

—Marte —murmuró Scathach atónita.

—No conozco ese nombre —rebatió el guerrero.

—Lo conocerás —siseó la Sombra.

Capítulo 15

icolas y Perenelle se sentaron sobre las sillas metálicas de la terraza del Hard Rock Café, en la entrada del Embarcadero 39. Aunque eran las siete de la tarde algo pasadas y en esta época del año no anochecía hasta las nueve de la noche, la densidad de la niebla había provocado que la noche llegara de forma prematura. Una penumbra fría, húmeda y grisácea cubría toda la ciudad y nadie podía ver más allá de unos cuantos centímetros. El tráfico había disminuido considerablemente y las calles estaban casi vacías. Incluso varios restaurantes y tiendas del Embarcadero habían cerrado sus puertas.

Nicolas tomó aire.

—Debo decir que nunca pensé que pasaría mi última noche con vida en la terraza de un restaurante. Y menos aún que sería en una noche de niebla en San Francisco. Siempre deseé morir en París.

Perenelle alargó el brazo para acariciar la mano de su marido.

—Piensa en las alternativas —dijo utilizando el francés antiguo de su juventud.

—Tienes razón —contestó él en tono cariñoso—. Podría estar solo.

—O yo —replicó Perenelle—. Después de todos estos años… me alegro de que todavía sigamos juntos.

—Y todo gracias a ti —dijo el Alquimista.

Se giró para contemplar a su esposa y acarició el antiguo escarabajo que la Hechicera llevaba colgado de un collar bajo la camisa. Habían pasado tantas cosas en las últimas horas que daba la sensación de que hubieran pasado años. Sin embargo, hacía tan solo unas horas que Perenelle había utilizado el poder de las auras de Tsagaglalal y Sophie para transferirle una porción de su aura a través del escarabajo. Le había regalado veinticuatro horas más de vida. A cambio, su esposa había sacrificado un día de su propia vida. Ninguno de los dos necesitaba un reloj para saber que les quedaban unas diecinueve horas de vida. No tenían intención alguna de dormir aquella noche.

Perenelle alargó el brazo y rozó la mejilla de su marido con la palma de su mano izquierda.

—Te lo dije una vez: no quiero vivir en un mundo sin ti.

—Yo tampoco —susurró Nicolas.

El Alquimista era consciente del terrible coste que su esposa había tenido que pagar para regalarle un día más de vida. Distinguió nuevas líneas de expresión en sus ojos y arrugas alrededor de la boca.

La Hechicera había pasado siglos junto a Nicolas, así que le resultaba muy sencillo leer su expresión.

—Sí, he envejecido —admitió—. Cada hora que pasa me crecen más canas —dijo peinándose el cabello—. Siempre te avisé de que me saldrían canas por tu culpa —bromeó mientras pasaba una mano sobre la cabeza rapada de Nicolas. El Alquimista apenas tenía canas y lucía una barba y un bigote aún oscuros—. En cambio tú... Sigues pareciendo joven.

—No tan joven —puntualizó Nicolas.

—No tan joven —acordó Perenelle—. Pero bastante joven. Nadie adivinaría que en unos meses cumplirás seiscientos setenta y siete años.

El Alquimista le apretó la mano.

—Es un cumpleaños que no podré celebrar. Pero aun así —dijo con una sonrisa—, seiscientos setenta y seis no están nada mal.

—Recuerda que cada vez que utilices tu aura estarás agotando la energía que queda en el escarabajo.

La Hechicera palpó la piedra que llevaba alrededor del cuello y una chispa blanca saltó de sus dedos, crepitando bajo el algodón de la camisa.

—Lo entiendo. Trataré de guardarla hasta que la necesite.

—La vas a necesitar pronto. Ese truco con el loro podría haberte costado un par de horas de vida.

Nicolas negó con la cabeza.

—Treinta minutos a lo sumo. Y mereció la pena. Había olvidado qué divertido era volar. Además, gracias a mi ardid, ahora sabemos muchas cosas. Hemos descubierto que Maquiavelo y Billy el Niño son ahora nuestros aliados.

—No confío en él.

—¿En cuál de ellos?

—En ninguno de los dos. Pero sobre todo no me fío de Maquiavelo. Al menos con Dee ya sabíamos de qué lado estaba.

—Siempre he sentido un poco de lástima por el Mago inglés —reconoció Nicolas—. Y debo admitir que admiro al italiano. Creo que, en otras y muy distintas circunstancias, podríamos haber sido grandes amigos.

La Hechicera hizo una mueca.

—Recuerda el episodio del monte Etna —dijo.

—Le venciste. Eso le debió doler, y mucho, en su orgullo.

—Te envenenó. ¡Y causó la erupción del volcán!

—Francamente, no creo que aquello fuera su culpa. Eso fue consecuencia de tu aura, que encendió al volcán. Pero da lo mismo, estos son tiempos muy extraños. Están ocurriendo multitud de cosas que ignoro por completo. Llevemos a nuestros aliados a un lugar donde podamos encontrarles. De todas formas —añadió con una amplia sonrisa—, ¡estaremos muertos por la mañana, y ya no será problema nuestro!

—¡Eres imposible! —exclamó Perenelle soltando la mano de su marido y cruzándose de brazos—. No digas eso.

—Es la verdad.

Perenelle se giró en la silla metálica para echar un vistazo al Embarcadero.

—¿Dónde están los chicos? —preguntó.

—Estás cambiando de tema deliberadamente, ¿verdad?

—Sí.

Y en ese preciso instante, dos figuras, una esbelta y la otra corpulenta, aparecieron de entre la densidad de la niebla. Eran Niten y Prometeo. El gigantesco Inmemorial llevaba una bandeja de plástico con tres vasos de cartón blanco y el japonés llevaba una taza más pequeña y una bolsa de papel marrón con un pastelito dentro.

Prometeo se sentó junto a la pareja y ofreció a Nicolas y Perenelle los vasos de café humeante.

—Hemos pensado que, como sois franceses, preferiríais café en vez de té —dijo mirando de reojo a Niten—. De hecho, ha sido idea de Niten.

—Yo he pedido té —comentó el inmortal.

—No hay leche, pero hay sobres de azúcar en la bolsa.

—Gracias —dijo Perenelle.

La Hechicera cogió el vaso blanco con ambas manos y sorbió con cautela. Después, bajó la cabeza para que el Inmemorial no se diera cuenta de la expresión de asco y repugnancia en su rostro.

—Necesita azúcar —murmuró.

—¿Qué habéis descubierto? —preguntó Nicolas antes de dar un sorbo al café—. No está mal, pero necesita azúcar.

El Alquimista cogió tres sobrecitos marrones de azúcar y los vertió sobre el café.

—La ciudad está casi cerrada —dijo Prometeo pasándose la mano por el pelo. El día antes lucía una cabellera pelirroja; ahora, en cambio, se había teñido de un color grisáceo sucio—. Fijaos en vuestro alrededor: es junio y estamos en el Embarcadero número treinta y nueve. Este lugar debería estar iluminado por decenas de faros y a rebosar de gente. Y está prácticamente desierto. El restaurante tiene la televisión encendida. Por lo visto, ha habido docenas de accidentes en las carreteras, el aeropuerto está cerrado y el tráfico marino se ha detenido. Se está considerando la opción de cerrar el puente de la Bahía y el Golden Gate. El presentador de las noticias aseguraba que era la peor niebla del último siglo.

Nicolas inspiró hondamente.

—Y no es una bruma normal y corriente. ¿Qué, o debería decir a quién, podemos oler? —preguntó.

El inmortal japonés sacudió la cabeza.

—Algo muerto y podrido.

Nicolas miró a su esposa.

—¿Reconoces ese hedor?

Perenelle hizo un movimiento negativo con la cabeza. Alejó el vaso de café para poder respirar aire fresco.

—Carne putrefacta —sugirió antes de volver a acercarse el vaso para ocultar la peste con el delicioso aroma del café—. Ese olor podría corresponder a media docena de Inmemoriales. Algunos desprenden un perfume extraño y, por lo visto, muchos prefieren oler a carne putrefacta —dijo sonriendo a Prometeo—. Sin ánimo de ofender.

—No te preocupes. Nunca he estado tan orgulloso de mí mismo —respondió Prometeo. Después se acabó el café de un sorbo, hizo una bola con el vaso de cartón y lo lanzó hacia una papelera—. Hay dos posibilidades en la Costa Oeste —susurró—. Podría ser Quetzalcoatl o, peor aún, Bastet. Ambos Inmemoriales se decantan por el perfume a carne podrida.

—¿Quién crees que es? —preguntó Perenelle.

Prometeo sacudió la cabeza.

—Hace unos instantes creí que podría tratarse de Quetzalcoatl. Me pareció captar un tufillo exótico y algo picante en el aire.

Niten inspiró hondamente.

—No lo entiendo. Lo único que puedo distinguir es carne putrefacta y quizás un olorcillo a felino. Aunque también podría provenir de un gato real que merodea por la isla —agregó.

—O quizá son los dos Inmemoriales —propuso Perenelle.

Prometeo negó con la cabeza con convicción.

—No, eso es imposible que ocurra. Son enemigos acérrimos.

—¿Por qué? —quiso averiguar Niten.

—Por algo que sucedió hace mucho, mucho tiempo, antes de que Danu Talis se hundiera. Jamás unirán sus fuerzas.

Una bocina que alertaba de la niebla retumbó en el Embarcadero y todos se quedaron en silencio para escuchar el rugido.

—Algo malo va a ocurrir —susurró Nicolas. Dejó el vaso de café sobre el suelo y se frotó las manos—. ¿Has conseguido contactar con alguien?

El Inmemorial negó con la cabeza.

—Con algunos, pero no es suficiente. Las criaturas leales a la raza humana ya están al corriente de los disturbios y tengo la esperanza de que estén de camino. Por supuesto, eso mismo puede aplicarse a todos los siervos y fieles de los Oscuros Inmemoriales. Sin embargo, he podido hablar con Barbarroja...

—¿El emperador o el pirata?

—El emperador —aclaró el Inmemorial—. Está en Chicago pero vendrá en el primer avión de la mañana. Eso si está abierto el aeropuerto de San Francisco, claro está. Ya ha corrido la voz por la Costa Este, así que todos los inmortales e Inmemoriales están informados. Traerá a todos los que pueda.

—Ya será demasiado tarde —dijo Perenelle—. Les necesitamos ahora.

—Me ha afirmado que la inmortal Zenobia y el Inmemorial Pyrgomache ya están de camino. Viajan en un autobús de la compañía Greyhound.

—No conseguirán llegar con esta niebla —intercedió

Perenelle—. Y no me fío de Zenobia. Siempre he desconfiado de ella.

—He hablado con Khutulun —dijo Niten—. Ahora se dedica a la cría de caballos en Kentucky.

Los Flamel menearon la cabeza de forma simultánea.

—¿Quién es? —preguntó Nicolas.

Niten contestó con una sonrisa maliciosa.

—Probablemente la guerrera más famosa y de la que no habéis oído hablar. Es la sobrina de Kublai Khan, así que está directamente emparentada con Genghis Khan. Primero fue entrenada por Scathach y, más tarde, por su hermana, Aoife. Aoife solía llamarla Luna Reluciente y en varias ocasiones comentó que era la hija que siempre había querido tener. Khutulun me ha afirmado que saldría en una hora.

—¿Viene en coche? —preguntó la Hechicera.

—Khutulun no vuela.

—Aunque no pare para dormir, está al menos a dos días de viaje —dijo Perenelle—. Todo habrá acabado cuando llegue.

—Es consciente de ello. Me ha asegurado que vengaría nuestra muerte.

—Bueno, es un consuelo.

—Iba a hacer una pequeña parada en Wyoming para recoger a los Inmemoriales Ynaguinid y Macanduc.

Prometeo hizo un gesto de asentimiento.

—Tremendos guerreros —opinó—. Los más valientes de los valientes.

—… que están ahora mismo en Wyoming —objetó Perenelle—. Así que no nos sirven en absoluto.

—Davy Crockett ya ha salido de Seattle y viene en coche —añadió Niten.

—Pero eso está al menos a un día de viaje. No logrará llegar a tiempo —apuntó Nicolas antes de acabarse el café y dejar con sumo cuidado el vaso vacío sobre la bandeja—. Resumiendo: mucha ayuda ha decidido venir hasta aquí, pero nadie va a conseguir llegar a tiempo.

El Inmemorial y el japonés dijeron que sí con un gesto de cabeza.

—Y, al mismo tiempo —añadió Perenelle—, sabemos que varios Oscuros Inmemoriales viven cerca de la ciudad. Eris tiene una casa justo en la calle Haight-Ashbury...

Prometeo hizo un gesto despectivo con la mano.

—Podemos ignorarla. Lleva mucho tiempo quieta, sin hacer nada. Ahora invierte todo su tiempo en tejer a ganchillo.

—¿Estamos hablando de la misma Eris que provocó la Guerra de Troya porque no recibió una invitación de boda? —preguntó Perenelle, incrédula—. ¿De veras crees que se quedará sentada haciendo ganchillo mientras el resto de su asqueroso clan invade la ciudad?

—Es probable que no —decidió Prometeo.

—Así que estamos solos —resumió Nicolas.

—Ya lo he comentado antes. La isla es la clave —dijo Niten.

—Estoy preocupado por Odín y Hel —continuó el Alquimista—. Y también por Marte. Hace un rato, Hel estaba herida y apenas podía mantenerse en pie sin ayuda. Y me inquieta qué ha pasado con Black Hawk. Ha desaparecido del mapa sin dejar rastro. Temo que le haya perdido, que las Nereidas le hayan atacado.

—Debemos trasladar la batalla al corazón del enemigo —propuso Niten con decisión—. No nos queda otra

MICHAEL SCOTT

opción que llevar la iniciativa. Si nos retrasamos, los Oscuros Inmemoriales llegarán y nos veremos obligados a luchar en dos frentes. Y esa es una batalla que no podemos ganar. Debemos llegar a Alcatraz.

—¿Cómo? —preguntó Prometeo—. Ningún barco se atreverá a salir a la bahía con esta niebla.

Nicolas miró a su esposa por el rabillo del ojo.

—¿Recuerdas cuando estuvimos en la isla de Man y Dee apareció por sorpresa con los devoradores de muertos que había adiestrado? ¿Te acuerdas cómo conseguimos salir de allí?

Perenelle esbozó una sonrisa de satisfacción.

—Jamás me olvidaré de la expresión del Mago —respondió. Y, de repente, la sonrisa se desvaneció—. Pero, Nicolas, entonces éramos mucho más jóvenes y mucho, muchísimo, más fuertes.

—De acuerdo, entonces utilizaremos un poco de aura —replicó encogiéndose de hombros—. No tenemos nada que perder.

La Hechicera se inclinó hacia delante para besar a su marido en la mejilla.

—Es cierto.

—¿Cómo os las arreglasteis para huir de la isla? —preguntó Niten.

—Caminando.

—¿Sobre el agua?

Nicolas y Perenelle Flamel asintieron con la cabeza.

Capítulo 16

engo entendido que se ha producido una… situación un tanto incómoda antes —dijo Osiris.

—No —espetó Virginia sin alterar la voz.

La inmortal observaba a los criados que rodeaban la mesa redonda de oro y plata ubicada en el centro del jardín trasero de la casa circular. Ninguno de aquellos sirvientes era humano. Todos tenían un cuerpo humano pero sus rasgos eran salvajes y tenían cierto aire animal. Las criaturas femeninas parecían tener genes felinos, mientras que las masculinas se asemejaban bastante a perros y puercos. Y no había dos bestias idénticas.

Un trío de mujeres-gato apareció por la puerta. Una tenía la piel cubierta de suave pelaje, otra lucía una larga cola felina y la tercera tenía el rostro y los hombros cubiertos del estampado típico de leopardo. Y todas ellas tenían bigotes. Dejaron sobre la mesa gigantescas cestas de fruta y se alejaron del jardín sin producir sonido alguno, apoyándose sobre las cuatro patas.

—¿Manipulación genética? —preguntó Virginia.

—Algo parecido —contestó Osiris—. Una combinación de pericia de los Señores de la Tierra, los Arcontes y, cómo no, de los Grandes Inmemoriales, avivada por nuestras auras. Isis y yo estamos creando infinidad de Mundos de Sombras y necesitamos poblarlos. Y el ser humano no puede adaptarse a todos los reinos. El humano medio a duras penas consigue sobrevivir en este mundo. Así que modificamos algún aspecto y les otorgamos ciertas ventajas o virtudes. Las mujeres-gato, por ejemplo, son idóneas para un mundo selvático y pondremos a prueba a los perros y cerdos como cazadores y rastreadores. Son lo bastante flexibles como para adaptarse a multitud de entornos distintos.

—¿Es ciencia o magia? —preguntó Virginia.

—¿Quién dijo que la tecnología avanzada apenas puede distinguirse de la magia? ¿Einstein? ¿Newton?

—Clarke —respondió la inmortal en voz baja.

—En esencia, los humanos son una raza muy vulnerable. Nosotros les concedemos algunas virtudes que la naturaleza por sí sola olvidó.

—El ser humano ha sido capaz de extenderse por todo el globo terrestre, de vivir en multitud de entornos, y todo sin ninguna de vuestras virtudes —rebatió Virginia—. Se adaptan, siempre lo han hecho y siempre lo harán. Lo que estáis haciendo está mal.

—Estamos de acuerdo en que no estamos de acuerdo.

—Odio esa frase.

Osiris y Virginia Dare estaban sentados frente a frente. Les separaba un estanque redondo que decoraba un pequeño jardín. Sobre ellos, un toldo de seda estampado les protegía de la luz del sol. El jardín estaba repleto de flores distintas y la atmósfera desprendía un aroma floral delicioso. Virginia se había criado en el bosque y había recibido clases de botánica y horticultura. Aun así, no era capaz de reconocer más que un puñado de plantas. Unos gigantescos nenúfares cubrían la superficie del estanque y unas diminutas ranas transparentes saltaban de hoja en hoja, siguiendo el rastro del sol. Las ranas siseaban como gatos.

Osiris se había cambiado de ropa y ahora llevaba una camisa de lino blanca y unos pantalones del mismo color hasta los tobillos. Iba descalzo y Virginia Dare no pudo evitar fijarse en que llevaba las uñas de los pies pintadas de negro.

—¿Qué ha pasado con los anpu? —preguntó Osiris.

La mirada grisácea de Virginia se tornó dorada tras un parpadeo.

—Oh, eso —dijo como si nada—. Se cruzaron en mi camino.

—Se habrían apartado y os habrían dejado pasar si os hubierais identificado. Fue un error —reprendió Osiris con una sonrisa apenas perceptible y, sin duda, falsa.

—Su error fue intentar detenerme.

—¿Siempre juzgas con tanta dureza a todos los que se cruzan en tu camino?

—Sí —respondió con la misma sonrisa del Inmemorial—. No me gusta que nadie o nada intente privarme de mi libertad.

—Lo recordaré.

—Hazlo. Crecí sin nada. Sin ropa, sin comida, sin dinero, sin posesiones. Lo único que tenía era mi libertad. Aprendí a apreciarla.

Osiris entrelazó los dedos.

—Eres una persona interesante, Virginia Dare.

—No te creas. En realidad soy muy sencilla y mi regla es igual de simple: quédate fuera de mi camino y yo no me cruzaré en el tuyo.

—Eso también lo recordaré.

Una repentina carcajada de Sophie captó su atención y

tanto Virginia como Osiris se volvieron hacia la joven. A través de una pared de cristal, vislumbraron a los dos mellizos explorando la inmensa casa circular.

—Es la primera vez que la oigo reír —recalcó la inmortal antes de darse la vuelta hacia el Inmemorial—. Su llegada aquí no ha sido una sorpresa. Me da la sensación de que estamos cerca de la última parte de un plan que se tramó hace mucho tiempo.

Osiris se recostó sobre un sillón que había sido tallado de un bloque de oro sólido y se frotó las manos.

—Eres muy astuta.

—Subestímame por tu cuenta y riesgo —respondió con una pícara sonrisa—. Mi maestro Inmemorial lo hizo, y sabes de sobra qué le ocurrió.

—Me pregunto si serías tan valiente sin tu flauta —opinó Osiris.

Virginia buscó bajo su camisa la sencilla flauta de madera. La extrajo de su funda de tela y los rayos de sol iluminaron las florituras talladas en la madera. De pronto, Osiris se puso tenso y la inmortal se percató de que había dejado caer los brazos de ambos lados del sillón. Supuso que había un arma oculta bajo uno de los apoyabrazos, un puñal o una estrella. De forma abrupta, lanzó la flauta hacia el Inmemorial.

Osiris cogió el instrumento al vuelo y, con tan solo rozarlo, la piel de la palma de su mano chisporroteó y empezó a humear. Acto seguido, arrojó la flauta hacia el estanque, pero Virginia la interceptó y la hizo girar una sola vez para producir una nota. Después, la volvió a guardar en la funda con un movimiento ágil y suave.

El Inmemorial se derrumbó sobre las rodillas y sumergió la mano en el agua.

—Podrías haberme avisado —comentó.

—Si te hubiera dicho que no podrías tocarla, ¿me habrías creído?

—Seguramente no —admitió.

—Una imagen vale más que mil palabras.

—Ya me he encontrado con artefactos como esos antes —comentó Osiris—. La mayoría fueron creados por los Señores de la Tierra y los Arcontes. Nunca he comprendido por qué los Inmemoriales no podemos ni siquiera acercarnos a ellos. ¿Tú lo sabes?

—Sí, lo sé —respondió Virginia Dare.

—¿Y no piensas decírmelo?

—No, de ningún modo.

Osiris giró el sillón dorado y volvió a sentarse sin secarse la mano.

—Señorita Dare, menuda revelación —murmuró—. Ahora me doy cuenta de que, durante siglos, he estado tratando con el agente humano equivocado. Dee era un idiota, una herramienta inútil, no nos engañemos. Deberíamos haber contratado tus servicios.

Virginia Dare negó con la cabeza.

—Siempre pudisteis tener el control sobre el doctor. Jamás habríais podido controlarme.

Osiris asintió.

—Puede que tengas razón. Pero quizá te habríamos tratado de una forma distinta.

—¿Con honestidad, por ejemplo?

—Siempre fuimos honestos con el Mago —confesó el Inmemorial con sinceridad—. Sin embargo, Dee casi nunca fue honesto con nosotros; y tú debes saberlo.

—¿Para qué necesitáis a los mellizos?

Osiris se llevó su mano quemada a los labios y se la-

129

mió la herida. El Inmemorial observaba con detenimiento a la inmortal y, de forma repentina, sonrió de oreja a oreja.

—Podría decírtelo, pero entonces tendría que matarte.

—Si no me lo cuentas, quizá sea yo quien te mate a ti —replicó Virginia con la misma sonrisa.

—Podrías intentarlo.

—Así es. Pero en realidad no quieres ponerme a prueba —dijo Virginia.

De repente, las voces de Sophie y Josh retumbaron en toda la casa, y el Inmemorial y Virginia se volvieron hacia el sonido. Instantes más tarde, los mellizos se acercaron al jardín.

—Te diré lo que pienso —susurró Virginia—. Necesitas sus auras. Necesitas el poder del Oro y la Plata para algo. Para algo espectacular. ¿Tengo razón?

—No andas equivocada —siseó Osiris.

—Pero hay algo que me inquieta —añadió.

El Inmemorial continuó lamiéndose la herida.

—¿De veras sois sus padres?

—Son nuestros hijos —dijo tras meditar la respuesta—. Llevamos toda la vida preparándoles para esto.

Capítulo 17

Quetzalcoatl detestaba la humedad. Llevaba un traje de tres piezas de lana que había comprado en Londres hacía cosa de un siglo y se había abrigado con una chaqueta de cuero negro con las solapas hacia arriba. Una bufanda térmica le tapaba el cuello y le cubría parte de la boca. Además, llevaba un sombrero negro con unas plumas muy vistosas que se había arrancado de su propia cola. También tenía las manos tapadas con guantes forrados de piel y, aun así, estaba congelado. Odiaba este Mundo de Sombras en particular.

La Serpiente Emplumada se dio media vuelta en el mismo instante en que un gigantesco Cadillac negro con las ventanas ahumadas estacionaba en el aparcamiento vacío de Vista Point. La carrocería, de un negro resplandeciente, titilaba por las diminutas gotas de lluvia que cubrían el automóvil.

Quetzalcoatl levantó la mano y, tras darse cuenta de que seguramente sería invisible tras aquella penumbra que creaba la niebla, la dejó caer. Estaba empezando a arrepentirse de la decisión tan impulsiva que había tomado. Había sobrevivido todo este tiempo porque era una criatura solitaria; apenas se mezclaba con los de su propia especie. Ni siquiera podía recordar la última vez que se había encontrado a alguien de su lejano pasado. Siempre le había resultado más sencillo tratar con criados humanos; a ellos sí podía controlarlos.

Un chófer ataviado con un elegante traje y una gorra con visera se apeó del impresionante vehículo. Quetzalcoatl enseguida se percató de que había algo que no encajaba, pues aquel hombre, aunque también podría ser una mujer, caminaba de una forma extraña y, cuando el conductor volvió la cabeza, el Inmemorial creyó distinguir una mirada negra y sólida. El chófer se quitó el sombrero, dejando así al descubierto una cabeza calva y unas orejas de murciélago, antes de abrir la puerta trasera del automóvil.

Y entonces salió una figura.

Se trataba de una criatura esbelta y elegante, enfundada en un abrigo de pieles que alcanzaba el suelo y que se había tejido con los pelajes de animales que hacía eones que no pisaban esta tierra. Y tenía la cabeza de un felino. Era Bastet.

Quetzalcoatl observó a la Inmemorial cruzar el aparcamiento, acercándose lentamente a él, y no pudo evitar notar una extraña sensación, algo que no había sentido en milenios: miedo. La cola de la serpiente, que hasta entonces había permanecido oculta, se deslizó por debajo de su abrigo y el Inmemorial empezó a golpearla contra el suelo con nerviosismo. Puede que contactar con la diosa de cabeza gatuna hubiese sido un tremendo error.

—Ha pasado mucho tiempo, Quetzalcoatl —saludó utilizando la antigua lengua de Danu Talis.

La Serpiente Emplumada se quitó el sombrero para realizar una respetuosa reverencia.

—Mucho.

Bastet inclinó su cabeza felina hacia un lado mientras

observaba con atención al Inmemorial. Le era imposible leer su expresión, pero a Quetzalcoatl le dio la impresión de que Bastet estaba disfrutando de su encuentro.

—Gracias por venir —continuó—. Estaba seguro de que...

—Oh, nosotros, los Inmemoriales, debemos permanecer unidos —interrumpió Bastet entre siseos—, sobre todo ahora, en estos tiempos tan interesantes —puntualizó. Los tacones de las botas de la Inmemorial resonaban contra el suelo a medida que avanzaba por el aparcamiento, acercándose así a la Serpiente—. Tu llamada fue una alegría. Una sorpresa también, debo admitirlo. Pero una alegría al fin y al cabo.

Quetzalcoatl se preguntaba si la Inmemorial con cabeza de gato estaba siendo sarcástica; la frialdad con la que hablaba le confundía sobremanera.

133

—He intentado ponerme en contacto contigo en más de una ocasión —murmuró—, pero ya sabes que el tiempo pasa volando.

—Deberíamos vernos más a menudo; de hecho, somos casi vecinos —ronroneó ella.

Ahora ya no le cabía la menor duda: estaba siendo sarcástica. Le despreciaba por lo ocurrido en Danu Talis hacía ya más de diez mil años.

—Así pues, ¿necesitas mi ayuda?

—Sí. Pensé que podrías echarme una mano —reconoció—. Estamos muy cerca. La victoria está casi en nuestras manos. Y no quiero dejar nada al azar.

—Muy inteligente —opinó Bastet ondeando la mano derecha, rasgando la cortina de niebla con las zarpas—. ¿Esto es obra tuya? Debo admitir que es un detalle impresionante.

—Gracias. Creí que darías tu consentimiento.

—Al ser humano siempre le ha aterrorizado la noche. En especial las noches de niebla. En lo más profundo de sus recuerdos genéticos deben recordar qué se siente al ser perseguido y acorralado —dijo la diosa mostrando sus afilados dientes tras una salvaje sonrisa.

Quetzalcoatl alzó la mano para señalar hacia la derecha.

Entre la espesa nube de bruma se lograba distinguir una figura metálica. El Inmemorial parpadeó y, acto seguido, las pupilas cambiaron de forma. De repente, la Serpiente Emplumada empezó a ver el mundo a través de una visión roja y negra.

—El puente Golden Gate está aquí —dijo apuntando hacia la izquierda—. No sé si puedes verla, pero allí está Alcatraz…

—Claro que veo la isla. ¿Acaso te has olvidado de qué soy, en qué me convertí? —siseó con tono molesto.

—La Mutación nos cambió a todos —dijo Quetzalcoatl con sumo cuidado.

—A unos más que a otros.

—Así es —continuó la Serpiente Emplumada—. Más allá de Alcatraz se encuentra la isla del Tesoro y, justo detrás del islote, el puente de la Bahía.

Bastet se levantó las solapas de su abrigo de pieles.

—No he venido hasta aquí para que me des una clase de geografía.

—Esta niebla ha invadido todo lo que está a cien kilómetros a la redonda. Nada se mueve, ni por tierra ni por mar. Me he asegurado de que se produzcan multitud de accidentes. Las autoridades están desplegadas por toda la ciudad. Todos los puentes están cerrados, incluyendo el

Golden Gate —informó antes de consultar un gigantesco reloj que llevaba en la muñeca—. En breve, un barco petrolero atravesará la bahía a la altura del puente Dumbarton y estallará.

—¿Cómo lo sabes? —preguntó Bastet.

—Porque no quiero dejar nada al azar —respondió comprobando otra vez el reloj—. En cuestión de cinco minutos habrá una serie de percances en las barreras de peajes del puente de San Mateo y, de esta forma, todos los puentes estarán sellados. Y en diez minutos, la compañía de gas y electricidad, que abastece de energía a casi toda esta parte del país, va a sufrir varios fallos informáticos —añadió Quetzalcoatl con una aterradora sonrisa—. La costa entera se quedará a oscuras.

—¿Puedes hacer eso?

—Por supuesto. Ya lo probé hace un par de años en la Costa Este. El apagón fue todo un éxito.

—Todo esto es muy admirable. Bueno, ¿y para qué me necesitas? —quiso saber Bastet.

—¿Estás al corriente de que tenemos criaturas atrapadas en Alcatraz?

—Sí, algo he oído.

—Y sabes que Dee nos ha traicionado, ¿cierto?

—Sé que ha sido declarado *utlaga*.

—Supuestamente, él debía ocuparse de liberar a las bestias de la isla, pero no lo hizo y ahora ha desaparecido sin dejar rastro.

—¿No tienes a algún humano que puedas utilizar? —siseó Bastet—. No me quedan criados en esta parte del continente.

—Encargué el trabajo a dos de mis mejores sirvientes: Billy el Niño y Black Hawk —dijo. Después hizo una

135

pausa y tosió—. Les acompañaba el inmortal italiano, Nicolas Maquiavelo.

Bastet bufó como un felino.

—Hay ciertos humanos que deberíamos haber matado y habernos comido hace mucho tiempo. Los Flamel, por ejemplo, y Dee. Y, desde luego, Maquiavelo. Sabes que adoro la comida italiana.

Quetzalcoatl suspiró.

—Estoy completamente de acuerdo contigo. Maquiavelo y Billy fueron a la isla para despertar a los monstruos y soltarlos en la ciudad.

—¿Y? —preguntó Bastet volviéndose hacia San Francisco, inclinando la cabeza hacia un lado para fingir prestar atención—. No oigo gritos.

—Fracasaron —confesó Quetzalcoatl en voz baja—. No sé cómo. Vi con mis propios ojos al Lotan nadar en dirección al Embarcadero, pero el matrimonio Flamel se deshizo de la criatura. He perdido el contacto con Billy y Maquiavelo, y Black Hawk ha desaparecido como por arte de magia. Supongo que ahora están todos muertos —dijo haciendo rechinar los dientes—. Estábamos cerca, señora. Muy cerca. Teníamos, y seguimos teniendo, una isla repleta de monstruos a menos de dos kilómetros de las calles de la ciudad y cuando por fin conseguimos que una de las bestias alcance la orilla, un par de inmortales nos vencen.

—¿Cuántos inmortales?

—A decir verdad, un puñado. Flamel, su peligrosa esposa, el guerrero japonés y, por desgracia, nuestro Prometeo.

Bastet se estremeció.

—Tenía entendido que jamás abandonaba su Mundo de Sombras.

—Su reino ha dejado de existir. Ahora no es más que sombras y polvo.

—Qué curioso. ¿Y qué hay de los supuestos mellizos de la leyenda? Los Flamel y Dee estaban convencidos de que los tenían. Una vez más.

Quetzalcoatl dejó escapar una pícara sonrisa.

—Se han esfumado. No han dejado rastro, y eso que les he buscado en todo el continente americano.

—Es un consuelo, al menos.

—Sin duda los Flamel habrán pedido ayuda. Cuanto más tardemos, más tiempo les estamos concediendo para que lleguen sus refuerzos.

—También tenemos a unos cuantos amigos que vienen hacia aquí, ¿no?

—Algunos. En este instante, criaturas y monstruos estarán reuniéndose para tomar una decisión. Pero ¿acaso no sabes que todos los héroes humanos inmortales y todos los dioses de mitología y leyenda apoyan al matrimonio Flamel en su causa? No me cabe la menor duda de que están de camino.

—Entonces no perdamos más tiempo. Debemos conseguir que los monstruos lleguen a la costa para poner en marcha la fiesta.

—Según el plan original, Maquiavelo y Billy tenían que despertar a las criaturas y sacarlas de las celdas donde estaban encerradas. Se suponía que Black Hawk debía pilotar un barco turístico hacia el espigón, cargar las criaturas y acercarlas a la ciudad. Después, regresaría a la isla a por más bestias.

—Pero ahora este tal Black Hawk ha desaparecido.

—Me temo que las Nereidas se lo han zampado.

—Pero ¿tienes un segundo plan?

—Siempre.

—No lo dudaba.

—Ahora mismo hay un barco turístico amarrado al muelle de la isla. El capitán está tratando de reunir a los monstruos más grandes, horrendos, hambrientos y aterradores que pueda encontrar. Los traerá a tierra firme y los liberará en las calles de San Francisco. Después irá a por un segundo lote.

—¿Y puedes confiar plenamente en este capitán?

—Es mi hermano.

—No sabía que tenías un hermano.

—Abandonó la isla de Danu Talis mucho antes del hundimiento. La Mutación fue muy cruel con él. Pero cuando me di cuenta de que necesitaba alguien de quien pudiera fiarme supe que podía contar con él. Se alegró, incluso diría que se entusiasmó, al saber que podía ayudarme —explicó con una sonrisa de desagrado—. Después de todo, si no puedes fiarte de tu propia familia, ¿en quién confiar?

—Entonces, ¿por qué me necesitas? —preguntó Bastet, ignorando la burla. Su hijo Aten le había traicionado—. Intuyo que hay un «pero» en todo este asunto...

—Los Flamel y compañía harán todo lo que esté en su mano para desbaratar nuestro plan.

—De modo que no tenemos otra alternativa que eliminar al matrimonio, Prometeo y Niten, ¿verdad?

—Así es, y tenemos muy poco tiempo, así que debemos atacarles antes de que lleguen sus refuerzos.

Bastet miró a la Serpiente Emplumada con los ojos entrecerrados.

—¿Y estás seguro de que no tienen más aliados en la ciudad?

—Todos están en la isla —dijo con una amplia sonrisa—. Con suerte, servirán como aperitivo para alguna criatura espeluznante.

Bastet se frotó las manos haciendo rechinar las zarpas.

—Sencillo, entonces. Dividimos sus fuerzas. Enviamos algo que mantenga ocupados a los guerreros, a Prometeo y Niten. Sin su ayuda, Nicolas y Perenelle no son más que una pareja de humanos inmortales que envejecerán si usan su energía. Sé de buena tinta que el poder de sus auras ha menguado con el paso de los días.

—¿Qué podemos enviarles? No me quedan recursos.

—Ah, pero yo tengo unos cuantos —dijo mientras metía la mano en el bolsillo y buscaba una funda de cuero. Cuando la sacudió, el interior produjo el ruido de un sonajero—. ¿Te acuerdas? ¿Los dientes de Drakon?

—Los espartoi —dijo Quetzalcoatl.

Bastet asintió con la cabeza.

—Guerreros indestructibles.

—Perfecto. Sencilla y llanamente perfecto.

Quetzalcoatl comprobó su reloj por tercera vez y la pantalla iluminó su rostro de color verde.

—En cinco… cuatro… tres… dos… uno.

Y toda la ciudad se sumergió en una oscuridad absoluta.

Las alarmas antirrobo empezaron a bramar, pero en aquella niebla tan envolvente, el sonido parecía el quejido de un diminuto e inofensivo ratón.

139

Capítulo 18

Quién eres? —resolló el doctor John Dee.

Era consciente de que yacía sobre el suelo metálico de una vímana, pues la vibración del motor le hacía temblar todo el cuerpo. Con la visión afectada y envejecida, todo le parecía borroso, y la figura que estaba sentada en los controles de la aeronave, justo delante de él, era poco más que una sombra.

—Ya te lo he dicho, me llamo Marethyu.

En ese instante, una media luna metálica brilló ante la atenta mirada del Mago.

—A veces me llaman el hombre con el gancho en la mano. Aunque, en realidad, es más bien una hoz en vez de un gancho.

Dee se percató de que seguía abrigado con la sudadera que Josh le había ofrecido. Sin dejar de tiritar, trató, sin conseguirlo, de ponerse en pie.

—Me da la sensación de que debería conocerte —susurró.

—Deberías. Nos hemos visto varias veces, de hecho.

—No es cierto —rebatió Dee—. Jamás me olvidaría de ese gancho.

—Supongo que no —contestó Marethyu con aire misterioso.

—Jovencito —empezó Dee, pero el comentario hizo desternillarse de risa a su acompañante—. ¿Qué te parece tan divertido?

—Hacía mucho tiempo que nadie me llamaba así.

—A mi parecer eres bastante joven. Tu voz suena juvenil y eres lo bastante fuerte como para cargar con mi peso. Soy viejo; tengo casi quinientos años. ¿Cuánto tiempo has vivido en la Tierra? —preguntó el inmortal.

Pero el tipo con el gancho se quedó callado mientras la vímana zumbaba por un cielo añil y despejado. Un momento más tarde, justo cuando Dee empezaba a sospechar que no obtendría una respuesta, el hombre habló, pero esta vez su voz desprendía una profunda tristeza.

—Mago: he vivido en este mundo durante más de diez mil años. Y he pasado largos milenios recorriendo los distintos reinos. Ni siquiera yo soy capaz de calcular mi edad.

—Entonces eres… ¿un Inmemorial?… ¿Un Gran Inmemorial?… ¿Un Arconte? No eres un Señor de la Tierra. ¿Es posible que seas un Ancestral?

—No. No soy ninguna de esas criaturas —respondió Marethyu—. Soy humano. Algo distinto a un humano normal y corriente. Pero nací como cualquier otro ser humano.

El motor de la vímana dejó de aullar y la aeronave comenzó a descender.

—¿Quién es tu maestro?

—No tengo maestro. Solo respondo ante mí mismo.

—Entonces, ¿quién te hizo inmortal? —preguntó Dee, que cada vez estaba más confundido.

—Bueno, supongo que tú. Es una forma de hablar, doctor Dee —se rio Marethyu.

—No lo entiendo.

—Ya lo entenderás. Paciencia, doctor, paciencia. Todo será revelado a su debido tiempo.

—No me queda mucho tiempo. Osiris se encargó de eso.

La vímana descendió un poco más.

—¿Adónde vamos? —quiso saber el Mago.

—Quiero que conozcas a alguien. Lleva esperándote mucho, mucho tiempo.

—¿Sabías que vendría?

—Doctor, siempre supe que llegarías hasta aquí. He seguido tu progreso desde el día de tu nacimiento.

Dee estaba exhausto; un cansancio plomizo amenazaba con abrumarle, pero sabía que, si cerraba los ojos, quizá no conseguiría volver a abrirlos nunca. Reunió la fuerza suficiente para preguntar:

—¿Por qué?

—Porque tenías un papel que cumplir. A lo largo de mi vida he descubierto que las coincidencias no existen. Siempre hay un patrón. El truco es adivinar el patrón, pero esa habilidad es un don, una maldición quizá, que se otorga a muy pocos.

—¿Y tú puedes distinguir ese patrón?

—Es mi maldición.

De repente, la vímana aterrizó sobre el suelo. La parte superior de la aeronave se deslizó y Dee no pudo evitar temblar cuando una oleada de aire fresco y húmedo se coló por la portilla. Incluso con el oído apagado, el Mago logró apreciar el rugido de un mar y las olas rompiendo contra las rocas. Atisbó los brazos de Marethyu cuando este se acercó para incorporarle, pero el doctor decidió apartarlos.

—Espera un minuto… —protestó.

—Tal y como has apuntado antes: no tenemos mucho tiempo.

Dee alargó la mano y agarró a Marethyu por el brazo.

—No siento tu aura.

—Porque no tengo.

—Todo el mundo tiene aura —murmuró Dee, otra vez confundido.

—Todo el mundo que esté vivo —recalcó el hombre.

—¿Estás muerto?

—Soy la Muerte.

—Pero ¿tienes poderes?

—Sí, poderes astronómicos.

—¿Podrías devolverme mi juventud?

Se produjo un momento de silencio y, a pesar de su visión miope, Dee pudo distinguir a Marethyu observándole con atención.

143

—Podría —dijo por fin—, pero no lo haré.

El Mago no se explicaba por qué ese tipo no estaba dispuesto a rescatarle, sino a abandonarle a su muerte.

—¿Por qué no?

—Llámalo consecuencias, si quieres, o quizá justicia. No eres un buen hombre, doctor Dee, y debes pagar por los crímenes tan terribles que has cometido. Sin embargo, lo que sí haré será regalarte algo de fuerza para que recuperes algo de dignidad —dijo posando la mano sobre la cabeza del doctor.

Un dolor parecido a miles de agujas clavándose por todo su cuerpo estremeció a Dee. Notó una explosión de calor en la boca del estómago que fue ascendiendo por el pecho hasta alcanzar los brazos. Al mismo tiempo, esa oleada le recorrió las piernas hasta los pies. De inmediato, el Mago sintió que había recuperado algo de fuerza.

—Y mi vista —rogó—. Devuélveme la vista y el oído.

—Un comentario codicioso, doctor, avaricioso. Siempre ha sido tu mayor defecto...

—Me has traído a este maravilloso lugar, a la ciudad más asombrosa de la historia de la Tierra. Y pretendes que no pueda verla ni escucharla. Si has seguido mi trayectoria, sabrás que ansío el conocimiento y que mi curiosidad es insaciable. Por favor. Déjame ver este sitio para que pueda recordarlo el tiempo que me queda de vida.

Marethyu se inclinó hacia delante y apoyó el dedo índice y meñique sobre los ojos de Dee, presionando ligeramente. Durante un instante, sintió dolor, un pinchazo intenso en la sien, y cuando la Muerte apartó la mano Dee abrió los ojos. Las sombras habían desaparecido y veía todo con perfecta claridad. Había recuperado la visión.

No perdió un segundo en escudriñar a su acompañante. La parte inferior de su rostro estaba oculta tras una bufanda gruesa y, sobre la tela, un par de ojos azules y brillantes contemplaban al Mago con una expresión curiosa o divertida.

—¿Satisfecho, doctor?

Dee frunció el ceño.

—Tenías razón, te conozco —dijo arrastrando las palabras—. Me resultas familiar.

—Nos hemos visto varias veces. Sencillamente, no sabías quién era. Era el rostro en el espejo, la voz en la sombra, aquella figura que aparecía por las noches. Fui el autor de esas notas anónimas que recibiste y, más tarde, quien te escribía correos electrónicos sin remitente. Soy el mismo que dejaba mensajes en tu contestador telefónico, que enviaba mensajes de texto con errores ortográficos a tu móvil.

Dee observaba a la Muerte horrorizado.

—Siempre creí que eran mis maestros Inmemoriales.

—A veces eran ellos, pero no siempre.

—Pero ¿no estás asociado con ellos?

—He invertido milenios tratando de malograr sus planes.

—Me has manipulado —acusó Dee.

—Oh, vamos, no te hagas el sorprendido. Te has pasado toda tu larga vida manipulando a todos los que te rodean.

Poco a poco, Dee se puso en pie. Seguía siendo un anciano. Parecía un tipo de ochenta años, con achaques y cabello blanco, pero con una vista y oído espectaculares. Se apeó de la vímana y miró a su alrededor.

La aeronave había aterrizado sobre una extensa plataforma, cerca de la cima de una torre de cristal. El suelo estaba repleto de desechos y pedazos de espadas y armaduras y las losas de piedra estaban mojadas por un líquido verde y negro. Sin embargo, no había cuerpos sin vida sobre el suelo. Marethyu avanzó con paso decidido hacia la entrada de la torre, con la capa negra ondeando tras él. El marco y las piedras que rodeaban la puerta estaban astillados y el suelo resbalaba por culpa de los pegajosos fluidos negros y verdes. Había gotas de lo que, a primera vista, parecía sangre humana esparcidas por el suelo y las paredes de cristal del edificio.

—¿Qué ha ocurrido? —preguntó Dee.

—Ha habido una pelea. En realidad, una masacre. Y no hace mucho —susurró Marethyu—. Cuidado, no te resbales —comentó por encima del hombro—. Hay un buen trecho hasta abajo.

Dee se agachó y recogió un pedazo de una lanza rota. Le faltaba la punta y, a juzgar por el corte, parecía que había sido arrancada limpiamente. Utilizó ese trozo de madera como bastón y siguió a la Muerte. Atravesó el umbral de la puerta de entrada y se adentró en una habitación circular. El aposento estaba completamente vacío.

—¿Dónde estás? —preguntó el Mago, cuya voz retumbó en las paredes. Echó un vistazo a su alrededor y se percató de que había más sangre sobre el suelo. Al pisar aquellas gotas rojizas, el líquido se emborronó. Era sangre reciente.

—Aquí arriba —contestó Marethyu desde el hueco de la escalera.

—¿Dónde?

—¡Aquí!

Dee siguió el sonido de la voz y por fin encontró la escalera. Colocó la lanza rota sobre el primer peldaño y alzó la mirada hacia el oscuro hueco.

—¿Adónde vamos?

—Arriba.

El Mago hizo un tremendo esfuerzo para subir el primer escalón.

—¿Adónde? ¿Por qué?

El rostro de Marethyu apareció sobre Dee y, aunque tenía la boca tapada con la bufanda, Dee estaba convencido de que estaba sonriendo.

—Doctor, hemos venido hasta aquí para ver a Abraham el Mago. Supongo que ese nombre sí te suena de algo.

El Mago abrió la boca y la volvió a cerrar, atónito.

—Veo que sí. Quiere que le devuelvas el libro.

Capítulo 19

a habitación era enorme.

Sophie Newman estaba sentada en una cama del mismo tamaño que su habitación en casa de la tía Agnes, en San Francisco. De hecho, no le habría extrañado que fuera más grande que todo el piso superior de la casa. No le cabía la menor duda de que esa habitación había estado preparada especialmente para ella. Todo lo que había en aquel aposento, partiendo de la gigantesca bañera hasta el inmenso vestidor y pasando por las baldosas que cubrían el suelo, era de un metal grisáceo, de tela plateada o bañado con pintura metálica.

Incluso el cabezal de la cama era una pieza sólida de metal. Tres de las paredes de la habitación estaban tan pulidas que su superficie resplandecía de color plata; la cuarta, en cambio, era una pared de vidrio que daba a un extenso jardín trasero. Un marco tallado y ornamentado yacía sobre la mesita de noche. En su interior había una de sus fotografías preferidas: una instantánea de toda la familia Newman al completo con las ruinas de Machu Picchu, las montañas peruanas de fondo. Todos se reían porque Josh había pisado una boñiga de llama y se había manchado la zapatilla y el calcetín.

A pesar de no haberla visto, intuyó que la habitación de Josh estaría decorada de oro puro.

Pero el detalle que acabó de convencer a Sophie de que aquel aposento había estado diseñado para ella de antemano era el techo. Estaba pintado de un azul profundo y rico. Tras tumbarse sobre la cama, lo observó con detenimiento. Unas estrellitas plateadas formaban la constelación de Orión, y una gigantesca media luna iluminaba una de las esquinas.

Su madre había pintado un techo idéntico en su habitación de casa de la tía Agnes.

Sophie recorrió la habitación argentada y abrió de par en par las puertas dobles del descomunal armario. Se quedó boquiabierta: colocada con suma delicadeza sobre perchas y estanterías estaba toda la ropa que había dejado en San Francisco. Pantalones vaqueros, sudaderas, vestidos, ropa interior. Pero cuando rozó un par de vaqueros que siempre le habían encantado, descubrió que estaban rígidos. Fue entonces cuando cayó en la cuenta de que estaban sin estrenar. Toda la ropa era nueva e incluso algunas prendas todavía tenían la etiqueta colgando. Entró en aquel gigantesco vestidor y acarició toda la ropa. Reconoció toda la ropa: cada prenda que había comprado o que su madre o tía le habían regalado durante el último año estaba ahí, incluso la sudadera verde, blanca y dorada del equipo de Oakland que Josh le había dado.

Zapatos, botas y zapatillas de deporte estaban alineados sobre el suelo. De repente, la muchacha dejó escapar una carcajada: nunca hubiera imaginado que los mensajeros de UPS pudieran hacer entregas en Danu Talis.

—¿Hola? —saludó alguien tras llamar a la puerta. Al darse la vuelta, Sophie vio a Isis, ¿o era Sara, su madre?, deslizando la puerta para asomarse a la habitación—. Aquí estás. Espero que todo esté a tu gusto.

—Sí… sí, todo es… fabuloso —dijo Sophie, aunque no sonó muy entusiasta—. Estaba mirando toda la ropa.

—Tu padre pensó que la transición sería más sencilla si teníais vuestras cosas por aquí.

—Gracias. Es solo que todo nos abruma un poco. Bueno —añadió—, quizá más que un poco.

—Oh, Sophie —dijo Isis entrando en la habitación. Se había quitado la armadura de cerámica blanca y ahora vestía unos sencillos pantalones de lino con una camisa a juego. Iba descalza y, en ese momento, Sophie se dio cuenta de que tenía las uñas de los pies pintadas de negro, igual que las uñas de las manos. No tenía ni idea de que su madre se pintara las uñas—. Sé que esto es muy duro para vosotros, de verdad.

La risa de Sophie era temblorosa. De pronto, una ira incontrolable se apoderó de ella. ¿Acaso esperaban que aceptara todo aquello sin hacer una sola pregunta?

—A menos que acabes de descubrir que tu madre es una Inmemorial de más de diez mil años de edad que vivió en Danu Talis y que lleva el nombre de una diosa egipcia, creo que no te haces la menor idea de cómo me siento.

—De hecho, no llevo el nombre de la diosa egipcia; yo fui la diosa egipcia —corrigió la mujer con una tierna sonrisa. En ese preciso instante, cuando arrugó los ojos, Sophie creyó ver a Sara Newman ante ella—. Pero soy tu madre, Sophie, y quiero que sepas que todo esto fue para protegeros a tu hermano y a ti.

—¿Por qué? —preguntó Sophie.

Isis atravesó la habitación, dejando unas huellas húmedas tras cada pisada sobre las baldosas plateadas, y deslizó la pared de vidrio que daba al exterior. Una oleada de perfumes exóticos inundó de inmediato el aposento de Sophie. Se oía el murmullo del agua y, a lo lejos, se intuía la voz de Osiris y la risa alegre de Virginia Dare.

—¿Tienes el conocimiento de la Bruja de Endor? —quiso saber Isis.

Sophie asintió. Justo cuando su madre pronunció el nombre de la Bruja, unas imágenes ajenas empezaron a danzar en la periferia de su visión. Sophie sabía que aquellos no eran sus propios recuerdos.

... Isis y Osiris con armaduras blancas encabezando un ejército de anpu, montados a lomos de gigantescas lagartijas, sobrevolando una ciudad en llamas. Ninguno de los cadáveres esparcidos por el suelo eran humanos y no parecían ir armados.

... Isis y Osiris vestidos con trajes del Antiguo Egipto. Sin embargo, este paisaje era una jungla exuberante y verdeante en vez de un desierto, donde infinitas líneas de esclavos mortales arrastraban losas de piedra hacia una pirámide a medio acabar.

... Isis y Osiris con bata blanca y máscara del mismo color en el interior de un resplandeciente laboratorio, observando con atención criaturas parecidas a unas ratas sin pelo que se movían en una tinaja repleta de un líquido viscoso de color rosa.

Isis sonrió.

—Supongo entonces que debo advertirte que Zephaniah la Bruja nunca fue amiga nuestra, así que no me cabe la menor duda de que descubrirás algunas verdades un tanto desagradables sobre nosotros. Pero recuerda que todo lo que ves, recuerdas, es una interpretación subjetiva de la Bruja. No tiene por qué ser necesariamente la verdad. Siempre hay dos versiones de la historia —explicó. La mujer cerró los ojos y el seco aroma a canela se filtró en la habitación—. A veces, todo lo que uno necesita es un poco de perspectiva.

Sophie se estremeció cuando, de pronto, nuevos recuerdos aparecieron en su mente.

... *Isis y Osiris con armaduras blancas encabezando un ejército de anpu, montados a lomos de gigantescas lagartijas, protegiendo un pueblo repleto de humanos con aspecto de osos que un enorme ejército de monstruos había atacado.*

... *Isis y Osiris vestidos con trajes del antiguo Egipto contemplando infinitas filas de humanos que se reían y cantaban mientras destruían una pirámide y arrojaban las piedras al mar.*

... *Isis y Osiris con bata blanca y máscara del mismo color en el interior de un resplandeciente laboratorio, observando con atención criaturas parecidas a unas ratas sin pelo que se movían en una tinaja repleta de un líquido viscoso de color rosa. La pareja ayudaba con sumo cuidado a cada criatura a salir de la tinaja. Después, envolvían a las bestias con un pañuelo y las trasladaban hacia una cama. Sobre la cama, unos gigantescos ventanales mostraban un mundo acuático donde criaturas con aspecto de ratón saltaban y nadaban. A lo lejos se distinguía el perfil de una enorme ciudad blanca.*

Isis abrió sus ojos azules.

—Tómate tu tiempo y echa un vistazo a tus recuerdos, es decir, a los recuerdos de Zephaniah, y comprueba si te estoy mintiendo o diciendo la verdad. En este lugar, en este momento de la historia, los mellizos de la leyenda tienen muy pocos amigos, créeme.

Distintos rostros, algunos humanos, otros bestiales y algunos ni una cosa ni la otra, parpadearon frente a Sophie. La jovencita sabía que estaba visualizando a sus enemigos y que Isis estaba siendo sincera.

—Danu Talis está gobernada por los Inmemoriales y los descendientes de los Grandes Inmemoriales. Existen tensiones en la corte y, créeme, más de uno se arriesgaría a mataros o controlaros —dijo Isis. Después, dio un paso hacia delante y, con ambas manos, cogió el rostro de Sophie.

La muchacha trató de soltarse, pero la mujer la sujetaba con demasiada fuerza.

—Todo lo que hemos hecho ha sido para protegeros a los dos.

Isis se inclinó hacia delante para besar a Sophie en la frente, pero en el último instante la joven se apartó y decidió abrazar a su madre. El aroma a canela se intensificó.

—Así que vístete y ven a comer con nosotros. Tu padre y yo responderemos todas vuestras preguntas, te lo prometo.

—¿Todas? —puntualizó Sophie.

—Todas. Ya no habrá más secretos.

Capítulo 20

ste túnel está construido bajo el patio de la prisión —dijo el fantasma de Juan Manuel de Ayala—. *Está conectado con otro pasadizo que conduce hasta la torre del agua. Allí encontraréis una escalera que os llevará de nuevo hacia la superficie.*

Una diminuta bola de energía blanca creada por Nicolás Maquiavelo iluminaba el estrecho y bajo túnel, contaminando el aire con el húmedo olor a serpiente. Las paredes estaban recubiertas de un limo grueso y pegajoso y el techo no dejaba de gotear agua.

—Tío, me van a quedar las botas hechas un desastre —retumbó la voz de Billy.

Maquiavelo se giró para lanzarle una mirada de alerta. La bola de energía que se sostenía sobre la cabeza del italiano crepitaba con cada gota que caía de la bóveda.

—¿Qué? ¡Son mis botas favoritas!

Maquiavelo sacudió la cabeza, desesperado.

—Intenta seguir el paso —dijo en voz baja.

—Estamos siguiendo a un fantasma por un túnel subterráneo de una cárcel —contestó Billy el Niño mientras tiraba de la manga de la camisa de su compañero—. ¿Cómo sabemos que podemos fiarnos de él? Todo esto podría ser una trampa.

—Empiezas a parecer un paranoico —opinó Maquiavelo mirando al inmortal americano por el rabillo del ojo. En ese instante, unas gotas verdes salpicaron la cara del italiano y recorrieron sus pómulos como dos lágrimas de esmeralda.

Billy pestañeó.

—Paranoico. Déjame meditarlo un minuto. Somos los únicos humanos en una isla repleta de monstruos e Inmemoriales. Así que sí, me estoy poniendo un poco paranoico. ¿Has visto la película *Star Trek*? —preguntó de repente—. La original.

Maquiavelo ladeó la cabeza.

—¿Tengo pinta de haber visto *Star Trek*?

—No sabría qué decirte. Black Hawk es un fanático. Tiene el uniforme y todo.

—Billy. Dirigí una de las organizaciones de servicios secretos más sofisticadas del mundo. No tuve tiempo para *Star Trek*. —Hizo una pausa y después añadió—: Pero me encantó la saga de Star Wars. ¿Por qué lo preguntas?

—Bueno, cuando el capitán Kirk y el señor Spock… Sabes quiénes son, ¿verdad?

Maquiavelo suspiró.

—He vivido en el siglo xx, Billy. Por supuesto que sé quiénes son.

—De acuerdo, pues cuando bajan a un planeta, normalmente acompañados por el doctor McCoy y a veces también por Scotty…

—*Aspetta* —empezó Maquiavelo en italiano—. Espera un segundo. Volvamos al capitán y al señor Spock. ¿Qué es este último?

—Un Vulcano.

—¿Rango? —espetó Maquiavelo.

—Primer oficial.

—Entonces, el capitán, el primer oficial, el doctor de la nave y, en ocasiones, el ingeniero bajan hacia un planeta. Todos juntos. ¿Toda la tripulación de abordo?

Billy asintió.

—¿Y quién se queda al mando de la nave?

—No lo sé. Supongo que oficiales subalternos.

—Si trabajaran para mí, les habría citado en un Consejo de Guerra. Es una negligencia muy grave.

—Ya lo sé, ya lo sé. A mí también siempre me ha parecido un poco extraño. Pero eso no es lo importante.

—¿Qué es lo importante?

—Suele acompañarles un tipo con una camisa roja. Era un miembro de la tripulación que el espectador nunca había visto antes. Y en cuanto uno veía la camisa roja, sabía que ese personaje iba a morir.

—¿Qué quieres decir con todo esto? —preguntó Maquiavelo.

Billy se inclinó hacia delante.

—No lo ves… —murmuró mientras la luz titilante iluminaba su mirada—. Nosotros somos el tipo de la camisa roja —dijo señalando el techo con el pulgar—. Los Inmemoriales que hay allí arriba sobrevivirán; siempre se las han arreglado para hacerlo. Lo más probable es que la gran mayoría de monstruos también consiga sobrevivir. Dee y Dare no han dudado en marcharse de aquí. Nosotros somos los que acabaremos en el estómago de esas bestias.

El italiano dejó escapar un suspiro.

—Durante el reinado de Napoleón, al que le tenía bastante aprecio, por cierto, se acuñó el término «carne de cañón» —dijo—. Me temo que tienes razón.

155

—Creo que prefiero el término «camisa roja» —murmuró Billy.

—¡Bu! —exclamó una sombra inesperada.

En un abrir y cerrar de ojos un filo metálico amenazó la garganta del inmortal americano y un rostro bronceado y con la nariz afilada apareció de entre la penumbra.

—William Bonney, ¿sabes cuántas veces podría haberte matado? Te estás volviendo muy descuidado.

—Black Hawk —jadeó Billy—. ¡Me has dado un susto de muerte!

—Una manada de búfalos en estampida hace menos ruido que tú.

Billy se dio media vuelta y apartó el *tomahawk* de Black Hawk hacia un lado.

—Oh, cómo me alegro de verte, viejo amigo.

—Lo mismo digo —dijo Black Hawk. Después saludó con la cabeza a Maquiavelo y añadió—: Y a ti también, italiano.

—Es un alivio saber que estás vivo —comentó Maquiavelo—. Nos temíamos lo peor.

—Ha ido por los pelos. Las sirenas…

—Nereidas —corrigió Billy.

Black Hawk le miró enfurecido.

—Perdóneme usted, las Nereidas inundaron el barco, pero me las arreglé para arrastrarme hasta tierra firme y esconderme en una cueva antes de que esa gigantesca cosa con cuerpo humano y patas de pulpo pudiera atacarme.

—Nereo —adivinó Maquiavelo. El Viejo Hombre del Mar. Me sorprende saber que conseguiste escapar de él.

Black Hawk le miró sin expresión en el rostro mientras la luz que irradiaba de la bola de energía iluminaba su tez oscura.

—Escapar vivo, quiero decir —aclaró Maquiavelo—. Nereo es uno de los Inmemoriales más mortíferos.

—Bueno, ahora está muerto —dijo el guerrero inmortal mientras golpeaba su *tomahawk* contra la palma de su mano y guiñaba el ojo a Billy—. A veces, las camisas rojas sobreviven para luchar un día más.

Capítulo 21

Con una zarpa de uñas afiladas y ennegrecidas, Bastet arrojó lo que a simple vista parecía un puñado de dientes blancos al arcén, justo en la curva de la carretera que venía del puente Golden Gate en dirección a Vista Point.

—Aliméntales —ordenó.

Quetzalcoatl la miró sin comprender el comentario.

—¿Con qué?

Bastet agarró a la Serpiente Emplumada de la mano derecha, le quitó el guante y clavó una puntiaguda uña en la punta de su dedo índice. Enseguida empezó a brotar sangre roja y negra de la herida. Bastet no dudó en apretar.

—¡Ay! ¡Eso duele!

—No te comportes como un bebé, por favor. Es solo una gota. Apuesto a que has visto correr ríos de sangre en tu vida.

—Sí, pero casi nunca era mi propia sangre.

La niebla seguía siendo espesa, pero ambos Inmemoriales pudieron ver cómo la sangre se desparramaba sobre el asfalto, manchando los dientes que, de inmediato, empezaron a chisporrotear fuegos artificiales.

—Aliméntales. Una gota debería ser suficiente.

—¿Me puedes explicar por qué tú eres la encargada de tirarlos al suelo y soy yo el que debe alimentarlos?

—Porque son los dientes de mi Drakon —respondió Bastet.

La Inmemorial avanzó a zancadas por el margen de la carretera, dejando un pequeño agujero con su tacón de aguja tras cada pisada. En cada hoyo dejaba caer un diente.

—¿Cuántos tienes?

—Treinta y dos. Así que necesitaré treinta y dos gotas de sangre.

—¡Son unas cuantas!

Cuando hubo plantado todos los dientes, Bastet regresó al coche para observar a Quetzalcoatl caminando a regañadientes, alimentando cada agujero con una gota de sangre de su dedo índice. A medio camino, el Inmemorial se detuvo y cambió de mano. No tuvo más remedio que morderse un dedo de la mano izquierda. Cuando por fin acabó, treinta y dos diminutas fogatas brillaban como fuegos artificiales. Parecían luces que marcaban un camino de la carretera. Se quedó de pie durante unos instantes, lamiéndose las heridas, y después se metió las manos en el bolsillo y se dirigió a toda prisa hacia el coche.

—¿Y ahora qué? —quiso saber.

—Dales unos minutos. Deja que la naturaleza siga su curso —comentó con una sonrisa—. Son los dientes de Drakon. Darán a luz a los espartoi, los guerreros del Drakon. Son guerreros de la tierra y, al igual que muchos recién nacidos, están programados para obedecer a la primera persona que ven cuando abren los ojos —informó Bastet con una amplia sonrisa—. Corre. Asegúrate de que te vean. Después, envíalos hacia el puente para que vayan a la ciudad.

—Pero ¿cómo conseguimos que los Flamel y sus acompañantes sepan que los guerreros están de camino?

—Yo me ocuparé de eso —dijo Bastet meneando la cabeza—. No tenías nada planeado, ¿verdad? ¿Qué habrías hecho sin mí?

—¿Enviar un mensajero? —propuso.

—Exactamente. ¿Qué tipo de mensajero? Imagino que sigues usando serpientes y pájaros como recaderos.

Quetzalcoatl rebuscó en su bolsillo y sacó un teléfono móvil.

—Hay varios Hombres del Saco en la ciudad que les están vigilando —comentó inexpresivo—. Encontrarás el número en la marcación rápida. Sabes utilizar un aparato de estos, ¿verdad?

Las zarpas de Bastet arañaron el plástico que recubría las teclas del teléfono mientras buscaba en el menú la marcación rápida. Respondieron a su llamada tras el primer tono y la Inmemorial reconoció el líquido peculiar que gorgojeaban las criaturas conocidas como torbalan, los Hombres del Saco.

—Estáis vigilando a cuatro personas. Esto es lo que quiero que hagáis…

Dos espadas aparecieron en las manos de Niten incluso antes de que la figura emergiera de entre la densa niebla sin hacer ruido alguno. Prometeo enseguida se colocó ante Nicolas y Perenelle para protegerlos y el inmortal japonés se esfumó en la noche.

La silueta que se intuía tras la bruma parecía la de un jovencito. Llevaba unos pantalones de combate verdes, unas botas de suela gorda sin cordones y un abrigo que antaño podía ser verde, pero que ahora estaba manchado con una mugre indescifrable. Llevaba la cabeza totalmente rapada, excepto por una tira de un dedo de ancha que iba de oreja a oreja. Tenía la piel blanquecina y los ojos ocultos tras unas gafas de sol con cristal de reflejo. El muchacho llevaba una mochila tejida con retales de cuero colgada sobre el hombro derecho. La bolsa se mecía y latía, como si un nido de serpientes se estuviera moviendo en su interior.

—¿Qué quieres, torbalan? —preguntó Perenelle.

La figura metió la mano en el bolsillo interior de la chaqueta y la catana de Niten apareció de la nada para amenazar la mochila de cuero.

—Muévete muy despacio —ordenó el inmortal japonés—. Si me parece ver algo parecido a un arma, rajaré esta bolsa —advirtió mientras apoyaba una segunda espada sobre el hombro del joven—. Y después te cortaré la cabeza. Y tú no quieres que eso ocurra, ¿cierto?

Con un cuidado infinito, el torbalan sacó un teléfono móvil del abrigo y se lo lanzó a Prometeo. El Inmemorial lo cazó en el aire, echó un rápido vistazo a la pantalla y se lo tiró a Perenelle.

—¿Y qué se supone que debemos hacer con esto? —preguntó mirando al torbalan y después a su marido.

El aparato empezó a sonar con la banda sonora de los Looney Tunes.

—¿Por qué no respondes la llamada? —propuso Nicolas.

Perenelle pulsó el botón de responder y se acercó el teléfono al oído sin pronunciar palabra.

La voz al otro lado de la línea telefónica era femenina. Era un susurro ronco, con un acento muy difícil de definir, y habló en una lengua que ya era antigua cuando se construyó Egipto.

—Me cuesta creer que alguno de mis guerreros respondiera a este teléfono. Sin duda, preferirían tener las manos libres para empuñar sus armas. Sé que al Alquimista le incomoda este tipo de tecnología, así que imagino que estoy hablando con la Hechicera, Perenelle Delamere Flamel.

—Muy impresionante —opinó Perenelle.

—Soy Bastet.

Perenelle se volvió hacia Nicolas y articuló el nombre de la criatura sin pronunciarlo.

—Has vuelto.

—En realidad nunca me fui —ronroneó la Inmemorial—. El fin ha llegado. Habéis luchado bien, algunos incluso dirían con valentía, pero ahora ya no podéis hacer nada… excepto morir, por supuesto.

—No nos iremos sin luchar.

—No esperaría menos de vosotros. Pero el resultado seguirá siendo el mismo: moriréis.

—Tarde o temprano, todos morimos, Inmemorial. Incluso tú.

—No estoy de acuerdo.

—Te has esmerado mucho para hablar conmigo —dijo Perenelle—. Di lo que tengas que decirnos. Así podré ocuparme de tu… —comentó mirando hacia el Hombre del Saco—… tu mensajero. Este parece casi humano. Las gafas de sol han sido un detalle elegante.

—Puedo asegurarte que no son mis criaturas. Tengo mejor gusto. Sin embargo, acabo de plantar un puñado de dientes de Drakon en el suelo, Hechicera, y sabes bien qué significa eso. En este momento deben estar avanzando por el puente Golden Gate. Los espartoi están en camino.

Bastet empezó a reírse y, tras un chasquido, la conexión se cortó.

De inmediato, Perenelle pulsó el botón verde de llamada y el teléfono marcó el número de la última llamada recibida. Tras el primer tono, una asombrada Bastet respondió la llamada.

—¿Hola?

—Cuando todo este acabe, Inmemorial, iré a por ti. Y si no puedo hacerlo en persona, enviaré algo para que te dé caza. Soy la séptima hija de una séptima hija, y la propia Medea me instruyó —dijo la Hechicera.

En ese instante, el aura nívea de Perenelle formó un guante de seda blanca alrededor de su mano.

—No me asustas —empezó a contestar Bastet, pero de repente se escuchó un grito de dolor y la conversación se cortó.

—¿Qué has hecho? —preguntó Nicolas.

Perenelle se encogió de hombros.

—Es posible que el teléfono se haya derretido en la mano de la diosa.

La Hechicera lanzó el móvil al Hombre del Saco que, de manera inmediata, se replegó en la oscuridad nocturna. Perenelle se volvió hacia Prometeo y Niten.

—Los espartoi están en el puente Golden Gate y se dirigen hacia aquí.

—El Espadachín y yo iremos al puente —anunció Prometeo—. Intentaremos retener al ejército de guerreros allí para poder ganar algo de tiempo... pero daros prisa. Ya sabéis cómo son los espartoi.

Con los ojos llenos de lágrimas, Perenelle asintió.

—¿Cuántos hay? —preguntó Niten.

—Treinta y dos de los guerreros más mortíferos del mundo —contestó mirando al inmortal japonés—. ¡Y no hace falta que te pongas tan contento!

Capítulo 22

El tamaño del Yggdrasill sobrepasaba la imaginación.

Su anchura parecía imposible y su altura incalculable. Se alzaba desde el suelo como una columna maciza que rozaba el cielo. Las raíces se adentraban bajo la tierra, hurgando en lo más profundo del planeta. Varios ecosistemas crecían en el exterior del inmenso árbol: pájaros e insectos, pequeños mamíferos y lagartijas correteaban por las ramas y las hojas. Los animales que vivían en la copa del árbol, siempre repleta de nubes, jamás veían a las criaturas que habitaban en las raíces, pero ninguna de todas las fierecillas del Árbol de la Vida conocía el mundo que se extendía más allá del árbol, donde otro entorno florecía. Infinidad de generaciones habían vivido y fallecido en el Yggdrasill.

El árbol estaba hueco, y en el interior del tronco yacía la ciudad de Wakah-Chan, una de las maravillas ocultas de Danu Talis.

Juana de Arco dejó a Saint-Germain hablando con Shakespeare y Palamedes y se sentó junto a su amiga, Scathach. Enlazó su brazo con el de la guerrera y se quedó pensativa. La mirada gris pizarra de la inmortal francesa bailaba de la emoción, y un vago miasma de su aura lavanda emergía de su cuerpo formando una nube visible.

—Hemos vivido grandes aventuras durante siglos —dijo en inglés.

—Así es —dijo la Sombra.

—Y hemos visto maravillas.

Scathach asintió con la cabeza.

—Pero en todos tus viajes, ¿alguna vez has visto algo parecido a esto? —preguntó Juana.

—De hecho, sí. Es el segundo Yggdrasill que veo en una semana. Hay, o mejor dicho, había un primo lejano de este árbol original en el norte de San Francisco. Era enorme, pero nada comparado con esto. Dee lo destruyó —añadió con amargura.

Las dos mujeres caminaban por encima de una rama que medía al menos dieciocho metros de ancho. Podía servir como avenida y como puente y se extendía de un lado al otro del Yggdrasill, lo cual era una distancia incalculable. Desde donde estaban no podían ver el fin de la rama, pues la madera se perdía entre una neblina verde que se enroscaba hacia el interior del árbol. A lo largo de la rama se alzaban pequeños edificios de una y dos plantas. Unos hombres y mujeres con la tez oscura y muy esbeltos les ofrecían comida y bebidas de colores desde unos tenderetes con toldos multicolores ubicados delante de los edificios.

—¿Crees que viven aquí, sobre el puente? —preguntó Juana.

—Eso parece —contestó la Sombra—. Me pregunto cuántos se han caído de la cama por la mañana y, medio adormilados, han abierto la puerta trasera de su casa y se han desplomado al vacío —comentó señalando la parte posterior de las casas que se habían construido justo en el borde de la rama. Tras ellas tan solo se distinguía un abismo.

—Sabía que pensarías en eso.

De repente, Juana se quedó quieta y, tras varios segundos, sonrió. Su amiga Scatty le había gastado una de sus extrañas bromas. Las casas no tenían puertas traseras.

—Muy gracioso.

—Gracias.

—Estaba siendo sarcástica.

—Ya lo sé.

La inmortal miró hacia arriba. El inmenso tronco hueco del árbol se difuminaba entre unas nubes color esmeralda. Por encima de la rama por donde paseaban había un enjambre de ramas más pequeñas que unían distintas partes del árbol, y el tronco estaba moteado con innumerables protuberancias bulbosas. Unas lucecitas centelleaban alrededor de aquellos bultos, pero no fue hasta que llegó al borde de la rama y miró hacia abajo, desde donde pudo observar esas prominencias más de cerca, cuando se dio cuenta de que eran más casas construidas sobre el Yggdrasill. Más abajo, donde ya había anochecido, el tronco brillaba con miles de luces.

—¡Cuidado! —exclamó Scathach cogiendo a Juana por el cinturón cuando quiso inclinarse aún más—. No hemos venido hasta aquí para que te caigas de una rama.

Juana señaló hacia abajo.

—Hay gente volando.

La Sombra dijo que sí con la cabeza.

—Ya me había fijado. Están atados a un planeador. Supongo que este es el entorno ideal para planear por las corrientes térmicas que se elevan desde abajo.

—¿Te has fijado en que además parecen humanos? —añadió Juana. Bajó el tono de voz y cambió de lengua, utilizando el acento provincial del este de Francia—. No veo monstruos con cabeza de perro por aquí.

—También me he fijado —respondió Scathach en la misma lengua—. Aunque, si quieres que sea sincera, no me sorprende; Hécate siempre fue considerada como una de las grandes benefactoras de la humanidad.

Sin dejar de sonreír, Juana señaló los planeadores y continuó:

—También te fijaste en que Huitzilopochtli iba vestido con una armadura completa.

—Le he visto. ¿Has visto las tropas que se han reunido en las ramas de abajo? —preguntó Scathach.

—No —respondió Juana, que no dudó en dar un paso hacia atrás y volver a asomarse por la rama, esta vez con más precaución. A unos veinte metros de altura, sobre una rama igual de ancha, un grupo de mujeres y hombres estaban congregándose formando filas. La guerrera les evaluó con el ojo de un soldado—. Así a simple vista, son unos cuantos... doscientos cincuenta, quizá trescientos, contando a hombres y mujeres —murmuró—. Todos llevan armas sencillas: armadura lisa, escudos redondos, flechas y arcos.

Se escuchó un crujido de cuero y madera y un enjambre de planeadores aparecieron de ambos lados del Yggdrasill para aterrizar junto al resto de los soldados.

—Hmmm... y todos los aviadores son mujeres y chicas.

—Son más ligeras que los hombres —explicó Scathach.

—Sus uniformes combinan con la parte inferior de los planeadores. Azul y blanco —comentó Juana.

La Sombra asintió.

—Camuflaje. Cualquiera que esté en el suelo y alce la mirada no podrá distinguirlos en el cielo.

Juana examinó las tropas aéreas con más atención cuando estas tomaron tierra. Varias mujeres piloto llevaban lanzas cortas, pero todas, absolutamente todas, cargaban con dos o más aljabas de flechas y al menos un arco de sobra. Gracias a años de guerras y batallas, Juana sabía que el arco de más era por si acaso el hilo se rompía. En ese caso, el soldado tiraría el arco al suelo y utilizaría el de reserva.

—No veo estandartes por ningún lado.

—Seguramente porque no van a necesitarlos —justificó Scathach—. Un estandarte es útil en el campo de batalla para distinguir al enemigo. Cuando luchaste contra los ingleses, las armas y armaduras eran muy parecidas, pero tus hombres sabían que debían acudir al estandarte blanco. Un estandarte en una refriega como esta sería una molestia. Apuesto a que su enemigo será distinto: de otra raza, de otro color e incluso de otra especie —explicó con una sonrisa—. Estas normas son mucho más sencillas. Todo aquel que no sea igual que tú es tu enemigo.

—Así que están preparándose para la batalla —farfulló Juana.

—Creo que ya están preparados —dijo Scathach—. Hemos llegado justo a tiempo para la guerra.

Juana de Arco pellizcó a su amiga en el brazo.

—¡Y no hace falta que te pongas tan contenta!

169

Capítulo 23

siris y Virginia Dare se pusieron en pie cuando Sophie y Josh salieron al jardín. Los mellizos iban vestidos con unos vaqueros nuevos y camisetas sin estrenar. Josh se había atado la sudadera de los Giants de color crema alrededor de la cintura y Sophie se había puesto una chaqueta de punto negra sobre la camiseta blanca.

Virginia saludó a Sophie con un gesto de cabeza y sonrió a Josh.

—No tenéis mal aspecto teniendo en cuenta las aventuras que habéis vivido —dijo. Y, mirando de reojo a Osiris, añadió—: Debes estar muy orgulloso de tus hijos. En los últimos días, han sobrevivido a situaciones muy peligrosas que habrían destrozado a cualquier persona.

—Isis y yo siempre hemos estado muy orgullosos de los mellizos —contestó Osiris sin alterar la voz.

—Ha sido un día muy largo —comentó Sophie mientras saludaba a los adultos. Estuvo a punto de bostezar, pero prefirió tragarse el bostezo por educación—. Estoy agotada.

—Y yo muerto de hambre —comentó Josh.

Sophie puso los ojos en blanco.

—Siempre tienes hambre.

El joven sonrió de oreja a oreja.

—Estoy en edad de crecer y tengo un apetito saludable.

En el mismo instante en que Josh justificaba su ansia de comer, la puerta se deslizó y se escuchó el tintineo de varias campanillas. Todo el mundo se volvió cuando Isis salió al jardín. Se había cambiado de ropa y ahora llevaba un vestido de lino blanco, muy parecido a la túnica que llevaban las reinas en el Antiguo Egipto. Lucía una diadema dorada en la cabeza y varias pulseras que decoraban los brazos y las muñecas de la mujer. Tenía un anillo de oro en cada dedo. Dos de las chicas con cara felina la siguieron y, con cada paso, sonaban los cascabeles que llevaba en las tobilleras.

Osiris saludó a su esposa con una reverencia y después se volvió hacia los mellizos.

—Deberíais inclinaros, niños.

—¿Ante nuestra propia madre? —cuestionó Josh—. ¿Por qué? Nunca antes habíamos hecho una reverencia a nuestra madre.

—Eso fue antes. Esto es ahora —contestó Osiris—. Las cosas han cambiado.

—No estoy dispuesto a bajar la cabeza. Es muy raro —concluyó Josh con firmeza. Sophie mostró su acuerdo con un gesto de cabeza.

El Inmemorial miró a Virginia Dare y abrió la boca para hablar, pero la inmortal fue más rápida y alzó la mano, como si quisiera frenarle.

—Ni se te ocurra pedirme que haga una reverencia.

Isis cruzó el patio trasero. Agradeció el saludo de su marido y después miró de arriba abajo a los mellizos. Una mueca de decepción le opacó la sonrisa.

—¿Vaqueros y camiseta? Podríais haber escogido algo

un poco más apropiado a este lugar y momento de la historia —murmuró—. Recordad que cuando nos acompañabais a nuestros viajes en la Tierra siempre intentábamos vestirnos igual que los nativos como señal de respeto. Hay camisas de lino y vestidos en el armario. Estoy segura de que estaríais mucho más cómodos.

—Estoy cómodo así —dijo Josh. Después miró a su hermana y preguntó—: ¿Y tú?

Sophie asintió con la cabeza.

—Estoy bien, gracias.

Se produjo un extraño momento de silencio mientras Isis miraba a Osiris con detenimiento, como si esperara a que su marido dijera algo.

—Ha sido una semana muy difícil para Sophie y Josh —dijo por fin—. Es comprensible que se encuentren más cómodos con su ropa; de hecho, precisamente por eso llenamos los armarios con vaqueros y camisetas.

Los mellizos se miraron de inmediato. Los dos notaron que, en ese mismo instante, algo muy importante había alterado la relación con sus padres. Hacía tan solo una semana se habrían dado media vuelta, habrían subido a su habitación y se habrían cambiado de ropa sin rechistar.

—Sentémonos a comer —dijo Isis con aire mandatario.

—Disculpadme —interrumpió Virginia Dare—, no quisiera entrometerme en un momento familiar tan feliz. Estoy segura de que tenéis que poneros al día de muchas cosas.

Sin tan siquiera volverse para mirar a la inmortal, pues seguía con la mirada clavada en los mellizos, Isis ondeó la mano de forma despectiva.

—Los criados han preparado una habitación para ti en

el otro extremo de la casa —comentó—. Hay agua caliente por si te apetece darte un baño. Ya verás que hay ropa
limpia sobre la cama.

—Mandaremos una bandeja con comida a tu habitación —añadió Osiris con voz más agradable. Sonrió en un
intento de dulcificar las palabras y los modales de su esposa.

La sonrisa de Virginia fue gélida.

—No es necesario. Creo que prefiero descansar. La
verdad es que yo también he tenido un día duro. Por favor, decidles a vuestros sirvientes que no me molesten.
No quiero criados que entren y salgan, ni comida, ni ropa,
gracias. Estoy bien así. Lo único que necesito son horas de
sueño.

—Ningún criado te alterará el sueño —dijo Isis—. Si
quieres, puedo mandar a un guardia que vigile tu puerta
y así asegure tu privacidad.

Las carcajadas de Virginia fueron perdiendo intensidad a medida que se alejaba del jardín.

—Oh, no hace falta. Eso me haría pensar que soy una
prisionera aquí. Y esa idea no me gusta en absoluto.

Capítulo 24

Tsagaglalal avanzaba con facilidad entre las calles inundadas de niebla apestosa.

Aunque todavía era temprano, no había un alma en San Francisco. La ciudad estaba desierta. El apagón había silenciado toda la metrópolis. La oleada inicial de alarmas de seguridad que graznaban en cada esquina de la ciudad empezaba a perder intensidad a medida que las baterías se acababan. Las sirenas de emergencia cada vez sonaban más distantes y débiles, y los sentidos realzados de Tsagaglalal notaron el penetrante olor de goma quemada mezclada con gas en el aire.

Se había producido un accidente. Un gran accidente. Puede que incluso más de uno. Los Oscuros Inmemoriales estaban acercándose a la ciudad.

Estaba subiendo la calle Jackson; una vez arriba, la calle tenía una bajada empinada y, de nuevo, una subida. Giró a la derecha, tomando la calle Scott, y salió a Broadway. Todos los árboles de la avenida goteaban agua.

Las farolas de la calle estaban apagadas y los semáforos de la calle Gough parpadeaban luces rojas. La única fuente de iluminación provenía de los pocos coches que todavía seguían intentando moverse por las calles de la ciudad. En Van Ness, los taxis y los autobuses se arrastraban como globos de luces titilantes y los coches patrulla avanzaban con suma lentitud por las calles con los intermitentes encendidos. La policía utilizaba los altavoces para aconsejar a la población que desalojara la calle y permaneciera en casa hasta que la niebla se disipara.

La armadura de Tsagaglalal se adaptaba al entorno, cambiando de color y volviéndose casi invisible en la oscuridad nocturna. Le pareció oler una peste jugosa en el aire y enseguida reconoció las auras de Quetzalcoatl y Bastet. La Serpiente Emplumada era una criatura peligrosa, pero el regreso de la diosa Inmemorial le preocupaba sobremanera: significaba que los acontecimientos estaban llegando a un punto crítico. Y Bastet, al igual que Dee, no conocía el significado del término «sutileza». Además, solo sentía desprecio y desdén por la raza humana.

Tras girar la siguiente esquina y tomar la calle Hyde, Tsagaglalal salió corriendo hacia el parque Russian Hill. Hacía menos de una semana, Bastet, Morrigan y Dee habían unido fuerzas y estrategia para atacar el nuevo Yggdrasil de Hécate en el Mundo de Sombras de Mill Valley. En una batalla breve pero sangrienta, el árbol ancestral, cuyas semillas fueron rescatadas durante el hundimiento de Danu Talis, fue destruido por John Dee, que blandía la espada Excalibur. La Diosa de las Tres Caras había caído con el árbol y su inmensa sabiduría había desaparecido con ella. Dee y Morrigan no se habían acobardado y decidieron perseguir a los mellizos, pero Bastet, en cambio, se había desvanecido del planeta. Tsagaglalal sabía que la diosa tenía una casa en Bel Air.

—Cuando todo esto acabe —susurró Tsagaglalal entre la humedad—, y si sobrevivo, me encargaré de perseguirte hasta los confines de la Tierra para darte tu merecido.

Estaba cruzando las pistas de tenis cuando un trío de figuras vestidas con harapos y la cabeza rapada apareció justo ante él. Todas llevaban botas de combate con suela de goma. Las tres se reían entre dientes mientras una serie de zarcillos de su aura gris, con destellos del mismo color de un moretón, brotaban de su piel. Dos de las criaturas ni siquiera se habían molestado en ocultar la cola. Eran cucubuths dispuestos a darse un buen banquete.

—Detesto los cucubuths —suspiró Tsagaglalal—. Repugnantes, asquerosos, malolientes…

Aquella que Todo lo Ve desenvainó su kopesh y, tras varios movimientos ágiles, rajó a las criaturas sin hacer un solo ruido, dejando los cuerpos apestosos disolviéndose en el suelo.

Tsagaglalal estaba convencida de que la única razón por la que la diosa con cabeza gatuna había regresado a la ciudad era porque quería estar presente en el momento de la victoria de los Inmemoriales.

En más de una ocasión, el marido de Tsagaglalal, Abraham el Mago, le había asegurado que consideraba a Bastet una de las criaturas más peligrosas que jamás había conocido.

—Su ambición destruirá el mundo —avisó hace ya muchos años.

En la cima de la colina, Tsagaglalal se detuvo.

—¿A la derecha o todo recto? —se preguntó en voz alta mientras trataba de adivinar la ruta más corta.

Si giraba hacia la derecha, se dirigiría hacia la calle Lombard, famosa por sus ocho pronunciadas curvas. Sin embargo, sabía que si continuaba recto, llegaría a Jefferson y, una vez allí, podría ir directamente al muelle de los pescadores.

—Todo recto.

Tsagaglalal empezó a trotar, dejando a un lado la carretera de curvas.

Bastet siempre había sido un ser ambicioso y codicioso. Junto con su marido, Amenhotep, había gobernado Danu Talis durante siglos. Cuando el proceso de Mutación se inició, primero afectando a Amenhotep y más tarde a Bastet, el Señor de Danu Talis decidió apartarse y conferir todo el poder a su hijo, Aten. Bastet se había puesto furiosa: había pasado décadas trabajando en la sombra para asegurarse que su otro hijo, su favorito Anubis, pudiera gobernar el imperio isleño. Podía controlar a Anubis, pero sobre Aten no poseía control alguno.

—¿Tiene algo de cambio, señorita?

Un par de hombres, los dos brillantes por las gotas de rocío, emergieron de la nada. Uno mostraba una delgadez inhumana y lucía una telaraña tatuada en la oreja; el segundo parecía más corpulento, tenía el pecho muy musculoso y una cintura de avispa. Resultaba evidente que habían estado apoyados sobre una pared en la esquina de Lombard con Hyde. Sin dejar de trotar, Tsagaglalal se fijó en que el tipo más grande tenía la cara arañada y amoratada.

—No es la mejor noche para salir a correr —bromeó el más delgado.

—Esta niebla no es muy saludable —añadió su acompañante.

—Podrías resbalarte. O caerte. Y hacerte mucho daño.

El flacucho recalcó la palabra «daño».

Tsagaglalal agarró la empuñadura de su kopesh, pero por el olor que desprendían, adivinó que eran humanos, así que, sin perder el ritmo, continuó corriendo. Y justo en ese instante, percibió una mirada de alarma en el tipo más corpulento.

—Oh no, otra vez no… —suspiró.

El hombro derecho golpeó al hombre más enclenque en el centro del pecho. Escuchó un crujido antes de que el tipo saliera disparado de la calle y aterrizara sobre la acera mojada de la calle Lombard. Empezó a chillar mientras daba vueltas en el suelo de la calle más empinada de la ciudad. La pierna izquierda golpeó al segundo hombre justo cuando intentaba largarse de allí. Se escuchó un chasquido en la cadera y el tipo se desplomó sobre el suelo con tal fuerza que tuvo que romperse algo más.

Tsagaglalal continuó su camino sin mirar atrás.

Aten tenía multitud de defectos. Le había conocido una vez que vino a visitar a Abraham. El Señor de Danu Talis era arrogante, lo cual le convertía en un ser peligroso, e impulsivo, pero, a diferencia de muchos otros Inmemoriales, reconocía que el mundo estaba cambiando y que si Danu Talis, y por ende los propios Inmemoriales, quería sobrevivir, no tendría más opción que adaptarse y cambiar. Ahora el mundo estaba en manos de razas nuevas, en especial de los humanos. Aten trabajó codo con codo con Abraham, Prometeo, Huitzilopochtli y Hécate para preparar un futuro en el cual la raza humana y la Inmemorial pudieran convivir. Cronos les había mostrado terribles versiones del futuro, pero también les había enseñado maravillas increíbles.

Tsagaglalal recordaba con especial viveza una de aquellas posibilidades en particular. En aquella línea del tiempo, una civilización de humanos muy avanzada e Inmemoriales redescubrían y más tarde sobrepasaban el conocimiento de los Señores de la Tierra. Habían conseguido salir de las fronteras del planeta y empezaban a colonizar otros mundos que les rodeaban. El imperio de Danu Talis no solo se extendía en un planeta, sino en galaxias enteras. Y en el corazón de este gigantesco imperio galáctico yacía la ciudad circular de Danu Talis, construida sobre un diminuto planeta azul y verde de la Vía Láctea.

—Una edad dorada —había descrito Abraham que, de forma inconsciente, tamborileaba los dedos sobre su piel, que ya había comenzado a solidificarse en oro.

—Es triste, pero nunca llegará a ocurrir —había agregado Cronos—. Esto es solo una sombra de lo que podría ser.

—¿Y por qué no? —había preguntado Abraham.

—Porque Bastet y muchos otros como ella, que siguen anclados en el oscuro pasado, no lo permitirán. Creen que otorgar poder a la raza humana les debilitará.

—Oscuros Inmemoriales —había farfullado Abraham.

Fue la primera vez que Tsagaglalal escuchó el término.

Una sombra se movió entre los árboles del parque que tenía a la izquierda y empezó a extenderse por la calle. Se mecía y avanzaba con rapidez. Las gotas de humedad titilaban sobre una piel oscura y mugrienta y hacían brillar unas colas de serpiente. Tsagaglalal torció la boca. Las ratas no le decían nada, pero aquellos roedores en especial estaban bajo el control de algún Oscuro Inmemorial. Caminó hasta el centro de la masa tumultuosa y, acto seguido, todos los ratones comenzaron a pulular a su alrededor, arrastrándose por sus pies, tratando de subir por las piernas. Pero la armadura de Tsagaglalal era lisa y no hallaron el modo de agarrarse para poder escalar. Los dientes chirriaban al rozar las grebas metálicas, como uñas arañando la superficie de una pizarra.

De repente, el aura de Tsagaglalal se iluminó, irradiando una luz blanca y muy brillante. Latía alrededor de su cuerpo en una serie de círculos concéntricos y, de inmediato, los roedores se transformaron en rescoldos rojos y negros que desaparecieron entre la niebla. Aquel uso de poderosa energía rompió el hechizo de control, y los bichos que lograron sobrevivir huyeron corriendo hacia las alcantarillas.

Sin perder el ritmo, Tsagaglalal giró a la derecha y continuó trotando calle abajo, dirigiéndose al agua.

Danu Talis podría haber vivido una era dorada, pero la codicia de Bastet dominaba todo sentido común. Y una terrible noche, Anubis y una tropa de anpu perpetraron una revuelta y encarcelaron a Aten. El Señor de Danu Talis fue acusado de idear la destrucción del imperio de la isla.

De forma abrupta, Tsagaglalal se paró en mitad de la calle Jefferson y levantó la cabeza. Había percibido un nuevo olor en el aire. Algo ancestral y atroz se acercaba por su hombro izquierdo. Volvió la cabeza: aquel olor venía del puente Golden Gate. Era una mezcla de esmalte quemado, tierra podrida y sangre junto con el inconfundible hedor de un Drakon.

—Espartoi —dijo con cierto desagrado.

De forma instintiva supo que este era el motivo del retorno de la diosa Bastet.

—¿Qué hago? —se preguntó en voz alta.

Los Flamel necesitaban su ayuda para mantener a los monstruos encerrados en la isla, pero la amenaza sobre el puente suponía un peligro aún más inmediato. Si los espartoi conseguían llegar a la ciudad, toda la población entraría en caos. Había sido testigo de su forma de trabajar antes. Cada criatura de aquel ejército asesinaría a cientos, o incluso miles de personas. En caso de que algún humano corriera la suerte de no ser engullido por un espartoi, se convertiría en un muerto viviente que se balancearía sin ton ni son por la ciudad hasta que, veinticuatro horas más tarde, todo su cuerpo se desmoronara. Las pobres criaturas eran inofensivas, pero su apariencia era sorprendente y, sobre todo, espeluznante. Todo estaría perdido.

Armándose de valor, Tsagaglalal se dio media vuelta y empezó a correr hacia el puente Golden Gate. No podía hacer nada para ayudar a los Flamel. Perenelle y Nicolas estaban solos.

Capítulo 25

uántos más? —jadeó Dee.

El inmortal había empezado bien e incluso se las había arreglado para subir cincuenta escalones seguidos. Pero después tuvo que parar para coger aliento mientras el corazón le golpeaba con fuerza el pecho.

La voz de Marethyu retumbó entre las paredes de piedra.

—En total: doscientos cuarenta y ocho. Te quedan unos doscientos más o menos.

—Doscientos cuarenta y ocho. Uno de los números intocables. ¿Por qué no me sorprende?

—Debemos darnos prisa, doctor.

—Tengo que recuperar el aliento —balbuceó Dee.

—No tenemos tiempo.

—Déjame que descanse… a menos que desees que fallezca aquí, sobre estos escalones.

—No doctor, no vamos a dejar que te mueras todavía —dijo ofreciéndole la mano—. Permíteme que te ayude.

—¿Por qué? —preguntó Dee mientras descansaba sobre los peldaños de cristal y alzaba la vista para mirar los ojos azules de Marethyu—. Si sabes quién soy, sabrás qué soy, qué cosas he hecho. ¿Por qué quieres ayudarme?

—Porque todos tenemos asignado un papel para salvar el mundo.

—¿Incluso yo?

—En particular tú.

Marethyu cargó con Dee los doscientos escalones que faltaban. El inmortal inglés rodeó el hombro del tipo con el brazo y apoyó la cabeza contra el pecho de la figura. No escuchó el latido del corazón y, a medida que ascendían por la escalinata, descubrió que a Marethyu no le costaba respirar porque, de hecho, no respiraba.

La figura esbelta de mirada azul subía los peldaños con agilidad. En los puntos donde las paredes eran de un cristal transparente, Dee logró vislumbrar fugaces manchas de un océano gris. Unas enormes olas rompían en una costa rocosa, dejando tras de sí un rastro de espuma blanca. A medida que avanzaban, el Mago se fijó en que ciertos peldaños desprendían un olor extraño y emitían colores distintos y raros cuando los pisaban. Otros, en cambio, hacían sonar notas musicales o la temperatura subía y bajaba hasta extremos insospechados.

—¿Estamos atravesando mundos de sombras? —preguntó Dee.

—Muy astuto.

—Me encantaría explorar este lugar —susurró Dee.

—No, doctor, créeme que no te gustaría —dijo Marethyu convencido—. Esta torre está construida sobre el vértice de una docena de líneas telúricas, sobre un lugar donde muchísimos reinos se cruzan. Un par de estos peldaños nos llevarían y sacarían de algunos de los peores mundos que jamás fueron creados. Si te entretienes demasiado sobre un escalón, nunca sabes dónde puedes acabar. O qué puedes atraer.

—Oh, pero piensa en la aventura.

—Existen ciertas aventuras que no merece la pena vivir.

Dee miró a Marethyu a los ojos.

—Apuesto a que has vivido algunas.

—Así es.

—¿Fue allí donde perdiste la mano? Déjame adivinar: algún monstruo hambriento te la arrancó de un mordisco y después Abraham creó esta hoz para ti.

—No, doctor. Te equivocas y no imaginas cuánto —dijo Marethyu entre risas. En ese instante, la Muerte sonó juvenil—. Además, creo que si Abraham me hubiera diseñado un reemplazo, le habría pedido que hiciera algo más… parecido a una mano, algo más útil.

Rozó el gancho contra la pared de cristal y una cascada de chispas multicolores roció al Mago. El semicírculo de metal se iluminó y símbolos arcanos empezaron a retorcerse sobre la superficie.

—Al principio lo detestaba —admitió.

—¿Y ahora?

—Ahora forma parte de mí. Y yo de él. Juntos hemos cambiado el mundo.

Marethyu subió a un estrecho rectángulo y posó con delicadeza al anciano Dee sobre el suelo, colocándolo en una postura sentada. Estaban en el techo de la torre de cristal.

—Desde aquí puedo ver el mundo.

Abraham el Mago se apartó de un telescopio cilíndrico y se dio media vuelta de forma que tan solo la mitad de su cuerpo fuera visible para Marethyu y Dee.

—Venid y echad un vistazo.

—Dame un momento, por favor te lo pido. Permíteme que me recomponga —rogó el doctor.

El Mago estiró las piernas y trató de desentumecer los

brazos, que estaban rígidos y agarrotados. Alzó la mirada hacia la figura de cabello rubio y con una capa de oro reluciente que le llegaba hasta los pies.

—Durante toda mi larga vida, siempre creí que eras una leyenda —suspiró—. Jamás imaginé que eras real.

—Doctor, me decepcionas —dijo Abraham asintiendo con la cabeza. Tosió y continuó—: Sabes muy bien que en el corazón de toda leyenda yace una semilla de verdad. Has tratado con monstruos toda tu vida. Has confraternizado con criaturas que fueron veneradas como dioses y luchado contra pesadillas horrendas. ¡Y aun así me consideras una leyenda!

—A todo el mundo le gusta creer en una o dos leyendas —aclaró Dee mientras pedía la mano de Marethyu para que le ayudara a ponerse en pie.

Estaban sobre una plataforma circular en la parte superior de la torre de cristal. Una brisa glacial soplaba sobre la plataforma, con aroma a sal y espuma marina y cargada con diminutos cristales.

—Es un verdadero honor conocerte —saludó Dee tras dar un paso adelante y ofrecerle la mano. Sin embargo, Marethyu le apartó la mano con delicadeza y meneó la cabeza.

—Abraham el Mago no te estrechará la mano, doctor.

Abraham se alejó del telescopio.

—Venid a ver esto.

El instrumento estaba fabricado de lo que parecía ser un cristal de color crema. La superficie era multifacética. Finas bandas de color plateado rodeaban el tubo y, cuando Dee se asomó al ocular, descubrió que era líquido y brillante, como el mercurio.

—Marethyu lo trajo de uno de sus viajes —informó

Abraham. Era evidente que le costaba un tremendo esfuerzo articular cada palabra—. Nunca me ha contado dónde lo encontró, pero sospecho que es Arconte. Los artefactos de los Señores de la Tierra tienden a ser más vastos en su diseño. Y este está tallado con suma delicadeza.

—No veo nada —dijo Dee—. ¿Debo ajustar el enfoque?

—Piensa en una persona —ordenó Abraham—. Alguien a quien conozcas bien. Te aconsejaría que escogieras a alguien que te importe, pero me da la sensación de que eso será muy complicado en tu caso.

Dee miró por el cristal.

… *Sophie y Josh sentados alrededor de una mesa circular a rebosar de comida. Isis y Osiris acompañándoles en la cena.*

Apartó la mirada durante unos instantes y después volvió a acercarse al ocular.

… *Virginia Dare vestida con un vestido blanco y un sombrero de paja, caminando por calles repletas de personas diminutas con tez oscura. Un ejército de anpu con armadura negra y la mirada bermeja observándola desde las sombras.*

—Extraordinario —felicitó Dee—. Es muy parecido a un espejo de adivinación. ¿Solo muestra a personas que habitan en este Mundo de Sombras?

—Si alimentas al cristal con sangre y sufrimiento, te mostrará otras épocas, otros lugares —murmuró Abraham—. Yo prefiero no alimentarlo.

—Pero lo has hecho —protestó Dee volviéndose hacia Marethyu.

—A veces —admitió con mirada algo triste y perdida—. Hay ciertas personas que me gusta vigilar.

—Me hubiera fascinado tener algo como esto. Puedo pensar en mil usos para este artefacto.

Marethyu sacudió la cabeza.

—Te habría acabado destruyendo, doctor.

—Lo dudo.

—A veces, cuando miras a través del cristal, descubres que hay algo observándote. Algo hambriento y sediento.

Dee se encogió de hombros.

—Como tú mismo has dicho, he visto cantidad de monstruos antes. Y no creo que puedan hacer mucho desde el otro lado del cristal.

—No siempre están al otro lado del cristal —puntualizó Abraham—. A veces pueden atravesarlo.

Abraham el Mago se dio media vuelta, permitiendo así que el inmortal pudiera ver su cuerpo entero. La mitad izquierda de su rostro, desde la frente hasta la barbilla y desde la oreja hasta la nariz, estaba cubierta por una máscara de oro sólido. Tan solo el ojo permanecía igual, aunque el blanco se había teñido de un color azafrán pálido. Los dientes de la parte izquierda también eran piezas de oro macizo y tenía la mano oculta tras un guante dorado.

—La Mutación —suspiró Dee.

—Debo reconocer que estoy impresionado. Muy pocos humanos de tu época conocen el proceso.

—No soy el típico humano.

—Tan arrogante como siempre, doctor, ya lo veo —dijo Abraham antes de volverse de nuevo hacia el telescopio para acercar su ojo derecho al ocular.

De pronto, Dee sintió curiosidad por saber a quién estaba vigilando.

—La Mutación nos afecta a todos, tarde o temprano.

Algunos, como tu buena amiga Bastet, se convierten en monstruos.

—¿Cada Mutación es única?

—Sí, es particular a cada individuo. Los cambios pueden ser parecidos, pero no hay dos idénticos.

Dee avanzó cojeando hasta colocarse junto a Abraham y se asomó disimuladamente por el hombro.

—¿Me permites? —preguntó.

Abraham el Mago ladeó un poco la cabeza.

Dee apoyó el dedo índice sobre el hombro de Abraham y empujó. Era sólido. Después le asestó un suave golpe con los nudillos y el ruido fue sordo, amortiguado.

—Mi aura ha empezado a endurecerse sobre mi piel.

—Vi algo parecido en una cueva de las catacumbas de París.

188 —Zephaniah ideó el castigo de Marte gracias a mi Mutación.

—¿Y es un proceso irreversible?

—Así es. Generaciones de Grandes Inmemoriales e Inmemoriales han probado invertir el proceso. Si bien es cierto que han conseguido algunos éxitos, no han logrado cambios permanentes —informó Abraham. Después, se alejó del telescopio y, con suma lentitud, se giró para colocarse frente a Dee—. ¿Qué voy a hacer contigo, doctor? He observado el mundo humano durante generaciones. He visto héroes y villanos. He estudiado familias e individuos, he seguido el rastro de linajes enteros durante infinidad de siglos. Comprendo a los humanos y sé qué les motiva, qué les hace seguir adelante. He descubierto cómo y por qué aman a los de su misma especie y qué les aterroriza. Y entonces estás tú… Eres todo un misterio.

Dee miró de reojo a Marethyu.

—¿Eso es bueno o malo?

Abraham avanzó hasta el borde de la torre y contempló la ciudad que se extendía en la lejanía.

—No te imaginas lo cerca que hemos estado de destruirte —continuó—. Cronos se ofreció para enviar a Marethyu a un viaje del tiempo para asesinar a tu ancestro más lejano y así poder aniquilar todo tu árbol genealógico.

—Me alegro de que decidieras no hacerlo —murmuró Dee.

—No me des las gracias a mí. Yo era partidario de llevar adelante el plan.

De pronto se escucharon unos pasos en las escaleras y Dee se volvió para observar a una hermosa jovencita con mirada gris entrando en la plataforma. La muchacha ignoró por completo a Dee, regaló una sonrisa a Marethyu y después desdobló una capa con capucha que colocó sobre los hombros de Abraham.

—Yo también era partidaria de llevar adelante el plan.

—Te presento a Tsagaglalal, mi esposa.

Dee hizo una leve reverencia.

—Es un honor.

—No sé por qué —espetó la mujer—. Te arrojaría de esta plataforma de buen grado.

Ayudó a su marido a alejarse del borde de la plataforma y después le rodeó para ponerse delante y mirarle a los ojos.

—Ha llegado el momento.

—Lo sé. Baja. Prepárate. Ya casi he acabado con el doctor.

Tsagaglalal se deslizó por la plataforma con delicadeza y desapareció por la escalera.

—Te odiará durante milenios —dijo Abraham extendiendo la mano—. Devuélveme mi libro, doctor.

Dee vaciló.

La mitad derecha del rostro de Abraham se movió con una sonrisa espantosa.

—Tan solo un hombre imprudente se plantearía hacer algo estúpido en este momento. O peor, tratar de negociar.

El doctor buscó bajo su camiseta. Llevaba una bolsa de cuero atada con una cuerda alrededor del cuello. Deshizo el nudo y sacó la bolsa.

—Josh tiene las páginas que arrancó del Libro —dijo Marethyu.

—Lo sé. Lo descubrí hace muy poco. Me cuesta creer que las llevara consigo todo este tiempo. Estuvimos tan cerca…; si me las hubiera entregado, todo sería muy distinto —suspiró Dee.

—Tu vida es una colección de decepciones —comentó Marethyu.

—¿Estás siendo sarcástico? —preguntó Dee.

—Sí.

—Debo reconocer que he sufrido mis decepciones —admitió el Mago. Metió la mano en el interior de la bolsa y extrajo el pequeño libro de cubiertas metálicas—. He pasado toda mi vida persiguiendo este libro. Estuve a punto de tenerlo entre mis manos varias veces, pero cuando por fin conseguí hacerme con él, todo cambió. Debería haber sido mi mayor triunfo —dijo meneando la cabeza—. Pero a partir de aquel día, todo empezó a torcerse.

Marethyu dio un paso hacia delante y arrebató el Libro de las manos de Dee. Tras colocarlo sobre su gancho, abrió la cubierta. De inmediato unas llamas amarillas empezaron a arder por el filo de su hoz, con serpentinas de fuego rociando las baldosas del suelo como fuegos artificiales.

—Es real —anunció.

Con un esfuerzo casi doloroso, Abraham alzó su mano derecha y la dejó caer sobre el hombro de Dee.

—Doctor, ¿alguna vez te has parado a pensar por qué nunca conseguiste atrapar al matrimonio Flamel? ¿Por qué siempre conseguían escapar antes de que tú llegaras?

—Por supuesto. Siempre creí que tenían mucha suerte… —empezó. Y, tras una breve pausa, meneó la cabeza y añadió—: Nadie tiene tanta suerte durante tanto tiempo, ¿verdad?

Marethyu cerró el libro de golpe. Las llamas se extinguieron de su gancho.

—Nunca estuviste destinado a encontrar a los Flamel ni el Libro. Hasta la semana pasada, por supuesto, cuando recibiste la llamada que te informaba de la dirección postal de la librería en San Francisco.

—¿Fuiste tú? —murmuró Dee mirando a Marethyu y a Abraham—. Di por sentado que estaba trabajando para Isis y Osiris.

La Muerte arrugó sus ojos azules.

—Y así es, pero a veces tanto tú como ellos trabajáis para mí.

Capítulo 26

De pequeño, Josh había sufrido una serie de extrañas y espeluznantes pesadillas.

Soñaba que estaba de pie junto a su cuerpo dormido, observándolo. A veces se sentaba en los pies de la cama y se quedaba contemplándolo, pero la mayoría de ocasiones volaba hasta el techo y miraba su cuerpo desde arriba. Ni una sola vez sintió que estaba en peligro, pero las imágenes eran tan confusas que siempre se despertaba gritando. Después de una de esas pesadillas, al pequeño Josh le costaba una eternidad coger el sueño.

A medida que se hacía mayor, aquella especie de sueños desapareció casi por completo. Durante períodos de tensión y estrés extremos, normalmente cuando se acercaban los exámenes finales, las pesadillas volvían a abrumar a Josh, pero con el paso del tiempo habían dejado de asustarle. Ahora no eran más que una colección de imágenes raras a las que no encontraba explicación plausible. A veces, en ese instante del crepúsculo, entre el sueño y la vigilia, Josh rememoraba las viejas pesadillas y, durante un instante, se veía a sí mismo de pie, junto a su cuerpo dormido, observándolo con atención.

Un día estaba navegando por Internet cuando, por accidente, descubrió que existía un término para designar aquella situación: una experiencia extracorpórea.

Ahora, sentía que estaba sufriendo una de esas experiencias.

Era idéntica a la que aparecía en sus pesadillas.

Estaba mirándose a sí mismo, sentado a una mesa con sus padres y su hermana. Todo parecía normal: había un plato con fruta y un vaso de zumo de naranja. La mesa estaba repleta de cuencos con ensaladas en el centro y había dos jarras de agua, una con hielo para su padre y Sophie y una segunda sin hielo, tal y como su madre y él preferían.

Todo resultaba muy familiar.

Excepto por el hecho de que realmente no cuadraba.

La pareja que les acompañaba parecía sus padres, Richard y Sara Newman. Tenían los ojos del mismo color, las mismas líneas de expresión y arrugas idénticas en la boca y los ojos. El tipo que tenía el aspecto de su padre incluso tenía la diminuta cicatriz en forma de media luna en la parte superior de su cabeza, un semicírculo pálido que destacaba en la tez bronceada de Richard.

Pero aquellos no eran sus padres.

La mujer que aseguraba ser su madre llevaba la ropa y las joyas del Antiguo Egipto.

No había nada de malo en eso. Cuando habían viajado al país egipcio, hacía ya varios años, su madre había llevado ropa parecida en el crucero que recorría el río Nilo.

Pero tanto Isis como Osiris llevaban las uñas pintadas de color negro.

Eso le pareció extraño, pues jamás se había fijado en que su padre se pintara las uñas de los pies y el negro no habría sido el color que su madre hubiera escogido para el esmalte.

Cuando aquellas personas sonreían, mostraban unos dientes demasiado largos y, aunque no había podido verlos más de cerca, creyó atisbar una lengua de color púrpura en vez de rosada.

Eso no lo había visto en ningún lugar.

Y ahora que les observaba, incluso la comida y la propia mesa no parecían normales.

La mesa era un círculo de oro y plata, formada con dos piezas que simulaban el símbolo del ying y el yang. Osiris y él estaban sentados juntos en la parte dorada de la curva e Isis y Sophie se habían acomodado delante, en la sección plateada.

¿Josh?

Los platos que tenía delante eran dorados y estaban repletos de una aparentemente deliciosa selección de fruta pero, tras una inspección más cuidadosa, no logró reconocer más que dos o tres piezas de aquella montaña de fruta. Y el vaso de zumo era de oro macizo.

Y su hermana…

Josh miró al otro lado de la mesa, a Sophie. Su melliza tenía la mirada clavada en un plato de plata donde se apilaban cerezas y uvas de un tamaño demasiado grande para ser naturales. Un vaso de plata rebosaba agua y el cuchillo desafilado y el tenedor también eran de plata. Sophie se percató de que su hermano la estaba observando y levantó la cabeza. En ese preciso instante, el joven distinguió la misma confusión en los ojos de su hermana.

¿Josh?

Josh escuchó la palabra en su mente y se dio cuenta de que aquel no era un sueño. Su corazón empezó a latir con fuerza y empezaba a notar los pulmones tensos. Su subconsciente le estaba diciendo algo importante. Pero aún no había averiguado de qué se trataba.

¡*Josh!*

La voz de Isis era seca.

El muchacho tomó aliento y, un tanto tembloroso, sintió que el mundo daba vueltas a su alrededor. Miró a ambos lados y descubrió que todos le estaban mirando. Se dio la vuelta y movió la cabeza de un lado a otro. No pudo ocultar el rubor en las mejillas.

—Lo siento, he desconectado un minuto. No sé si me he quedado dormido —se justificó. Después se volvió hacia su padre y preguntó—: ¿Cómo lo llamaste una vez?

Osiris se quedó un buen rato mirándole inexpresivo.

—Ah, sí. Ahora me acuerdo: un microsueño. Debía de estar teniendo un microsueño.

—Concéntrate, Josh —espetó Isis—. Esto es importante.

El muchacho estaba a punto de soltar una contestación a la Inmemorial, pero una patada de su hermana le frenó. Inspiró hondamente en un intento de tranquilizarse.

—Claro. Perdón, Isi… mamá. Supongo que estamos agotados por todo lo que nos ha pasado. Al menos yo me siento muy cansado.

—Yo también. Hemos tenido que asimilar demasiadas cosas —añadió Sophie.

La joven pinchó una de las enormes uvas con el tenedor y se la metió en la boca. Después se bebió el vaso de agua de un trago. En cuanto dejó el vaso sobre la mesa, una de las mujeres con cara gatuna apareció a su lado y le rellenó el recipiente.

—¿Podemos irnos a dormir? —propuso Josh.

—Me temo que eso tendrá que esperar. Se ha alterado el horario que teníamos planeado —explicó Osiris—. Comed, recuperad energía. Tenéis una noche muy larga por delante.

Josh miró a su hermana y arqueó las cejas a modo de pregunta silenciosa. Su hermana respondió meneando negativamente la cabeza.

—A estas alturas ya sabéis que poseéis unos poderes extraordinarios —dijo Isis mirando primero a Sophie y después a Josh—. No hace falta que os repita que sois dos personas increíbles. En una semana, os han Despertado e instruido en la mayoría de Magias Elementales. En cuestión de siete días —continuó dirigiéndose ahora a su marido—. Es realmente asombroso.

—De media, se trata de un proceso que lleva décadas —comentó Osiris.

—¿Por qué no nos Despertasteis vosotros? —quiso saber Sophie.

Pero, sin tener que acudir a los recuerdos y sabiduría de la Bruja de Endor, la joven contestó su propia pregunta de inmediato.

—Porque no podéis.

La sonrisa de Osiris fue gélida.

—Tenemos otras destrezas, Sophie, pero tienes razón, no somos capaces de estimular el proceso del Despertar.

—Entonces, ¿no es un rasgo familiar? —preguntó Josh, algo confuso.

—No de la familia más cercana. Pero sin duda es una característica relacionada con el clan —explicó Osiris.

—¿Estamos emparentados con esos Inmemoriales? ¿A aquellos que nos Despertaron, que nos formaron y enseñaron Magias Elementales: Hécate y Marte, Prometeo, Gilgamés, Saint-Germain y la Bruja? —cuestionó Sophie.

—Son familia lejana —murmuró Osiris.

—Pero no son vuestros amigos, ¿verdad? —afirmó Josh en vez que preguntar.

Isis y Osiris negaron con la cabeza de forma simultánea.

—No, no lo son.

De repente, todo lo que había pasado en los últimos días empezó a tener sentido para Josh.

—Puesto que nadie sabía que éramos familia, os las arreglasteis para que vuestros enemigos nos Despertaran, instruyeran y formaran porque creían que trabajaríamos contra vosotros —murmuró Josh, casi hablando para sí.

—Bien pensado y, a decir verdad, estamos muy orgullosos de esa estrategia —opinó Isis sonriendo a su marido.

—Genial —susurró Josh.

—Gracias —dijo Osiris—. Veo que todas las clases de ajedrez a las que asististe no fueron en vano.

Josh bajó la cabeza y se concentró mientras jugueteaba con la fruta que tenía en el plato. No podía dejar de pensar y trataba de recordar un millón de detalles del pasado. De pronto, esos pequeños detalles cobraron un nuevo significado. Por fin separó un gajo de naranja y se lo llevó a la boca.

—Así que todo lo que ha pasado en la última semana…

—¡No hables con la boca llena! —regañó Isis.

—Lo siento, mamá. Lo siento, Isis —corrigió de forma deliberada. Tragó la naranja y continuó—: De modo que sois los responsables de todo lo que ha ocurrido esta semana.

—No solo esta semana —contestó Osiris—, sino durante los últimos quince años de vuestra vida y los diez mil años previos. Desde el día en que nacisteis, os hemos estado entrenando para esto, para el destino que os esperaba. Os enseñamos historia y mitología para que, cuando descubrierais la verdad, no fuera una revelación aterradora y estuvierais familiarizados con los personajes y criaturas que, sin duda, sabíamos que os encontraríais. Incluso insistimos en que os apuntarais a clases de artes marciales para que aprendierais a protegeros.

Los mellizos asintieron con la cabeza. Nunca habían querido asistir a clases de taekwondo, pero sus padres siempre se empeñaban en obligarles. Daba igual la ciudad donde estuvieran viviendo o la escuela a la que fueran, no tenían alternativa: debían apuntarse a un *dojang* para continuar su entrenamiento.

—Os enseñamos el mundo —dijo Isis—, os mostramos otras culturas para que, cuando vinierais aquí, el impacto fuera menor.

Osiris se inclinó hacia delante.

—Y entonces, cuando todo estuvo dispuesto, cuando los dos estabais preparados, te sugerí que fueras a la librería de los Flamel a buscar trabajo.

Josh parpadeó, sorprendido, y frunció el ceño mientras hacía memoria. Su padre le había mostrado un anuncio en el periódico de la universidad: «Se busca asistente. Librería. No queremos lectores, queremos trabajadores».

—No quería ese trabajo —susurró Josh.

—Y yo te dije que había trabajado en una librería cuando tenía tu edad. Escribiste la carta de motivación y redactaste el currículo, pero nunca los enviaste.

—Yo lo hice por ti —confesó Isis.

—Y te llamaron para la entrevista dos días más tarde.

—¿Sabías dónde se estaban escondiendo los Flamel? —preguntó Sophie.

—Siempre hemos sabido dónde están. No le hemos quitado ojo de encima al Códex.

—Y sabíais que, cuando me vieran, me reconocerían como Oro —farfulló Josh—. Y a Sophie como Plata.

La sonrisa de Isis fue amarga.

—Esa pareja de estúpidos arrogantes, Nicolas y Perenelle Flamel, llevan buscando Oros y Platas durante siglos. Simplemente les dimos lo que estaban buscando.

Osiris asintió con la cabeza.

—El Alquimista y su pareja llegaron a creer que su papel en la organización de las cosas era esencial, más importante de lo que en realidad era. No eran más que títeres. Igual que Dee y todos los demás humanos.

—¿Y nosotros? —preguntó Sophie—. ¿También somos títeres? —dijo mirando a su hermano.

—Sois Oro y Plata —dijo Osiris en voz baja—. Y sí, os hemos manipulado, pero jamás os hemos usado como títeres. Y solo para protegeros. Todo lo que hemos hecho ha sido para manteneros a salvo —insistió—. Sois como el rey y la reina de un tablero de ajedrez: ahora mismo, en este momento y lugar de la historia, sois las personas más valiosas y fundamentales de todo el mundo.

Isis se apoyó sobre la mesa, y los brazaletes metálicos tintinearon al tocar la mesa plateada.

—Nada de esto ha sido por azar: milenios de cuidadosa planificación han desencadenado esta secuencia exacta de acontecimientos.

—¿Lo habéis planeado todo? —preguntó Sophie. Tras cada nueva revelación, la joven notaba pinchazos en el estómago—. ¿Incluso las partes más desagradables?

—¿Acaso ha habido partes desagradables? —preguntó Isis, que miró a su marido atónita—. ¿A qué te refieres?

—Creo que se refiere a las partes en que estuvimos a punto de morir —respondió Josh en nombre de su melliza—. Un Nidhogg estuvo a punto de comerme en París.

Isis ondeó la mano, quitando importancia al incidente de París.

—Josh, nunca estuviste en un peligro tan mortífero —dijo—. Estabas acompañado por los guerreros más feroces de cada generación. Te protegieron.

—Me enfrenté a las Dísir —añadió Sophie. No estaba dispuesta a permitir que Isis y Osiris infravaloraran lo ocurrido—. Me dio la sensación de que querían matarme, la verdad.

—Y no os olvidéis del proceso del Despertar —agregó Josh.

Isis dejó escapar una risa casi musical que sonó falsa y fingida.

—Oh, no corríais ningún peligro. Sois Oro y Plata —dijo—. Los verdaderos y auténticos. Tan solo los impuros sufren daños permanentes durante el Despertar.

—¿Y qué nos decís del ataque de los no-muertos en Ojai? —insistió Josh.

Isis soltó una segunda carcajada que sonó tan falsa como la primera.

—El doctor Dee no es lo bastante poderoso para enfrentarse a los dos. Les destruisteis minutos antes de que se colapsaran por sí mismos.

—¿Y Coatlicue? —preguntó Sophie—. Estuvo a punto de darse un festín a costa de Josh.

—Y casi no consigo escapar del edificio en llamas —añadió Josh.

—Y no nos olvidemos de aquella cosa con cuernos en Londres.

—¡Basta ya! —dijo Isis dando una palmada y haciendo sonar todos los anillos—. Todo esto estaba planeado y punto.

—¿Incluyendo la traición de Dee? —preguntó una Sophie desafiante—. Porque me ha dado la impresión de que no contemplabais esa posibilidad.

La mesa se quedó en silencio.

John se quedó mirando a su hermana con detenimiento.

—Dee decidió seguir su propio camino, ¿verdad?

El joven Newman no lo supo seguro hasta que oyó a su hermana decirlo en voz alta.

Sophie asintió.

—Se cansó de ser un simple sirviente. Quería ser el maestro.

Osiris alzó la mano.

—Ningún plan es infalible. Siempre puede haber factores que se pasen por alto. Variables. Al final, Dee se convirtió en una variable —dijo con una sonrisa que, al igual que la carcajada de su esposa, parecía ensayada y falsa—. Pero deberíamos compensar ese pequeño desliz con el hecho de que fue un sirviente leal durante siglos.

—Pero era vuestro agente en la Tierra —protestó Josh—. No es un pequeño factor, sino un gran error.

—Suficiente —espetó Osiris—. Ha pagado un precio por ello. Al igual que todo aquel que osa desafiarnos. No fue nuestro primer sirviente y, sin duda, no será el último. De hecho, estoy convencido de que la señorita Dare aceptará de buen grado reemplazar al doctor. Le he hecho una oferta que no podrá rechazar.

—¿Y ha aceptado tu oferta? —quiso saber Josh.

—Así es.

Josh no podía dar crédito a las palabras del Inmemorial. ¿Virginia Dare? ¿A las órdenes de Isis y Osiris? ¿De cualquiera?

—Creo que enseguida descubrirás que Virgina Dare no es como John Dee —susurró.

—La conozco —contestó Osiris.

Isis alargó la mano y la posó sobre el brazo de su marido, previniéndole de decir algo más.

—Josh tiene razón —interpuso mirando a su marido—. Dare es peligrosa. Y la flauta la convierte en una persona... incontrolable. Opino que deberías retirar la oferta. No tendremos problemas para encontrar otro agente humano.

—Desde luego —acordó de inmediato.

—Pero ¿qué pensáis hacer con ella? —preguntó Sophie.

—Eso depende —dijo Isis.

—¿Depende de qué? —exigió Sophie.

Una serie de imágenes empezó a parpadear en un rincón de su mente, y la jovencita visualizó la imagen de Virgina Dare cayéndose a una altura abismal hacia la boca de un volcán en erupción.

—De lo cooperativa que se muestre.

—¿Y si no está dispuesta a colaborar? —cuestionó Josh.

La sonrisa que torció los labios de Osiris sí fue genuina esta vez.

—La arrojaremos al volcán, tal y como hacemos con todos los traidores y criminales.

De pronto se abrió una puerta que rompió el silencio en que se había sumido la mesa. Tras la puerta apareció un anpu de mirada carmesí. Una de las mujeres-gato se dirigió hacia la criatura monstruosa y se puso de puntillas para parecer más alta. Las dos bestias se comunicaban en silencio, pero de repente la criatura gatuna se dio media vuelta y correteó hacia la mesa, meneando la cola de un lado al otro. Ipso facto, Isis y Osiris se pusieron en pie.

Josh se inclinó sobre la mesa para charlar con su hermana.

—Apuesto a que Virginia se ha ido.

Sophie asintió con la cabeza.

Osiris e Isis escucharon con atención el informe de la sirvienta y, cuando acabó, Osiris se dio la vuelta y se marchó a toda prisa.

—Por lo visto, la señorita Dare ha decidido que no necesita dormir después de todo —informó—, pero no hay de qué preocuparse, la encontraremos. Hasta un niño podría seguir su peste por la ciudad. En fin. Ahora id arriba a vestiros. Esta vez como exige la ocasión, por favor. Con ropa apropiada para este tiempo y lugar.

Josh abrió la boca para protestar, pero Isis alzó la mano.

—Nada de discusiones, Josh. Encontrarás una armadura dorada en tu habitación; Sophie, tú tienes una plateada en el armario. Ponéosla.

—¿Por qué? —preguntó Josh.

—Esta misma noche se os presentará al Consejo Gobernador de Danu Talis.

Sophie lanzó una mirada a su hermano.

—¿Y entonces a qué viene tanta prisa?

—Parece ser que Danu Talis necesita un gobernante. Aten, el soberano anterior, bueno, técnicamente sigue siendo soberano de la isla, hasta que sea arrojado al volcán, ha sido destituido de su poder. Bastet se cree muy lista y, en nuestra ausencia, ha hecho de las suyas. Presentará a su hijo Anubis al consejo, defendiéndole como el heredero adecuado de Amenhotep y siguiente gobernante de Danu Talis —explicó. Isis torció la boca formando una mueca desdeñosa y continuó—: Está convencida de que apoyaremos su candidatura y, por supuesto, no sabe que los verdaderos herederos de Danu Talis, vosotros, estáis aquí.

Sophie meneó la cabeza.

—No sé de qué estás hablando.

—Vosotros, los dos, Oro y Plata, sois los gobernantes legítimos de Danu Talis —contestó Isis que, al inclinarse, les envolvió en una nube de canela—. En una hora, el Consejo Gobernador os reconocerá. Mañana, al despuntar del día, seréis coronados como soberanos del mayor imperio que jamás se ha levantado en la Tierra.

Sophie dio un paso atrás, alejándose de la mujer que tenía el mismo aspecto que su madre mientras negaba con la cabeza.

—No, eso no es lo correcto. No puede ser —dijo con el ceño fruncido, mientras los recuerdos de la Bruja danzaban en su cabeza—. Eso no fue lo que ocurrió antes.

—En una versión, sí —rectificó Isis enseguida—. Yo misma estuve presente en ese hilo del tiempo y pude verlo. Vi a los mellizos luchar y fui testigo de la caída de Danu Talis.

—Espera un segundo. ¿Qué mellizos? —preguntó Josh.

—Nosotros —respondió Sophie con amargura.

—¿Nosotros?

—En una hebra del tiempo distinta nosotros luchamos. Solo ha habido un par de mellizos verdaderos: nosotros. Somos los mellizos originales de la leyenda.

De pronto, Josh sintió que todo el mundo daba vueltas a su alrededor y notó un martilleo insoportable en la sien.

—Espera, espera. Somos los mellizos originales. Los primeros Oro y Plata.

—Así es —confirmó Isis.

—Y en una hebra del tiempo distinta luchamos. ¿Qué ocurrió después?

El joven estaba desesperado e intentaba recordar los fragmentos de la historia que había descubierto en los últimos días.

—¿Qué nos ocurrió, Sophie?

Pero fue Isis quien contestó al muchacho.

—En otra hebra temporal los mellizos lucharon sobre la Pirámide del Sol. Fallecieron sobre la pirámide y Danu Talis se hundió —explicó con frialdad—. Eso no va a volver a pasar. Esta hebra de tiempo en particular es una de las excepcionales Hebras Auspiciosas, esos momentos del tiempo en que el futuro no está todavía decidido. Hay una ventana, una pequeña ventana, donde podemos cambiar y alterar las cosas. No repetiremos los errores que cometimos. Sois los mellizos de la leyenda, de la original, creados por vuestro padre y yo: uno para salvar el mundo, otro para destruirlo.

—¿Quién lo salva y quién lo destruye? —preguntó Josh—. ¿No lo sabéis?

—No se refiere a vosotros como individuos, sino al mundo —explicó Isis—. Juntos, salvaréis un mundo: Danu Talis.

—Pero solo si destruimos otro mundo: la Tierra —susurró Sophie.

—Todo tiene un precio. Ahora, por favor, id a cambiaros de ropa. Nos iremos en cuanto vuestro padre regrese —dijo Isis. La Inmemorial se marchó y, a medio camino, se detuvo y miró por encima del hombro—. Hace una semana no erais más que dos adolescentes normales y corrientes. Ahora estáis a las puertas de convertiros en dioses. Vuestros poderes no tendrán límites.

—No quiero ser una diosa —desafió Sophie en voz alta.

La Inmemorial cerró la puerta del jardín de golpe y dejó a los mellizos a solas en el jardín. Se quedaron en silencio durante un buen rato, tratando de entender todo lo que acababan de descubrir. Cuando por fin Josh se volvió hacia su hermana, la vio llorando desconsoladamente.

—Ei... ei... ei... —empezó—. Todo va a salir bien. Ya lo verás.

—¡No es cierto! —exclamó la joven—. Josh, no lloro porque esté triste. Lloro porque estoy rabiosa. Ellos... —dijo señalando hacia la puerta cerrada—, sean quienes sean, creen que lo tienen todo resuelto, que somos fichas que pueden mover a su antojo sobre su tablero de ajedrez cósmico y están convencidos de que todo irá tal y como lo han planeado. Están seguros de que obedeceremos todas sus órdenes sin rechistar y que haremos todo lo que nos dicen. ¡Creen que vamos a destruir la Tierra! —gritó sacudiendo la cabeza. En ese instante, el jardín se inundó del aroma a vainilla—. Y eso no va a ocurrir.

—¿No? —preguntó Josh.

Le encantaba que su hermana se enfadara tanto.

—No si somos los mellizos de la leyenda —dijo con convicción.

—No quiero llevarte la contraria, Sophie, ni enfrentarme a ti —añadió Josh arrastrando los pies—. Los últimos días... No sabía qué estaba ocurriendo. Dee... Bueno, Dee me confundió. Pero te eché de menos. De veras, te añoré muchísimo.

—Ya lo sé —dijo Sophie con una sonrisa entre lágrimas—. No sabes lo que tuve que hacer para llegar hasta ti.

—Seguirme hasta Alcatraz, para empezar. ¿Cómo lo lograste?

—Es complicado. Y recuerda que te cuente algo de la tía Agnes.

Josh parpadeó, atónito.

—Supongo que no es la tía Agnes.

—Oh, claro que sí. Y es algo mucho más que eso. Me enseñó que todas las magias son iguales y que no hay una más poderosa que otra.

—Virginia me instruyó en la Magia del Aire —comentó Josh con timidez.

—Te cae bien, ¿verdad?

—No está mal.

—¡Te gusta! —exclamó. Y, de repente, su sonrisa se desvaneció—. Ojalá estuviera ahora aquí. Desearía que hubiera alguien que pudiera aconsejarnos.

—No necesitamos a nadie, hermanita —dijo Josh—. En realidad, nunca hemos necesitado a nadie más. Haremos lo que consideremos más correcto. No lo que Isis y Osiris quieran. Somos poderosos, puede que más poderosos de lo que ellos creen.

Sophie asintió, mostrando así su acuerdo.

—¿Cómo ha dicho Osiris? «En este momento y lugar de la historia sois las personas más valiosas y fundamentales de todo el mundo.»

—Oh, creo que somos más importantes que eso —bromeó Josh—. Somos otra de las variables que han olvidado tener en cuenta.

—Una variable incontrolable.

illy el Niño siguió a Maquiavelo y Black Hawk por el estrecho túnel. El resplandor mugriento y blanquecino que emitía una pelota de energía iluminaba las paredes húmedas y el techo. El aire del pasillo apestaba a pescado podrido y algas putrefactas.

—Eso es asqueroso —protestó Billy entre dientes.

—No puedo llevarte la contraria —dijo el italiano—, pero he estado en lugares mucho peores. Me recuerda un poco a…

—No me lo digas, por favor. No quiero saberlo —gruñó Billy.

Dio un paso hacia delante y hundió el pie, justo hasta el tobillo, en un fango fétido. Una burbuja maloliente explotó en el charco de mugre y salpicó los vaqueros del inmortal de suciedad.

—Cuando todo esto acabe no tendré más remedio que quemar estas botas. Y son mis favoritas.

—Me caes bien, Billy —comentó Maquiavelo—. Me gusta que seas siempre tan optimista. Asumes que seguiremos con vida al final de esta aventura y que podrás comprarte botas nuevas.

—Bueno, no sé tú, pero no tengo intención alguna de morir, eso puedo asegurártelo —dijo Billy con una amplia sonrisa—. Black Hawk y yo nos hemos metido en algún que otro lío varias veces —explicó y, mirando por encima del hombro del italiano, alzó la voz—: Solo estaba diciendo…

—Ya te he oído, Billy —murmuró Black Hawk—. De hecho, estoy convencido de que toda la isla te ha oído.

Billy meneó la cabeza y señaló con el pulgar el techo del túnel.

—¿Con ese ruido? Lo dudo mucho.

Los rugidos, gritos y chillidos de los monstruos que se habían reunido en el patio de la cárcel se filtraban por las losas y rocas subterráneas.

—Pero fijémonos en el lado bueno. Al menos siguen en la isla.

—Deberíamos empezar a preocuparnos cuando dejemos de oír sus graznidos. Cuando todo esté en silencio —opinó Black Hawk—. Eso solo puede significar dos cosas: que se acercan sigilosamente hacia nosotros o que han abandonado Alcatraz.

—Una lógica impresionante. ¿Se trata de una tradición de rastreo de los nativos americanos? —preguntó Maquiavelo con curiosidad.

Black Hawk negó con la cabeza.

—Sentido común —respondió. Después se detuvo en mitad del túnel y señaló hacia delante—. Allí.

El italiano movió la mano y la esfera de luz se deslizó por el túnel hasta alumbrar una puerta rectangular. A diferencia del resto de las paredes, que tenían algas incrustadas y estaban repletas de percebes y barro, esta parte estaba limpia como una patena y tenía al descubierto los ladrillos irregulares originales que se utilizaron para construir el túnel.

—Esta es la cueva que os comentaba —informó Black Hawk—. Cuando terminé con Nereo, algunas sirenas se enfadaron mucho conmigo.

Billy esbozó una satisfecha sonrisa y abrió la boca para soltar un comentario, pero Maquiavelo le cerró el pico estrujándole el brazo.

—Ya que no tenía más alternativas —continuó Black Hawk—, me escondí en lo más profundo del túnel. Las sirenas me persiguieron y debo reconocer que, a pesar de no tener piernas, se arrastraban con bastante rapidez utilizando las manos y batiendo las colas contra el suelo. Era parecido a ver un salmón nadando a contracorriente en un río. No dejaron de aullar y soplar hasta que llegaron a esta curva. Una vez aquí se detuvieron como si hubiera un muro que les impidiera avanzar —explicó Black Hawk.

El inmortal alzó la mano y el nauseabundo olor que inundaba el túnel desapareció para dejar paso al aroma medicinal de la zarzaparrilla. Unas llamas de color verde pálido empezaron a danzar en las yemas de sus dedos hasta formar una nube amorfa de color esmeralda. De inmediato, las paredes del túnel se tiñeron con un resplandor tembloroso de tonalidades plateadas y verdosas.

—Y entonces vi esto —anunció.

—¿Qué es? —susurró Billy observando las paredes.

Black Hawk alargó el brazo y rozó la pared con la mano derecha. Las piedras estaban cubiertas por una capa muy fina y brillante que se despegaba de la pared en un sinfín de delicadas hebras.

—Telaraña —dijo—. Las paredes están recubiertas de telaraña.

—Hay un montón de arañas —añadió Billy con cierto nerviosismo.

Black Hawk ondeó la mano y la nube verde se arrastró por el túnel, iluminándolo.

—Como podéis ver, hay partes que están arrancadas, como si algo muy grande hubiera andado por aquí.

El inmortal dio un paso hacia delante y recogió un palo de madera que estaba medio enterrado en el barro.

—Pero esto es lo que me interesa de verdad —dijo—. Encontré esto justo cuando escuché vuestras voces.

Black Hawk mostró un leño de madera oscura en cuya punta se distinguía una lanza con forma de hoja. Maquiavelo y Billy el Niño se inclinaron para echar un vistazo al arma.

—Es una lanza —adivinó Billy—. Y muy antigua. No reconozco esos dibujos de la punta. No pertenece a los nativos americanos, sin duda.

—A mi parecer es un arma africana, puede que zulú —interpuso Maquiavelo.

—Hay unas cuantas más enterradas en el fango —informó Black Hawk. Acercó la mano a la punta metálica de la lanza. El aura verde que irradiaba de sus dedos iluminó un jeroglífico cuadrado tallado sobre la hoja.

—Ah —suspiró el italiano—. ¿Qué tenemos aquí?

En cuanto Maquiavelo alargó el brazo y sus yemas se encendieron, la peste a serpiente cubrió el túnel.

—Tío, necesitas un olor más fresco —aconsejó Billy.

—A mí me gusta —murmuró Maquiavelo de forma distraída mientras una luz grisácea irradiaba de sus dedos—. Me ha servido de mucho.

Miró a Black Hawk directamente a los ojos y se fijó en que el jeroglífico cuadrado se reflejaba en sus pupilas.

—¿Lo reconoces?

—He visto lanzas parecidas antes —contestó—. Y

nuestras leyendas mencionan este tipo de armas continuamente. Son artefactos ancestrales y mortíferos. Solo los curanderos más poderosos pueden empuñarlas —dijo señalando el jeroglífico esculpido en el filo—. Aunque nunca he visto ese símbolo en la lanza de un curandero. Ese dibujo parece sudamericano.

Billy miró a Black Hawk.

—Vislumbré algo parecido en el Mundo de Sombras de Quetzalcoatl. Estos dibujos están en la cocina, encima de la nevera...

—Sí, existe una pared cincelada con estas formas cuadradas. Ese muro parece más antiguo que el resto de la casa —confirmó Black Hawk.

—Tiene sentido que Quetzalcoatl conozca esas palabras —dijo Maquiavelo mirando a su alrededor—. ¿Y has dicho que había más?

Black Hawk extrajo dos lanzas más del pegajoso barro que inundaba el suelo. Las lanzas mostraban más jeroglíficos cuadrados, aunque algunos estaban borrosos por el agua del mar. Billy encontró otro par de lanzas cerca de la pared del túnel. Una de las cabezas mostraba únicamente una escritura y la segunda un jeroglífico bastante difuminado.

—Fijaos en que la parte inferior del leño está oscurecida y manchada.

Black Hawk dio la vuelta a una de las lanzas y la clavó en el suelo. El agua alcanzó la marca de la madera.

—Debía haber al menos doce lanzas —adivinó Maquiavelo—, colocadas siguiendo un patrón sobre el fango —explicó moviendo la mano para trazar una silueta en el aire—. Ese patrón debía formar una matriz de poder.

—¿Una qué?

—Piénsalo como una alarma antirrobo muy sofisticada. La cabeza de cada lanza debía estar pintada de color añil, de color ocre o quizá con sangre —comentó mientras acercaba la lanza a la luz—. Estos jeroglíficos pueden parecer sudamericanos, pero son más antiguos, mucho más antiguos. Son las Palabras de Poder, símbolos ancestrales que provienen de una lengua que ni siquiera se recordaba cuando Danu Talis emergió de entre las olas del océano. La leyenda cuenta que los Arcontes utilizaban estas palabras para proteger algo increíblemente valioso o para defenderlo de algo muy peligroso.

Billy sonrió.

—Y sabemos qué es en este caso, ¿verdad?

Maquiavelo giró la lanza en su mano izquierda. Zumbó y vibró y, de repente, el símbolo cuadrado se iluminó. Las auras de los tres inmortales parpadearon de inmediato.

—¿Sentís eso? —preguntó Maquiavelo un tanto sobrecogido.

Billy el Niño y Black Hawk dijeron que sí con la cabeza: notaban la boca entumecida y el aire demasiado pesado para respirar. Billy se frotó la sien con la mano, pues empezaba a sufrir un dolor de cabeza insoportable. El italiano alargó el brazo y, con la cabeza de la lanza, frotó las telarañas de la pared, que se marchitaron con el mero roce.

—Reunid todas las lanzas que encontréis —espetó Maquiavelo. Después pasó junto a los dos americanos y desapareció en la oscuridad.

—Eh, ¿desde cuándo somos tus porteros? —gritó Billy al italiano. Después, se dirigió hacia Black Hawk—: ¿Puedes creer cómo son estos inmortales europeos?

La voz de Maquiavelo retumbó en el fondo del túnel.

—No me importaría en absoluto llevar las lanzas, Billy. Pero entonces serías tú el encargado de investigar esta cueva tan interesante.

—Estaba a punto de hablaros de la cueva —dijo Black Hawk antes de que Billy pudiera contestar—. La vi en cuanto pasé por al lado.

—¿Y no entraste? —preguntó Maquiavelo.

—¿Tengo pinta de estúpido?

El italiano creó un globo de luz que reveló una abertura negra en la pared. La entrada a la cueva era artificial. Alguien había tallado en roca sólida una gigantesca puerta rectangular. Maquiavelo movió la mano y la esfera se elevó hasta el dintel. De repente, bajo el resplandor grisáceo de la bola, se distinguieron una serie de símbolos y el inmortal se puso de puntillas para echar un vistazo a los más altos.

—Supongo que los dinteles y las jambas tenían Palabras de Poder pintadas. Ahora están cubiertas de barro o lavadas. Y es un hecho reciente —añadió señalando un rastro seco de barro en la pared—. Quetzalcoatl se esforzó mucho para atrapar a quienquiera que sea en esta cueva. Es una cárcel.

Maquiavelo desapareció en la oscuridad y, de repente, el interior se iluminó con una luz pálida.

—Y recuerda, Billy… —Su voz retumbó en el pasadizo—. Que el enemigo de mi enemigo…

—Sí, sí, sí. Necesitas un nuevo eslogan —masculló Billy.

Un segundo después, el italiano apareció de nuevo en la entrada. Bajo la luz de su esfera y con el resplandor de la energía de Black Hawk, la tez de Maquiavelo cobraba un aspecto pálido y enfermizo, pero su mirada grisácea brillaba de emoción.

—Y está vacía.

—Eso es bueno —opinó Billy mirando a su compatriota Black Hawk—, ¿no?

El inmortal sonrió.

—Creo que nuestro amigo europeo tiene un plan.

—Recoged las lanzas —ordenó Maquiavelo—. Sé qué contenía esta cueva… e intuyo por qué estaba encerrado aquí. Y creo saber cómo vencer a los monstruos. Debemos ir arriba.

Y entonces toda la isla tembló.

El suelo empezó a desplazarse, y el agua del mar empezó a colarse por las paredes del túnel. Infinidad de polvo y arenilla se desprendió del techo como una lluvia arenosa. Los ladrillos se resquebrajaron; uno explotó por la presión, creando una nube de polvo en el túnel y una oleada de agua gélida entró en el pasadizo, alcanzando en cuestión de segundos la altura de la rodilla.

—¿Qué bestia puede ser? —preguntó Maquiavelo.

—¡Ninguna! —gritó Billy mientras agarraba a Maquiavelo por el brazo. Black Hawk cogió el brazo libre del italiano y ambos le arrastraron por el túnel.

—¡Mucho peor! —exclamó Black Hawk.

—¿De qué se trata, entonces?

—Es un terremoto —dijeron Billy y Black Hawk al unísono.

Tras ellos, el techo del túnel empezó a agrietarse. Instantes más tarde se derrumbó.

215

Capítulo 28

El puente Golden Gate empezó a balancearse.

—Un terremoto —anunció Prometeo—. Me pregunto si eso significa que Ruaumoko por fin se ha decidido a apoyar a los Oscuros Inmemoriales.

—No, me temo que nuestro fiero amigo está atrapado en un Mundo de Sombras —informó Niten con una tímida sonrisa—. Tuvo un pequeño desencuentro con Aoife y perdió.

Una segunda réplica del terremoto hizo vibrar el puente metálico de San Francisco.

El aire, hasta entonces con aroma a sal y gélido como un témpano, desprendía un toque agridulce a anís y, tras dar un paso, Prometeo creó una armadura roja a su alrededor. Llevaba una gigantesca espada atada a la espalda y cargaba con un martillo de guerra en una mano y un hacha de guerra en la otra.

Niten seguía ataviado con su traje negro, pero ahora lucía sus dos inconfundibles espadas, la catana y la *waki-zashi*, sobre los hombros.

Multitud de vehículos habían sido abandonados sobre el puente cuando la niebla empezó a invadir la ciudad, ya que resultaba muy peligroso conducir en esas condiciones. Se perfilaban como formas indistintas entre la niebla, como si fueran animales durmiendo. Prometeo y Niten comprobaron cada coche a medida que avanzaban, pero todos estaban vacíos. Solo un coche tenía las luces encendidas. Los haces de luz rebotaban como si hubiera un muro impenetrable delante.

—Dos contra treinta y dos —dijo Niten—. No tenemos muchas posibilidades.

—Nunca he luchado contra los espartoi —admitió Prometeo—. Solo conozco al ejército por su reputación, y debo reconocer que es aterradora.

—Nosotros también tenemos esa reputación —añadió el inmortal japonés.

—Bueno, tú sí —dijo el Inmemorial—, pero yo nunca he sido famoso por mis habilidades guerreras. Tras el hundimiento de la isla, no volví a empuñar un arma.

—Luchar es una de esas habilidades que uno nunca olvida —explicó Niten con un ápice de tristeza en su voz—. Tuve mi primer duelo cuando cumplí los trece años. Desde entonces no he dejado de combatir.

—Pero eres mucho más que un espadachín —dijo Prometeo—. Eres un artista, un escultor y un escritor.

—Todo ser humano desarrolla más cualidades —respondió Niten. Dejó caer el hombro y la espada corta apareció sobre su mano izquierda. El filo de la espada mostraba brillantes gotas de agua—. Pero ante todo, siempre he sido un guerrero.

El inmortal clavó la espada en la nube de bruma y la niebla se agitó como si fuera líquida.

—Cada vez es más espesa —observó Prometeo.

—Lo cual es bueno. Podemos utilizarlo para nuestro beneficio.

—No podremos verlos —puntualizó Prometeo.

—Ni ellos a nosotros —le recordó el Espadachín—. Contamos con la ventaja de saber con exactitud con quién y a qué nos vamos a enfrentar. Ellos, en cambio, ni se imaginan con quién van a tener que luchar. Ni con cuántos.

—Tienes razón.

—¿Y me permites una sugerencia? —preguntó Niten, casi con vergüenza.

—Oh, desde luego. Tú eres el maestro de los guerreros. En este tipo de casos, tú eres el experto.

—Quítate la armadura.

Prometeo parpadeó, atónito ante el comentario del japonés.

Niten cogió aire.

—Puedo oler tu aura. Y, si yo soy capaz de distinguirla, ellos también. Además, te rodea un resplandor carmesí, una mancha de luz roja. En esta penumbra, destacas como una almenara.

—¿Puedo quedarme con las espadas? —preguntó Prometeo.

—Con una será suficiente.

—Pero tú tienes dos —puntualizó el Inmemorial.

—Soy rápido —justificó Niten—. Pero tú eres fuerte. Quédate con la espada escocesa.

El Inmemorial aceptó el consejo y, en un abrir y cerrar de ojos, su armadura desapareció para dar lugar a una camiseta, un par de vaqueros y una gigantesca espada en la mano.

—¿Qué parte del puente prefieres? —preguntó Niten.

—Me ocuparé del lado derecho —contestó Prometeo.

—Sabía que dirías eso —comentó Niten avanzando hacia la parte izquierda—. No podemos permitir, bajo ningún concepto, que los espartoi entren en la ciudad.

—Recuerda, guerrero, ni siquiera tenemos que matarlos, solo debemos entretenerlos hasta el amanecer —contestó Prometeo—. La energía que les mantiene vivos se disipará al alba. Me inquieta que un grupito de espartoi pueda mantenernos ocupados mientras el resto pasa de largo. No sé si podremos luchar con todos ellos al mismo tiempo.

Niten asintió.

—Lo que necesitamos es una barrera de algún tipo… —empezó.

De forma simultánea, el Inmemorial y el inmortal miraron a su alrededor, escudriñando las vagas siluetas de coches abandonados.

—¿Tienes mucha fuerza? —quiso saber Niten.

—Mucha. ¿Estás pensando en un muro de coches?

La niebla transformó la cabellera oscura de Niten en una gorra plateada. El inmortal levantó el dedo índice y corazón en forma de V.

—Podríamos crear un embudo. Así podríamos controlar a los espartoi que, en vez de separarse, avanzarían en tropel y podríamos canalizar su ataque. De ese modo compensaremos su ventaja de número. Solo podrían atacarnos de uno en uno… —explicó—. Aunque supongo que también pueden escalar los coches.

El Inmemorial gruñó una carcajada.

—¿Alguna vez has visto un espartoi?

Niten negó con la cabeza.

—Nacen de los dientes del Drakon. ¿Sabes qué aspecto tiene un cocodrilo del Nilo? Claro que sí —dijo Prometeo, respondiendo así a su propia pregunta—. Los espartoi comparten la mayor parte de ese ADN reptil. Son tan altos como tú, pero tienen las piernas cortas, el tronco alargado y la cabeza muy estrecha. Pueden correr sobre dos o cuatro patas y son veloces, muy veloces. Pero no se les da bien escalar —explicó entornando los ojos hacia la niebla—. Si coloco los coches a ambos lado del puente, les costará más trabajo llegar hasta nosotros —adivinó mientras se esforzaba por ver más allá de la niebla—. No sé cuántos coches voy a necesitar, o si hay bastantes en el puente. Y voy a tardar un buen rato en organizarlos.

—De acuerdo, entonces yo me encargaré de mantener a nuestros amiguitos cocodrilos ocupados —dijo Niten con una sonrisa—. Pero tranquilo, te dejaré unos cuantos solo para ti.

Entonces dio un paso atrás y desapareció en la inmensidad nocturna.

—Ten cuidado —dijo Prometeo.

Una voz incorpórea sonó desde el corazón de la niebla.

—Nací para esto. ¿Qué es lo peor que podría pasar?

—Los espartoi podrían matarte y comerte para cenar.

—Eso no me asusta.

—Pues debería —avisó Prometeo—. No suelen esperar a que estés muerto para empezar a zamparte.

Capítulo 29

e repente, en la quietud de la noche se escuchó un extraño ladrido, un sonido que fácilmente podía confundirse con una tos áspera.

—¿Perros? —preguntó Perenelle.

—¿No te parecen focas? —propuso Nicolas.

Repentinamente, una bandada de gaviotas empezó a revolotear por el cielo como destellos fantasmagóricos entre la niebla, graznando y gritando.

—Algo va mal. Las gaviotas no suelen chillar por la noche —advirtió Nicolas. Cerró los ojos, echó la cabeza hacia atrás y respiró hondamente—. Es muy raro. No percibo ningún olor nuevo.

Se oyeron más ladridos, esta vez de sabuesos. La densa niebla amortiguó el sonido hasta silenciarlo.

—¡Oh, no! —exclamó Nicolas.

Sin previo aviso, cogió a su esposa de la mano en el mismo instante en que el muelle comenzó a balancearse y vibrar. Las sillas metálicas sobre las que estaban sentados temblaban y repiqueteaban sobre las baldosas de piedra.

—¿Qué ha sido eso? —preguntó Perenelle una vez remitió el temblor—. ¿Inmemorial? ¿Arconte?

—Un terremoto —contestó Nicolas, a quien le costaba respirar—. Quizá un cuatro en la escala de Richter. Y ha ocurrido cerca, muy, muy cerca.

—¿Quién crees que lo ha provocado? —cuestionó la Hechicera—. Si los Oscuros Inmemoriales tienen acceso a ese tipo de poder, entonces estamos metidos en un buen lío. Pueden destruir esta ciudad sin tener que arrastrar ni una sola de las criaturas de Alcatraz hasta tierra firme —dijo con el ceño fruncido—. ¿Por qué no habrán utilizado ese truco antes?

El Alquimista sacudió la cabeza.

—Lo más probable es que se trate de un terremoto natural —comentó—. ¿Recuerdas qué ocurrió cuando luchaste contra Maquiavelo en el Monte Etna? Estoy convencido de que el terremoto ha estallado por la concentración de energías en la ciudad —explicó. Se frotó las manos y unas chispas verdes iluminaron el aire—. Fíjate en esto. El aire está repleto de auras. Sabemos que Bastet está ahí fuera, en algún lado. Y Quetzalcoatl, también. Prometeo y Niten se dirigen sin contemplaciones a una batalla donde se enfrentarán con los guerreros espartoi, y no sé si los Drakon tienen auras. Marte, Odín, Hel, Billy, Maquiavelo y puede que Black Hawk están en la isla.

Se pasó la mano por la cabeza, acariciándose el pelo rapado, pensativo. Un hilillo de electricidad estática se consumió sobre su cuero cabelludo, rociando sus hombros con una serie de chispas que parecían fuegos artificiales.

—Es otra de las razones que explica por qué los Inmemoriales nunca se reúnen en masa en tiempos modernos.

Perenelle se lamió los labios y asintió.

—Puedo saborear el poder en el aire.

Un segundo temblor que duró diez segundos sacudió las calles de San Francisco.

—Una réplica —suspiró Nicolas—. Imagino que la última vez que tantas auras se congregaron a tal proximidad fue en Danu Talis.

—Si alguien consigue llegar para ayudarnos, sus auras se añadirán a este cúmulo de energía y es más que probable que se suceda un terremoto más destructivo. Tenemos que llegar hasta la isla y acabar con esto de una vez.

Tomó la mano de su marido y le arrastró hacia el muelle, hacia el agua.

—En cuanto utilicemos nuestra aura —dijo—, revelaremos nuestra ubicación a todo aquel que merodee por aquí cerca. Y empezaremos a envejecer. Si cualquier cosa o criatura nos hace perder tiempo mientras tratamos de cruzar la bahía, nos arriesgamos a morir de viejos antes de alcanzar Alcatraz.

Perenelle y Nicolas pasaron a toda prisa junto al acuario de la bahía. Escuchaban el murmullo del mar a su izquierda, golpeando con fuerza los pilotes de madera. Los dos sabían que había multitud de barcos atracados en el amarradero que la niebla imposibilitaba vislumbrar con claridad. El matrimonio escuchaba cascos de barcos chocando y rasgando la madera. Un mástil apareció justo ante ellos y Perenelle y Nicolas descubrieron que estaban en el borde del embarcadero. La niebla brotaba del agua como vaho.

—¿Te acuerdas de cómo hacerlo? —preguntó Nicolas con una cauta sonrisa.

—Por supuesto —contestó una sonriente Perenelle—. Es un sencillo hechizo de transmutación. Solíamos hacerlo para… —Las palabras de la Hechicera se quedaron atrapadas en su garganta y, de inmediato, su sonrisa se borró.

—Solíamos ponerlo en práctica para divertir a los niños —finalizó Nicolas.

Abrazó a su esposa y la estrechó con fuerza, sintiendo su cabellera húmeda contra el rostro.

—Hicimos lo que creímos más correcto —añadió enseguida—, y jamás aceptaré que nos equivocamos.

—Protegimos el Libro —farfulló su esposa.

Durante siglos, Nicolas y Perenelle habían estado buscando a los mellizos de la leyenda. Cada vez que hallaban una pareja Oro y Plata, trataban de Despertarlos, pero ninguno de los que logró sobrevivir recuperó la cordura tras tal proceso. Hasta que conocieron a Sophie y Josh.

—Cuántas vidas perdidas —susurró Perenelle.

—Cuántas vidas salvadas —agregó el Alquimista enseguida—. Protegimos el Libro de Dee. ¿Te imaginas qué habría pasado si el doctor lo hubiera encontrado? Y, al fin y al cabo, conseguimos dar con los mellizos de la leyenda y fueron Despertados con éxito. Hicimos lo correcto, querida, estoy convencido.

—Estoy segura de que el doctor Dee dice exactamente lo mismo para justificar sus acciones —comentó la Hechicera con amargura.

—Perenelle —llamó Nicolas mirando fijamente los ojos verdes de su esposa—, nuestro viaje nos ha traído hasta aquí, hasta este lugar, a este momento de la historia, y podemos cambiar el rumbo de los acontecimientos. Juntos podemos salvar esta ciudad e impedir que los Oscuros Inmemoriales destruyan este Mundo de Sombras.

La Hechicera agachó la cabeza y se alejó de su marido. Avanzó hasta el borde del muelle, extendió la mano izquierda con la palma hacia arriba y curvó los dedos. El aura nívea de Perenelle apareció como un diminuto char-co sobre su palma. Unas pequeñas burbujas empezaron a formarse y a explotar y, de repente, el líquido empezó a derramarse en riachuelos gelatinosos sobre el mar. Nico-las alargó el brazo, y justo en el momento antes de coger la mano de su esposa, su aura verde creó un guante alre-dedor de sus dedos y un fuerte olor a menta inundó el aire. Las auras se mezclaron hasta convertirse en una pe-gajosa masa color esmeralda que fluía entre sus manos entrelazadas. El poderoso líquido solidificaba la niebla hú-meda en fragmentos de hielo verde que se desplomaban sobre las olas.

—Transmutación —dijo Nicolas—. Uno de los princi-pios más básicos y sencillos de la alquimia.

—Básico y sencillo para ti, quizá —sonrió Perenelle.

—Mi especialidad —confirmó—. Lo único que tene-mos que hacer es cambiar el estado del agua de líquido a sólido.

Allí donde el aura de los Flamel tocaba las olas se for-maba un círculo irregular que, en cuestión de milésimas de segundo, se convertía en hielo. Tras varios crujidos y chasquidos, las olas se endurecían en una lámina de hielo.

Nicolas ayudó a Perenelle a deslizarse hacia la esfera gélida que se balanceaba sobre el mar. La Hechicera pateó el trozo de hielo, que se resquebrajó pero sin romperse. Acto seguido, se puso a saltar encima del témpano.

—Por favor, no hagas eso —susurró Nicolas.

—Venga, anímate —contestó—, el agua está conge-lada.

—Sí. Y debemos darnos prisa —añadió el Alquimista bajando un peldaño del muelle—. No durará así mucho tiempo. La sal derretirá el hielo.

Cuando se dejó caer sobre el círculo de hielo, se inclinó y se balanceó varias veces. De inmediato Perenelle apoyó un pie sobre la madera del muelle para equilibrarlo.

La pareja se quedó inmóvil, uno junto al otro sobre el parche de mar. Toda el agua que les rodeaba seguía en su estado líquido. El Alquimista se frotó las manos, como si estuviera haciendo rodar un balón. El perfume a menta era arrollador. Extendió el brazo con un movimiento brusco y su aura salió disparada en forma de cuerda. El resistente hilo verde se extendió varios metros por delante del matrimonio. El aura salpicó el agua e, ipso facto, la superficie se solidificó formando un estrecho puente sobre la bahía. Sin soltarse de la mano, el Alquimista y la Hechicera avanzaron por el puente quebradizo.

Cuando llegaron al final del puente, Perenelle dejó caer un brazo, y un zarcillo blanco de casi diez metros de largo apareció frente a ambos. Al tocar las olas, las congeló.

La pareja continuó en silencio, construyendo pequeños puentes de hielo poco a poco. Tras ellos, la sal marina deshacía el camino recorrido en cuestión de segundos. A pesar de estar tan cerca del océano, la niebla seguía siendo tan espesa y densa que resultaba imposible ver algo, y no tenían la menor idea de lo cerca que estaban de la orilla. Los dos sabían que se habían adentrado en la bahía porque las olas eran más altas y, al solidificarse, formaban unos patrones hermosos en forma de S. Pero los mares de alrededor eran más bravos y los caminos y puentes de hielo apenas sobrevivían unos segundos, el tiempo suficiente para que la pareja corriera por uno al mismo tiempo que ya creaba el siguiente.

De repente, Perenelle apretó la mano de su marido. Sin musitar palabra, el Alquimista asintió.

Algo había salido a la superficie a su izquierda. Después oyeron un segundo y un tercer chapuzón. Y entonces, como si el sonido proviniera de unos auriculares muy lejanos, percibieron el ruido de un zoológico desayunando al mismo tiempo. Fue entonces cuando cayeron en la cuenta de que estaban muy cerca de la isla.

Nicolas construyó un nuevo puente. Justo cuando estaban a punto de poner un pie encima, un terrible monstruo apareció entre la niebla.

Seguido de un segundo y un tercero.

Nereidas.

Emergían de la superficie como destellos verdes y salvajes, con dientes y pezuñas afilados, nadando en dirección a las dos figuras que se alzaban sobre un pedazo de hielo en mitad de la bahía de San Francisco.

Capítulo 30

 a Nereida era enorme.

A diferencia de sus dos amiguitas de cabellera esmeralda, esta sirena en particular era calva. Una vieja cicatriz le atravesaba el rostro desde la frente hasta la barbilla y tenía la mitad del rostro cubierta de incontables hendiduras. Además lucía un ojo que más bien parecía un glóbulo lechoso. Con la boca desencajada para articular un grito semejante a una gárgara, el monstruo se alzó sobre su cola de sirena con el brazo en alto y apuntó con su tridente de piedra directamente a la Hechicera.

Perenelle se movió con brusquedad y perdió el equilibrio. Se cayó sobre un trozo de hielo que, de inmediato, se partió por la mitad. Acto seguido, el agua salada empezó a comerse los restos de hielo.

Nicolas arrojó un puñado de aura verde a la cara de aquella horripilante criatura. El agua que cubría la Nereida se congeló al instante, convirtiéndola así en una estatua de hielo sólida, desde la cabeza hasta la punta de la cola de pez. El Alquimista arrebató el tridente de las garras de la Nereida justo antes de que el peso del hielo arrastrara a la bestia hacia las profundidades de la bahía de San Francisco. Asestó un fuerte golpe con el tridente a

228

otra Nereida que había decidido subirse al bloque de hielo. Tras la embestida, el animal regresó de nuevo al agua con la cola magullada.

Todavía tumbada boca arriba, Perenelle pegó una fuerte patada a una tercera Nereida que trataba constantemente de empujarla hacia el agua. La Hechicera lanzó unas astillas de hielo a los ojos de la Nereida, pero esta no se dio por vencida y siguió gateando por el puente de hielo, clavando las uñas en el camino.

Y entonces Nicolas la salpicó con su aura. De inmediato la Nereida se transformó en un bloque de hielo, pero el peso de la criatura rompió el camino en dos una vez más, dejando así a Perenelle sobre un diminuto rectángulo de hielo que no tardaría en fundirse. Y en ese preciso instante, el agua de alrededor se llenó de Nereidas.

Presionando con la mano el escarabajo que llevaba atado alrededor del cuello, Nicolas recurrió a sus reservas de fortaleza. Extendió los dedos y arrojó unos gruesos zarcillos de aura verde que atravesaron la bahía. Un segundo más tarde, se formó una alfombra cristalina de color turquesa sobre la superficie marina, atrapando así a todas las Nereidas que nadaban por allí. Las criaturas aullaban con desconsuelo mientras golpeaban la capa de hielo.

Perenelle saltó de su minúsculo pedazo de hielo antes de que se derritiera. Aterrizó sobre la alfombra verde y se deslizó con gracilidad por el mar congelado. Nicolas dejó caer el tridente, pero Perenelle evitó que la lanza de tres puntas tocara el suelo.

La moqueta marina empezó a resquebrajarse cuando las salvajes sirenas empezaron a sacudirse con violencia.

La Hechicera señaló hacia la izquierda.

—La isla está por ahí.

En ese instante, Perenelle balanceó el tridente y lo clavó sobre una Nereida con dientes afilados que había conseguido desencallarse del agua helada. La criatura graznó cuando las lanzas de piedra le trasquilaron su cabellera esmeralda; después se desplomó sobre el hielo de espalda y huyó corriendo hacia las olas. Perenelle atacó a otra Nereida con el tridente. La bestia dio una voltereta de trescientos sesenta grados en un intento de alejarse del arma, pero la Hechicera fue más rápida y dio un golpe que rozó el lateral de la cabeza de la sirena. Perenelle volvió a balancear el tridente. Zumbaba por el poder salvaje que contenía y dejaba un hedor a pescado podrido en el aire. Fue entonces cuando de repente recordó dónde había visto antes esa lanza: en los túneles subterráneos de Alcatraz, en las manos del Viejo Hombre del Mar.

230

—Es el tridente de Nereo —anunció a su marido—. Me pregunto cómo ha podido perderlo.

—No habrá sido de forma voluntaria, puedes estar segura —gruñó Nicolas.

Con la mano apoyada sobre el escarabajo que llevaba en el pecho, se concentró para crear otro puente de hielo, pero había consumido mucha energía. El camino era de un hielo mucho más fino, que se agrietaba tras cada paso del matrimonio.

—No creo que pueda continuar haciendo esto.

—Ya casi hemos llegado —gritó Perenelle sin quitar ojo de todas las criaturas que había esparcidas en el agua. Aunque se esforzaba por mantener el resto de su aura intacta, sabía que, si querían sobrevivir, no les quedaría más remedio que utilizar esa energía. Se acordó de un pequeño hechizo que había aprendido de Saint-

Germain, algo eficaz que no exigiera el uso de un gran poder.

De pronto, un líquido espeso empezó a manar de sus palmas, bañando el tridente de piedra, tiñéndolo de multitud de colores: de rojo intenso hasta alcanzar un azul tan oscuro que se confundía con el negro. La Hechicera sumergió el tridente entre las olas y el agua adoptó el mismo color. Ahora la bahía parecía un estanque de petróleo. Después, removió la lanza.

—*Ignis* —susurró.

De pronto, el mar se encendió con una serie de llamas azul pálido que danzaron sobre la superficie del mar, iluminando así unas rocas cubiertas de algas. Justo encima de las rocas se alzaba un muro oxidado y una valla metálica. Por encima de la verja se asomaba una enorme señal de madera, rodeada de árboles y cactus erizados, donde se podía leer.

ADVERTENCIA

TODO AQUEL QUE

AYUDE A ESCAPAR A

LOS PRISIONEROS SERÁ ACUSADO

Y ENCARCELADO

Utilizando la última gota de fuerza, Nicolas lanzó su aura sobre las piedras para congelarlas y convertirlas así en unos escalones un tanto irregulares. Después extendió la mano a su esposa y la ayudó a subir los resbaladizos peldaños. La hoja del tridente iluminó el interior de la valla y la pareja tuvo que agacharse para atravesar un camino estrecho y húmedo que no sabían adónde les llevaría. El matrimonio Flamel se cayó, dio varias volteretas en el suelo y alzó la mirada.

—Bienvenida a Alcatraz —dijo el Alquimista.

Agotados y aturdidos, se pusieron de pie y se dejaron caer sobre un banco de madera. Años antes, miles de turistas se habían sentado allí mismo, en los mismos bancos, para contemplar la ciudad y el puente de San Francisco. Perenelle y Nicolas se quedaron sentados un buen rato para recuperar el aliento. Después, Nicolas se dio media vuelta para mirar a su esposa a los ojos. La niebla otorgaba a la Hechicera una apariencia casi sobrenatural, que la hacía incluso más hermosa de lo que en realidad era.

—Me acabo de dar cuenta de algo —dijo en un francés arcaico.

Perenelle asintió.

—Ya lo sé.

—No saldremos de esta isla con vida, ¿verdad?

232   —No, no saldremos con vida.

Capítulo 31

écate, la Diosa de las Tres Caras, se sentó en el salón del trono del árbol viviente.

El aposento era sorprendentemente pequeño, casi del mismo tamaño que una antecámara redonda del Yggdrasill. La habitación se había pulido y encerado hasta alcanzar un lustre de espejo. En el centro, una raquítica y nudosa rama hacía las veces de trono. Las paredes estaban desnudas y el único objeto que decoraba la sala era un pequeño candelabro tan grueso y alto como un adulto humano, ubicado justo a la derecha del trono. La cálida llama amarilla estaba protegida por un gigantesco globo de cristal. La parte superior estaba abierta y una estela de humo apenas visible había manchado el techo con un círculo perfecto.

Prometeo estaba de pie a la izquierda del trono, con los brazos cruzados sobre su descomunal pecho. Scathach se había colocado junto a la puerta, con la espalda apoyada sobre la pared. Palamedes estaba justo enfrente de ella, en la misma postura. Shakespeare, en cambio, prefirió quedarse junto a la ventana para observar, atónito, el corazón del árbol. Garabateaba pequeñas notas sobre un trozo de papel amarillento con un lápiz mordisqueado. Cogidos de la mano, Juana de Arco y Saint-Germain estaban delante del trono, mirando a la Inmemorial cara a cara.

Hécate había envejecido con el paso del día.

Su Mutación era única: era una niña por la mañana que, muy lentamente, se iba convirtiendo en una mujer madura por la tarde que, a su vez, envejecía hasta transformarse en una anciana. Hécate se acostaba sobre una raíz hueca y muy estrecha del Yggdrasill y, al despuntar el día, volvía a ser joven otra vez. La cría que se levantaba por la mañana no conocía a la adulta en que se había convertido el día anterior y la anciana que aparecía por la noche olvidaba todo lo que había transcurrido durante las horas de sol. Tan solo la mujer madura, aquella que reinaba durante las horas de la tarde, cuando el sol brillaba en el cielo, tenía conocimiento pleno de sus otras personalidades. Estaba ligada al árbol y el árbol era más antiguo que el propio Mundo de Sombras. Sus orígenes se perdieron en las neblinas de la historia. Muchos creían que incluso poseía conciencia propia.

—Solo tengo unos momentos, así que no habrá tiempo para todo —dijo la mujer con cabello canoso sentada en el trono—. Estoy envejeciendo y, en cuestión de minutos, no sabré siquiera quiénes sois.

Esbozó una sonrisa que dejó al descubierto una dentadura blanca que resaltaba junto a su tez bronceada, pero nadie se rio. Sabían que no estaba bromeando.

—Los acontecimientos se acercan a su fin —dijo mirando a todos los presentes—. A la mayoría de vosotros no os conozco, aunque vuestra llegada fue anticipada por Abraham, y con eso me basta. El Mago me reveló que los humanos del Tiempo por Venir vendrían a apoyarnos, a luchar con nosotros por la supervivencia de mi mundo y el futuro del vuestro —explicó. Un arcoíris de color titiló en los bajos de su vestido—. Estamos viviendo tiempos peligrosos. Me han dicho, aunque no lo comprendo muy bien, que en este hilo del tiempo en particular existe una oportunidad de moldear el futuro y rehacer el mundo. Suena impresionante, incluso escandaloso, pero debo reconocer que estamos en un momento extraordinario de la historia. Al parecer, hay otros que intentan construir el futuro según sus necesidades particulares. Abraham y Cronos me han asegurado varias veces que si esos otros vencen, billones de vidas dejarán de existir. —Sacudió la cabeza—. No pienso permitirlo.

—Así que estás preparándote para la guerra —concluyó Scathach—. Hemos visto tropas reunidas.

—No una guerra, sino una misión de rescate. Aunque mucho me temo que no acabará bien. —La diosa, que envejecía con cada minuto que pasaba, se volvió para mirar a Prometeo—. ¿Está todo preparado?

—Sí, mi señora —asintió el Inmemorial—. Estamos esperando tus órdenes.

Las primeras líneas de expresión ya habían aparecido en el rostro de Hécate: arrugas en la frente que, sobre aquella tez tan oscura, pasaban desapercibidas. Frunció el ceño y las líneas se hicieron más profundas.

—¿Sabéis cuál es el regalo más preciado que un padre puede dar a su hijo? —preguntó.

Nadie respondió.

—La independencia. Permitirles que salgan al mundo y tomen sus propias decisiones, dejarles que sigan sus propios caminos. Nosotros, los Inmemoriales, heredamos un paraíso de los Arcontes y los Grandes Inmemoriales, nuestros predecesores. No lo hemos tratado bien y todo aquel que tenga ojos ve que este mundo está condenado si continuamos así. Y continuaremos, pues no hay apetito de cambio. ¿Sabéis cuál es el mayor error que un padre puede cometer? —preguntó.

Nadie musitó palabra.

La Inmemorial miró a su alrededor.

—¿Alguno tiene hijos? —quiso saber.

William Shakespeare se apartó de la ventana.

—Yo tuve hijos. Dos niñas y un niño —dijo con orgullo.

—¿Tú eres el dramaturgo, el Bardo?

Shakespeare dijo que sí con la cabeza.

—Una vez lo fui. Hace mucho, mucho tiempo.

—Entonces dime, Cuentacuentos, ¿cuál es el mayor error que un padre puede cometer? —repitió.

—Creer que tus hijos serán como tú.

Hécate asintió con la cabeza.

—El mundo está cambiando y pertenece a otra generación —resumió mientras posaba una mano sobre el brazo de Prometeo—. Este mundo está en manos de la humanidad. Pero hay ciertos Inmemoriales, guiados por Isis y Osiris, o aquellos fanáticos de Bastet, que no conciben la idea de un mundo que ellos mismos no gobiernen. Así que han tramado un plan para quedarse con el control. Piensan destruirnos. A todos nosotros, Inmemoriales y humanos. Y eso no pienso permitirlo —dijo poniéndose en pie—. Hace unas horas, justo cuando me estaba transformando en lo que veis ahora, me he enterado de que Bastet y Anubis se han puesto en contra de Aten. Eso nos indica que el final debe estar muy cerca. Ha llegado el momento.

Una suave vibración sacudió el Yggdrasill desde la

raíz hasta la copa, un temblor que se transmitió por la madera. La llama de la vela también tiritó y, de inmediato, Prometeo se inclinó hacia delante, alzó el globo de cristal y extinguió el resplandor con el dedo pulgar e índice.

Hécate agachó la cabeza y alzó la mano derecha.

—Escuchad —susurró.

—Will, ¿qué está ocurriendo ahí fuera? —preguntó Palamedes.

—Las luces se están apagando —murmuró el Bardo mientras observaba el corazón vacío del árbol—. Las hojas se desploman como copos de nieve.

Una a una, todas las luces del Árbol del Mundo parpadearon hasta apagarse.

Las voces enmudecieron.

Todos los sonidos del Yggdrasill, crujidos, suspiros y chasquidos, se hicieron claramente audibles.

237

—Está sufriendo —balbuceó Hécate.

Un segundo temblor agitó el árbol.

—Un terremoto —farfulló Scathach, que sintió un escalofrío en la espalda.

—En los últimos días se han venido repitiendo —informó Prometeo, que no hizo intención alguna de encender la vela—. Además, también en los últimos días, muchos Inmemoriales, e incluso algunos Grandes Inmemoriales, han regresado de sus Mundos de Sombras para congregarse en la Tierra. Hacía muchos siglos que no se reunía tanto poder en un mismo lugar.

—Los hechos deben estar relacionados —dijo Saint-Germain.

—¿Acaso es extraño que haya tantos Inmemoriales en una misma ciudad? —preguntó Juana.

—Así es. Somos… —Hécate hizo una pausa y miró

de reojo a Prometeo—. Somos criaturas solitarias por naturaleza. Sobre todo aquellos a quienes la Mutación ha alterado de forma radical.

Prometeo se inclinó hacia delante.

—El Consejo Gobernador de Danu Talis se reúne esta noche. Y ahora que Bastet ha conseguido arrebatar a Aten el control del Consejo, quién sabe qué puede suceder. Su intención es que Anubis sea elegido Amo y Señor de Danu Talis. Él fue quien creó los anpu, quien tiene el poder de controlarlos. Y, sin duda alguna, el Consejo apoyará su candidatura.

—Condenarán a Aten al volcán —continuó Hécate, a quien se le empezaba a quebrar la voz. Ahora su rostro mostraba arrugas más profundas y le costaba respirar—. Y eso tampoco pienso permitirlo —jadeó.

—Así pues, ¿vamos a ayudar a Aten? —preguntó Prometeo—. ¿Le rescatamos?

La anciana le miró con el ceño fruncido.

—¿A quién?

—A Aten —respondió con paciencia—, el legítimo gobernador de Danu Talis. Solo tú puedes dar esa orden —explicó tratando de ocultar el pánico en su voz—. Y si no das la orden ahora, cuando adoptes tu segunda apariencia, mañana por la tarde, ya será demasiado tarde.

—Me temo que ya es demasiado tarde para Danu Talis —suspiró la anciana—. Vete, Prometeo, vete y trae a Aten a casa.

—¿Y si eso conlleva una guerra?

—Entonces que así sea.

Capítulo 32

irginia Dare se hallaba en el corazón de una enorme plaza de mercado. Justo enfrente se alzaba un edificio espectacular con forma de pirámide rodeado y protegido por unos muros que, a simple vista, parecían infranqueables. La inmortal supuso que debía de tratarse de un barracón del ejército o de una cárcel. Al final se decidió por la prisión, a juzgar por los guardias con cabeza de chacal que se paseaban por el interior. La muralla estaba vigilada por una línea infinita de anpu, y aún había más de esas criaturas custodiando las puertas de piedra sólida. Tras el muro, la pirámide lucía una cima plana, parecida a las edificaciones que había visto en Sudamérica. Unos peldaños estrechos y empinados conducían hacia la parte superior de la estructura. Le llamaron la atención los últimos peldaños de la pirámide y no pudo evitar sentir repugnancia e indignación al percatarse de que los escalones estaban llenos de manchas oscuras.

De repente, la inmortal notó una corriente de electricidad estática por la piel. Los mismos instintos que la habían mantenido viva y fuera de peligro durante siglos ahora vibraban por todo su cuerpo, advirtiéndole así que algo estaba a punto de suceder. Palpándose el vestido de lino blanco, notó la flauta, cálida y a buen recaudo en su funda. Una chispa saltó de la madera y, tras atravesar la tela de la bolsa, le rozó el dedo.

Virginia estaba deslizándose hacia el centro de la plaza, para alejarse de la muralla, las estatuas y el gentío, y ya estaba agachada, con las manos apoyadas sobre el suelo, cuando el terremoto sacudió la ciudad.

El suelo vibró con tal fuerza que de inmediato se formó una espiral de polvo que se elevó hacia el cielo. La muchedumbre que la rodeaba chilló a pleno pulmón al unísono, como si de una exhalación se tratara. Sin duda, era el sonido del terror. La reacción de la gente desconcertó a la inmortal americana. No había sido un temblor catastrófico y, de hecho, no había muchos destrozos. Tan solo las piezas de fruta, que los comerciantes habían colocado con sumo cuidado y delicadeza en sus tenderetes, se habían desparramado por el suelo. Echó un vistazo a su alrededor y se dio cuenta de que toda la plaza se había girado hacia un mismo lugar: el volcán que dominaba la isla. Salía humo blanquecino hacia el cielo y, justo cuando Virginia desvió la mirada hacia el volcán, una columna de humo negro emergió de la boca del volcán hacia el cielo.

Hubo un segundo temblor y las nubes que cubrían el volcán se tiñeron de gris oscuro. El nubarrón empezó a allanarse y a extenderse por la cima del volcán pero enseguida se disipó.

En el silencio más absoluto que siguió al seísmo, Virginia escuchó una risa aguda, casi histérica; y entonces, de forma inesperada, todos los sonidos de la metrópolis volvieron a oírse. La multitud de la plaza se dirigió en tropel hacia las puertas de la cárcel y alguien empezó a canturrear:

—Aten… Aten… Aten…

Muerta de curiosidad, Virginia se hizo a un lado y se apartó de la muchedumbre, que no dejaba de aglomerarse junto a la puerta. Parecían personas normales y corrientes, simples habitantes de Danu Talis, bajitos, con la tez bronceada y el pelo oscuro. Nadie mostraba signos de riqueza. Muchos iban descalzos y ninguno lucía joyas u ornamentaciones. La inmensa mayoría llevaba la ropa habitual de la isla, vestidos o túnicas sencillas de color blanco, aunque algunos de los vendedores del mercado también llevaban mandiles de cuero. Casi todo el mundo se cubría la cabeza con un sombrero de paja de forma cónica que les protegía del sol. Mirando a su alrededor, Virginia se percató de que no había ningún híbrido de humano y animal entre el gentío; sin embargo, ninguno de los guardias era enteramente humano. La mayoría era anpu con cabeza de chacal, pero también distinguió a otras criaturas que tenían cuernos y parecían tener la cabeza de un toro o un jabalí.

De pronto, una de las descomunales puertas de la cárcel se abrió y apareció una docena de enormes anpu. Ataviados con una armadura negra, los guardias cargaron. Con la ayuda de una caña de bambú, se abrieron paso entre la multitud, alejándola con fuertes latigazos.

Un jovencito vestido con una túnica sucia y desaliñada, al cual Virginia no echaba más de trece años, arrojó un puñado de fruta podrida. Las piezas de fruta volaron por los aires hasta aterrizar sobre el pecho de un anpu. La muchedumbre explotó en aplausos. De inmediato, una tropa de guardias se inmiscuyó entre el cúmulo de gente y agarró al muchacho. Le alzaron del suelo y le arrastraron de nuevo hasta el interior de la cárcel, mientras el joven chillaba y pataleaba. Una mujer consternada y desconsolada salió disparada tras ellos. Obviamente les estaba rogando que dejaran al crío en paz. Uno de los guardias se dio media vuelta, levantó su caña de bambú y mostró los dientes. La pobre mujer se echó atrás, aterrorizada.

—Oh, no vas a salirte con la tuya —murmuró Virginia. Acercó la mano a la flauta de madera que llevaba junto al pecho y empezó a avanzar.

—No puedes luchar contra todos.

La inmortal se dio media vuelta en un abrir y cerrar de ojos. Estaba frente a un jovencito muy alto envuelto en una túnica larga y blanca. La parte inferior de la túnica estaba doblada y le cruzaba el hombro izquierdo, ocultando así la parte inferior de su rostro. Además, el extraño desconocido también llevaba un gigantesco sombrero de paja para ensombrecer parte de su cara. Sin embargo, Virginia percibió una mirada azul y brillante.

—No tengo por qué enfrentarme a todos —espetó—. Solo a esos matones.

—Hay otros mil más en el interior del fuerte. Y diez mil más esparcidos por toda la ciudad. ¿De veras quieres luchar contra tal ejército de criaturas?

—Sí, si no tengo más opción —dijo la inmortal volviéndose hacia la cárcel.

Un grupo de anpu había rodeado a un puñado de pueblerinos de forma indiscriminada, escogiendo tanto a hombres, mujeres, niños y ancianos de entre la multitud, y en ese instante les estaban arrastrando hacia la prisión. Distinguió al jovencito que inició la revuelta. Seguía retorciéndose entre los brazos de un descomunal anpu. El muchacho gritaba un nombre una y otra vez. Virginia se mordió el labio mientras observaba a la madre del chico llevarse las manos a los oídos y desplomarse sobre el empedrado. El guarda levantó al chiquillo del suelo con una mano y, justo antes de que las puertas se cerraran de golpe, el muchacho dejó de forcejear y chilló a pleno pulmón el nombre de Aten. La muchedumbre rugió el nombre varias veces.

—¿Qué le ocurrirá? —preguntó Virginia al hombre misterioso.

—Si tiene suerte, será sentenciado a trabajar en las minas o a formar parte de los esclavos que construyen las pirámides de los Inmemoriales.

—¿Y si no tiene esa suerte? —añadió. Y entonces, se quedó paralizada, pues hasta ese instante no se había dado cuenta de que el tipo se estaba dirigiendo a ella en inglés. La inmortal se dio media vuelta para ponerse frente a él.

—Si no es tan afortunado, le enviarán a uno de los Mundos de Sombras como esclavo. Es una sentencia de por vida. Algunos prefieren esa sentencia a la alternativa.

—¿Y cuál es?

—Ser arrojado al volcán.

—¿Por qué motivo? —preguntó—. ¿Por lanzar una pieza de fruta?

—Todos los castigos son inmerecidos y exagerados. Están diseñados para mantener a los humanos bajo control. Así es como unos pocos pueden controlar a una gran masa. Con miedo.

—La humanidad debería sublevarse —comentó Virginia.

—Es cierto.

—Supongo que Isis y Osiris te han enviado para encontrarme.

—Te equivocas.

La inmortal inspeccionó al desconocido.

—Me conoces, ¿verdad?

El tipo sonrió.

—Te conozco, Virginia Dare —confirmó—. Y si miras por encima de mi hombro, verás a alguien que también te conoce.

La inmortal desvió la mirada y siguió las indicaciones del extraño. Apoyado contra la pared de un callejón y sujetándose sobre un palo roto, estaba el doctor John Dee. El Mago levantó el sombrero de paja a modo de saludo.

—Ve con él y esperadme. Me reuniré con vosotros enseguida.

Virginia alargó la mano para tocar el brazo del tipo, pero una media luna metálica le rodeó la cintura.

—Permíteme un consejo: no me toques —susurró con frialdad. Unas astillas de fuego amarillento se arrastraron por el filo de la hoz y la inmortal sintió que la flauta desprendía un calor casi insoportable.

—Pensé que habías muerto —saludó.

—Eres realmente encantadora. He estado a punto de abandonar este mundo.

Sacudiendo la cabeza, miró al Mago de pies a cabeza.

—Debería haber imaginado que serías difícil de matar.

—Apuesto a que no te has acordado de mí en ningún momento —dijo con una sonrisa de agotamiento.

—Puede que una o dos veces —admitió con cariño—. Tenía la esperanza de que hubieras fallecido rápidamente, y temía que hubieras sufrido una muerte lenta.

—¿Es preocupación eso que oigo? —bromeó.

—Pero has envejecido —apuntó la inmortal, evitando así responder la pregunta del Mago.

—Podría ser peor, créeme. Y sigo estando aquí.

Virginia Dare asintió.

—Intuyo que Isis y Osiris no se han encargado de renovar tu juventud.

—Tienes toda la razón.

—¿Ha sido ese tipo?

Dee dijo que sí con la cabeza.

—Marethyu, el tipo de la guadaña.

El nombre estremeció a la salvaje inmortal.

—La Muerte —murmuró.

—Quien me ha devuelto la vida —apuntó Dee—. En qué mundo tan paradójico vivimos. Hubo un tiempo en que uno sabía quiénes eran sus amigos, en quién podía confiar.

—Nunca has tenido amigos —le recordó Virginia.

—Cierto. Ahora el mundo está patas arriba.

Virginia Dare se dio media vuelta para echar un vistazo a la multitud que pululaba por la plaza. El tipo con la mirada azul brillante había desaparecido. Y entonces distinguió a la mujer que había perdido a su hijo. Había una niña, de unos tres o cuatro años de edad, que tiraba de la falda de la mujer.

—¿Dónde está Marethyu?

—Ha ido a visitar a alguien en la cárcel.

Dare se volvió hacia Dee.

—Esta cárcel no parece de esas que permiten horas de visita.

—No creo que eso le importe mucho, la verdad —se rio el Mago—. Ha ido a ver a Aten.

—He escuchado a mucha gente gritar su nombre. ¿Quién es?

—Aten era el Señor de Danu Talis —explicó John Dee—. Inmemorial, pero comprensivo y amable con los humanos. Ahora Aten está detenido y espera sentencia.

—Doctor —interrumpió Virginia—, ¿querrías decirme qué está ocurriendo?

—Ojalá lo supiera —contestó Dee con una débil sonrisa—. Lo único que sé con exactitud es que he pasado siglos tramando y trazando intrigas y conspiraciones. Siempre me he considerado un tipo listo, espabilado, pues diseñaba planes que tardarían años o incluso décadas en dar sus frutos. Lo que no podía imaginarme es que formaba parte de algo mucho más grande, ideado por criaturas que jamás han sido humanas y cuyos planes han abarcado milenios. Hoy he aprendido que todo lo que he hecho ya estaba establecido o permitido de antemano. Solo se me permitía hacer aquello que entrara dentro de sus planes —finalizó con una nota de indignación en su voz.

—Es una pena —balbuceó Virginia—, aunque no siento ni una pizca de compasión por ti.

—Oh, pero tú tampoco te libras. ¿Cómo te sentirías si te dijera que también formas parte de este extraordinario plan? Como he dicho, abarca milenios.

Virginia observó con detenimiento al Mago, cuyos ojos brillaban en la penumbra del callejón. Nunca antes se había fijado, pero John Dee tenía los ojos del mismo color que los suyos. Entonces frunció el ceño, recordando y recopilando acontecimientos. Maquiavelo también tenía los ojos de ese color grisáceo.

—¿Parte de un plan?

—Hace un rato he podido charlar con un Inmemorial que, de forma lenta y gradual, se está convirtiendo en una estatua de oro sólido —dijo Dee. El Mago sacó un objeto rectangular envuelto en una hoja de palmera y se lo entregó—. Me pidió que te diera esto.

Virginia giró el objeto varias veces.

—¿Qué es? —preguntó.

—Me dijo que era un mensaje.

—¿Para mí?

Dee afirmó con la cabeza.

—Para ti.

—Eso es imposible. ¿Cómo sabía que iba a estar aquí?

—¿Y cómo sabía que yo iba a estar aquí? —repitió Dee—. Porque así lo tenía planeado. Él y Marethyu lo planearon absolutamente todo.

—¿Planeado el qué?

—Oh, Virginia, nada más y nada menos que la destrucción del mundo.

Capítulo 33

Oh, detesto los troles —protestó Perenelle.

La criatura que andaba torpemente por el estrecho pasadizo empedrado tenía el mismo aspecto que un humano primitivo. Bajita y regordeta, la bestia tenía rasgos salvajes y su cuerpo estaba recubierto de cabello rojo y grasiento que apenas podía distinguirse de la piel mugrienta. Empuñaba una espada tallada de la tibia de un animal que se extinguió mucho antes de que los dinosaurios habitaran el planeta. Los ojos de la criatura eran del mismo color que la nieve sucia y, cuando sonreía, su dentadura afilada resultaba espeluznante.

—¿Esa cosa acaba de lamerse los labios? —preguntó la Hechicera con un gesto de repugnancia.

—Cena —farfulló el trol con voz clara. Se intuía un acento, pero Perenelle no conseguía adivinarlo.

—Casi nunca viajan solos... —empezó Nicolas.

Se escucharon unos chasquidos y rasguños, como zarpas escarbando en el suelo, y entonces dos criaturas más aparecieron de entre la niebla. Una era inconfundiblemente femenina, pues llevaba el pelo alborotado atado en dos trenzas. Incluso mezclado con el aroma del mar y el perfume húmedo de la niebla, el hedor que desprendían aquellas bestias resultaba abrumador.

—No somos troles —dijo una de las criaturas con cara de asco—. Los troles son bestias asquerosas. Somos Fir Dearg —anunció con orgullo.

—Bueno, técnicamente, nosotros somos Fir Dearg —corrigió uno de sus acompañantes—. Somos machos. Y tú eres Mna Dearg. Hembra.

Tras un suspiro de desesperación, la Hechicera apuntó al trío de bestias con el tridente de piedra y las convirtió en gárgolas en un segundo.

—Al menos los troles solo quieren comerte y no aburrirte con tanta charla.

—Podría haber sido peor —opinó Nicolas.

Se acercó a las criaturas inmovilizadas y rozó a una, a la hembra, al pasar junto a ella. Unos ojos amarillentos le observaban a través de la piedra.

—Podríamos habernos topado con leprechauns.

Perenelle se estremeció.

—Sabes que odio a los leprechauns por encima de cualquier otra criatura.

Avanzando con suma cautela, el Alquimista y la Hechicera siguieron el estrecho pasillo que rodeaba la isla hasta el muelle. Podían escuchar a las Nereidas siguiéndoles la pista, salpicando entre las olas, justo a su derecha.

—Dee no tiene un pelo de tonto —dijo Nicolas.

El Alquimista se detuvo cuando llegaron al embarcadero donde los barcos de turistas solían amarrar tiempo atrás, y se volvió para echar un vistazo al muelle vacío.

—Reunió a todas estas criaturas en la isla…

De pronto, un jovenzuelo con cara de ratón apareció de la oscuridad nocturna y corrió en dirección al Alquimista, con los dedos doblados imitando garras. Perenelle se dio media vuelta en un movimiento ágil y le pisó la cola, frenando así la embestida de la criatura. El hombre-rata rodeó a la Hechicera y esta repitió el mismo hechizo que acababa de utilizar para convertirlo en piedra sólida. La bestia quedó atrapada en un bloque de roca con un ojo abierto y el otro cerrado.

Sin alterarse siquiera, Nicolas continuó con su exposición.

—Tiene que existir un plan para llevar a las criaturas hasta tierra firme.

—La única forma de llegar y salir de la isla es por agua —apuntó su esposa—. Es posible que ese plan se haya alterado, o que los acontecimientos se hayan sucedido tan rápidamente que Dee no haya podido adaptarse a la nueva escala de tiempo. Recuerda que, en un principio, los Oscuros Inmemoriales no estaban destinados a regresar al Mundo de Sombras terrestre hasta Litha. Y para eso aún faltan dos semanas.

—Estoy convencido de que el doctor tenía un plan de contingencia, o varios. Ha debido tardar meses en traer a todas estas criaturas hasta aquí. Pero ¿cómo? En la isla no hay líneas telúricas.

Perenelle asintió.

—Y, además, no hemos notado un uso excesivo de poder. Sin duda, tuvo que ser por barco.

—Porque, tal y como has dicho, es la única forma de llegar y salir de esta maldita isla —murmuró Nicolas mientras le daba vueltas al asunto—. Envió al Lotan a la orilla para que arrasara las calles de la ciudad. Así, atraería la atención de todo el mundo y nos tendría entretenidos. Apuesto a que, al mismo tiempo, estaba programada la salida de un barco cargado de criaturas con destino a Alcatraz para unirse a la fiesta.

—Y ahora que Dee ha desaparecido, ¿la Serpiente Emplumada está a cargo de la operación?

—O Bastet —sugirió Flamel—. Sabemos de buena tinta que Dee ha prestado sus servicios a ambos Inmemoriales.

—No me extrañaría que Dee trabajara con Quetzalcoatl. La Serpiente Emplumada vive aquí, bueno, bastante cerca —dijo Perenelle—. Y no olvidemos que, cuando estuve atrapada en la isla, Areop-Enap sufrió un ataque de moscas asesinas. Es más que probable que Quetzalcoatl fuera el cerebro de esa acción.

—Entonces imaginemos que Quetzalcoatl mandó un barco hacia aquí —empezó Nicolas—. Sin embargo, no hemos visto nada de camino hacia aquí. Ningún barco, bote o embarcación.

—Existe otra alternativa —añadió Perenelle.

Nicolas se quedó pensativo mirando a su mujer.

—A menos que ya esté aquí —adivinó.

—Pero ¿cómo puede ser? —preguntó Perenelle algo alarmada—. No hay muchos muelles donde amarrar un barco en Alcatraz.

De repente, Nicolas cogió a su esposa por la mano y la guio hacia un pequeño atril situado en frente de la librería que contenía un mapa detallado de la isla. La superficie de plástico estaba cubierta de rocío y el Alquimista pasó la mano para limpiarla. Bajo la lámina de plástico había un mapa de la isla con todos los edificios pintados de color gris y numerados en rojo. Sobre la imagen, con tinta negra y roja, había una pequeña explicación de los números.

—Estamos en el embarcadero —anunció Nicolas apuntando a la parte inferior derecha del mapa. El número dos

estaba escrito junto a un punto rojo donde se podía leer
«Estás aquí».

Perenelle recorrió la orilla de la isla con el dedo, dejando atrás la torre del guardia, el cuartel y el taller eléc-
trico.

—¿Qué es el número seis? —quiso saber—. Parece
un edificio importante.

Nicolas comprobó la descripción.

—El seis es North Road. Según el mapa es Prison In-
dustries.

—Fíjate en el Almacén de la Intendencia —comentó—. Es un edificio grande, cerca del agua y situado junto
al centro neurálgico de la cárcel. Se podría navegar hasta
aquí y, con esta niebla, nadie distinguiría la embarcación.

—¿A qué distancia está?

—Nicolas, estamos en Alcatraz. Está a diez minutos
a pie.

—¿Con esta niebla? —preguntó algo dubitativo.

—Tienes razón —dijo ello poniendo los ojos en blanco—. Quizá tardemos quince.

Capítulo 34

El sonido de golpes metálicos recorría el puente Golden Bridge, atravesando el espesor de la niebla. Niten se sentó en medio del puente. Podía sentir la conmoción, el alboroto que se aproximaba por el vibrar del suelo. Sonrió al imaginarse a Prometeo apilando coches para construir una barrera más que franqueable. Escuchó el suave tintineo del cristal y se preguntó si el seguro cubriría el hecho de ser arrojado por el puente Golden Gate por un gigantesco Inmemorial.

El inmortal japonés se había sentado con las piernas cruzadas y tenía las dos espadas sobre el suelo, una a cada lado. Apoyó las manos en el regazo, cerró los ojos y respiró hondamente, dejando así que el aire fresco nocturno le llenara los pulmones. Contuvo la respiración durante cinco segundos y dejó escapar el aire por la boca, formando así un diminuto agujero en la densa niebla.

Aunque jamás lo admitiría ante nadie, Niten adoraba este momento. No tenía aprecio alguno a las criaturas que se avecinaban, pero ese breve período de tiempo, cuando todos los preparativos para la batalla ya se habían hecho y lo único que se podía hacer era esperar, justo cuando el mundo entero se quedaba quieto y en silencio, era un momento especial. Era precisamente en ese instante, cuando estaba a punto de enfrentarse a la muerte, cuando se sentía completa y absolutamente vivo.

Algunos seguían llamándole Miyamoto Musashi cuando descubrió por primera vez la belleza genuina del silencio que antecedía cualquier batalla. Entonces, no era más que un adolescente. De repente, cada aliento lo saboreaba como si fuera un manjar, cada sonido le parecía distinto y divino, e incluso en los campos de batalla más nauseabundos desviaba la mirada hacia algo que le resultaba sencillo a la par que elegante: una flor, la silueta de una rama o la forma de una nube.

Hacía cuestión de cien años, Aoife le había dado un libro como regalo de cumpleaños. No tuvo el valor suficiente para decirle que su cumpleaños había sido un mes antes, pero había guardado el libro como si de un tesoro se tratara. Era una primera edición de *El Profesor*, de Charlotte Brontë. Aquella edición incluía una línea que jamás había podido olvidar: «En mitad de la vida nos encontramos con la muerte». Años más tarde, escuchó a Gandhi reformular aquella frase para crear una afirmación que siempre tenía presente: «En medio de la muerte, la vida continúa».

Desde aquel instante, Niten se había desenamorado de la batalla.

La guerra no otorgaba honor alguno, y menos aún el asesinato y la muerte. La verdadera dignidad yacía en el modo en que los hombres se comportaban en la contienda. Y siempre había cierto honor en defender una causa o en proteger a los más desamparados.

Ahuecó las manos sobre el regazo y evocó parte de su aura. Un instante más tarde, entre sus manos había un charco de líquido azul marino que temblaba con el roce de su piel; una piel llena de cicatrices y callos después de tantos siglos empuñando una espada. Sopló la superficie y el líquido empezó a espesarse. Niten jugueteó con aquella masa de color zafiro con las manos hasta moldear una diminuta esfera. Después la allanó para darle la forma de un rectángulo poco regular que, a simple vista, parecía papel rígido de color azul oscuro. Con sumo cuidado, el inmortal dobló las esquinas del papel, plegándolo y volviéndolo a plegar hasta crear una *kame* de papiroflexia, una tortuga.

Colocó la tortuga azul sobre el puente, justo delante de él, y, tras recoger sus dos espadas del suelo, desapareció entre la oscuridad. Justo en ese preciso instante, los espartoi empezaron a vislumbrarse tras la niebla.

—*Minikui* —suspiró Niten—. Horrible.

El inmortal se había enfrentado a muchos monstruos antes y hacía ya mucho tiempo que había aprendido a no juzgar a nadie por su aspecto. El concepto de belleza era distinto dependiendo del país e incluso de la generación. Sin embargo, dudaba que alguien pudiera considerar hermoso a un miembro de los espartoi. Ni siquiera un propio espartoi.

Bajita y rechoncha, aquella criatura parecía un cocodrilo que caminaba sobre dos patas. Medía alrededor de metro y medio y era muy corpulenta. Tenía la piel retorcida y repleta de escatas y la cabeza de un cocodrilo. Unos enormes ojos dorados, con las pupilas alargadas y de color bronce, centelleaban de tal manera que lograban penetrar la penumbra nocturna. Cuando la criatura abrió la boca, dejó al descubierto varias filas de dientes afilados y una lengua blanca tan gruesa que apenas podía moverla.

Niten había visto tipos con aspecto de reptil antes: de

hecho, ese tipo de criaturas protagonizaban leyendas de casi todos los países de la tierra y muchos de los Mundos de Sombras más cercanos estaban poblados con bestias similares a un lagarto. Casi sin excepción, todos los reptiles despreciaban a los mamíferos y, a su vez, los mamíferos temían a los reptiles.

Descalza, la criatura iba vestida con un poncho que le llegaba a la altura de la rodilla que parecía estar entretejido con su propia piel. Cargaba con un pequeño escudo circular del mismo material y entre las manos casi humanas agarraba un gigantesco garrote de guerra.

Niten contempló a la criatura con el ojo de un guerrero.

El espartoi apenas iba armado; su cabeza era una de las partes más vulnerables. Solo tenía el garrote para defenderse, y no era más largo que la espada corta de Niten, lo cual le otorgaría la ventaja de poder atacar sin tener que acercarse demasiado. El japonés estaba algo decepcionado: tenía la esperanza de encontrarse algo un poco más formidable. Quizá Quetzalcoatl pensó que la simple presencia de los espartoi aterrorizaría a los humanos y les sometería. No obstante, Niten sabía por experiencia propia que los Inmemoriales solían estar notablemente mal informados sobre la raza que querían esclavizar y el mundo que ansiaban controlar.

El inmortal japonés observó a la criatura acercándose a la tortuga azul de origami. Si era inteligente, bueno, si realmente lo fuera, jamás se habría acercado tanto a la tortuga, pero si fuera un poco lista, habría retrocedido para ocultarse tras la niebla a la espera de refuerzos.

Girando la cabeza de lado a lado, el espartoi se aproximó aún más a la tortuga de papel. Si era muy estúpida, predijo Niten, la criatura se dejaría caer sobre sus cuatro patas para olisquear el extraño objeto. El inmortal empuñaba con fuerza su espada mientras valoraba los puntos débiles de la criatura: le clavaría la espada bajo los brazos o, quizá, le atravesaría la garganta.

El espartoi se desplomó sobre sus cuatro patas y movió la cabeza hacia la figura de papiroflexia.

Así pues, era una criatura estúpida al fin y al cabo.

Con la niebla arremolinándose a su alrededor como una capa de humo, Niten salió disparado de la oscuridad, con la catana alzada, y atacó a la bestia con un silbido mortal.

Y el espartoi se movió.

Rápida como un rayo, la criatura alzó su escudo y la espada de Niten golpeó la superficie con una lluvia de chispas. Acto seguido, el inmortal recibió un garrotazo en el centro del pecho y, de inmediato, supo que se había roto más de una costilla. La fuerza del golpe lo arrojó por los aires. Tras varias volteretas, aterrizó en el otro extremo del puente.

El espartoi ignoró por completo al japonés. Recogió la tortuga azul del suelo y se la llevó a la boca.

—Té verde —dijo en un suspiro rasgado—. Mi sabor favorito.

Niten se revolvió en el suelo, haciendo gestos de dolor por el porrazo recibido en el pecho. Respiró hondamente para evaluar las heridas. Dos costillas, puede que tres, estaban rotas y otras tres con un esguince. El japonés adoptó una postura defensiva y se alejó ligeramente de la criatura.

—Me insultas, inmortal —dijo el espartoi—. Me miras y solo ves una criatura tosca. Asumes que caeré en tu trampa.

257

De repente, Niten se fijó en que había más siluetas tras la niebla. Los espartoi habían avanzado y estaban preparados, observando el espectáculo. Fue entonces cuando se dio cuenta de que había cometido un error imperdonable: había subestimado al enemigo.

El espartoi se puso de pie sobre sus patas traseras y avanzó hacia Niten, balanceando el escudo y el garrote con unos movimientos hipnóticos. El resto de las criaturas se reunió para formar un círculo a su alrededor.

—En este mundo, ¿te veneran como un gran guerrero?

—Soy Miyamoto Musashi. En esta época me llaman Niten y soy un completo desconocido, pero el hombre que una vez fui sigue siendo venerado.

—Debes considerarte un guerrero muy valiente para enfrentarte a nosotros tú solo.

—Es necesario.

—Morirás —graznó la criatura.

—Todo el mundo, todas las cosas, mueren —añadió Niten mientras escudriñaba más de cerca al espartoi—. Y cuando yo desaparezca, habrá muchos otros que se atreverán a desafiaros.

—La gran mayoría perecerá.

Niten decidió atacar mientras la criatura parloteaba. Ignorando el dolor del pecho, quiso clavarle la espada con dos movimientos. El primero consistió en una finta para obligar a la criatura a alzar el escudo; el segundo fue pensado para degollarla.

El espartoi esquivó el golpe con el escudo y, tras el tremendo impacto, la indestructible catana de Niten se rompió. Tres cuartas partes de la hoja salieron disparadas hacia el aire. Un segundo más tarde, el espartoi golpeó con el borde redondo de su escudo en el brazo izquierdo del inmortal. A Niten se le durmió todo el brazo, desde el hombro hasta la punta de los dedos, y la espada corta se cayó sobre el suelo.

—Somos los espartoi. Treinta y dos. Siempre somos treinta y dos. Y hemos luchado contra hombres mucho mejores que tú, inmortal. Somos infinitamente más rápidos que tú. Te miro y me parece que te mueves con la misma velocidad que un caracol. Noto cómo se te tensan los músculos mucho antes de entrar en acción. Crees que eres silencioso, pero caminas como un elefante.

Niten movió la mano y clavó la punta desfilada de la catana rota en el centro del pecho del cocodrilo. La bestia abrió los ojos y la boca en un gesto de sorpresa, y se tambaleó de nuevo hacia la niebla.

—Hablas demasiado —murmuró Niten.

Capítulo 35

irginia Dare se deslizó por el oscuro callejón para alejarse de Dee. Sin dejar de caminar, la inmortal fue desenvolviendo el envoltorio de hoja de palmera. Entre sus manos tenía un rectángulo plano de esmeralda. Notó una energía pura vibrando en el interior de aquella losa verde y de inmediato reconoció la sensación: su flauta rezumaba ese mismo temblor cuando la utilizaba.

La tableta de esmeralda medía unos diez centímetros de ancho y veinte de largo. Le dio varias vueltas: ambos lados estaban grabados con pictogramas que guardaban cierto parecido con las antiguas escrituras humanas del valle Indus. Unos zarcillos del aura verde pálido de Virginia emergieron de sus dedos y se arrastraron por la superficie del rectángulo. De repente, la esencia a salvia cubrió el oscuro callejón. Virginia contuvo la respiración mientras contemplaba cómo las escrituras fluían sobre la piedra preciosa, alterándose y cambiando mientras los dibujos tomaban vida por un instante: diminutas hormigas correteando, peces nadando, pájaros batiendo las alas y soles brillando.

Hacía muchísimo tiempo que no veía una escritura como esa.

Los pictogramas temblaron y, en un abrir y cerrar de

ojos, se esfumaron. Ahora, en el centro de la tableta tan solo se distinguía una ristra de símbolos arcanos. De pronto, cambiaron hasta transformarse en una sola palabra en inglés: «*CROATOAN*».

Virginia Dare se dejó caer contra la pared, como si alguien la hubiera empujado con fuerza. Y entonces, muy lentamente, fue deslizando la espalda por el muro hasta quedarse sentada.

CROATOAN.

Cuando era niña, todavía no había cumplido los tres años de edad, había visto a su padre tallar esa palabra en la valla de madera que rodeaba su casa en Roanoke.

CROATOAN.

Sin pronunciarla, sus labios articularon esa palabra. Las letras que formaban esa palabra fueron las primeras que vio en su vida. Esa palabra fue la primera que aprendió. Era un secreto que había guardado en lo más profundo de su corazón. Un secreto que solo ella conocía. Unas lágrimas verdes le recorrieron las mejillas.

Las letras tiritaron y desaparecieron. Unas diminutas representaciones parecidas a arañazos aparecieron sobre la piedra: vio tortugas y nubes, una ballena, la luna en todas sus fases y un sol resplandeciente. Todas las imágenes fluían sobre la tableta de esmeralda en líneas horizontales muy estrechas.

Virginia rozó la esquina inferior izquierda con el dedo índice. Estaba recordando una lengua que antaño aprendió y que creía haber olvidado por completo.

Soy Abraham de Danu Talis, a veces llamado el Mago, y te envío saludos, Virginia Dare, hija de Elenora, descendiente de Ananias.

Con esta palabra, «Croatoan», una palabra cuyo significado solo tú conoces, sabrás que todo lo que voy a decirte es la pura verdad. De modo que, cuando te confieso que te he observado durante todos los días de tu vida, deberías saber que es cierto. Cuando afirmo que te he protegido y cuidado durante muchos años, deberías saber que también es verdad. Te guié hasta la cueva del Gran Cañón donde hallaste tu preciosa y valiosa flauta. Y permití que asesinaras a tu maestro Inmemorial además de protegerte de las consecuencias que tal acontecimiento acarrearía.

Sé quién eres, Virginia Dare, y más importante aún, sé qué eres. Sé qué estás buscando, aquello que ansías más que cualquier cosa en el mundo.

Y hoy puedes conseguir la ambición de tu vida.

Hoy tienes la oportunidad de marcar la diferencia.

No has caminado por el Mundo de Sombras terrestre durante más de nueve milenios. Y, sin embargo, recibes esta tableta de mi parte justo hoy. La tendrás entre tus manos pocas horas después de que yo la haya envuelto con una hoja de palmera. Al principio, cuando empecé a seguir tu línea del tiempo, jamás me imaginé que tu vida daría tantas vueltas y que ambos acabaríamos en el mismo continente y en el mismo hilo temporal.

Eres una mujer excepcional, Virginia Dare.

Has sobrevivido cuando todo lo que te rodeaba se marchitaba y moría. Y has hecho algo más que sobrevivir. Has prosperado. Has vivido sola y asilvestrada en el corazón del bosque. Pero en realidad jamás estuviste sola. ¿Alguna vez te preguntaste por qué los lobos nunca venían en tu busca y los osos te evitaban? ¿Por qué nunca caíste enferma después de ingerir comida podrida o agua estancada? Y en los meses más duros de invierno, cuando la nieve se acumulaba sobre el suelo, jamás te pusiste enferma. Ni un solo catarro. Siempre tuviste comida y nunca pasaste hambre. Nunca te rompiste un hueso, ni un diente. Cuando las plagas devastaban a las tribus nativas, tú parecías inmune. Cuando tus enemigos venían en tu busca, se perdían en el bosque. Cuando los cazadores te seguían el rastro para obtener tu recompensa, llegaban a lugares misteriosos y desconocidos.

De veras, has tenido una vida encantadora.

Y mientras yo te vigilaba, Marethyu, el hombre de la hoz en la mano, te protegía. Él era tu sombra, tu guardián. Juntos te mantuvimos a salvo porque sabíamos que un día te necesitaríamos.

Y te necesitamos hoy, Virginia Dare, tal y como siempre has deseado que alguien te necesite.

El hecho de que te abandonaran de niña y que durante años vivieras como una salvaje en el bosque te podría haber convertido en una persona egoísta, ambiciosa y, quizá, un poco loca.

Pero no eres nada de todo eso.

Esto es un testamento de tu valentía, tu fuerza de voluntad, tu integridad.

Cuando tenías comida de sobra, la compartías con las tribus nativas. Incluso cuando tenías pocos alimentos, dejabas trozos de comida colgados de las ramas de los árboles. Te asegurabas de que las trampas y las redes siempre estuvieran llenas. Te preocupabas por ellos más de lo que nunca nadie se ha preocupado por ti. Los nativos lo sabían y por ese motivo te veneraban.

Aceptaste la inmortalidad de un Inmemorial que despreciabas por el mero hecho de tener más tiempo para

263

ayudar a los más necesitados. Y durante siglos has ocultado tu pasión por la justicia tras una fachada de desaprensión e indiferencia. Muy pocos te conocen y aquellos que creen conocerte asumen que tu único interés eres tú misma. Ni siquiera el Mago inglés, que está convencido de conocerte mejor que cualquier otra persona viva, tiene la menor idea de quién eres. Él no conoce a la verdadera Virginia Dare.

Yo te conozco.

Sé que siempre has sentido un desprecio absoluto hacia la arrogancia de la autoridad. Siempre has dado un paso hacia delante para hablar en nombre de aquellos que no tenían voz propia. Y ahora te encuentras en un mundo donde una clase social entera no tiene voz ni voto, donde un puñado de Inmemoriales, muchos de los cuales han sufrido tal Mutación que apenas son reconocibles, continúan anclados en el poder. Y, peor aún, no están dispuestos a ceder ese poder. Su intención es destruir o esclavizar a los humanos. Están convencidos de que el mundo que tú conoces, en el que tú creciste, debe dejar de existir. El pueblo de Danu Talis necesita una voz, Virginia Dare. Necesita a alguien que hable en su nombre.

Te necesita a ti.

Las lágrimas de Virginia mojaron la superficie de piedra.

Una figura ataviada con una túnica blanca se movió en el callejón y la inmortal enseguida se secó las lágrimas. Ningún hombre la había visto jamás llorar. Escondió la tableta bajo la camiseta. Notó el frío de la piedra contra su piel.

—Yo también tengo una —dijo Marethyu en tono amigable—. Abraham dejó estos mensajes a aquellos que quería o respetaba. Dee, por supuesto, no tiene mensaje —añadió con una sonrisa.

—No conozco a ese tal Abraham —respondió Virginia con los ojos todavía húmedos.

—Él te conoce a ti —contestó Marethyu.

—Me ha dicho que tú también me vigilabas cuando vivía en el bosque.

—Así es.

—¿Por qué?

—Para mantenerte a salvo. Abraham te mantenía alejada de todo peligro, se aseguraba de que tuvieras comida y ropa para vestir. Y yo… en fin, yo te protegía.

—¿Por qué?

—Una vez fuiste amable conmigo… o mejor dicho, serás amable conmigo en un futuro.

—Te conozco, ¿verdad? —susurró Virginia—. Te he conocido antes.

—Sí.

—La Muerte no ha sido siempre tu nombre —adivinó la inmortal.

—He recibido muchos nombres a lo largo de mi vida.

—Descubriré quién eres —prometió—. Descubriré tu verdadero nombre.

—Puedes intentarlo. Y quizá lo consigas.

—Te hipnotizaré con mi flauta —amenazó, medio en serio, medio en broma—. Y entonces me revelarás tu nombre.

Marethyu sacudió la cabeza.

—Ninguno de esos artefactos tiene efecto alguno sobre mí.

—¿Por qué?

—Por lo que soy —respondió—. Pero necesito saber

265

una cosa: ¿Te pondrás de nuestro lado, Virginia? ¿Lucharás por los humanos de Danu Talis y por el futuro de tu mundo?

—¿Acaso tienes que preguntármelo?

—Necesito escucharte decir que sí.

—Sí —respondió.

Capítulo 36

ophie Newman contempló con atención su propio reflejo en el espejo con marco plateado. Durante un breve instante, no se reconoció.

Una serie de recuerdos parpadeaban y danzaban en su mente.

… de una chica con armadura de plata en la cima de una pirámide…

Pestañeó y se produjo una rápida sucesión de imágenes de chicas y jovencitas de cada época de la historia, vestidas con ropajes distintos, algunas librando batallas, otras en campos o en aulas de escuela, en cuevas y castillos, en tiendas de campaña o en estepas azotadas por el viento…

Y si bien cada rostro era distinto, todas tenían dos rasgos comunes: tenían el cabello rubio y los ojos azules.

Sophie alargó el brazo y rozó el cristal. Fue entonces cuando se dio cuenta de que estaba observando la línea de sus antecesores a lo largo de miles de años y cientos de generaciones. Sin embargo, ¿ella era la primera… o la última de la línea familiar?

Había encontrado la armadura de plata al regresar a su habitación. Estaba extendida sobre la colcha de la cama como si de un rompecabezas metálico y tridimensional se tratara. La muchacha se sentó a los pies de la cama y observó la armadura. Se quedó cavilando. No sabía si debía ponérsela o dejarla en aquel palacio.

Al final, y por razones que no acababa de comprender, decidió vestirse con aquella armadura, poniéndose cada pieza con suma delicadeza.

La jovencita que la había contemplado desde el cristal del espejo vestía una armadura plateada semitransparente que estaba moldeada siguiendo la figura de su cuerpo. Se ajustaba a ella a la perfección, como si alguien la hubiera fabricado exclusivamente para ella y para nadie más. La armadura no mostraba florituras ni ornamentación alguna, sino que había sido pulida hasta cobrar un brillo de espejo. A través del metal se podía apreciar la camisa de cota de malla que llevaba debajo. Parecía tener el mismo tacto suave y agradable que la seda. La joven iba ataviada con unas botas de gamuza plateadas que le llegaban hasta las rodillas y que estaban recubiertas de púas afiladas en la punta. Además, los guantes plateados de la armadura lucían unas uñas largas y afiladas que fácilmente podían confundirse con zarpas de algún animal salvaje. A Sophie no le convencían los guantes. Atadas a la espalda, Sophie tenía dos vainas plateadas vacías y, a pesar de haber revuelto toda la habitación y el armario, no había encontrado ninguna espada en ningún lado.

De repente, alguien llamó a la puerta.

—Soy yo —anunció Josh.

—Está abierta —respondió Sophie.

Josh entró en la habitación ataviado con una armadura casi idéntica. La suya era dorada, al igual que el chaleco de cota de malla que llevaba debajo. Sonreía de oreja a oreja y los ojos le centelleaban de emoción.

268

—¿Te imaginabas que tendríamos estas armaduras? —preguntó mientras abría y cerraba las manos, flexionando los dedos. El metal susurraba como la seda—. Es de metal, pero también de cristal. Una especie de cerámica, o algo parecido. Tiene que tratarse de alta tecnología.

Sophie miró a su hermano a través del espejo.

—¿Te va bien?

—Como un guante —respondió, convencido—. ¿Crees que las diseñaron para nosotros?

Su hermana dijo que sí con la cabeza. No le cabía la menor duda.

—Especialmente para nosotros.

Josh se dio la vuelta con suma lentitud.

—¿Qué opinas? Genial, ¿no?

Sophie esbozó una triste sonrisa.

—Sí, genial. ¿Has tenido algún problema para ponértela? —quiso saber.

El muchacho negó con la cabeza.

—¿Sabes? Estaba pensando justo en eso. Fue un poco raro. En cierto modo, era como si la hubiera llevado toda mi vida. Sabía dónde iba cada hebilla, cada gancho, dónde debía atar todas las correas. En resumen, pan comido.

Sophie asintió.

—A mí me ha ocurrido la mismo —dijo dando una suave palmadita en el hombro de su hermano, justo donde colgaban las vainas vacías—. Por lo visto, no confían lo bastante en nosotros como para darnos la pieza final de la armadura.

—Apostaría que esas fundas pertenecen a las cuatro Espadas de Poder. Dos para ti y dos para mí.

—Me pregunto qué pareja te pertenecería a ti —murmuró Sophie. Sin embargo, en alguno de los rincones

269

más profundos de su conciencia, conocía la respuesta—. Dee utilizó esas espadas para crear la línea telúrica en Alcatraz.

De pronto, Josh se quedó inmóvil.

—¿Crees que las espadas se deslizaron por la línea con nosotros? No recuerdo haberlas visto.

—Yo sí —interpuso Sophie—. Cuando salté después de ti, las cuatro espadas se cayeron por el agujero. Cuando abrí los ojos, volví a verlas. Al principio creí que eran palos metálicos oxidados, pero segundos más tarde, Osiris las recogió del suelo, justo antes de marcharnos. Fue entonces cuando me di cuenta de que eran importantes.

—¿Y qué ocurre ahora? —preguntó Josh.

Sophie cogió a su hermano por el brazo y le arrastró hasta la pared de cristal. Empujó la puerta corredera y la muchacha salió al jardín. El aire perfumado estaba manchado por el hedor a huevo podrido y azufre que emanaba el volcán y unas diminutas motas de polvo negro y cenizas danzaban en el aire. El jardín trasero estaba desierto y la jovencita guio a su hermano hasta una fuente donde un mamut tallado escupía agua hacia el aire por la trompa. El sonido tintineante del agua creaba un zumbido melódico muy agradable.

—¿Qué vamos a hacer? —susurró algo alarmada—. Cada vez que recuerdo todo lo que ha pasado me pongo enferma. Esa gente… —dijo señalando con la mano hacia la casa—. Esa gente… En fin, no estoy muy segura de que sean nuestros padres. Son muy distintos.

—Es que son distintos —acordó Josh—. Durante un momento he llegado a pensar que ese par había secuestrado a nuestros padres para hacerse pasar por ellos, como en *La invasión de los ladrones de cuerpos*.

—¿Y ahora? —preguntó Sophie.

—Creo que son las mismas personas que nos criaron. Son idénticos a ellos, caminan y hablan igual que papá y mamá e incluso tienen los mismos gestos. Pero no son las personas que conocemos.

—En absoluto —recalcó Sophie.

—Y es evidente que, ahora que nos tienen aquí, bajo su control, han dejado de actuar. Les estamos viendo tal y como realmente son —opinó Josh. El joven sumergió el guante en el agua de la fuente y observó cómo el agua se teñía de color dorado. De repente, el aire empezó a oler a cítrico—. ¡Fíjate! ¡Es zumo de naranja!

—Josh. ¡Céntrate!

—Hablas igual que mamá, o Isis, o sea cual sea su nombre. Son diferentes —insistió el joven—. Pero déjame que te diga una cosa: cuando venían a casa, siempre se comportaban de un modo un tanto extraño. No eran padres normales y corrientes, como los demás.

Sophie asintió con la cabeza.

—De hecho, no sé muy bien cómo son los padres normales —añadió.

—Piénsalo. Nunca nos alentaron a tener amigos. Jamás vino alguien a dormir a casa y bajo ningún concepto nos permitían quedarnos a dormir a casa de alguien. Además, nunca nos dejaron apuntarnos a salidas de campo.

—Y cambiamos de escuela constantemente —susurró Sophie—. Nos aislaron.

—Exactamente

—Pero sí hemos tenido amigos.

—Amigos casuales, jamás un mejor amigo. Vamos a ver, ¿quién es tu mejor amiga? —preguntó Josh con mirada desafiante.

—Bueno, está Elle…

—Que vive en Nueva York y a quien no ves… ¿desde cuándo?

Sophie asintió.

—Desde hace mucho tiempo.

—No hemos disfrutado de una infancia normal —continuó Josh—. Papá. Osiris. Oh, voy a llamarle Osiris y punto a partir de ahora. Osiris tiene razón: nos enseñaron cosas maravillosas. Y no me malinterpretes. Algunas de ellas fueron divertidas. Pero ¿de veras crees que visitar un antiguo emplazamiento arqueológico es una excursión familiar normal? El año que me empeñé en ir a Disneyland, al final acabamos en Machu Picchu.

—Donde pisaste una…

—Ya lo sé. Aprendimos historia, arqueología; nos enseñaron lenguas antiguas; nos llevaron a museos para observar espadas y armaduras… —El joven tamborileó sus dedos metálicos sobre el pecho—. Cuando he mirado la armadura esta mañana, no sé, me ha parecido muy familiar. ¿Cuántos mellizos de dieciséis años…?

—Quince y medio —corrigió Sophie.

—¿Cuántos mellizos de quince años y medio sabrían que se trata de una armadura de estilo gótico de finales del siglo xv?

Sophie soltó una carcajada.

—No tenía la menor idea.

—Pues yo sí.

—Eres un poco pazguato —le recordó.

—¿Cómo se denominan las botas que llevas? —preguntó.

—Sabatons —respondió la joven de inmediato.

Josh sonrió.

—Oh, estoy convencido de que cualquier adolescente de quince años y medio conoce ese término. Apuesto a que tu estilosa amiga Elle tiene un par de ellas en el armario.

Sophie volvió a reírse.

—Las habría encontrado en una tienda del Village.

—Y te habría enviado un larguísimo correo electrónico…

—Con fotografías…

—Con fotografías de los zapatos, la tienda y el café y el panecillo que se había tomado al salir.

De pronto, los hermanos escucharon un zumbido e, instantes más tarde, una vímana apareció sobrevolando la casa. En un abrir y cerrar de ojos, la aeronave desapareció. Los mellizos lograron atisbar la imagen de Osiris en los mandos de la nave y las risas se desvanecieron.

—Han estado preparándonos —dijo Sophie—. Instruyéndonos. Así que dime, ¿qué hacemos?

—Lo que consideremos correcto —respondió Josh.

—¿Correcto para quién? ¿Para nosotros, para ellos?

—Siempre que dudemos, sigamos lo que nos dicte nuestro corazón. Las palabras pueden ser falsas, las imágenes y sonidos pueden manipularse. Pero esto… —dijo dando un suave golpe sobre su corazón— siempre nos dirá la verdad.

Sophie le miró con sorpresa y admiración.

—Alguien me lo dijo una vez —añadió enseguida con las mejillas algo sonrojadas.

—¿Flamel? —sugirió la joven.

—Dee.

De pronto, se abrió la puerta corrediza de cristal. Eran Isis y Osiris. Iban vestidos con una armadura de cerámica blanca y cada uno llevaba dos espadas, una en cada mano.

—Parecen dos personajes recién salidos de *La Guerra de las Galaxias* —murmuró Josh. Y entonces empezó a tararear la banda sonora de la película.

Su hermana se mordió el labio y le dio una suave patada para llamarle la atención. Algo le indicaba que esas risas empeorarían la situación.

Isis y Osiris avanzaron hasta los mellizos. Isis se colocó delante de Josh y Osiris enfrente de Sophie.

—Estáis espléndidos —anunció Isis—. Daréis una impresión maravillosa.

—Tenéis el aspecto de grandes gobernantes —añadió Osiris—. Y todo gobernante necesita una espada, un símbolo de autoridad y poder. Y lo más apropiado es que los mellizos de leyenda empuñen dos espadas, dos armas mellizas.

Isis alzó las dos espadas que sostenía. Eran casi idénticas; los detalles de las empuñaduras de cuero diferían de una forma muy sutil. Cada espada medía alrededor de cincuenta centímetros de largo y estaban esculpidas de una sola pieza de piedra gris.

—Estas espadas son antiguas, más antiguas que los Inmemoriales, los Arcontes e incluso que los Ancestrales. Se dice que fueron talladas por los mismísimos Señores de la Tierra, aunque tengo mis dudas, pues aquellas criaturas trabajaban materiales algo distintos. Estas espadas han recibido multitud de nombres a lo largo de los milenios y han sido empuñadas por emperadores y reyes, caballeros y guerreros sin honor. Pero siempre te han pertenecido a ti, Josh. —Isis alzó ambas espadas y el sol iluminó el brillante filo de piedra—. Esta es Clarent, la

Espada del Fuego, y esta es su melliza, Excalibur, la Espada del Hielo.

Isis se desplazó hasta colocarse detrás de Josh y deslizó ambas espadas en las vainas vacías que cargaba el joven en la espalda: Clarent en la funda izquierda y Excalibur en la derecha.

—Y tú, Sophie, tendrás a Durendal, la Espada del Aire, y a Joyeuse, la Espada de la Tierra —anunció Osiris mientras guardaba las dos espadas en las vainas plateadas de la jovencita—. Son las armas que han empuñado los grandes gobernantes de Danu Talis durante generaciones. Ahora, te pertenecen solo a ti.

Isis y Osiris retrocedieron un paso.

—He soñado con este momento durante milenios —musitó Isis—. El momento en que los mellizos de la leyenda estarían frente a nosotros con la armadura de los Señores de Danu Talis.

—Vamos —dijo Osiris—, reclamemos vuestro derecho de nacimiento.

Capítulo 37

ra Aten, el Señor de Danu Talis.

Ayer mismo había gobernado el mayor imperio que jamás se había alzado sobre la faz de la Tierra.

Ayer mismo millones de personas le habían venerado, idolatrado y respetado: Grandes Inmemoriales, Inmemoriales, toda la raza humana y cada criatura viviente. Incluso las bestias e híbridos le rendían culto. En su longeva vida, Aten había conseguido grandes logros, pero haber unido a las distintas gentes de la isla y del mundo que se extendía más allá de sus fronteras era una de las hazañas más destacables.

Ayer mismo, había conocido a la Muerte.

Y desde aquel preciso instante, todo había cambiado.

Su madre y su hermano le habían engañado, había sido acusado de traición y le habían encerrado en una celda ubicada en las profundidades de Tartarus, una prisión que era como una fortaleza. En aquel nivel tan solo había una celda: una jaula circular de piedra situada en medio de una isla rodeada de lava burbujeante. La única forma de acceder a esa isla era mediante un puente de piedra que requería a tres anpu fornidos para alzarlo y ponerlo en el lugar apropiado. El aire de aquella caldera era casi irrespirable, pues estaba cargado de partículas de piedra y arenilla. La lava echaba espuma al golpear con el borde de la isla, salpicando la celda con serpentinas de roca fundida. Aten todavía no se había quemado, pero sabía que era cuestión de tiempo.

En circunstancias normales, ninguna cárcel podía mantener encerrado a Aten. El poder de la criatura era incalculable y, como Señor de Danu Talis, había tenido la oportunidad de estudiar en las grandes bibliotecas de todo el mundo y de los Mundos de Sombras. Poseía la mayor colección de sabiduría Arconte y Ancestral que existía y había llevado a cabo experimentos que le habían consternado y, sin duda, habrían horrorizado y asustado a sus amigos más cercanos.

En circunstancias normales, habría roto los barrotes, habría convertido la lava en una alfombra de terciopelo y habría recuperado su libertad.

Pero estas no eran circunstancias normales y, a decir verdad, él mismo había permitido que todo esto ocurriera. Cuando Anubis, su hermano, había venido a por él con los guardias anpu, Aten podría haberles destruido, reduciéndoles a motas de polvo. Pero había decidido no hacerlo. Se había rendido y había dejado que le llevaran encadenado hasta la cárcel.

Los brazaletes que llevaba alrededor de las muñecas y los tobillos, junto a la cadena que le rodeaba la cintura, estaban compuestos de un hierro que rodeaba un núcleo de mercurio. La mayoría de Inmemoriales eran alérgicos al hierro y, aquellos que habían sufrido los efectos de la Mutación eran especialmente susceptibles a esa sustancia. Y hacía ya mucho tiempo que ese proceso se había apoderado de su cuerpo. A diferencia de su hermano y su madre, que se habían convertido en bestias horrendas, Aten había mantenido sus rasgos humanos, aunque alterados de forma sutil: tanto la cabeza, como la nariz y la mandíbula se habían alargado. Los labios eran más gruesos de lo habitual y su mirada amarillenta ahora tenía una inclinación algo pronunciada.

Aten podía sentir el veneno inmiscuyéndose en su piel y tenía que focalizar toda su fuerza y aura para tratar de contrarrestar el fuego que le recorría el cuerpo. Pero no tardaría mucho en flaquear y entonces el hierro le abrumaría. Moriría en absoluta y completa agonía. No pudo evitar esbozar una sonrisa. Por supuesto, antes de desfallecer en la penumbra de aquella celda sería arrojado a la boca del volcán.

De pronto, una puerta inmensa se abrió produciendo un sonido metálico.

Al otro extremo de la piscina de lava, apareció un rectángulo de luz blanca. Dos figuras irregulares se acercaron al umbral y, tras hacerse a un lado, entraron tres anpu de tamaño descomunal. Aten se acercó a los barrotes, con cuidado de no rozarlos, y entornó los ojos para mirar más allá de las olas de calor que emergían de la lava.

Los anpu tomaron posiciones y colocaron el estrecho puente de piedra que atravesaba la lava. Dejaron caer el puente y, al chocar con el suelo de la isla, se produjo una vibración que hizo temblar toda la celda. Y entonces las dos figuras aparecieron al otro lado del puente de piedra: una era un tipo bajito que llevaba el mandil de cuero típico de un carcelero; la otra, en cambio, era más alta y llevaba un vestido blanco y un sombrero de paja.

Aten reconoció al carcelero primero. Era Dagon. Aquella criatura pertenecía a una de las razas acuáticas de un Mundo de Sombras cercano a Danu Talis. Llevaba una especie de gafas de cuero y cristal para proteger su mirada bulbosa del calor. Cuando habló, dejó entrever dos hileras de diminutos dientes irregulares tras los labios.

—Tiene una visita, señor Aten. Cinco minutos —anunció.

Después, la criatura dio un paso hacia atrás y retrocedió por el puente, dejando así al segundo desconocido a solas en la celda.

—Me sorprende que hayas sido capaz de sobornar a Dagon —opinó Aten—. Los tipos acuáticos se consideran imposibles de corromper.

—No le he sobornado —dijo Marethyu—. Le he revelado su futuro.

—Al menos él tiene futuro —contestó Aten con una melancólica sonrisa.

279

—Le he contado que dentro de diez mil años se hallaría en un río, luchando contra una guerrera invencible y que, si decía mi nombre, ella le liberaría.

—¿Y te ha creído? —preguntó Aten, asombrado.

—Soy la Muerte. No tengo necesidad alguna de mentir.

—¿También les han explicado al resto de los anpu su futuro?

—No tienen futuro —contestó Marethyu—, pero no, he preferido no decírselo.

De pronto, la curvatura de un gancho metálico apareció bajo su túnica blanca.

—Fue mucho más sencillo encantarles. Son criaturas primitivas, y el hechizo no dejará rastro.

—¿Has venido a liberarme? —quiso saber Aten.

—Puedo soltarte si eso es lo que deseas —dijo Marethyu.

—Pero eso no forma parte de tu plan, ¿verdad?

—Así es. Sin embargo, puedo liberarte si ese es tu deseo.

Aten ignoró la pregunta.

—Cuéntame qué esta ocurriendo —exigió saber.

—En cuanto los humanos de Danu Talis se enteraron de que te habían encarcelado, empezaron a congregarse alrededor de la prisión y del Templo del Sol. Además, se han sucedido varios disturbios. Sin duda, habrá más —prometió—. Eres un gobernante muy querido por tu pueblo.

—Debería haber hecho mucho más por ellos —murmuró Aten.

—Has hecho bastante. Tu encarcelamiento ha puesto en peligro a tu pueblo y a tus amigos. Hécate ha enviado al Clan del Árbol para liberarte. Están encabezados por Huitzilopochtli. No son muchos, es cierto, pero bastantes para alentar al pueblo a sublevarse.

—¿Y si mi pueblo no se alza?

—Lo hará —aseguró Marethyu—. Les he dado una voz. Alguien que hable en su nombre. Las únicas variables son los mellizos. ¿De qué lado se posicionarán?

—En tiempos de confusión y agitación, la naturaleza de los niños y adolescentes es colocarse junto a sus padres —dijo Aten.

—Eso podría cambiar si descubrieran que Isis y Osiris no son sus padres —intercedió Marethyu.

—Y les están ofreciendo un imperio —le recordó Aten—. Eso basta para tentar a cualquier persona o criatura.

—Pero no son cualquier persona o criatura. Son los mellizos de la leyenda.

—El chico tendrá las espadas —susurró Aten—, lo cual es muy peligroso.

—La pirámide aguantará los poderes de las espadas —replicó Marethyu. La Muerte pasó su garfio por los barrotes y cortó una pequeña esquirla de la piedra.

—¿Y el muchacho es fuerte? —preguntó Aten.

Una gigantesca burbuja de lava explotó y, durante un breve instante, el aire se hizo irrespirable. El Inmemorial tosió.

—Más fuerte de lo que cree. Además, empuñará Excalibur. Las dos espadas tienden a neutralizarse entre sí.

—¿Y qué ocurre ahora, Muerte? —quiso saber Aten.

—El Consejo Gobernador se reunirá. Cada Inmemorial capaz de caminar o arrastrarse está aquí. Bastet y Anubis están a la espera, convencidos de que Anubis será reconocido y nombrado como tu sucesor. Al mismo tiempo, Isis y Osiris están de camino con los mellizos.

Aten sacudió la cabeza.

—Me encantaría ser una mosca pegada en la pared para poder presenciar esa reunión.

—Creo que podrás hacer realidad tu deseo —dijo Marethyu con una sonrisa—. Lo primero en el orden del día es tu juicio. Tu ejecución quedará en manos del nuevo gobernante, Anubis o los Mellizos.

—A mi hermano eso no le supondrá ningún problema —confesó alzando una ceja—. Me pregunto cómo reaccionará cuando vea aparecer a los mellizos.

—No muy bien, imagino. ¡Y Bastet se pondrá furiosa!

Capítulo 38

La bruma se arremolinó cuando los espartoi se acercaron a un Niten indefenso. Rápido como un rayo, uno de los guerreros embistió contra el inmortal para atizarle un garrotazo en el muslo. El japonés se derrumbó sobre el puente con un gruñido de dolor. Niten cayó sobre la espalda y se quedó mirando a las criaturas con rasgos reptiles. En ese instante supo que iba a morir. El inmortal sintió una punzada de remordimiento: siempre había deseado morir en su querida patria, Japón. Y, además, le había hecho prometer a Aoife que si fallecía en un país extranjero o en un Mundo de Sombras, ella se encargaría de llevar su cuerpo sin vida hasta Reigando, al suroeste de Japón. Pero Aoife había desaparecido. Jamás podría cumplir su promesa de rescatarla. Y su cuerpo nunca podría yacer donde él siempre había querido.

—Te mataremos lentamente —dijo una de las criaturas con voz juvenil.

El espartoi dio un paso hacia el inmortal y bajó la mirada. De su mandíbula colgaban hilos de saliva que olía a mil demonios.

En ese momento, un Toyota Prius apareció de la noche brumosa y se llevó por delante a dos de las criaturas.

La gigantesca estructura metálica se sacudió y sonó como una campana. Todos y cada uno de los espartoi que amenazaban a Niten se dieron media vuelta, sorprendidos y asombrados. El inmortal apoyó la espalda sobre el puente y soltó una patada con todas sus fuerzas. El golpe aterrizó bajo la barbilla de la criatura. La mandíbula inferior se estrelló con los dientes afilados de la superior y el espartoi soltó el garrote, aullando de dolor. Niten cogió el garrote en el aire, impidiendo así que se cayera al suelo, y asestó un mazazo a los pies de la bestia. El espartoi gritaba como una tetera hirviente mientras saltaba a la pata coja. El inmortal japonés arreó otro garrotazo sobre el otro pie de la criatura y escuchó un crujido. La bestia se arrodilló. Ahora, sus gritos eran tan agudos que incluso parecían inaudibles.

Un segundo automóvil, un Escarabajo de la casa Volkswagen que avanzaba a trompicones por el puente, salpicando chispas a ambos lados del puente, atropelló a dos espartoi más. Prometeo emergió de entre la oscuridad nocturna con una gigantesca espada que empuñaba con ambas manos. Dos de las criaturas con aspecto de cocodrilo se abalanzaron sobre el Inmemorial y la gigantesca espada cortó el aire. Un espartoi alzó su escudo protector. La espada golpeó la superficie en una explosión de chispas y la criatura no tuvo más remedio que arrodillarse sobre el suelo. El segundo espartoi trató de esquivar el golpe con el garrote. El filo de la espada le arrebató el mazo de las manos y lo arrojó por los aires. El arma del guerrero se sumergió en el agua. Desarmadas, las dos bestias se retiraron hacia la densidad de la niebla.

El Inmemorial se posicionó ante el inmortal caído.

—¿Estás herido?

—Dame un momento. Deja que me cure —respondió Niten mientras se ponía en pie. El aire que le rodeaba se iluminó de color azul y la niebla se inundó del aroma del té verde. El aura de Niten se espesó alrededor de su muñeca y en el centro del pecho, cubriendo así las heridas más graves—. Solo necesito un par de días descansando en cama y estaré perfectamente —dijo mientras recogía los pedazos de su espada corta.

—No tendrás esa oportunidad —dijo Prometeo con una amplia sonrisa—. Regresemos al otro extremo del puente. Tengo todos los coches colocados. No podemos permitir que ningún otro espartoi cruce el puente.

Niten siguió al Inmemorial cojeando.

—Gracias —comentó—. Me has salvado la vida.

—Y antes de que esta noche acabe, no me cabe la menor duda de que tú salvarás la mía —replicó Prometeo con otra sonrisa.

—Pensé que no eras un guerrero —recordó Niten.

—Y no lo soy —contestó Prometeo—. Pero he librado unas cuantas batallas.

—Pensé que había matado a uno —farfulló Niten—. Y el primer coche que has lanzado se llevó a dos por delante.

—¿Están muertos?

—No estoy seguro. Pero un coche cayó sobre ellos. El Volkswagen se estrelló contra otros dos y yo le he roto los pies a otro espartoi. Eso teniendo en cuenta que tienen pies, claro está —añadió.

—¿Has visto levantarse a los dos que he aplastado con el Volkswagen? —preguntó Prometeo.

—He visto cómo el coche les aplastaba. ¡No puedes ni imaginarte cómo es la mueca de sorpresa de un cocodrilo!

Estaban debajo de los neumáticos, pero la niebla se los tragó. Lo más probable es que estén muertos —supuso.

En ese instante, el inconfundible capó del Volkswagen salió volando de entre la bruma como un *frisbee* letal. La espada corta de Niten rasgó el metal fino como si fuera papel de aluminio y el capó se partió en dos pedazos.

—Quizá no estén muertos —murmuró el inmortal.

Prometeo había construido una especie de V de coches sobre el puente. Los vehículos estaban de costado y apilados de dos en dos, con las ruedas hacia el interior. A los pies de la V se apreciaba una pequeña apertura por donde solo podía pasar un hombre.

—Es perfecto —opinó Niten, admirando el trabajo.

—Fue idea tuya.

El inmortal japonés hizo caso omiso del cumplido.

—Podemos retenerles aquí —dijo—. No pasarán. Oh, y recuerda lo que te he advertido. No utilices tu armadura roja.

Prometeo asintió con la cabeza.

Niten echó un vistazo a su amigo y cambió de opinión.

—Olvídalo. Usa tu armadura si quieres. Ya saben que estamos aquí. Son rápidos, muy, muy rápidos. Necesitaremos todas las ventajas que podamos encontrar.

De pronto, se distinguió el dulce aroma del anís en el aire y el Inmemorial hizo parpadear una armadura carmesí a su alrededor. Miró de reojo a Niten.

—¿No piensas cambiarte?

Niten negó con la cabeza.

—El esfuerzo para curar las heridas ha consumido gran parte de mi energía. Necesito un poco de tiempo para recuperarme —contestó mientras hacía girar su espada y el garrote del espartoi entre las manos.

—Entonces deja que me ponga en primera línea —dijo Prometeo. El Inmemorial se colocó en el centro de la abertura y empezó a desentumecerse los músculos del cuello moviendo la cabeza—. Descansa un rato. Cura todas tus heridas si puedes.

—No van a dejarnos descansar —replicó el inmortal. Justo cuando pronunció la última palabra, se apreció cierto movimiento en el aire y la niebla empezó a arremolinarse—. Ahí vienen.

Seis criaturas se dirigieron a toda prisa hacia el túnel. Eran casi idénticas en apariencia y, aunque la mayoría llevaba garrotes, dos de los espartoi empuñaban espadas. Todo el grupo cargaba con un escudo para protegerse.

—No parecen muy contentos —murmuró Prometeo.

—No están acostumbrados a perder —explicó Niten asomándose por encima del hombro del Inmemorial—. Eso les enfurece, pero no olvidemos que un enemigo furioso comete errores.

El camino de coches alineados permitió la entrada a cuatro de los guerreros pero, a medida que se iba estrechando, los espartoi no tuvieron más remedio que avanzar en fila india. Al final, solo una criatura se encontró cara a cara con el Inmemorial. El espartoi se abalanzó sobre Prometeo con el garrote en la mano mientras los otros cinco empujaban desde atrás en un intento de acercarse un poco más al Inmemorial.

La descomunal espada de Prometeo atizó al guerrero, convirtiendo el escudo en un acordeón metálico. El garrote de púas chirrió al rozar el filo de la espada del Inmemorial. De inmediato, Prometeo soltó una patada metálica y pisó los pies descalzos de la criatura.

El espartoi chilló a pleno pulmón mientras abría los

ojos dorados como platos. Prometeo avanzó un paso y golpeó la cabeza de la bestia con el pomo de la espada. El espartoi se desplomó sobre sus compañeros, bloqueándolos. Las demás criaturas le clavaron las zarpas para arrastrarlo y sacarlo de en medio. Así, otro espartoi consiguió enfrentarse a Prometeo.

—Pagarás por eso… —empezó el espartoi. Pero entonces el puño metálico de Prometeo salió disparado para agarrar a la criatura por el hocico. Un segundo más tarde, el Inmemorial le dio un fuerte golpe con el pomo de la espada. Lanzó al lagarto hacia sus compañeros y los seis se derrumbaron.

—Esto no está tan mal —se carcajeó el Inmemorial—. Estoy empezando a pasármelo bien.

De pronto, la niebla empezó a erizarse y el filo de cuatro espadas brilló en la noche. La gigantesca espada de Prometeo resplandeció al dar varias vueltas. El Inmemorial consiguió rasgar dos de las lanzas con lengüeta, que al instante salieron volando, completamente rotas. Pero las otras dos espadas golpearon su coraza de pecho, que quedó hecha añicos.

El Inmemorial se derrumbó sin producir sonido alguno.

Capítulo 39

adre! ¡Deja de preocuparte!

Anubis cayó en la cuenta de su error justo cuando articulaba las últimas palabras.

Bastet se dio media vuelta y avanzó a zancadas hacia su hijo, con su capa metálica negra rasgando el suelo, emitiendo así un sonido que producía una dentera tremenda.

—Preocuparme —bufó—. ¿Eso es lo que estaba haciendo? ¿Preocuparme? De acuerdo, ¡perdóname por intentar que mi hijo sea el futuro gobernador de un imperio sin fin!

—Madre… —suspiró Anubis.

La Inmemorial de cabeza gatuna dio la espalda a su hijo, apoyó los antebrazos peludos en el alféizar de una ventana y echó un vistazo a la ciudad. Mientras contemplaba la metrópolis, clavó las pezuñas en la piedra.

—¿Sabes cuánto tiempo he pasado trazando planes para llegar a este momento particular de la historia?

—Madre.

—¿Los sacrificios que he hecho?

Anubis sabía cuándo debía admitir una derrota.

—Sí, madre.

El gigantesco Inmemorial decidió acercarse a Bastet.

Apoyó la espalda contra la pared y cruzó los brazos sobre el pecho. Cuando su madre estaba de ese humor, lo más sencillo, a la vez que más seguro, era no discutir. Y, aunque había dirigido a uno de los ejércitos más peligrosos y vastos del mundo, y creado los anpu, a los que empezaba a parecerse ahora que la Mutación empezaba a hacer mella en él, seguía sintiéndose intimidado por su madre.

—Simplemente estoy nervioso —admitió mordiéndose la mejilla.

Bastet transigió.

—No tienes por qué estar nervioso. Eres de la misma casta que Amenhotep. Tu padre y yo gobernamos Danu Talis. Más tarde fue el turno de tu hermano. Así que lo más apropiado es que tú ahora te encargues de llevar las riendas del imperio. Muy pocos Inmemoriales se opondrán a tu candidatura. Incluso Isis y Osiris vendrán a la reunión de esta noche. Y nos apoyarán —dijo con confianza.

Anubis miró a su alrededor. Había crecido en este palacio junto con sus hermanos y, de hecho, en la habitación donde estaban era el lugar donde más tiempo habían pasado. Era la biblioteca de su padre, repleta de inmensas estanterías de piedra a rebosar de libros, con pilas de tesoros de un centenar de Mundos de Sombras. Las mesas y los cajones estaban llenos de fragmentos, pedazos y pistas de la historia más lejana de la tierra. Fue precisamente en esa sala donde su hermano Aten había descubierto su fascinación por el pasado.

—¿De veras tengo que matarle? —preguntó de repente.

—¿A quién?

—A mi hermano.

Bastet se alejó de la ventana. Escuchaba el distante rebuzno del populacho y empezaba a molestarle. ¿Dónde estaban los guardias? ¿Por qué no escuchaba gritos mientras los humanos se dispersaban?

—No, no tendrás que matar a Aten con tus propias manos —contestó—. Sencillamente tendrás que firmar su sentencia de muerte. Será otro quien le empujará hacia las profundidades del volcán —explicó mirando a su hijo—. La armadura negra es un detalle muy elegante.

Anubis llevaba una armadura negra ornamentada grabada con un ribete de color rojo en cada articulación y costura. Los ribetes parecían gotas de sangre.

—No estaba muy seguro del color —reconoció—. Era esta o la armadura púrpura, y puesto que mi piel está empezando a cambiar, pensé que el negro y el rojo serían más dramáticos.

—El púrpura habría desentonado —opinó Bastet.

La textura y tonalidad de la piel bronceada de Anubis empezaba a sufrir los cambios que conllevaba a la Mutación. En algunas partes, su tez era del mismo color que el carbón y mostraba diminutas venas carmesí; una de las manos del Inmemorial había empezado a agarrotarse y parecía una zarpa en vez de una mano humana y el cartílago de ambas orejas ya había comenzado a endurecerse y extenderse hacia arriba.

—¿Qué diré en la reunión del consejo? —preguntó.

—Lo menos posible —ordenó Bastet—. Serás un gobernador silencioso y fuerte. Yo hablaré por ti.

De repente, una marejada de humanos empezó a inundar las calles y callejones del otro lado del canal. Todos los presentes coreaban el nombre de Aten. Algunos llevaban palos o escobas; unos pocos, en cambio, iban armados con cuchillos alargados. Pero la mayoría iba desarmada.

—Quieren a su líder —dijo Anubis, reuniéndose con su madre junto a la ventana. La muchedumbre parecía fuerte y envalentonada, pero había al menos el doble de guardias armados protegiendo los puentes de la ciudad.

—Tu hermano era débil —espetó Bastet—. Consideraba a los humanos como iguales. Y son poco mejores que cualquier animal. Creen que es su salvador por el mero hecho de haber abolido la esclavitud. Y ahora, fíjate. Esto es consecuencia de su falta de rigidez. Están quemando la ciudad en protesta —comentó mientras meneaba la cabeza—. ¿De veras creen que este despliegue nos obligará a liberarle?

Unas columnas de humo emergían de distintos puntos de la ciudad.

—Mis agentes me han comunicado que cientos de humanos se han acercado hasta la cárcel —informó Anubis—. Incluso se rumorea que varios anpu han sido atacados y he escuchado historias de disturbios en las barriadas humanas. Ahora se está expandiendo un chisme increíble: hay varios que aseguran que un humano venció a una docena de guardias y cruzó el canal.

—¡Eso es ridículo!

—¿Qué harán los humanos si ejecutamos a Aten? —preguntó Anubis.

—Durante unos días correrán como locos por la ciudad. Déjales que quemen sus casitas de madera y almacenes de grano. Cuando empiecen a tener frío y hambre, volverán en sí, créeme. Y cuando seas tú quien mande aquí, espero que tengas mano dura con esta chusma alocada.

—Espero ser un buen gobernante —dijo Anubis con toda sinceridad.

—Por supuesto que lo serás —replicó Bastet—. Harás exactamente lo que yo te diga.

—Sí, madre.

Capítulo 40

arte, Odín y Hel se prepararon para realizar su última tentativa en los pasillos de Alcatraz.

—¡Hay demasiados! —gritó Marte.

El Inmemorial se hallaba en mitad de un pasillo. En frente había una multitud de Criaturas de Musgo. Bajitas y raquíticas, estas bestias tenían la piel de la misma textura que la corteza de un árbol y estaban recubiertas por una gruesa capa de musgo y, a pesar de ir armadas solo con espadas y lanzas de madera, lo cierto era que sus armas eran mortíferas. La armadura de Marte estaba rasgada y destrozada y, además, el Inmemorial sangraba por varias heridas pequeñas.

Atrás y a su izquierda, escuchó a Odín gruñir y de inmediato adivinó que el Inmemorial tuerto había sufrido otra herida. Estaba enfrentándose a una docena de asquerosos y mugrientos vetala.

—No es una humillación huir para vivir y luchar otro día —farfulló Odín en la lengua perdida de Danu Talis.

Tras ellos, apoyada contra la pared, estaba Hel. Se las había arreglado para hacer retroceder a un minotauro peludo con su látigo metálico, pero no antes de que la criatura hiciera un corte profundo en el brazo izquierdo de la Inmemorial con los cuernos.

—Huir no estaría mal —gruñó—, si tuviéramos un lugar donde poder huir, claro está.

Tras darse cuenta de que si permanecían en el patio de entrenamiento al final se abrumarían, los tres Inmemoriales se habían abierto camino hacia los pasadizos de la cárcel. Criaturas sacadas de las pesadillas más horripilantes les habían atacado por todos lados y, a pesar de haber vencido a muchísimas, por cada una que mataban aparecían tres más. Cada bestia era distinta: algunas luchaban con armas, otras con uñas y dientes pero, curiosamente, no se enfrentaban entre sí. Estaban centradas en atacar solo a los tres Inmemoriales.

—Están hambrientas —dijo Hel—. Miradlas: la mayoría son un saco de huesos. Lo más probable es que lleven encerradas en estas celdas meses, sumidas en un sueño profundo. Y ahora, al igual que ocurre con los animales que hibernan, necesitan alimentarse. Por desgracia, nosotros somos lo único que pueden comer.

—Me pregunto por qué no se atacan entre ellas —añadió Marte.

—Deben de estar bajo algún tipo de hechizo vinculante —supuso Odín.

—Creo que es más sencillo que eso —ceceó Hel—. En mi opinión, no pueden verse. Solo pueden vernos a nosotros.

—¡Por supuesto! —exclamó Odín—. Es un embeleso.

Marte hizo trizas a un par de Criaturas de Musgo. Resultaba muy difícil averiguar si eran masculinas o femeninas bajo aquella capa de musgo. Las criaturas se tambalearon por los cortes recibidos en la piel leñosa.

—Si pudiéramos deshacer el hechizo… —empezó.

—… empezarían a atacarse entre sí —prosiguió Hel—. Y eso nos facilitaría mucho el trabajo.

Mientras los Inmemoriales trataban de avanzar por un pasillo repleto de celdas, recibían cortes, golpes y mordiscos que dejaban su piel arañada y herida. Les resultaba muy difícil utilizar sus auras para curarse mientras corrían y luchaban. Y ahora que empezaban a estar cansados, sus auras se desvanecían. Muchas de sus heridas se habían infectado por el veneno que transmitían muchos monstruos a través de los dientes y las garras.

Un cucubuth huracanado se dejó caer de una de las celdas superiores para aterrizar sobre Marte. Clavó sus dientes largos y afilados en la cabeza de Marte y trató de morder las orejas del Inmemorial. Odín cogió a la criatura por la cola, le dio un par de vueltas y la arrojó por los aires al otro extremo del pasillo. El cucubuth se estrelló contra la pared con tal fuerza que rompió las piedras en mil pedazos.

Hel fue invadida por un enjambre de Domovi enastados. Cada criatura era del mismo tamaño que un niño pequeño y estaban cubiertas de pelo de pies a cabeza, a excepción de los ojos. Mordían a la vez que inclinaban las cabezas para cornear a la Inmemorial. Eran unos cuernos cortos pero muy afilados. Marte agarró a un par de Domovi por las piernas y los utilizó como garrotes para deshacerse de los demás. Los dos que sujetaba con las manos se retorcían y pataleaban, gritando y rasgándole las manos, mientras parloteaban un idioma incomprensible.

Odín se colocó frente a frente con los vetala. Tenían el rostro de jóvenes hermosas y muchachos atractivos; sin embargo, su cuerpo parecía un esqueleto y caminaban sobre talones que eran una mezcla de pies humanos y pezuñas de pájaro. Luchaban con sus alas de murciélago, en cuyo extremo había un pequeño dedo en forma de garfio.

Los vetala eran bebedores de sangre y, por lo tanto, lucían unos colmillos vampíricos.

—Ojalá tuviera a mis lobos conmigo ahora —murmuró Odín—. Sin duda harían papilla a estas bestias nauseabundas —siseó mientras un ala afilada le rasgaba el brazo desde la muñeca hasta el codo.

Y entonces la espada de Marte partió en dos el ala del vetala que había atacado a su compañero. Acto seguido, el látigo de Hel azotó a otra de las criaturas.

Odín invocó su aura. El aire vibró con ozono y un humillo gris empezó a brotar de su piel. Se concentró en la herida del brazo. La sangre dejó de brotar, pero el corte no cicatrizó.

—Mi aura está casi agotada —murmuró. El Inmemorial se dejó caer sobre la pared, exhausto.

El aura rubí de Hel parpadeó una vez y enseguida perdió intensidad, volviéndose rosa pálido.

—Nada. Algo está consumiendo nuestra energía —concluyó.

De repente, todos los monstruos se estremecieron, pero en lugar de agolparse, comenzaron a retroceder. El minotauro señaló a Hel con una pezuña y, de forma deliberada, se relamió los labios. La Inmemorial le enseñó los colmillos y lanzó su lengua viperina hacia la criatura.

—Están retirándose —anunció Odín. Trató de evocar de nuevo su aura, pero lo único que consiguió fue levantar un mero velo de color gris que le envolvía la piel.

—Me jugaría el pescuezo a que esto no son buenas noticias —dijo Marte justo cuando una sombra apareció en la pared—. Algo se acerca —anunció.

La muchedumbre de monstruos se apartó para ceder el paso a una esfinge, que apareció en el centro. El cuerpo era el de un gigantesco león con las alas de un águila. La cabeza, en cambio, pertenecía a una jovencita que era hermosa hasta que abría la boca y dejaba al descubierto una dentadura afilada e irregular y una lengua de serpiente. La esfinge sonrió y ladeó la cabeza. Su lengua bífida y negra osciló en el aire, como si estuviera saboreándolo.

—Oh, puedo distinguir vuestras auras. Son muy dulces —dijo mientras se lamía los labios. A medida que se iba acercando, sus pezuñas arañaban las piedras del suelo—. He esperado una vida entera para catar los recuerdos de un Inmemorial y, de repente, tres Inmemoriales vienen a mí. ¿Qué maravillas me tenéis reservadas?

—Sabía que algo estaba consumiendo nuestras auras —murmuró Hel.

La esfinge tenía la espeluznante habilidad de nutrirse de cualquier aura y agotar su energía.

—Así que sois Marte, Odín y Hel. Alguna vez mi madre me habló de vosotros. No os tenía mucho aprecio, la verdad. Pero a ti —dijo dirigiéndose solo a Hel—, a ti te tenía un desprecio especial: decía que eras horrorosa.

La Inmemorial soltó una tremenda carcajada.

—¿Y tú crees que yo soy horrorosa?

Hel movió la boca y mostró los colmillos que se clavaban en el labio inferior. En aquel instante parecía un retrato del jabalí que acababa de zamparse para recuperar energía.

—Conocí a tu madre antes y después de la Mutación. Era un ser horrendo antes del proceso de alteración, y permíteme que te diga que no hubo muchos cambios. Tu madre era tan espantosa que incluso los espejos mágicos se negaban a hablar con ella. Tu madre era una criatura tan tremebunda que…

Hel quería continuar su discurso, pero Odín apoyó una mano sobre su brazo y meneó la cabeza.

—¡Basta!

—Pero es cierto —protestó Hel—. Su madre era tan fea que…

—Eres una hija de Equidna —dijo Marte sin alterar el tono de voz. Clavó la punta de su gigantesca espada en el suelo y apoyó los brazos sobre el pomo—. Todos la conocíamos. Fue como de la familia, lo cual te convierte a ti en alguien muy próximo a nosotros —dijo extendiendo un brazo—. Me pregunto si te has posicionado en el bando equivocado.

La esfinge sacudió su hermosa cabeza de humana.

—Estoy en el bando correcto. En el bando ganador.

—Dee ha desaparecido —informó Marte.

—No trabajo para Dee —se apresuró en añadir la esfinge—. Dee es un imbécil, un imbécil muy peligroso. Intentó traicionarnos y fue declarado *utlaga*. No, yo trabajo para Quetzalcoatl.

—Ten mucho cuidado con él —aconsejó Odín—. No es digno de tu confianza.

—Oh, no sé qué decirte. Me aseguró que podría darme un cuerpo humano —comentó avanzando varios pasos—. ¿Podría hacerlo?

—Seguramente sí —contestó Marte.

—¿Y tú? ¿Podrías hacerlo?

Marte negó con la cabeza.

—¿Y tú, Odín? ¿O tú, Hel? ¿Podríais darme un cuerpo humano?

Hel dijo que no con la cabeza, pero el Inmemorial tuerto comentó:

—Yo no podría ofrecerte ese regalo, pero conozco a

varias criaturas que podrían hacerlo. Podría llevarte a un Mundo de Sombras donde podrías desarrollar el cuerpo más perfecto sobre la faz de la tierra e implantar tu conciencia y recuerdos en él.

—Quetzalcoatl me prometió que podía modelar este cuerpo y darle una forma nueva. ¿Es capaz de hacer eso? —exigió saber.

—Probablemente sí —respondió Odín—. ¿Quién sabe qué puede hacer ese monstruo?

—Entonces, ¿por qué estás aquí? —preguntó Marte.

—Vine a custodiar a nuestros grotescos invitados y después para vigilar a Perenelle Flamel. Me prometieron sus recuerdos como honorarios.

—¿Y la Hechicera no escapó? —preguntó Marte con una sonrisa salvaje.

—Consiguió eludirme. Cuando llegue a tierra firme, mi prioridad será encontrarla. Espero que siga viva para ser yo quien la mate con mis propias manos. Además, mantengo la esperanza de que todavía tenga aura suficiente para resucitar y pueda volver a matarla.

—Criaturas mejores que tú han tratado de acabar con ella y han fracasado —intercedió Marte.

—Es una humana. Y todos los humanos son débiles. Consiguió escapar la última vez porque tuvo suerte —dijo la esfinge echando hacia atrás la cabeza para respirar hondamente—. Absorberé vuestras auras y beberé vuestros recuerdos —anunció—. A decir verdad, me pegaré un buen banquete.

—Me aseguraré de evocar mis pensamientos más espeluznantes cuando consumas mi aura —prometió Hel—. Pienso darte una indigestión.

Cuando la esfinge avanzó un paso, el trío de Inmemoriales notó una repentina oleada de calor y, un instante después, toda su energía se evaporó. Las heridas sin importancia empezaron a escocerles de forma agónica y las más graves se reabrieron. Marte se colocó enfrente de los dos Inmemoriales y trató de levantar su espada, pero no podía con el peso del arma. El aire se inundó del hedor a carne quemada y una neblina de color púrpura y carmín empezó a emerger de su piel. Tras él, el aura grisácea de Odín envolvió al Inmemorial y un miasma rubí rodeó la piel moteada de Hel. El olor a ozono se mezcló con la peste de pescado podrido y carne churrascada.

—Huele a barbacoa —protestó la esfinge—. Llevo en esta isla varios meses —continuó mientras chasqueaba las uñas contra el suelo—. Vine hasta Alcatraz porque me prometieron un festín. Los recuerdos y el aura de la Hechicera me fueron negados. Pero vosotros tres me habéis decepcionado sobremanera.

Marte se derrumbó sobre las rodillas y dejó caer la espada sobre las piedras del suelo. Odín se desplomó tras él y quedó tendido sobre el suelo. Tan solo Hel permanecía en pie, y porque había clavado sus largas uñas en las piedras para sujetarse derecha. Aunque el cuerpo de la esfinge era el de un león salvaje, la cabeza era la de un ser humano débil y frágil.

De pronto, la esfinge se detuvo en mitad del pasillo y ladeó la cabeza.

—¿Realmente piensas que puedes hacer eso, Inmemorial? ¿Crees que tienes la fortaleza suficiente como para abalanzarte sobre mí? Perdona, pero te equivocas. ¿Sabes qué? Serás la primera.

Abrió las aletas de la nariz para inspirar profundamente y con su lengua culebrina saboreó el aire.

—Tu acto de rebeldía añadirá un toque picante al banquete.

Hel probó de azotar su látigo, pero apenas consiguió levantarlo del suelo; sabía que no tenía la fuerza suficiente como para golpearlo.

—Muy valiente —dijo la esfinge—, pero también muy insensato. Estás condenada, Inmemorial. Solo un milagro te salvaría en estas circunstancias.

—¿Sabes? —preguntó una nueva voz que retumbó entre las paredes del pasadizo—. Me han llamado muchas cosas a lo largo de mi vida, pero jamás se habían referido a mí como un milagro.

La esfinge se dio media vuelta, siseando.

En el centro del pasillo se distinguía la inconfundible silueta del inmortal norteamericano Billy el Niño.

La esfinge dio un paso hacia Billy.

—Al parecer, me he equivocado al asegurar que tomaría a Hel primero. Todo apunta a que empezaré con un americano como primer plato. Un entrante.

Sin previo aviso, las piernas traseras de la esfinge se doblaron y la criatura saltó con las garras extendidas y el hocico abierto.

n el interior de un aposento, ubicado en lo más profundo del Yggdrasill, Hécate, ahora una anciana arrugada y marchita, yacía en una red de ramas que hacía las veces de féretro con los brazos cruzados sobre el pecho, con la mano izquierda sobre el hombro derecho y la palma derecha apoyada sobre el izquierdo. El árbol entero se estremeció y suspiró; y entonces las raíces la envolvieron, como si quisieran abrazarla.

—Cansado del esfuerzo, me apresuro a mi lecho —murmuró William Shakespeare—, el ansiado reposo de mi cuerpo viajero.

—Ella es el árbol —dijo Scathach—. Son inseparables, inextricables; están unidos. Si uno muere, el otro perece.

—Eso jamás ocurrirá —dijo Huitzilopochtli con confianza mientras alentaba a sus compañeros a salir de la habitación circular—. El Yggdrasill ha permanecido en pie durante milenios. Siempre sobrevivirá. Igual que la diosa.

Scathach se mordió el labio. Hacía menos de una semana, había visto con sus propios ojos al Yggdrasill, en realidad, a una versión algo más pequeña, derrumbarse. Había presenciado la muerte de Hécate. Pero eso no sucedería hasta pasados diez mil años.

Prometeo estaba esperando fuera de la recámara. Iba

ataviado de los pies a la cabeza con una armadura carmesí, y la gigantesca espada con filo bermejo estaba atada a su espalda, con la empuñadura asomando por encima de su hombro izquierdo. Tras él se extendía una tropa de Torc Allta, los hombres-jabalí creados por Hécate. Dos de las gigantescas criaturas se colocaron fuera de la habitación personal de Hécate. Tenían los cuerpos fornidos y musculosos de un humano, pero su rostro mostraba rasgos porcinos, con la nariz un tanto aplastada y un hocico que sobresalía demasiado. Su mirada, de color azul brillante, era la de un ser humano.

—Los Torc Allta la vigilarán mientras duerme. Nadie se atreverá a acercarse —dijo Prometeo.

—¿Lucharán a nuestro lado? —quiso saber Scathach—. Están a la altura de los anpu.

—No, los Torc Allta son solo leales a Hécate —contestó Prometeo—, y es mejor que la raza humana esté unida para la batalla final —anunció y, dirigiéndose ahora a Huitzilopochtli, añadió—: Ha llegado el momento.

Sin pronunciar otra palabra, los dos Inmemoriales se dieron media vuelta y empezaron a recorrer el retorcido pasillo.

—¡Esperad! —llamó Scathach. Corrió tras ellos, dejando a Shakespeare, Palamedes, Juana de Arco y Saint-Germain a cargo de la retaguardia.

Unos Torc Allta armados hasta los dientes aparecieron de entre las sombras y se apiñaron alrededor de la entrada del aposento interior. Las criaturas no musitaron palabra, pero de repente, bajo aquel tenue resplandor verde del árbol, varias armas se hicieron visibles.

—Creo que quieren que nos vayamos de aquí —murmuró Palamedes.

—No sabía que hablaras el idioma de los Torc Allta —comentó William Shakespeare con un toque de admiración en su voz.

Palamedes sacudió la cabeza, algo desesperado.

—Para ser un tipo tan brillante, a veces te comportas como un estúpido. Siempre que alguien, bestia o humano, enseña los dientes y deja al descubierto un puñal tan largo como mi brazo, es una pista.

—Me lo apuntaré —balbuceó el Bardo.

Palamedes alzó el tono de voz.

—Tenemos que salir de aquí ya. Las dos personas que conocemos y pueden responder por nosotros, Huitzilopochtli y Prometeo, se han ido y nuestros amiguitos peludos parecen un poco alterados. Y con esos colmillos, dudo que sean bestias vegetarianas.

Los cuatro inmortales se apresuraron en alcanzar al resto.

—¿Cuál es el plan? —preguntó Scathach cuando consiguió alcanzar a los dos Inmemoriales.

—¿Plan? Tenemos que guiar al Clan del Árbol hasta Danu Talis —informó Prometeo—. Liberaremos a Aten y derrocaremos a los Inmemoriales.

—¿Tan sencillo como eso? —preguntó un tanto asombrada—. Pensé que erais grandes guerreros.

—Es un plan simple y eficaz —opinó Huitzilopochtli.

—Y contamos con la ventaja de que es una estratagema nueva —continuó Prometeo—. La raza humana jamás se ha sublevado.

El pasillo de madera desembocaba en una gigantesca escalera que conducía al cuerpo del árbol. Los peldaños habían sido tallados de raíces nudosas y se habían pulido hasta conseguir una superficie suave y brillante con el paso de los siglos. Cada peldaño tenía una altura, anchura y largura distintas.

Prometeo subió las escaleras a toda prisa, y Huitzilopochtli y Scathach le siguieron el paso manteniendo un escalón de distancia.

—Si los humanos nunca se han rebelado, ¿cómo estás tan seguro de que lo harán ahora? —cuestionó Scathach.

—Veneran a Aten —respondió Huitzilopochtli—. Durante generaciones, los Inmemoriales han esclavizado a la raza humana. Cuando Aten llegó al poder, los reconoció formalmente como una especie inteligente y les garantizó los mismos derechos que a cualquier otro ciudadano de Danu Talis.

—Aunque la mayor parte de Inmemoriales se oponían a esa decisión, ninguno se atrevió a enfrentarse a Aten —añadió Prometeo—. Hasta ahora, claro está. Bastet lleva planeando esto varios siglos.

—Pero ¿estáis convencidos de que la raza humana se alzará cuando aparezcáis? —insistió Scathach.

—Me han asegurado que así será —dijo Prometeo con frialdad.

—¿Quién te ha…? —empezó, pero enseguida rectificó—. No, no hace falta que me lo digas. Déjame adivinar: un tipo con capa oscura y un gancho en la mano izquierda.

—¿En vuestra época también es alguien conocido?

—He oído hablar de él. Y sé que los Inmemoriales no se rendirán sin luchar —agregó.

—Somos conscientes de ello —murmuró Prometeo—. Queremos la paz, pero también estamos preparados para la guerra.

—Por experiencia propia, cuando llamas a la puerta de alguien con un ejército a tus espaldas, siempre se desencadena una guerra —dijo Scathach en tono grave.

Huitzilopochtli le miró de reojo.

—Pero si no nos movilizamos ahora, condenaremos a toda una raza a una eternidad de servidumbre. O peor aún. Mi hermana, Bastet, aboga por la erradicación de la raza humana para sustituirla por los anpu o algún otro clan. Y, si consigue que Anubis alcance el poder, entonces nada se interpondrá en su camino. Podrá controlar Danu Talis a su voluntad.

—¿Por qué haces esto, Huitzilopochtli? —preguntó la Sombra.

—Porque es lo correcto —respondió meneando la cabeza—. Abraham y Marethyu nos mostraron el futuro —continuó—, y un mundo sin humanidad no es muy agradable. No todos los Inmemoriales somos monstruos. No somos muchos, pero somos poderosos, y haremos todo lo que esté en nuestra mano para salvar al mundo.

—¿Y si no podéis salvarlo? —rebatió Scathach.

—Entonces salvaremos a todos los humanos que podamos.

—Y nosotros os ayudaremos —concluyó la Sombra.

—¿Por qué? —preguntó Huitzilopochtli—. Esta no es vuestra batalla.

—Estás muy equivocado. Es más que nuestra batalla. Es nuestro futuro.

—Cualquiera daría por sentado —resolló William Shakespeare llevándose la mano izquierda a la cintura— que un lugar tan sofisticado como este tendría escaleras mecánicas.

El Bardo se detuvo en un peldaño y se inclinó hacia delante, apoyando las manos sobre un peldaño superior.

Palamedes hizo un gesto con la mano a Juana y Saint-Germain y todos se detuvieron. El Inmemorial se sentó sobre un escalón y esperó a que el Bardo recuperara el aliento.

—Casi hemos llegado.

—Este lugar va a matarme —musitó Shakespeare.

El Caballero Sarraceno extendió una mano. Shakespeare la tomó y Palamedes tiró de él para ayudarle a ponerse en pie.

—Pero está siendo una investigación maravillosa, Will. Te he visto varias veces tomando notas. ¡Piensa en la obra de teatro que podrás sacar de aquí!

—Nadie me creería. Estoy hablando en serio, viejo amigo. Me temo que moriré aquí —concluyó tras subir un peldaño.

El Caballero se quedó inmóvil mirando al Bardo, que estaba un peldaño por encima de él. Ahora estaban a la misma altura.

—La Muerte nos llega a todos. Y reconozcámoslo, tú y yo hemos vivido muchos, muchos años. Y tenemos muy poco de qué arrepentirnos.

—Lo hecho, hecho está —dijo Shakespeare.

—Y estamos aquí por un motivo —añadió Palamedes.

—¿Estás seguro de ello?

—Marethyu no nos habría traído hasta aquí si no tuviéramos una misión que cumplir.

Algo cambió tras la mirada oscura del caballero y el Bardo se sujetó del fuerte brazo de su amigo.

—Hay algo que no me estás contando. ¿De qué se trata?

—Tan observador como siempre —apuntó el caballero.

—Cuéntamelo —insistió Shakespeare.

—La tableta esmeralda que Tsagaglalal me dio hace unas horas… —empezó y, tras unos momentos de vacilación, añadió—: ¿Ha sido solo hace unas horas? Me da la sensación de que fue hace mucho, mucho tiempo.

El Bardo asintió. Durante la improvisada fiesta del jardín en San Francisco, Tsagaglalal había regalado a todos los presentes una tableta de color esmeralda. Cada una contenía un mensaje personal de Abraham el Mago.

—¿Qué decía? —preguntó Shakespeare con cierta urgencia.

—Me mostró escenas de mi pasado, de batallas libradas, algunas ganadas, otras perdidas. Me enseñó la última batalla, cuando el Único y Futuro Rey murió y yo reivindiqué Excalibur. Y también emitió una imagen donde estaba junto a ti —finalizó a toda prisa.

—¡Dímelo!

—Contemplé nuestra muerte, Bardo. La muerte de todos nosotros —puntualizó echando un fugaz vistazo hacia Saint-Germain y Juana de Arco, quienes estaban esperando pacientemente en lo alto de la escalera—. Vi a Scathach y Juana de Arco cubiertas de sangre y mugre en la cima de una pirámide. Estaban rodeadas de unos monstruos gigantescos con cabeza de perro. Observé a Saint-Germain provocando una lluvia de fuego desde el cielo. Vi a Prometeo y Tsagaglalal enfrentándose a un ejército de monstruos…

—¿Y nosotros? —interrumpió Will—. ¿Qué hay de nosotros?

—Estábamos en la escalera de una pirámide inmensa, invadidos por un enjambre de criaturas horrendas. Tú estabas inconsciente, a mis pies, y yo sujetaba un águila con cabeza de león con el brazo.

La mirada azul brillante del Bardo centelleó.

—Bueno, entonces todo acaba bien.

El Caballero Sarraceno parpadeó, mostrando así su sorpresa.

—¿Qué parte de lo que acabo de describirte te sugiere un final feliz? Nuestro futuro inmediato está cargado de muerte y destrucción.

—Pero estamos todos juntos. Y si perecemos, ya seas tú o yo, Scathach, Juana o Saint-Germain, entonces no moriremos solos. Falleceremos acompañados de nuestros amigos, de nuestra familia.

Palamedes asintió.

—Siempre imaginé que moriría solo, en algún campo de batalla extraño y ajeno. Sospechaba que nadie lloraría mi cuerpo, ni lo reclamaría.

—Sin embargo, aún no hemos muerto —dijo Shakespeare—. No me viste sin vida, ¿verdad?

—No, pero tenías los ojos cerrados.

—Quizás estaba durmiendo —concluyó el Bardo, que enseguida se dio media vuelta y comenzó a subir las escaleras. A medio camino, se detuvo y miró al Caballero Sarraceno por el rabillo del ojo—. Pero deberías saber, Palamedes, que el único compañero que deseo tener a mi lado en ese fatídico momento eres tú.

—Será un verdadero honor morir a tu lado, William Shakespeare —murmuró el Caballero Sarraceno.

Palamedes se apresuró a subir los peldaños irregulares de la escalinata, siguiendo así al Bardo.

—Existe un término de ajedrez que considero muy oportuno utilizar ahora —comentó Saint-Germain a Juana mientras esperaban en lo más alto de la escalera.

Juana asintió.

—Final de partida.

—Y lo hemos alcanzado.

La escalinata desembocaba al mismísimo corazón del árbol. Sobre una vasta planicie de madera se había congregado un ejército. Infinidad de hombres y mujeres se habían alineado en filas largas y desiguales. Un resplandor verde se reflejaba en la superficie de las armaduras metálicas, otorgando al paisaje una apariencia submarina. El aire zumbaba con planeadores y aeronaves y, en algún rincón del Yggdrasill, un tambor hacía sonar una melodía irregular. Una cornamusa se unió a la música con un sonido algo perdido y solitario.

Saint-Germain y Juana miraban estupefactos a docenas de vímanas salir de sus hangares. La mayoría estaban repletas de parches de madera y cuero; otras, en cambio, estaban unidas con cuerdas o tenían hojas sobre las portillas en lugar de cristal. Había una multitud de humanos ataviados con trajes de vuelo de lana gruesa y cuero alrededor de las naves, comprobando que estaban en perfecto estado, mientras sus compañeros cargaban lanzas y cajones repletos de globos de cristal en cada aeronave.

—Esto me recuerda a los jóvenes que sobrevolaban los campos de batalla de Europa durante la Primera Guerra Mundial con aviones de madera y tela —farfulló Juana—. ¿Cuántos lograron sobrevivir?

—Muy pocos —contestó Saint-Germain.

—¿Y cuántos de estos regresarán con vida? —preguntó.

Saint-Germain echó un vistazo a la vieja vímana repleta de parches.

—Ninguno.

La inmortal francesa inspiró profundamente.

—Por lo visto, he pasado la mayor parte de mi vida en campos de batalla, viendo morir a cientos de jóvenes.

—Y también has pasado muchos años de tu vida como enfermera, salvando vidas —le recordó el conde.

—Tras la última guerra, juré que jamás volvería a pisar un campo de batalla.

—No siempre conseguimos lo que nos proponemos. A veces, la vida nos da sorpresas.

—En fin, esta aventura es, sin duda, una gran sorpresa —dijo con una sonrisa—. Y, pese a que me encantan las sorpresas, no estoy segura de que esta me guste tanto. Pero estamos aquí, y haremos lo que tengamos que hacer.

—¿Sabes? —dijo Saint-Germain mirando a su alrededor—. Se me está ocurriendo una idea para un nuevo álbum —comentó mientras tarareaba la melodía que tocaban los tambores y la cornamusa—. Será un gran álbum, con una orquesta y un coro...

El conde empezó a silbar.

Juana alzó la mano para silenciarle.

—¿Por qué no me sorprendes?

De repente, se le pasó una idea por la cabeza y se volvió hacia su marido.

—¿Ya tienes un título para ese álbum?

—¡El Apocalipsis!

Capítulo 42

La planta baja del centro neurálgico de Alcatraz se iluminó con un resplandor gris pálido.

Avanzando con suma cautela por aquella niebla tan densa y espesa, Nicolas y Perenelle se dirigieron hacia la luz. El Alquimista se apoyaba sobre la barandilla de metal con la mano derecha para no perderse. Al otro lado de la barandilla, el matrimonio Flamel podía escuchar, aunque de ningún modo ver, las olas del mar batiendo la orilla.

Perenelle respiró hondamente. Más allá de la sal marina y el hedor a carne podrida de la niebla, la Hechicera distinguió otro perfume: el húmedo olor de plumas mojadas. Acercó los labios al oído de su marido y susurró:

—Creo que ya sé lo que está ocurriendo aquí.

—Yo también —musitó Nicolas, sorprendiendo así a su mujer. Y, de repente, bufó de dolor cuando, sin querer, dio una patada con el pie a un ladrillo roto. Esa parte de la isla estaba en muy mal estado. La erosión de la sal y las condiciones meteorológicas estaban deteriorando Alcatraz, borrando lentamente cualquier señal de humanidad.

Lo único que podían apreciar era el tejado inclinado del Almacén de la Intendencia y el centro neurálgico de la prisión. Tras ellos había una chimenea y, amarrado a la caseta del cuartel general se distinguía la silueta de un barco turístico oxidado y abollado, parecido a la embarcación que trasladaba a turistas hasta la isla antes de que la empresa del doctor John Dee adquiriera Alcatraz y la cerrara. La mayor parte del barco estaba escondido tras el depósito de máquinas y la niebla, pero el matrimonio logró vislumbrar una serie de luces que iluminaban el camino desde el edificio en ruinas hasta la embarcación.

—Dime —murmuró Perenelle.

—Piensa en los monstruos que viste en las celdas…

El Alquimista notó el pelo alborotado de su esposa.

—Aseguraste que algunas celdas contenían criaturas distintas.

La Hechicera asintió con la cabeza.

—Muchas tenían encerradas a dos o tres tipos de bestias distintas.

—Pero estas celdas son diminutas, Perenelle. Metro y medio por metro ochenta…

—Los monstruos más grandes —adivinó Perenelle de inmediato—. ¡Por supuesto! No había criaturas de gran tamaño en los pabellones —dijo volviéndose hacia la silueta de ambos edificios—. Vi un minotauro, pero en realidad era muy pequeño, un bebé. La esfinge era el monstruo más inmenso allí, y andaba a sus anchas por Alcatraz.

—Tiene sentido que Dee y sus maestros hubieran decidido no limitarse a criaturas de tamaño normal. Si de veras deseaban crear un impacto en la ciudad, necesitarían un buen puñado de monstruos descomunales y espeluznantes.

—Entonces, ¿qué hay ahí?

—Un minotauro adulto —propuso Nicolas—. Puede

que un ogro, o incluso dos. Ya sabes que a Dee le gustan los ogros.

—¿Un dragón? —sugirió Perenelle, pero enseguida sacudió la cabeza—. No, si el Mago hubiera tenido un dragón, no me cabe la menor duda de que a estas alturas ya lo habría soltado. Pero quizás algo con escamas, como un wyrm o un wyvern, quizá. Y un smok. ¿Recuerdas cuando invocó al smok en Polonia?

Avanzaron un poco más, caminando entre escombros y trozos de piedra rotos, arañándose la piel y rasgándose los brazos al rozar contra pedazos afilados de hormigón y metal. Estaban lo bastante cerca del depósito como para asomarse por los gigantescos ventanales de forma rectangular. Unas sombras grotescas danzaban por las paredes y el matrimonio vislumbró fugazmente pieles y escamas. A aquella distancia del almacén el hedor era inaguantable: la peste de la piel húmeda, boñiga y pelo mugriento mezclada con el olor a serpiente y mamíferos. El tufo del wyrm y del smok era más que perceptible: las salidas de incendios rezumaban un miasma nauseabundo de azufre. Cada vez que abrían la boca notaban ese hedor.

Los Flamel escucharon gritos en el interior del almacén, una voz aguda y fina que hablaba un idioma muy gutural.

—Uno más —tradujo Perenelle, que entendía aquel lenguaje arcano—. Podemos transportar uno más. Algo grande esta vez.

Nicolas asintió, admirado.

—Había olvidado que entendías ese idioma —susurró, sorprendido y, de repente, apretó la mano de su esposa—. Incluso después de tantos años, hay cosas que todavía no sé de ti.

—Medea me enseñó la lengua perdida de Danu Talis —explicó—. Y sabes suficiente sobre mí. Sabes que te quiero.

El Alquimista acarició el escarabajo que llevaba colgado alrededor del cuello. Con el mero roce, el colgante vibró.

—Lo sé —contestó.

Nicolas y Perenelle rodearon el extremo del edificio cuando, de pronto, una puerta se abrió de golpe.

—Anpu —murmuró la Hechicera.

Aparecieron dos de los guerreros con cabeza de chacal, arrastrando una larguísima cadena de hierro. Un segundo par de anpu se apresuró a salir del almacén. Ambos sujetaban un tridente humeante que utilizaban para amenazar a la serpiente verde con dos piernas que se escurría por el edificio, atada a la cadena de hierro. Aquella criatura medía por lo menos cinco metros de largo. Otra pareja de anpu seguía a la criatura. Habían colocado más cadenas alrededor de la cola de la bestia.

—Lindworm —dijo Nicolas—. Garras delanteras, pero sin piernas traseras. Pero ni te atrevas a pensar que se trata de un animal lento. Su mordisco es mortal y su cola es un arma letal.

El grupo de anpu arrastró a la fuerza al lindworm hacia el barco.

—No podemos permitir que el barco zarpe de Alcatraz —murmuró Nicolas.

—¿Cómo lo detenemos?

—Todas estas criaturas, tanto los monstruos como los anpu, están bajo el control de una sola persona. Si podemos derrotar a esa persona, las bestias empezarán a enfrentarse entre ellas. Harán trizas ese barco en cuestión de segundos. Así que la pregunta es: ¿quién las dirige?

—Creo que lo sé… —respondió Perenelle con gesto de decepción—. Pensé que había cambiado…

—¿Quién?

—Me ayudó a escapar. Tenía la esperanza de que se mantuviera neutral, pero por lo visto me he equivocado. Noté su olor hace unos minutos.

—Perenelle… —empezó Nicolas.

Pero antes de que su esposa pudiera explicarse, la niebla se arremolinó en dos espirales concéntricas y una figura oscura se desplomó justo delante de Nicolas y Perenelle. El Alquimista y la Hechicera extendieron las manos y sus auras se congregaron en la punta de los dedos.

Aquella silueta estaba cubierta de los pies a la cabeza con una tela brillante y de cuero. La humedad hacía brillar las hebillas plateadas que le decoraban la tez con un diseño en espiral. De los hombros salía una capucha que le cubría el rostro y las plumas con las que estaba entretejida su inmensa capa negra barrían el suelo. Eran plumas de cuervo. A pesar de tener la mayor parte de la cara oculta tras la capa, dejó al descubierto una sonrisa penumbrosa y unos colmillos propios de un vampiro.

—Volvemos a vernos, Hechicera.

—Nicolas —dijo Perenelle—, deja que te presente a Morrigan.

Capítulo 43

illy el Niño se arrojó hacia delante y se encogió formando una bola compacta para aterrizar dando volteretas sobre el suelo de piedra.

La esfinge voló por encima de su cabeza y se estrelló contra el suelo mientras, haciendo uso de sus garras, se deslizaba y arañaba la piedra.

—Tan solo estás retrasando lo inevitable —gruñó mientras se daba media vuelta, esperando ver a Billy corriendo por el pasillo en un intento de huir de ella.

El inmortal, sin embargo, estaba en medio del pasillo, desafiándola y con los brazos sueltos a los lados. Estaba peligrosamente cerca de la Inmemorial y, a esa distancia, su aura empezó a brotar en una delgada bruma de color púrpura. El aire se inundó del aroma a pimienta de cayena y la esfinge estornudó.

—Oh, qué bien —añadió—. Mi aperitivo ya está sazonado.

Y entonces brincó hacia delante con las pezuñas extendidas.

Y Billy movió las manos.

El muchacho llevaba dos lanzas ancestrales, con la punta en forma de hoja, atadas al cinturón, una en el lado izquierdo y otra en el derecho, justo por encima de las caderas. Tras un movimiento ágil, las desató del cinturón y las lanzó hacia el aire.

La esfinge chilló una carcajada desafiante que se convirtió en un lamento agudo.

Y entonces las lanzas se clavaron en la Inmemorial.

Y el tiempo empezó a ralentizarse.

Hasta detenerse.

La esfinge se quedó suspendida en el aire. Las puntas de las lanzas se habían clavado en la piel de león de la criatura. Latieron una vez, dos veces y hasta tres veces. Y entonces, empezó a emitir un resplandor azul, que pasó a ser rojo hasta al fin teñirse de blanco.

Alrededor de cada herida de la esfinge, su piel también cambiaba de color. Primero se oscureció hasta alcanzar un azul profundo, después perdió intensidad y se tornó pálida y al fin transparente. La transformación invadió a la criatura, alterando todo su cuerpo, convirtiendo su piel en cristal, mostrando los huesos que conformaban su esqueleto. La esfinge trató de coger aliento, pero la piel de su rostro había empezado a cristalizarse, dejando así al descubierto el cráneo de hueso que había debajo. De forma gradual, el cráneo y todos los huesos de la esfinge se hicieron de cristal.

Y un instante más tarde, la criatura se cayó y se hizo mil añicos.

Billy el Niño se inclinó y, con sumo cuidado, recogió las dos puntas metálicas de la lanza de entre los fragmentos de cristal que había esparcidos por el suelo. Dio unas vueltas a las lanzas y volvió a guardarlas en el cinturón. Se dio media vuelta y guiñó el ojo a Marte, Odín y Hel.

—Hay cosas que uno nunca olvida —dijo con una amplia sonrisa.

Capítulo 44

L a pirámide era gigantesca. Una escalera infinita conducía hasta una cima llana.

La edificación estaba construida en el mismísimo corazón de la isla de Danu Talis, rodeada por una inmensa planicie dorada que, a su vez, estaba rodeada por un anillo de agua. Multitud de canales rebosaban de aquel círculo, como los rayos de una rueda.

—La Pirámide del Sol —anunció Osiris—, el corazón de Danu Talis.

Ladeó la vímana para que los mellizos pudieran echar un vistazo a aquel monumento tan extraordinario. Josh trató de calcular su tamaño.

—¿Cuántas manzanas ocupa? ¿Diez, doce?

—¿Os acordáis cuando os llevamos a ver la Gran Pirámide de Guiza? —preguntó Isis.

Josh y Sophie asintieron con la cabeza.

Isis se dio la vuelta para mirar a través de la portilla de la vímana y poder así admirar la estructura maciza.

—Pues aquella copia enclenque apenas mide dos mil trescientos metros de largo. La Pirámide del Sol es diez veces más larga.

Josh frunció el ceño, intentando hacer los cálculos de forma mental, convirtiendo los metros en kilómetros.

—Casi dos kilómetros y medio —dijo Sophie con una sonrisa, sacando así a su hermano de su ensimismamiento matemático.

—Y alcanza casi el kilómetro y medio de altura —continuó Isis.

—¿Quién la construyó? —quiso saber Josh—. ¿Vosotros?

—No —contestó Osiris—. Nuestros predecesores, los Grandes Inmemoriales, alzaron la isla del fondo marino y construyeron la primera pirámide. La original era aún más grande. Sin embargo, gran parte del resto de la isla es obra y creación nuestra.

Sophie, que estaba sentada detrás de Osiris, se inclinó hacia delante.

—Así pues, ¿cuántos años tenéis en realidad?

—Es difícil de decir con exactitud —dijo Osiris—. Hemos estado deambulando por los Mundos de Sombras miles de años; el tiempo pasa de una forma distinta aquí. Hemos vivido varios milenios aquí y, por supuesto, hemos pasado quince años sobre la tierra, criándoos.

—Entonces, cuando nos decíais que teníais excavaciones en otras partes del planeta, en realidad ibais a algún Mundo de Sombras, ¿no? —cuestionó Josh.

—A veces —respondió Isis—, pero no siempre. A veces sí que acudíamos a excavaciones. La historia es nuestra pasión.

—Y la tía Agnes, Tsagaglalal, ¿sabíais quién era? —preguntó Sophie.

Josh miró a su hermana algo perplejo.

—¿La tía Agnes? —articuló.

Las carcajadas de ambos Inmemoriales fueron idénticas.

—Desde luego que lo sabíamos —aclaró Isis—. ¿Acaso creéis que os abandonaríamos en manos de un desconocido? Siempre supimos que os dejábamos con Aquella Que Todo lo Ve. Está presente a lo largo de toda la historia de la humanidad, pero solo como observadora neutral. Nunca toma partido. Cuando se ofreció a cuidaros, debo confesar que nos sorprendió un poco. Además, era la candidata ideal: ni Inmemorial ni de la Última Generación. Y tampoco humana.

—¿La tía Agnes? —articuló Josh otra vez sin apartar la mirada de su hermana.

La muchacha negó con la cabeza.

—Más tarde —respondió.

La vímana se alejó de la pirámide, hizo una voltereta muy arriesgada y se dirigió hacia un descomunal edificio que se ocultaba bajo la sombra de la pirámide. Sobre el tejado se apreciaba un jardín espectacular con siete círculos distintos, cada uno decorado con flores brillantes y de colores. En una esquina del techo, unas enredaderas hermosas con rosas escalaban por la pared.

—El zigurat es el Palacio del Sol, hogar de los gobernantes de Danu Talis —explicó Isis—. Y, a partir de hoy, vuestra casa.

—Espero que tengamos jardineros —murmuró Josh.

—Josh, tendrás todo lo que desees —dijo Isis con completa sinceridad—. En esta isla seréis los gobernantes indiscutibles. Los humanos os venerarán como dioses —continuó mientras se daba la vuelta en su asiento para mirar a los mellizos—. Os han Despertado; podéis haceros una vaga idea del alcance de vuestros poderes. Esos poderes aumentarán durante los próximos meses. Encontraremos a los mejores profesores para que os instruyan.

—Isis sonrió y su lengua negra se retorció en el interior de la boca como un gusano—. Pronto seréis capaces de crear vuestros propios Mundos de Sombras, reinos diseñados a vuestro antojo. Pensadlo bien: podríais idear un mundo y poblarlo con las criaturas que deseéis.

Josh esbozó una gran sonrisa.

—Eso sería genial. No habría serpientes en ninguno de mis mundos.

—Una vez os convirtáis en los gobernantes de Danu Talis, podréis tener todo lo que más ansiéis —añadió Osiris.

—Todavía no nos habéis detallado qué tendremos que hacer para que nos elijan como gobernantes —dijo Sophie.

Isis se dio media vuelta en su asiento.

—En fin, no tenéis que hacer nada. Sencillamente os presentaremos como Oro y Plata.

—¿Y no tenemos que hacer nada? —insistió Sophie. Había algo que no cuadraba.

—Nada en absoluto —respondió Isis, dándole la espalda.

Los mellizos se cruzaron las miradas. Ninguno creyó a la Inmemorial.

—Los Inmemoriales convocados os reconocerán como los únicos y verdaderos gobernantes de la isla —dijo Osiris—. Durante los últimos milenios, una única familia se ha encargado de dirigir Danu Talis, pero no siempre ha sido así. Al principio, incluso antes de que se alzara del océano, los Inmemoriales, y también los Grandes Inmemoriales, fueron gobernados por Oro y Plata, individuos con auras extraordinarias.

—¿Individuos? —preguntó Sophie echando un rápido vistazo a su hermano. Quería comprobar si su hermano también se había dado cuenta de las implicaciones que suponían las palabras de su padre, Osiris—. ¿No mellizos?

—Normalmente sí, individuos —confirmó Osiris—. Y rara vez, muy rara vez, mellizos. En toda la historia de la isla solo ha habido un puñado de mellizos Oro y Plata. Sus poderes sobrepasaban los límites de la imaginación. Se dice que los mellizos originales crearon los primeros Mundos de Sombras y que incluso podían viajar a través del tiempo. Existe una historia —añadió con una sonrisa— que asegura que este reino es un Mundo de Sombras diseñado por ellos. Pero los mellizos Oro y Plata siempre han sido los verdaderos gobernantes de la isla.

—Así que, tal y como podéis ver —dijo Isis—, los Inmemoriales de Danu Talis no tendrán más remedio que aceptaros como sus gobernantes.

Sophie se recostó en el respaldo de su asiento.

—Tiene que haber alguien que objete.

—Por supuesto —contestó Isis en tono bajo—, y nos encargaremos de esas objeciones cuando sea el momento apropiado.

Aunque su voz seguía siento tan suave y carente de emoción como cuando llegaron a la isla, todos percibieron cierta amenaza en sus palabras.

—¿Es normal que haya tanta gente por la calle? —preguntó Josh.

El joven se asomó por una ventanilla lateral para observar la metrópolis y los canales que se extendían a sus pies.

Sophie vio cómo Isis miraba a Osiris por el rabillo del ojo, pero sin decir nada. La muchacha también echó un vistazo a la ciudad de Danu Talis. Unas columnas de humo inundaban la atmósfera y, de repente, su pulso empezó a acelerarse.

—¡Mirad! ¡Hay varios incendios! Parecen edificios en llamas.

—Hay cierto malestar social —espetó Osiris, que de pronto alzó la voz. Tras tomar aire, continuó con tono más tranquilo—. Hay un poco de descontento civil. En cada ciudad, en cada época de la historia, siempre habrá alguien que no esté conforme.

—También nos ocuparemos de esos —rebatió Isis a regañadientes—, pero no esta noche. ¡Es un momento de celebración!

La vímana rodeó la pirámide y empezó a descender mientras su sombra circular bañaba los canales y las calles doradas.

Sophie se fijó en que todos los canales que nacían de la pirámide estaban custodiados por un ejército de anpu. Había diversas multitudes de humanos ataviados con ropajes blancos al otro lado del agua. Parecían gritar y alzar el puño. A Sophie le pareció ver fruta y otros mísiles sobrevolando los canales para aterrizar sobre la armadura de los guardias.

—Pensé que aterrizaríamos en la cima de la pirámide —comentó Josh.

—No en la cima, sino delante de la pirámide. Está hueca —dijo Isis—. Entraremos.

Osiris descendió la nariz de la aeronave y una monstruosa plaza dorada apareció en frente de la pirámide. A medida que se acercaban, los mellizos pudieron ver que la plaza estaba a rebosar de gente y carruajes. Media docena de vímanas, en distintas fases de deterioro, estaban esparcidas por la plaza. El gentío se había sentado junto a los carruajes y los carromatos, ninguno de los cuales era arrastrado por un caballo. La zona estaba repleta de guerreros con cabezas de animales bien variopintos, algunos tenían el rostro de un perro o de un chacal y otros de un toro o un cerdo, pero todos iban protegidos con una armadura completa. Se distinguían algunos guerreros felinos que guardaban una distancia más que considerable de sus compañeros, en especial de los soldados perrunos.

—Esperan disturbios —dijo Sophie.

—Oh, es puramente ceremonial —se apresuró en justificar Isis—. Se trata de una ocasión muy poco habitual; de hecho, no recuerdo la última vez que todos los Inmemoriales se reunieron en un consejo.

Isis se volvió otra vez en su asiento y, de pronto, a Josh le invadieron una serie de recuerdos de todos los viajes de carretera que habían hecho en verano, cruzando toda Norteamérica, con su padre en el volante y su madre volviéndose continuamente para darles órdenes o explicarles algún paisaje local. O, lo cual sucedía más a menudo, para separarles y evitar una pelea.

—Es probable que esta sea la última vez que veamos a todos los Inmemoriales de Danu Talis reunidos en un mismo lugar. La Mutación se ha apoderado de casi todos ellos y les ha convertido en criaturas… —Hizo una pausa, buscando la palabra más apropiada.

—Espantosas —propuso Sophie.

—Espantosas —convino Isis.

—Pero vosotros no habéis sufrido los efectos del cambio —observó Josh—, ¿verdad?

—No —dijo Isis con una sonrisa.

325

—Aunque no todas las alteraciones son externas —murmuró Sophie entre dientes.

La aeronave descendió poco a poco hasta tocar el suelo de la plaza que se extendía ante la pirámide. Varios anpu vestidos con una armadura de cerámica roja y negra formaron filas.

—Ahora no digáis nada y haced todo lo que os digamos —dijo Isis con firmeza.

Josh agachó la cabeza para esconder una sonrisa. Era igual que en los viajes de carretera.

Capítulo 45

Niten se acercó a Prometeo, que yacía inconsciente sobre el suelo.

Una serie de lanzas aparecieron de entre la niebla, pero el inmortal japonés era rápido, y se había entrenado luchando contra espadas y flechas durante su juventud, aprendiendo a hacerlas añicos en el aire. Era una de las capacidades más útiles de cualquier guerrero y, cuando no era más que un adolescente, practicaba a diario con los ojos vendados, prestando suma atención al suave susurro del filo metálico.

Utilizó ese ardid en aquel instante: ladeó la cabeza hacia el costado izquierdo, su oído más agudo, y se volvió hacia la bruma. Podía distinguir el murmullo más débil de la punta de una lanza, el siseo al cortar el aire, e incluso un ligero chasquido cuando el mango de madera se flexionó. La parte más complicada de todo el proceso era saber cuándo moverse. Si lo hacía demasiado pronto, no alcanzaría la lanza y, si lo hacía demasiado tarde, no podría impedir recibir el golpe.

Dos lanzas, cada una emitiendo sonidos ligeramente distintos, emergieron entre la neblina.

Niten se relajó, con los ojos medio cerrados, y trató de trazar el recorrido de las lanzas haciendo uso de su oído.

Y entonces se movió. El garrote que había recuperado del espartoi golpeó una de las lanzas, arrojándola directamente al suelo. En su mano izquierda empuñaba su *wakizashi*, que en un movimiento ágil partió por la mitad la segunda lanza. En un abrir y cerrar de ojos el suelo quedó repleto de pedazos de madera y astillas.

Niten vislumbró las siluetas de los espartoi en la penumbra, pero ninguno de los guerreros osó acercarse. Tenía la esperanza de que no hubieran encontrado una forma de rodear la barrera de coches, pero sabía que no podía alejarse de allí para investigar y evaluar la situación.

Una larga y amarga experiencia había enseñado al Espadachín a concentrarse solo y exclusivamente en la batalla. Cualquier momento de distracción podía ser fatal. Un guerrero debía tener la mente despejada. No perdió ni un minuto en pensar en el matrimonio Flamel, o en preguntarse cómo estarían: no podía ayudarles.

Un trío de lanzas mordaces silbaron entre la noche, dejando tras de sí zarcillos de niebla parecidos a un rastro de humo. Niten esquivó la primera y partió por la mitad la segunda, pero la tercera le rozó el hombro izquierdo y le rasgó el brazo. El inmortal notaba el brazo entumecido, paralizado, y el garrote se deslizó de sus dedos y se desplomó sobre el suelo.

Niten hizo una mueca de dolor y un instante más tarde dejó que una pequeña parte de su aura azul marino envolviera su brazo izquierdo para curar la herida. Sin embargo, podía notar cómo envejecía mientras la herida se cicatrizaba, sentía la pesadez en las piernas y una terrible opresión en los pulmones. El japonés sabía que tardaría en recuperar la sensibilidad en el brazo. No tendría más remedio que acabar aquella batalla con tan solo un brazo útil.

Sin quitar ojo a la nocturnidad que les rodeaba, se agachó junto a Prometeo y posó los dedos en el cuello del Inmemorial para comprobar el pulso. No sintió el pulso de Prometeo, pero sí notó al Inmemorial agitándose.

—Estás vivo —dijo Niten, algo aliviado.

—¿Acaso creías que estaba echándome una siesta? —gruñó Prometeo.

Clavó los talones en el suelo y se incorporó.

—Se necesita algo más que una pequeña lanza para matarme.

—Oficialmente eran dos espadas, y no eran pequeñas. ¿Cómo estás?

—Como si me hubieran golpeado con dos lanzas —contestó el Inmemorial.

La parte frontal de la armadura de Prometeo estaba desfondada, deslucida por dos gigantescos agujeros. Se llevó las manos al pecho y el cuerpo entero del Inmemorial se iluminó de color rubí. El perfume a anís cubrió durante un breve instante los olores a sal y carne.

Algo metálico parecía rasgar la niebla con un sonido agudo y chirriante.

El inmortal japonés vio con sus propios ojos cómo el Inmemorial envejecía poco a poco: su cabello se iba tiñendo de color blanco, las líneas de expresión se tornaron más profundas en la frente y las arrugas se hicieron más que visibles en la nariz y en la boca.

En la oscuridad nocturna, se oían cristales hacerse añicos mientras el puente vibraba y temblaba.

Niten extendió la mano para ayudar al Inmemorial a ponerse en pie. Prometeo se frotó la mano contra la superficie de la armadura para reparar así los agujeros, rellenando el metal.

—Dudo que pueda volver a hacer eso. ¿Y tú? —preguntó entornando los ojos hacia Niten.

—He utilizado gran parte de mi aura. No me queda mucha. Quizá lo suficiente para curar una herida si no es muy grave.

—Al menos tú no tienes el pelo canoso.

—Oh, creo que tendré el pelo negro hasta que me muera. Y, por cierto, no tienes el pelo canoso —puntualizó Niten—. Es completamente blanco.

—Siempre me había gustado el color rojo.

De pronto, volvieron a escuchar el chirrido del metal.

Niten alargó el brazo para apoyarse en el coche más cercano. Estaba vibrando.

—Están desmontando la barricada —adivinó.

—Es lo mismo que haría yo —opinó Prometeo—. Me pregunto si se enfrentarán a nosotros o preferirán pasar de largo e inmiscuirse en la ciudad.

—Lucharán —contestó Niten con confianza—. Les hemos ofendido.

—¿Ofendido? ¿Cómo?

—Para ellos, resistir en vez de morir rápido es una ofensa. Son guerreros profesionales; me he topado con seres de esa calaña durante toda mi vida. Están convencidos de que son invencibles. Y eso les convierte en seres arrogantes a la vez que estúpidos. Y puedo asegurarte que una criatura estúpida comete errores. Un comandante prudente y sensato dejaría a unos pocos aquí, en el puente, para ocuparse de nosotros, y mandaría al resto de su ejército a la ciudad. Pero el orgullo les retendrá aquí. Ahora su único objetivo es matarnos. Y derribarnos será un honor para aquel que lo consiga —explicó. Después, se quedó callado, observando a Prometeo, y preguntó—: ¿Por qué sonríes, Inmemorial?

—Apuesto a que, detrás de esa cortina de niebla, hay un comandante espartoi ordenando a sus tropas exactamente lo mismo que me estás contando.

—Estaría equivocándose —añadió Niten—. Somos mucho más peligrosos que los espartoi.

La sonrisa de Prometeo se tornó compungida.

—No sé si estoy de acuerdo.

—Oh, pero es así. Tú y yo tenemos un motivo para estar aquí. Tenemos una causa. Según mi experiencia, un guerrero con una causa es el soldado más peligroso. Ahora, debemos tomar una decisión. Podemos quedarnos aquí y luchar…

—… o podemos ganarles la batalla adelantándonos a ellos —finalizó el Inmemorial.

Prometeo miró hacia el cielo para intentar averiguar la hora, pero las estrellas seguían invisibles tras la neblina.

—Solo me arrepiento de una cosa: que no hayamos conseguido retrasarles un poco más.

—Siguen aquí, sobre el puente, ¿no es cierto? Cada minuto que les mantenemos alejados de la ciudad es una pequeña victoria. Si nos quedamos aquí, los espartoi desmontarán las barricadas y nos flanquearán. Pero si nos movemos, contamos con el factor sorpresa: sumidos en su arrogancia, ni se imaginan que podamos atacarles —dijo Niten.

De pronto, el inmortal japonés empezó a notar un hormigueo en la punta de los dedos de su mano izquierda. No tuvo más remedio que menear la mano para que la sangre volviera a circular.

—Trato hecho: atacaremos primero. Pero no podemos separarnos —agregó rápidamente Prometeo—. De lo contrario, nos derribarán enseguida. Trataremos de atacarles desde el otro extremo del puente. Eso les alejará de la ciudad. Veremos si podemos mantenerles ocupados hasta el amanecer.

Niten esbozó una sonrisa que brilló en la negrura nocturna y la pareja empezó a caminar a lo largo del puente.

—Para ser un hombre que se dirige a una condena segura, pareces muy alegre —observó Prometeo.

—Los últimos años han sido tranquilos, sin incidentes —admitió el Espadachín—. Incluso aburridos, me atrevería a decir. La reputación de Aoife era tan aterradora que nadie se atrevía a desafiarla. La mayoría de las criaturas nos evitaban. Hasta cuando nos adentrábamos en los Mundos de Sombras más mortíferos, nos dejaban a solas.

—¿Qué hacíais para pasar el tiempo?

—Pasé muchísimo tiempo pintando una casa flotante en Sausalito.

—¿De qué color?

—Verde, siempre verde. Pero nunca conseguí dar con el tono apropiado. Por lo visto, hay más de cuarenta tonalidades de verde.

—El verde es un buen color —dijo Prometeo, que avanzaba con la espada apoyada sobre su hombro derecho—. No me malinterpretes: me encanta el rojo, pero siempre he tenido debilidad por el verde.

Siguieron caminando en silencio, observando las diversas figuras parpadear y moverse tras la niebla que les rodeaba.

—¿Te arrepientes de algo? —preguntó Prometeo como si nada.

Niten no pudo ocultar una tímida sonrisa y enseguida se le ruborizaron las mejillas.

—Te estás poniendo rojo —comentó Prometeo, atónito.

—Me arrepiento de una cosa. De una sola cosa. Lamento que Aoife no esté aquí, con nosotros. Habría disfrutado tantísimo con esta batalla...

El Inmemorial asintió, comprendiendo el sentimiento del japonés.

—Y sin duda habría vencido a los espartoi.

—Habrían huido de ella —afirmó Niten—. Debería haberle pedido que se casara conmigo.

Prometeo le miró de reojo, sin dar crédito a lo que acababa de oír.

—¿La amabas?

—Sí —contestó el japonés—. Con el paso de los siglos, empecé a amarla.

—¿Alguna vez se lo dijiste?

Niten negó con la cabeza.

—No. Estuve a punto de decírselo en un par de ocasiones, pero por una razón u otra, en el último momento, me traicionaban los nervios.

Prometeo suspiró.

—Así que nunca se lo dijiste. Por mi experiencia puedo decirte que solo nos arrepentimos de las cosas que no hemos hecho.

Niten movió la cabeza en gesto afirmativo.

—Durante siglos me he enfrentado y peleado con cientos de monstruos, algunos humanos y otros inhumanos, y no existe criatura en la Tierra que pueda tildarme de cobarde. Pero me daba miedo pedirle matrimonio a Aoife —confesó el inmortal mirando al Inmemorial por el rabillo del ojo—. ¿Qué habría hecho si me hubiera rechazado? ¿Habríamos seguido siendo buenos amigos a pesar de haberme dicho que no?

—Deberías habérselo pedido —contestó Prometeo.

Niten dejó caer los hombros.

—Ya lo sé.

—¿Crees que Aoife te quería? —insistió Prometeo.

—Era muy difícil de saber.

—Y sin embargo, ¿cuánto tiempo estuvo contigo?

—Unos cuatrocientos años.

—Yo diría que te quería —dijo el Inmemorial muy seguro de sí mismo.

—Y ahora ha desaparecido —añadió Niten—. Está atrapada en un Mundo de Sombras con una Arconte salvaje, y no hay nadie capaz de rescatarla.

—Lo siento mucho por la Arconte —bromeó Prometeo.

—Tienes razón —dijo Niten con una sonrisa. Y, de repente, el inmortal se quedó inmóvil oliendo el aire. —Estoy oliendo… —empezó. Después, se dio media vuelta e inspiró profundamente.

Ese olor estaba por todas partes. Era un hedor a putrefacción que se intensificó en el mismo instante en que los espartoi emergieron de la densidad de la niebla, con las lanzas y las espadas preparadas, los hocicos abiertos y las garras extendidas.

—Ha sido un verdadero honor conocerte —susurró Prometeo mientras su espada trazaba un semicírculo de color carmesí. Acto seguido, un sinfín de chispas saltaron de los escudos y las espadas.

—Y será un honor morir junto a ti —respondió Niten.

El japonés esquivó una lanza, agarró la punta de otra y se la arrebató de la mano de un espartoi. Con una destreza increíble, Niten giró la lanza y se la clavó a un monstruo sorprendido.

Y entonces el Drakon atacó.

Capítulo 46

os mellizos siguieron a Isis y Osiris por un caminito de piedras doradas que conducía hacia la entrada de la increíble Pirámide del Sol. Las botas de Josh y Sophie chasqueaban sobre el sendero dorado. Era el único sonido que se distinguía en el silencio que, de forma gradual, se iba haciendo a medida que todos los presentes se daban la vuelta para mirar.

Josh se inclinó hacia su hermana.

—Estamos llamando mucho la atención —susurró.

—Me da la sensación de que ese era el plan —murmuró Sophie. La joven se percató de que su hermano estaba sorprendido y continuó—: Creo que podríamos haber aterrizado mucho más cerca de la entrada, pero Isis y Osiris han preferido no hacerlo. Quieren que tomemos el camino largo para que todos puedan vernos. Apuesto a que esa es una de las razones por las que nos han obligado a ponernos la armadura —explicó Sophie. Después, señaló con la barbilla a toda la gente que había empezado a apiñarse junto al camino—. Fíjate bien. ¿Quién más lleva armadura aquí?

—Bueno, los guardias… —empezó Josh.

Sophie le cortó antes de que su mellizo pudiera acabar su explicación.

—A parte de los guardias que, por cierto, van vestidos con armadura negra.

—Solo nosotros, supongo —reconoció al fin—. Odio cuando tienes razón.

—Y estas armaduras, una plateada y otra dorada, no son muy discretas que digamos, ¿no crees?

—Resaltan mucho, es cierto —admitió en voz baja. Y entonces frunció el ceño.

—De hecho, no estoy muy conforme con todo esto. Es como si fuéramos animales en un zoológico.

Sophie asintió con la cabeza.

—Exactamente. Como si fuéramos trofeos de feria. Quieren que todo el mundo sepa que estamos aquí.

—Ojalá me hubiera traído las gafas de sol —espetó Josh de forma repentina—. Aunque habrían arruinado el *look* —añadió con una sonrisa.

—Armadura y gafas de sol —resumió Sophie—. Sin duda, sería una imagen más que interesante.

—Ah, y cómo me gustaría tener la cámara ahora mismo —añadió Josh mientras observaba la inmensa estructura que se alzaba delante de sus narices—. Esta pirámide es asombrosa. ¡Fíjate en el tamaño de esa puerta!

Justo delante de los mellizos había una descomunal entrada al corazón de la Pirámide del Sol. Un centenar de anpu permanecía inmóvil ante la puerta, todos armados con lanzas que emitían un resplandor azul pálido. Al otro lado de la puerta, una infinidad de peldaños conducía hacia el cielo, donde el sol vespertino iluminaba de tonalidades carmesíes y doradas las losas pulidas de la cima.

—¿Crees que está fabricada de oro de verdad? —preguntó Josh.

—Todo parece de oro —dijo Sophie—. ¿Piensas que es pintura?

A medida que los mellizos se aproximaban a la pirámide, las criaturas que se hallaban en el interior de esta empezaron a agolparse junto a los hermanos, formando dos líneas infinitas de curiosos que hacían las veces de pasillo.

—Estos deben de ser los Inmemoriales de Danu Talis —murmuró Sophie.

Ninguna de aquellas figuras era enteramente humana y la gran mayoría se ocultaba tras una gigantesca capa de cuero con capucha.

Los mellizos vislumbraron fugazmente pieles peludas o con plumas, alguna que otra pezuña, la mirada roja de un animal o un cuerno. Pero muy pocos se atrevían a mostrar con orgullo el resultado de su Mutación, que se traducía en alteraciones espeluznantes de su cuerpo.

337

—No mires ahora —dijo de repente Josh—, pero hay una mujer a mi lado que tiene alas. Y las patas de un pájaro —añadió, asombrado.

—Es Inanna —informó Sophie en cuanto echó un vistazo a la Inmemorial—. Inanna. Una de las Inmemoriales más respetadas. Poderosa, mortal, pero de ningún modo enemiga de la raza humana. Los recuerdos de la Bruja —comentó rápidamente, avanzándose así a la pregunta de su hermano.

—Entonces supongo que conocerás a todo el mundo aquí presente. Eso puede ser bastante útil, en realidad.

—Intuyo que conoceré a casi todos los Inmemoriales. He intentado apartar los conocimientos de la Bruja. Juana de Arco me enseñó a hacerlo. Pero a veces se cuelan algunas cosas, como nombres, por ejemplo. O, de repente, me acuerdo de banalidades que le pasaban por la cabeza a la Bruja. —Sophie ladeó ligeramente la cabeza—. Inanna tiene leones, así que siempre huele a felino, paja húmeda y estiércol. La Bruja detestaba ese olor. Y, para colmo, era alérgica a los gatos. Le hacían estornudar.

Josh dejó escapar una carcajada al imaginarse que la Bruja de Endor pudiera ser alérgica a algún animal.

—Además solía salirle urticaria —añadió Sophie con una sonrisa. Y no pudo evitar desternillarse de la risa con su hermano.

—¿Todos los Inmemoriales parecerán monstruos? —quiso saber Josh.

Los mellizos cruzaron el umbral de la pirámide para adentrarse en las sombras de su interior. La temperatura descendió en picado y las paredes de oro de la gigantesca pirámide dorada amortiguaron y absorbieron el chasquido de sus pisadas.

Sophie asintió.

—La inmensa mayoría. No hay muchos Inmemoriales a los que la Mutación no les haya… uh… cambiado en cierta forma… —empezó. Y entonces, al darse cuenta de lo que su hermano estaba sugiriendo, se quedó callada.

Josh señaló con la barbilla a Isis y Osiris, que estaban muy por delante de los mellizos, esperándoles pacientemente.

—¿Y en qué se convertirá esa pareja? —preguntó—. No parece que les haya afectado el proceso de Mutación.

Sophie sacudió la cabeza.

—Te equivocas. Sí han cambiado —dijo con confianza—. Pero no vemos cómo.

Capítulo 47

Envuelto por una capa de cuero con capucha, Marethyu se movió entre los Inmemoriales que se habían agolpado alrededor de Sophie y Josh Newman en la Pirámide del Sol. Bajo su camisa, y arropada en una funda de cuero, la hoz que ocupaba el lugar de su mano izquierda le quemaba el pecho.

No debería estar allí.

No ahora.

Sobre todo no ahora.

Estaba rodeado de una multitud de Inmemoriales. Si rozaba a alguna de aquellas criaturas, aunque fuera por accidente, las consecuencias serían catastróficas. Pero hacía mucho tiempo que no corría algún riesgo. Y había riesgos que valía la pena correr.

Cuando era joven y empezaba a descubrir sus poderes, Marethyu era un temerario. ¿A qué podía tenerle miedo? Era un ser invulnerable e inmortal. Podía estar malherido y, a menos que perdiera la cabeza o se rompiera la columna vertebral, se repondría.

Pero una vez comenzó a tramar el plan para salvar el mundo, aprendió a ser mucho más precavido, cauto e incluso un poco más miedoso. Sin él, el plan jamás llegaría a buen puerto. Había vivido tantísimo tiempo y había disfrutado vidas tan distintas entre sí que no le temía a la muerte. Sin embargo, era consciente de que un desliz, un pequeño error, podría echar abajo todo el trabajo.

Y no obstante, allí estaba, poniendo en peligro todo el plan al presentarse en la pirámide. Cuando había regresado a Danu Talis para poner en marcha todo lo necesario, sabía que quería ser testigo de la llegada de los mellizos. Sería uno de los momentos más decisivos de la historia del imperio de la isla. Quería ver con sus propios ojos al hermano y a la hermana, los legendarios mellizos de la antigua profecía, uno para salvar el mundo y otro para destruirlo.

Valía la pena correr ese riesgo.

Isis y Osiris habían calculado su llegada a la perfección.

Marethyu estaba escondido tras las sombras, observando cómo su vímana de cristal sobrevolaba el cielo de la isla. Osiris había esperado a que la mayoría del Consejo llegara a la pirámide. Algunos con vímanas decrépitas y otros con carruajes bien variopintos, desde los más grotescos hasta los más barrocos. Y entonces, de forma deliberada, Osiris había decidido hacer una curva en el suelo antes de aterrizar, para que los rayos de sol iluminaran la aeronave como una estrella fugaz.

Había tomado tierra en una de las plataformas de aparcamiento más lejanas que solía estar ocupada por los carruajes de los Inmemoriales de menor rango e importancia. Por derecho propio, Isis y Osiris podrían haber aterrizado casi sobre los peldaños de la pirámide y nadie se habría opuesto. Pero querían que los mellizos cruzaran a pie la entrada de la pirámide. Osiris había aparcado la

aeronave de tal forma que, cuando las puertas de la vímana se deslizaron, las armaduras de Sophie y Josh resplan-
decieran como almenaras bajo la luz vespertina.

El Consejo siempre esperaba hasta el último minuto
antes de entrar a la pirámide, puesto que las paredes doradas absorberían parte de sus auras. Así pues, todos ates-
tiguarían la llegada de la misteriosa pareja ataviada con
armaduras de oro y plata.

Isis y Osiris no dudaron en tomar la delantera para
que los mellizos les siguieran. El hombre del gancho sabía
perfectamente qué estaban haciendo: centrar toda la atención en la pareja de adolescentes.

Cuando Sophie y Josh estuvieron en medio de la plaza, Marethyu escuchó los primeros murmullos entre la
muchedumbre...

... *oro y plata*...

... *los mellizos de la leyenda*...

... *sol y luna*...

Marethyu tenía que reconocérselo a Isis y a Osiris:
había sido un detalle magistral. Si los Inmemoriales hubieran decidido traer a Josh y a Sophie directamente a la
reunión del Consejo y les hubieran anunciado como los
mellizos de la leyenda, muchos de los Inmemoriales allí
presentes habrían estallado en risas incrédulas. Pero con
una entrada como esa, el Consejo empezaba a convencer-
se de que aquellos sí eran los mellizos de la profecía, incluso antes de entrar en la pirámide.

Parecía obra de un genio.

Marethyu se deslizó hasta el fondo de la fila de Inmemoriales para seguir el paso de los mellizos. Les vio charlar en voz baja y escuchó cada palabra que pronunciaron.
Observó a Josh fijarse en Inanna, en cómo abría los ojos

como platos al ver sus pies de pájaro. También vio a Sophie desviar la mirada hacia la Inmemorial alada mientras articulaba la frase:

—Es Inanna.

Marethyu había escogido ese momento en particular de todos los disponibles porque los mellizos parecían felices y contentos. Clavó la mirada en los labios de Sophie y, a pesar de no poder oírla, sabía que le estaba comentando a Josh que la Bruja de Endor era alérgica a los gatos y estornudaba. Los mellizos se rieron juntos. Era un sonido puro y libre, despreocupado y lleno de vida. Eso fue todo lo que consiguió escuchar.

La edad de Marethyu superaba cualquier límite. Había viajado por infinidad de líneas temporales. Había vivido durante siglos en Mundos de Sombras cuyas reglas temporales eran muy distintas o incluso inexistentes. Había vivido experiencias que jamás olvidaría. Y eso formaba parte de su maldición.

Y sabía que aquella era la última vez que Sophie y Josh se reirían juntos.

Capítulo 48

Vestido con una armadura ceremonial completa, Anubis permanecía tras una hermosa puerta metálica decorada con ornamentaciones esculpidas. Inspiró profundamente en un intento de calmar los nervios. Un segundo más tarde, se sorprendió al fijarse en que se llevaba la mano izquierda a la boca. Había dejado de morderse las uñas cuando la Mutación empezó a alterar su cráneo, que le había otorgado un aspecto monstruoso, alargándole los dientes, estrechándole los labios. En un par de ocasiones, cuando sin darse cuenta se había llevado los dedos a la boca, a punto estuvo de arrancarse el dedo entero de cuajo.

—¿Por qué no entras? —preguntó una voz desde el interior de la recámara—. Sé que estás ahí fuera.

Fingiendo una sonrisa, Anubis empujó la pesada puerta de los aposentos privados de Bastet y entró. En cuanto cruzó el umbral, enseguida cerró la puerta tras él, para evitar que alguna cosa pudiera escaparse hacia los pasadizos. La habitación estaba sumida en una penumbra casi absoluta y Anubis se quedó con la espalda apoyada en la pared mientras su vista se ajustaba a tal oscuridad. El ambiente que se respiraba en la recámara era atroz, así que Anubis hizo todo lo que pudo para respirar únicamente por la boca.

—¿Cómo sabías que estaba fuera? —preguntó.

—Te he escuchado respirar.

La voz de Bastet provenía de su derecha, así que el muchacho se volvió hacia el sonido. Tan solo podía distinguir la silueta de su gigantesca cabeza felina delante de una ventana. La Inmemorial tenía la cabeza echada hacia atrás, como si estuviera tragándose algo que aún se retorcía.

—¿Qué noticias me traes?

—Isis y Osiris acaban de llegar —anunció Anubis.

Bastet se zampó su tentempié, se limpió la boca con el brazo y, después de toser varias veces, se desperezó como un gato.

—Bien —jadeó por fin—. Te dije que vendrían para tu inauguración. Tienen cierto dominio sobre el resto del consejo. Una vez aprueben tu candidatura, puedes estar tranquilo. El liderazgo de la isla será tuyo.

—Han llegado en esa fantástica vímana que poseen —añadió en voz baja—. Quiero una de esas. No me parece justo que ellos tengan una aeronave de esas características y yo no.

Tomando aliento, Anubis cruzó la habitación de su madre de puntillas. El joven hacía una mueca de asco con cada paso, pues pisaba diminutos huesos que crujían y se rompían con el peso. Antes de la Mutación, su madre solía comer fruta pelada servida en bandejas de cristal. Ahora, en cambio, se alimentaba de carne cruda, a veces incluso de animales aún vivos, y el suelo de mármol y oro estaba repleto de huesos de sus comidas recientes. El aposento, más antiguo que la mayoría de las civilizaciones y antaño hermoso, ahora apestaba a comida podrida y desechos.

—Cuando seas gobernador, podrás tener todo lo que desees —respondió Bastet—. Deberías pedirles esa vímana. Dudo mucho que se nieguen a regalártela.

—No han venido solos —añadió como si nada.

—Oh. ¿A quién han traído? ¿Alguien que conozcamos?

Anubis se agachó ante su madre y, a pesar de que Bastet estaba sentada, sus miradas quedaron en el mismo nivel. A veces se preguntaba si era un capricho del destino el hecho de que la Mutación hubiera convertido a su madre en un felino y a él en un perro. El cambio le había afectado mucho más a Bastet: tenía una cola, unos colmillos afilados, unas garras replegables y un gusto especial por roedores y pájaros.

—Es una pareja. Una chica y un chico. No les conozco. De hecho, no los había visto antes —murmuró.

—Me pregunto quiénes son.

La Inmemorial se volvió para observar su imagen en un espejo en el que únicamente ella podía ver el reflejo. Anubis percibió un olor a polvo mezclado con el perfume ácido que su madre solía echarse sobre el pelaje.

—Para ser sincero, parecen humanos —continuó, poniéndose poco a poco en pie para alejarse de su madre.

—Qué extraño —opinó Bastet.

—Llevan una armadura semitransparente de color dorado y plateado. Y creo que podrían ser mellizos —acabó con algo de urgencia.

Anubis se cubrió la cabeza con las manos cuando Bastet chilló y le lanzó un frasco de perfume a la cabeza. Sus rápidos reflejos le salvaron.

—Esperaré fuera —dijo mientras salía de la habitación.

345

Anubis permanecía en el pasillo, con los brazos cruzados sobre su descomunal pecho. A través de las paredes de oro macizo podía escuchar a su madre rugir en su aposento. Cristales rotos. Muebles hechos trizas. La última vez que había montado en cólera había agujereado una puerta de oro macizo de quince centímetros de grosor y había arrancado la antigua araña del techo. Percibió el tintineo de cristal caro y entonces la puerta vibró, como si algo muy pesado se hubiera estrellado contra el otro extremo de la habitación. Anubis intuyó que se trataba de la araña una vez más.

De vez en cuando, una serie de sirvientes con cabeza de animal aparecían al final del pasillo y, al verle esperando fuera del aposento, se retiraban. Los enfados de la Inmemorial eran legendarios, y mortíferos para cualquiera que se atreviera a entrometerse en su camino.

Anubis cerró los ojos y suspiró. Cuando fuera gobernador de Danu Talis, se plantearía muy seriamente la opción de trasladar a su madre a uno de los Mundos de Sombras más cercanos para después sellar cualquier línea telúrica que condujera hacia allí. De ese modo, la atraparía en un reino externo. Se preguntaba si aquella era una opción posible, e incluso sabia.

Bastet contaba con varios aliados en el Consejo, pero muy pocos amigos. Quizás él podría contactar con un puñado de Inmemoriales dispuestos a ayudarle en su misión. A lo mejor los misteriosos Isis y Osiris se unirían a su causa.

Isis y Osiris eran muy distintos a los Inmemoriales que conocía. En una reunión del Consejo, donde la mayor parte de Inmemoriales mostraban algún aspecto de la Mutación, Isis y Osiris parecían intactos, como si el cambio no les hubiera afectado. Había escuchado el rumor que aseguraba que Isis y Osiris eran Grandes Inmemoriales, o incluso Ancestrales. Pero Anubis se negaba a creerlo, aunque sabía que no podían ser Arcontes. No pasaban mucho tiempo en Danu Talis y probablemente podía contar con las uñas de una garra las veces que les había visto en las reuniones del Consejo en los últimos quince años.

Y ahora habían aparecido con unos mellizos con armaduras dorada y plateada.

Anubis no era una criatura brillante, su hermano Aten era el cerebrito de la familia, pero estaba convencido de que aquello no podía ser una buena señal. Todo el mundo conocía la leyenda de los mellizos Oro y Plata que habían gobernado la isla. Danu Talis se había construido alrededor de los símbolos del sol y la luna, opuestos e iguales al mismo tiempo. Incluso la propia ciudad se extendía como un sol y una luna creciente. Así que, el hecho de que Isis y Osiris aparecieran ese día con una pareja vestida con armadura dorada y plateada no podía ser una mera coincidencia.

El Inmemorial cambió la expresión hasta convertirla en una máscara adusta. Se alzaría como gobernador de Danu Talis hoy, fuera como fuese. Tenía un ejército de diez mil anpu y un enjambre de híbridos con cabeza de toro repartidos por todas las plazas y calles cercanas a la pirámide. Sus últimos experimentos, híbridos de jabalí, oso, gato y toro, estaban esperando sus órdenes en el sótano más profundo de la pirámide. Les había colocado allí para que, cuando fuera declarado como Señor de Danu Talis, pudiera pasearse por la ciudad junto a ellos, como símbolo de su inmenso poder. Estaban protegidos con una armadura completa, y habían sido criados para obedecer solo a Anubis.

Las rabietas de Bastet eran como una tormenta de verano: dramáticas y coléricas, pero pasaban enseguida. Un poco más tarde, cuando la puerta se abrió, la Inmemorial estaba tranquila y sosegada. Se había cepillado el pelaje y se había puesto un vestido de cuero de color negro y rojo con una capa a juego.

—Se parece bastante a mi armadura… —dijo Anubis.

—¿Por qué crees que lo he escogido?

Bastet entrelazó su brazo con el de su hijo y juntos caminaron el largo pasadizo de cristal pulido. Su reflejo en el cristal, algo roto y distorsionado, seguía el paso de las dos figuras y cada espejo mostraba a los dos Inmemoriales con fondos distintos y variopintos.

—Ahora cuéntame todo lo que puedas sobre esa pareja.

—Te he contado todo lo que sé —contestó Anubis—. Mis espías me informaron de que Isis y Osiris habían llegado, así que salí al balcón para echar un vistazo a la aeronave. La quiero, de veras. Es fabulosa —añadió.

—Anubis… —avisó Bastet.

—Y fue entonces cuando vi a los mellizos.

—No sabes si son mellizos o no —espetó—. Deja de decirlo.

—Sé que me consideras un estúpido —empezó Anubis. Al ver la mirada de su madre, se apresuró en continuar—: Vi a un jovencito y una muchacha que, en mi humilde opinión, eran humanos y llevaban una armadura que parecía cara y ancestral. Una dorada y la otra plateada.

—¿Quién llevaba cada color? —quiso saber.

348

—El chico iba vestido con la armadura de oro, y la chica, de plata, por supuesto.

—Descríbelos.

—Acabo de hacerlo, un chico y una chica.

—El color de pelo, los ojos —insistió Bastet mientras apretaba con fuerza el brazo de su hijo.

—Eran rubios. No pude verles los ojos, estaba demasiado lejos. Me fijé en que el muchacho era un poco más alto que la chica. Es difícil calcular la edad de los humanos, pero diría que tenían quince o dieciséis veranos.

—¿Cómo sabes que eran humanos?

—Porque no son hijos de un Inmemorial —le recordó Anubis.

—¿Qué traman Isis y Osiris? —preguntó Bastet, casi hablando para sí—. Las armaduras dorada y plateada son un insulto deliberado. Un modo muy desagradable de recordarnos que nuestra familia no siempre ha gobernado el Consejo.

—Tenía entendido que Isis y Osiris apoyarían mi candidatura —protestó Anubis.

—Bueno, ¿a quién más pueden apoyar?

—A menos que tengan sus propios candidatos —propuso Anubis.

Bastet empezó a sacudir su cabeza felina y después se quedó quieta.

—¿Sabes una cosa? Quizá no seas tan estúpido como pareces.

Anubis prefirió no decir nada, aunque no estaba del todo seguro de si aquella frase era un cumplido o un insulto.

Al final del pasillo, un par de anpu con armadura negra deslizó dos puertas de cristal de cuarzo macizo.

Atrapada en el interior del cristal, una criatura con tentáculos abrió con cierta pereza un único ojo y volvió a cerrarlo.

Bastet y Anubis cruzaron el umbral y se adentraron en un patio de arena dorada. Años atrás había albergado un jardín espectacular, pero Bastet, en una de sus pataletas, había arrancado de raíz todas las flores y plantas. Desde aquel día, Anubis había ordenado a los jardineros que solo plantaran cactus y suculentas con pinchos, plantas que su madre no arrancaría con tanta facilidad. Un carruaje les estaba esperando. Se trataba de un gigantesco globo brillante esculpido de una sola perla que Anubis había traído de un Mundo de Sombras marino. Un par de tigres albinos con colmillos que se enroscaban como los de un elefante estaban atados al carruaje. Eran unas nuevas bestias híbridas que Anubis estaba criando.

El Inmemorial abrió la puerta y ofreció la mano a su madre. Bastet ignoró por completo el gesto y se subió al carruaje sin ayuda.

—Quizá sean los mellizos de la leyenda —sugirió Anubis de modo inocente mientras subía al carruaje después de su madre.

—¡No seas ridículo! —exclamó Bastet—. ¿Dónde encontrarían Isis y Osiris unos mellizos? Tu padre y yo nos encargamos de eliminar esa línea de descendencia hace miles de años.

Sorprendido, Anubis se volvió para mirar a su madre a la cara. Mientras tanto, los tigres se acomodaron en la parte delantera. No necesitaban conductor porque Anubis había programado a los felinos para seguir la ruta hacia la Pirámide del Sol.

—No tenía ni idea —admitió.

—Muy pocos lo saben. Y no quiero que lo vayas contando por ahí.

Bastet volvió la cabeza y apoyó la barbilla sobre una de sus garras. Las pupilas se le encogieron cuando el resplandor del sol iluminó las paredes translúcidas del carruaje de perla. Estuvo callada varios minutos. Con la garra libre, iba arañando la supuestamente indestructible tela que cubría su asiento. Cada vez que se montaba en aquel carruaje hacía trizas la tapicería; Anubis decidió que el próximo asiento estaría tallado en piedra.

—Si Isis y Osiris han encontrado otros candidatos —murmuró Bastet—, ¿por qué revelarlos tan pronto? No tiene sentido. Podrían haberles introducido a escondidas en la Cámara del Consejo y así presentarlos como una gran sorpresa.

—Es obvio que su intención era hacérnoslo saber —adivinó Anubis mientras observaba la ciudad por una de las ventanillas. Se intuían varios fuegos esparcidos por la ciudad y, de hecho, podía apreciar el olor a humo en el aire. Los humanos estaban quemando sus casuchas otra vez.

Ocho enormes anpu estaban esperándoles en la entrada. Se dividieron en dos grupos de cuatro y siguieron muy de cerca al carruaje. Su papel era más ceremonioso que protector. Todas las casas y palacios principales de los gobernadores de Danu Talis estaban protegidos con diversos anillos de canales y el único acceso al círculo interior que rodeaba la pirámide eran los puentes, que se vigilaban muy de cerca. Ningún humano se había atrevido jamás a pasear por el enlosado de oro que rodeaba la majestuosa pirámide.

Anubis se percató de que su madre había dejado de hablar y se volvió hacia ella.

—¿Qué decías? —preguntó un tanto despistada.

Anubis frunció el ceño, tratando de recordar.

—Que es evidente que su intención era que viéramos a los mellizos, la pareja con armaduras dorada y plateada. Cuando estás luchando en una encarnizada batalla —dijo inclinándose hacia delante—, puedes disimular el tamaño de tus tropas y sorprender al enemigo. A veces, esa estrategia funciona. Pero a menudo, si el enemigo no sabe contra cuántos guerreros se está enfrentando, seguirá luchando. La otra opción es desnudarte frente al enemigo: hazle ver que le superas en número, desmoralízalo. En ocasiones, puedes obtener una rápida victoria sin derramar mucha sangre.

Bastet asintió.

—¿Sabes qué? Tenemos que pasar más tiempo juntos. Eres una cajita llena de sorpresas.

¿Acaso era el segundo cumplido del día? Anubis se preguntaba si el mundo estaba a punto de llegar a su fin.

—Me he pasado la vida luchando. Conozco las estrategias de la batalla —dijo.

—¿Dónde están ahora? —cuestionó Bastet.

Anubis la miró inexpresivo y después encogió los hombros.

—En la Pirámide del Sol, supongo. Quizá en la Cámara del Consejo.

—No, lo dudo mucho. Es demasiado pronto. Isis y Osiris querrán hacer una entrada triunfal en la Cámara del Consejo —replicó muy segura de sí misma—. Eso es lo que yo haría, por lo menos. Sin embargo, no me cabe la menor duda de que ya habrán empezado a reunirse con otros Inmemoriales, plantando semillas, dejando caer pistas sobre la pareja de Oro y Plata. Habrán dejado a la pareja en algún lugar tranquilo y reservado para la gran sorpresa.

—Pero tú misma has dicho que no pueden ser los verdaderos mellizos. Puede que hayan encontrado una pareja de adolescentes y les hayan vestido con esa armadura tan vistosa. ¿Qué pueden demostrar? El Consejo se reirá de ellos.

—Isis y Osiris son astutos. Te garantizo que no habrán venido hasta aquí con dos críos vestidos con armadura. Ese par debe tener más de una habilidad. Quizá son lo bastante poderosos como para convencer al Consejo —añadió meneando la cabeza—. Isis y Osiris deben de llevar siglos planeando esto. Puede que más. Cuando seas gobernador, quiero que condenes a esa pareja a muerte.

—¿A qué pareja? —preguntó Anubis con el ceño fruncido—. ¿A los niños?

Bastet sacudió la cabeza y maulló.

—No, a los niños no. Bueno, puedes matarlos, si lo deseas. Quiero que te ocupes de Isis y Osiris.

—Las últimas personas que trataron de asesinarlos acabaron convertidas en joyas —le recordó a su madre—. Isis llevó ese collar de personas diminutas durante meses. Y la mayoría seguían vivas —añadió con un susurro.

De pronto, Bastet se acomodó en el respaldo de su asiento y posó las manos sobre la rodilla de Anubis. Una zarpa afilada perforó su piel, pero Anubis se mordió el labio y no musitó palabra.

—Pero tienes razón, desde luego…

—¿Ah sí? —preguntó, ante la sorpresa de que su madre estuviera de acuerdo con lo que acababa de decir—. ¿En qué tengo razón?

—Acaba con los niños.

—¿Quieres que los mate?

Anubis observó a su madre durante unos instantes y después apartó la mirada hacia la ventanilla.

—Eso será fácil. Pueden sufrir un pequeño accidente en los próximos días.

Todas las garras de Bastet se clavaron sobre su rodilla y el joven dejó escapar un grito ahogado.

—¡A veces puedes ser muy estúpido!

Ahora ya estaba convencido: cuando fuera gobernador, la desterraría a un Mundo de Sombras. A algún reino repleto de perros.

—Mátalos ahora. Mátalos antes de que Isis y Osiris puedan presentarlos ante el Consejo —ordenó estrujándole la rodilla para dar más énfasis—. ¿Me estás escuchando?

—Sí, madre —contestó apretando los dientes.

—Y hazlo como se merece.

—Sí, madre —repitió Anubis—. Conozco a las criaturas idóneas para este trabajo. Nunca me han fallado.

Capítulo 49

tada a un planeador de madera y papel un tanto endeble y poco estable, Scathach pasó volando por delante de la ventanilla de la aeronave y saludó con la mano.

En el interior de la vímana, Juana de Arco le devolvió
el saludo.

—Se lo está pasando en grande —comentó.

—¿Qué? —preguntó Saint-Germain.

El conde había dibujado cinco líneas en su libreta Mo-
leskine que rápidamente empezó a llenar con notas y
pausas, tarareando una melodía a medida que colocaba las
notas en el pentagrama.

—Scathach. Acabo de verla pasar por la ventana. Parecía la mar de contenta —repitió un poco más alto por el
zumbido que creaba la vímana.

—¿Quién es?

Saint-Germain se puso en pie para asomarse por el
cristal de la ventanilla. Vio a la Guerrera planeando y realizando un brusco viraje. Scathach se deslizaba gracias a
una corriente de aire invisible que soplaba por encima de
la copa de los árboles.

—En fin, así se divierte —dijo con aire distraído—. Dame
un par de minutos, por favor. Quiero componer esta melodía.

El conde se dejó caer sobre el suelo de la aeronave y volvió a centrarse en las líneas de su libreta.

—Creo que ahí fuera está más a salvo que en la vímana —murmuró William Shakespeare. El Bardo estaba sentado junto a Prometeo, observando con nerviosismo cómo el gigantesco Inmemorial se las apañaba para controlar la vieja aeronave.

Palamedes, en cambio, estaba sentado detrás de Shakespeare. Y, pese a que siempre mantenía un gesto impasible, se podía percibir preocupación e inquietud en su rostro.

—Era la única vímana disponible —explicó Prometeo.

El Inmemorial quiso mover el acelerador y, sin querer, lo arrancó. Arrojó la vara rota a un lado y empezó a toquetear los cables.

—Nadie más estaba dispuesto a pilotarla.

—Y ya veo por qué —dijo Will.

—No teníais por qué venir —espetó el Inmemorial—. Teníais alternativas.

Will miró a Palamedes y esbozó una amplia sonrisa.

—En realidad, no. Todo acaba hoy.

—Nada acabará hoy —replicó Prometeo muy seguro de sí mismo—. Sin duda, habrá gritos y puñetazos sobre las mesas. La humanidad tardará días en organizarse. Aten era lo más parecido a un líder, y ahora ha desaparecido. La raza humana no tiene quien la guíe.

Scathach se inclinó hacia la derecha y notó el planeador moviéndose bajo sus pies. Después se ladeó hacia ambos lados formando una serie de rapidísimos zigzags. Jamás había volado en un planeador antes, pero era una experta amazona y una surfera de primera categoría. Acababa de descubrir que planear era muy parecido a surfear, excepto por el detalle de que se deslizaba por el aire en vez de por el mar.

Había aprendido a montar las olas en las gélidas aguas que rodeaban el fuerte de la isla Skye milenios antes de que el surf se convirtiera en un deporte conocido. Siglos después, incluso había capitaneado un grupo de guerreros maoríes que querían trasladarse de una isla a otra para rescatar a niños capturados. Los vigías esperaban ver grandes veleros que indicaran la llegada del enemigo, pero el ejército maorí pudo eludirles deslizándose sobre unas tablas larguísimas.

Dejó escapar un grito de guerra. Le encantaba todo aquello y solo tenía un diminuto remordimiento: haberlo descubierto demasiado tarde en su vida. Scathach la Sombra ajustó su peso para levantar la parte frontal del planeador y así dejar que el aire empujara las alas de la nave. El planeador se fue elevando en lentas espirales y, cuando consideró que había alcanzado suficiente altura, dio media vuelta y miró hacia abajo.

Directamente bajo sus pies, el bosque se extendía en lo que parecía una alfombra verde, vasta y uniforme. A lo lejos, titilando en el horizonte, se distinguía el azul del mar y el dorado de Danu Talis, con la espléndida Pirámide del Sol dominando el contorno de la ciudad.

Había más de tres mil planeadores en el aire y, aunque habían sido diseñados para llevar a un solo ocupante, la mayoría transportaba a un segundo atado de forma precaria al primero.

El papel y el cuero crujían mientras las aeronaves planeaban; un sonido que se confundía con truenos distantes.

Casi cuarenta vímanas avanzaban por debajo de los planeadores. Casi todas aquellas naves habían sido robadas y reparadas con pedazos de otras aeronaves. Había un puñado con forma triangular, lo cual era muy poco habitual, y varias de las naves de guerra Rukma, aunque la gran mayoría eran pequeñas naves circulares diseñadas para albergar dos ocupantes. Sin embargo, aquellas Rukma contenían al menos cinco guerreros en su interior. Ninguna de aquellas naves era nueva, y había un par, incluyendo en la que se habían montado Juana y los demás, que parecía de la edad de piedra. Las portillas no tenían cristal, los cascos metálicos estaban unidos con cables y se habían tapado los agujeros con hojas y trozos de madera. Todas las vímanas iban peligrosamente sobrecargadas. Antes de alzar el vuelo, Huitzilopochtli había confesado a Scathach que había convocado a todas las defensas del Yggdrasill, es decir, casi diez mil guerreros, a la batalla.

358

Cuatro mil de ellos descenderían por aire y el resto avanzaría por la jungla. Esos seis mil tardarían un par de días en llegar a Danu Talis. Y nadie sabía qué se encontrarían cuando llegaran a la ciudad.

Scathach había declinado la oferta de viajar en la destartalada vímana circular con los demás. Había algo que debía hacer, y no podía permitirse el lujo de estar atrapada a bordo de una aeronave. La Sombra había preferido atarse un par de alas y lanzarse desde una rama hacia el cielo. Estaba absolutamente convencida de que, en cuestión de segundos, asimilaría la habilidad necesaria para dominar el vuelo. De ese modo había aprendido a nadar, arrojándose a las gélidas profundidades de Skye y agitándose en el agua hasta empezar a flotar.

Scathach se acercó de nuevo a la vímana y volvió a

saludar. Su amiga le respondió con el mismo gesto. Prometeo estaba demasiado ocupado tratando de manejar los mandos como para darse cuenta de la presencia de la Sombra; Will y Palamedes observaban al Inmemorial algo ansiosos. Tan solo Saint-Germain parecía relajado, tranquilo, estirado en el suelo y escribiendo en su libreta. Scathach tenía la esperanza de que sobreviviera para acabar la sinfonía: tenía el presentimiento de que sería épica.

La Guerrera echó un fugaz vistazo a sus amigos y después se dejó llevar por el soplo del viento. Tras asegurarse de que los demás no podían verla, se inclinó hacia la derecha y empezó a descender en dirección a las afueras de la ciudad.

Capítulo 50

La mano de Nicolas Flamel se transformó en un guante verde y, acto seguido, una bola de energía sólida empezó a formarse sobre la palma. Echó el brazo atrás y, justo cuando estaba a punto de lanzar la bola a Morrigan, Perenelle le agarró por el brazo.

—¡Espera!

—¿Espera? —repitió Nicolas mirando a su esposa, algo confundido.

La Hechicera tenía la mirada clavada en la figura negra.

—No eres Morrigan, ¿verdad?

—Sí lo es, la Diosa Cuervo —insistió Nicolas. La pelota de energía que daba vueltas sobre su mano empezaba a encogerse.

La criatura encapuchada que tenían delante alzó la cabeza.

Tenía la tez pálida, casi cadavérica, y, cuando habló, Perenelle y Nicolas intuyeron un acento irlandés o escocés. Tenía los ojos cerrados.

—Morrigan sigue durmiendo —anunció. Y entonces abrió los ojos. Eran del mismo color que la sangre—. En este instante soy Badb.

Poco a poco, la criatura fue cerrando los ojos y, de pronto, los abrió de golpe.

Ahora, el iris era de color amarillo brillante.

—Y ahora soy Macha.

Al pronunciar la última frase, utilizó un acento celta claro, profundo.

La bestia volvió a cerrar los ojos y, al volver a abrirlos, uno era rojo lustroso y el otro amarillo. Dos voces distintas salían de la misma boca, aunque no estaban sincronizadas.

—Y somos las hermanas de Morrigan. Somos la Diosa Cuervo.

Nicolas contempló atónito a la criatura y después miró a su esposa con las cejas arqueadas, a modo de pregunta silenciosa.

—Son tres en un mismo cuerpo —explicó—. Es un proceso parecido a las tres caras de Hécate, pero Morrigan, Macha y Badb son tres personalidades distintas que conviven en el mismo cuerpo. Siglos atrás, Morrigan absorbió a sus hermanas y las atrapó en su interior. —Y con una sonrisa, añadió—: Yo misma las liberé, y ahora es Morrigan quien está encerrada en su interior.

La Diosa Cuervo sonrió y unos colmillos blancos y afilados asomaron por sus labios negros.

—Deberías rezar para que nunca escapara, Hechicera. No está muy contenta contigo.

Nicolas cerró la mano en un puño y la bola de aura verde se infiltró por su piel, como un fluido esmeralda que fluía por su brazo como tinta.

—Gracias por salvarme —murmuró Perenelle.

—Gracias a ti por liberarnos —respondió enseguida la Diosa Cuervo.

—A decir verdad, nunca creí que volvería a veros —confesó la Hechicera extendiendo los brazos—, y menos aún aquí.

—No lo teníamos planeado —contestó la Diosa Cuervo. La criatura se volvió hacia la caseta de máquinas y la capa de plumas barrió el suelo produciendo un murmullo espeluznante—. Aquí hay algo que… no encaja.

Nicolas y Perenelle se cruzaron varias miradas.

—¿Qué quieres decir?

—Somos criaturas de la Última Generación —empezó la diosa—. Nos criamos durante la terrible época que siguió el Hundimiento de Danu Talis. Ya entonces teníamos claro, y nos extraña que nuestra hermana no se diera cuenta, que los Inmemoriales serían los arquitectos de su propia destrucción. Se habían convertido en seres vagos y arrogantes, características que contribuyeron a la destrucción de su mundo. Creían que la raza humana les veneraba como dioses pero, en realidad, la humanidad les despreciaba y temía. No estuvimos allí presentes, pero hemos escuchado historias que aseguran que los humanos se han rebelado varias veces a lo largo de la historia —explicó. Después, señaló la caseta con una garra negra y continuó—: Si estas bestias consiguen alcanzar tierra firme, los Inmemoriales regresarán a este planeta y el ciclo de destrucción empezará otra vez.

La diosa sonrió, dejando al descubierto una dentadura afilada y nívea que contrastaba con la negrura de sus labios.

—Y a pesar de nuestro aspecto de cuervo, jamás hemos sido enemigas de los humanos. Muchas naciones nos han honrado. Así que, por lo visto, volvemos a ser aliadas, Hechicera.

La inmortal francesa asintió con la cabeza.

—Os lo agradezco. Y muchas gracias por volver; vuestra presencia aquí cambia las cosas. Ahora, tenemos una oportunidad —dijo ofreciéndole la mano.

La Diosa Cuervo se quedó mirando la mano de Perenelle y, con suma lentitud, casi con indecisión, la estrechó.

—¿Quieres saber algo? —dijo—. Creo que es la primera vez que un humano nos ofrece la mano de forma voluntaria.

—¿Y por qué? —preguntó Nicolas.

—Oh... —exclamó la Inmemorial con una risita—. Supongo que, en ciertas ocasiones, mordemos la mano que nos da de comer. Literalmente.

—¿Y qué hacemos ahora? —quiso saber el Alquimista—. No sé qué se esconde ahí, dentro de ese edificio, pero ¿creéis que reunimos fuerza suficiente como para atacar?

La Diosa Cuervo sacudió la cabeza y la capa de plumas rozó el suelo.

—Hemos podido ver lo que hay ahí dentro. Todas y cada una de las bestias de las leyendas humanas, todos los monstruos imaginables y muchísimos anpu. Están bajo el control de Xolotl —añadió.

Nicolas y Perenelle menearon la cabeza, pues no reconocieron aquel extraño nombre.

—El hermano gemelo de Quetzalcoatl —aclaró la Diosa Cuervo—. El gemelo malvado —añadió con una sonrisa—. Al nacer, eran idénticos, pero la Mutación ha sido especialmente cruel con Xolotl: no tiene piel, ni carne. Es un esqueleto con cabeza de perro. Y, para qué engañarnos, un perro horroroso. Los anpu le veneran como si fuera de su propio clan. Somos poderosas, pero pertenecemos a la Última Generación. No podríamos vencerle. Tan solo un Inmemorial con poderes infinitos tendría una mínima posibilidad de enfrentarse a él y derribarle. Y no sabemos dónde encontrar uno.

—Pero yo sí —replicó Perenelle enseguida—. Areop-Enap está aquí. Si pudiéramos despertar a la Vieja Araña, se pondría de nuestro lado.

—Pero mientras nos ocupamos de eso, el barco zarpará —protestó Nicolas.

—Eres el Alquimista —dijo la Diosa Cuervo—, un maestro de las artes más arcanas. Y tú —añadió dirigiéndose a Perenelle— eres una hechicera. Sin duda, tiene que haber algo que podáis hacer.

—Estamos muy débiles… —empezó Nicolas, pero su esposa le agarró por el brazo.

—Piensa en lo más sencillo, Nicolas. No te compliques.

—Y rápido —añadió la Diosa—. Están preparando el barco.

Nicolas miró a su alrededor, desesperado.

—Si tuviera más tiempo, podría alterar la estructura del metal y convertirlo en un material poroso, o incluso podría magnetizar el casco para que atrajera cada pieza de metal de la isla hacia el barco.

—No tenemos tiempo para algo tan enrevesado —opinó Perenelle.

La Diosa Cuervo se abrigó con la capa para contemplar la orilla de San Francisco.

—Como último recurso, podríamos subirnos al barco y matar a algunos guardias, o al capitán.

—No tendrías la más mínima oportunidad —dijo Perenelle. A pesar de aquel aspecto feroz y salvaje, la Diosa Cuervo tenía los huesecillos débiles de un pájaro; no podría derribar a más de un par de anpu. La Hechicera desvió la mirada hacia su marido y preguntó—: ¿Crees que podríamos intentar volver a congelar el mar?

—Dudo que tenga la fuerza suficiente para hacerlo y, además, tú misma has visto lo rápido que se funde.

—Podríamos arrojar algunas bolas de fuego al barco. Eso crearía algo de caos, o quizás incluso pánico, entre las criaturas a bordo. Si provocáramos una estampida, puede que el barco… volcara.

—Guardémonos ese as debajo de la manga —recomendó Nicolas. Y entonces al Alquimista se le iluminó la mirada y sonrió—. Algo sencillo. Tenías razón. A veces, lo más sencillo es lo mejor.

Nicolas se agachó para recoger un puñado de guijarros. Los frotó entre las palmas de la mano hasta convertirlos en polvo; acto seguido, se llevó las manos a los labios y probó la arenilla con la punta de la lengua.

—¡Puaj! Qué asco —murmuró la Diosa Cuervo.

—No contiene cemento suficiente —observó—. Los edificios son demasiado viejos. La sal y este maldito clima los han carcomido.

El inmortal se inclinó para alzar un ladrillo del suelo y lo sostuvo sobre su mano.

—La estructura de los ladrillos ya ha empezado a desmoronarse. Las cadenas moleculares que mantenían la estructura unida empiezan a partirse. Hace mucho tiempo, siempre que Perenelle y yo necesitábamos algo de dinero, tomábamos un trozo de carbón y lo transformábamos en una pepita de oro macizo.

—¿Vas a convertir el barco en una mole de oro? —preguntó la Diosa Cuervo, atónita—. ¡Eso sería espectacular! —exclamó. Y, con el ceño fruncido, agregó—: El barco se hundiría, ¿verdad?

365

MICHAEL SCOTT

El Alquimista negó con la cabeza.

—No, no pienso convertir el barco en oro. No creo que jamás fuera capaz de tal hazaña. Y, además, siempre he preferido ser un poco más discreto...

Las palabras del Alquimista fueron perdiendo intensidad y, de repente, la atmósfera de Alcatraz se cubrió del aroma a menta. Poco a poco las esquinas del ladrillo, que seguía apoyado sobre la mano de Nicolas, empezaron a desmenuzarse hasta disolverse en un polvo arenoso.

—Apoya la mano sobre mi hombro derecho, Perenelle; regálame algo de fuerza. Tú también, Diosa Cuervo —ordenó—. Colócate detrás de mí.

—En realidad preferiría no tocar a un humano... —refunfuñó la Inmemorial. Pero aun así, dio un paso hacia delante.

—Y yo preferiría algo más ancestral que la propia humanidad, pero este es un momento extraño y poco habitual —rebatió Nicolas.

La Diosa Cuervo y Perenelle se posicionaron detrás del Alquimista y permitieron que sus auras fluyeran a través de Nicolas. El aroma a menta se intensificó, pero en esta ocasión el olor fue más agrio, más amargo.

—Date prisa, Nicolas —susurró Perenelle—. En cualquier momento alguien o algo podría darse cuenta.

—Primero, uno debe concentrarse...

El Alquimista se quedó mirando fijamente el ladrillo que sostenía en la mano. Muy lentamente, el polvo empezó a escurrírsele entre los dedos, como si de agua se tratara.

—Una vez conseguido el resultado, uno solo debe proyectar energía creativa o destructiva. Observación y después aplicación.

En algún insólito lugar, algo crujió. Aquel chasquido fue como el disparo de una bala.

De pronto, las piedras empezaron a rechinar, como si alguien estuviera frotándolas.

—¿Es otro terremoto? —preguntó Perenelle.

El suelo vibró cuando una nueva oleada de crujidos retumbó en medio de la noche. A bordo de la embarcación, que en aquel instante estaba abarrotada de criaturas, y en el interior de la caseta, las bestias rugían y gritaban.

Durante un breve instante, la niebla se disipó para dejar al descubierto la altísima chimenea que asomaba tras la caseta que contenía el centro neurálgico de la isla. La descomunal chimenea se sacudía y balanceaba de un lado a otro mientras decenas de ladrillos explotaban, rociando polvo y arenilla en todas direcciones.

Nicolas se llevó la mano a la cara y sopló con suavidad, esparciendo así el resto del polvo de su palma en la oscuridad nocturna.

El trío vio cómo la torre se partía en dos y, casi con ligereza, atravesando la niebla, cómo se desplomaba sobre la parte trasera del barco amarrado, hundiéndolo en el agua de tal forma que la proa quedaba levantada hacia el aire. Se escuchó el chirrido del metal y, acto seguido, el barco se rompió por la mitad. Una cascada de agua empapó el muelle y las pasarelas, arrastrando así a un puñado de anpu hacia las rocas y la inmensidad del océano. La proa del barco se estrelló de nuevo contra el agua, lo cual provocó otra inmensa ola que bañó la dársena. De inmediato, las dos mitades de la embarcación se quedaron flotando junto a la orilla y todos los pedazos que chocaban contra las rocas al sumergirse provocaron una serie de ruidos metálicos ensordecedores.

Nicolas se frotó las manos.

—Y todo lo que debía hacer era romper media docena de ladrillos. El peso de la chimenea se ocupó del resto.

Perenelle se inclinó y besó a su marido en la mejilla.

—*Magnifique* —susurró en francés.

—Un triunfo —añadió la Diosa Cuervo—. Nos perdonarás que no queramos besarte.

—Y me perdonaréis que prefiera que no me beséis.

—Estamos a punto de recibir una visita muy poco agradable —interpuso Perenelle.

Un haz de luz se filtró entre la tiniebla cuando las puertas del depósito se abrieron de par en par. Un ejército de anpu emergió de la noche y empezó a tomar posiciones alrededor de la puerta, con el hocico apuntando hacia arriba para olfatear el aire. La silueta que apareció tras la puerta no tenía ni un ápice de humana. Una capa con plumas multicolores y con capucha abrigaba un esqueleto. Una ráfaga de viento levantó la tela de la capa y reveló unos huesos blancos y pulidos que protegían los órganos vitales de un hombre. A diferencia del resto del cuerpo, la cabeza estaba recubierta por capas de carne y pelaje. Era la cabeza de un perro con el hocico alargado y las orejas puntiagudas. Tenía manchas de sarna en la piel y una de las orejas parecía mordida. Aquella criatura se movía de forma extraña y, a medida que se acercaba, resultó más que evidente que tenía los pies del revés, con los talones en frente.

Echó la cabeza atrás para olfatear el aire, tal y como habían hecho los anpu. Movió la mandíbula y, al hablar, su discurso sonó como una gárgara líquida.

—¿Qué es esto que huelo? —gruñó—. Ah, menta, la peste del infame Alquimista. Mi hermano me comentó que él mismo se aseguraría de que jamás llegaras a la isla. Pero ya le dije que conseguirías estar aquí. Soy Xolotl, hermano de Quetzalcoatl, hijo de Coatlicue, y he venido para reclamar esta ciudad en nombre de los Inmemoriales.

Al ver que no obtenía respuesta, empezó a avanzar arrastrando los pies, con una mano esquelética tapándose el cuello y la otra alzada. Cada dedo contenía una llama amarillenta, como si de velas se tratara. Cuando se asomó entre la oscuridad, su mirada se tornó bermeja. Ladró como un sabueso y después volvió a utilizar el inglés.

—¿Dónde estás, Nicolas Flamel? Déjame verte antes de que te mueras.

El Alquimista dio un paso hacia delante y dejó que su aura verde le iluminara.

—¿Qué harás, monstruo, sin un barco que traslade a tus bestias a tierra firme? Por lo visto, estás atrapado en esta isla conmigo.

Xolotl movió su mano de velas hacia la ciudad de San Francisco.

—Hay más embarcaciones, Alquimista. Dee adquirió una pequeña flota de barcos turísticos para este gran acontecimiento. Ahora mismo, mientras estamos charlando, están de camino, o lo estarán cuando la niebla se disipe —explicó—. Ya le dije a mi hermano que la niebla era un tremendo error. Pero hasta que lleguen los barcos, ¿por qué no nos divertimos un poco? —dijo con una sonrisa canina—. Por ejemplo, podría darte caza.

Y entonces Xolotl señaló al Alquimista con su mano ardiente y una docena de anpu corrió hacia el Inmemorial en silencio.

—Traédmelos. ¡Vivos! Tendré el placer de matarte con mis propias manos, Alquimista —prometió Xolotl.

Nicolas dio una palmada y un muro de llamaradas esmeralda emergió de entre las baldosas, justo delante de él. El calor intenso que desprendía el fuego hizo retroceder a los guerreros con cabeza de chacal.

—Estamos en una isla, Alquimista. No puedes esconderte —aulló Xolotl.

—No pienso esconderme —replicó Nicolas, alejándose de las llamas—. Voy a por ti, monstruo.

—¡Morirás en esta isla!

—¡Y tú morirás conmigo!

Nicolas se volvió hacia Perenelle y la Diosa Cuervo.

—Tenemos que despertar a Areop-Enap ahora mismo. Es nuestra única esperanza.

—¿Y si no conseguimos despertarla? —preguntó la Diosa Cuervo.

El matrimonio Flamel miró a la Inmemorial sin pronunciar una sola palabra. Por fin, Perenelle habló.

—La despertaremos. O moriremos en el intento.

—Y probablemente nos convirtamos en una deliciosa cena —añadió Nicolas con una sonrisa.

—¿Siempre es todo tan emocionante con vosotros dos? —preguntó la Diosa Cuervo.

—Incluso para nosotros, esta última semana ha sido… excepcional —dijo Nicolas.

Capítulo 51

Quedaos aquí. No salgáis de la sala —ordenó Isis.

—Y no toquéis nada —añadió Osiris—. La edad de la mayoría de estos artefactos puede medirse en decenas de milenios.

—No salgáis de la sala —repitió Isis—. Cuando nos marchemos, cerrad con llave la puerta. Y, sobre todo, no abráis a nadie.

—¿Y vosotros? —preguntó Josh.

Isis frunció el ceño.

—¿A qué te refieres?

—Nos acabáis de decir que no abramos la puerta a nadie. ¿Eso os incluye a vosotros también?

La Inmemorial suspiró.

—Josh, te estás comportando como un crío estúpido. Claro que podéis abrirnos la puerta. Estaremos de vuelta en menos de una hora. Os recogeremos y os presentaremos ante el consejo.

Osiris se frotó las manos con vigorosidad y, en ese preciso instante, pareció el hombre que los mellizos habían conocido como su padre.

—Hemos tenido la oportunidad de hablar con algunos Inmemoriales, así que, a estas horas, todo el mundo sabe que estáis aquí. Habrá un gran revuelo cuando lleguéis.

—Sí. Todo Danu Talis está hablando de vosotros —comentó Isis—. Bien, recordad…

—Cerrar la puerta —finalizó Josh.

—No salir de la habitación —añadió Sophie.

Isis asintió con la cabeza, pero no sonrió. Era evidente que la actitud de los mellizos no le parecía divertida en absoluto. Arrastró la pesada puerta al salir del aposento y la cerró con un golpe seco. A Josh le costó girar la gigantesca llave circular que los propios Inmemoriales habían dejado puesta en el paño. Al fin, consiguió dar la vuelta y Sophie y Josh quedaron encerrados en una de las salas más inmensas que jamás habían visto.

—Es enorme —suspiró Josh—. Podrías construir un campo de fútbol aquí dentro.

Sophie avanzó hacia el centro de la habitación.

—O más de uno —dijo mirando a la izquierda y después a la derecha.

Los mellizos estaban en un aposento sin ventanas tan gigantesco que apenas podían apreciar la distancia de las paredes, que se escondían tras las sombras de la sala. La pared que se alzaba justo delante de los mellizos tenía un ángulo muy extraño. La joven señaló la pared.

—Esa pared debe pertenecer a la pirámide.

—Por lo visto, este aposento tiene la misma largura que el edificio —evaluó Josh.

—Eso querría decir que mide… unos dos kilómetros de largo.

—Lo que decíamos, una habitación espaciosa —bromeó—. Me sorprende que no esté dividida en salas más pequeñas. Eso tendría más sentido.

—Josh, esta gente se inventa reinos, crean Mundos de Sombras. No creo que decidan dividir una habitación por el mero hecho de ser prácticos. —Hizo una pausa, y después dijo—: Aunque me corroe una duda: ¿para qué la utilizarán? Parece una galería.

La joven señaló una pared donde se distinguían unos rectángulos algo más pálidos del color de la pared.

—¿Lo ves? Había algo colgado aquí —adivinó, volviéndose para observar el resto de la sala—. No hay ventanas, solo una puerta…

—¿Y de dónde sale esta luz? —preguntó Josh, al no encontrar un punto claro.

—Creo que proviene de las mismas paredes —respondió Sophie, atónita.

Josh se acercó a una de las paredes y apoyó la mano sobre las piedras doradas. El tacto era frío y rasposo.

—Hay algo aquí —interpuso Sophie indicando el suelo, donde los restos de un diseño ancestral eran vagamente visibles. Josh regresó corriendo, se dejó caer sobre el suelo y sopló con todas sus fuerzas. Una nube de polvo se arremolinó para revelar una serie de círculos perfectos, concéntricos, fabricados a partir de diminutas baldosas de oro y plata. La circunferencia interior contenía multitud de diminutos cuadrados dorados y amarillos, y las baldosas de plata se habían utilizado para crear una forma de media luna.

Sophie recorrió la silueta de la luna creciente con la punta de la bota. Y entonces, dio un suave golpe en el círculo del centro.

—Sol y luna.

La jovencita retrocedió varios pasos y observó el diseño con detenimiento.

—Todo indica que esta parte del suelo es más antigua que el resto. ¿Lo ves? Las piedras son completamente distintas.

Sophie se arrodilló y pasó las manos por encima del patrón, marcando la forma de la luna con el dedo índice. Un diminuto zarcillo de aura plateada se filtró por la yema de su dedo, se deslizó por el guante de su armadura y se arrastró hacia la luna creciente, como si fuera una gota de mercurio.

—Me pregunto de dónde proviene...

... *un muro...*

... *asombrosamente largo, increíblemente alto...*

... *que se alzaba en un desierto donde el cielo y la tierra eran marrones, y el sol no era más que un punto lejano de luz...*

La joven se estremeció al visualizar aquellas imágenes, que enseguida se disiparon. Y entonces miró a su hermano.

—Es más antiguo que la propia pirámide. Mucho más antiguo. Creo que ni siquiera pertenece a este mundo.

Josh dio varias vueltas alrededor del diseño, estudiándolo.

—Este reino es una mezcla demente de magia y tecnología. Por un lado tienen esta increíble pirámide con paredes de luz y, sin embargo, no son capaces de reparar una vímana como dios manda. Pueden crear Mundos de Sombras y diseñar híbridos de humano y animal, pero en cambio llevan armadura y espada para protegerse. ¡No hay coches, ni teléfonos, ni nada que se parezca a un televisor!

—Creo que estamos viendo un mundo moribundo, Josh —murmuró Sophie—. Quien creó la tecnología original y construyó las pirámides ha perecido o ha sufrido los efectos de la Mutación. Desde luego, hay criaturas como Isis y Osiris, con habilidades espectaculares. Pero ¿qué hacen? En vez de utilizar esos poderes para algo útil, han optado por invertir miles de años en asegurarse de que gobernarán Danu Talis.

—Para sí mismos —dijo Josh, de repente. El joven se agachó para mirar a su hermana a los ojos—. Han preferido enfrentarse a multitud de problemas para asegurarse de que gobernarán Danu Talis para sí mismos —repitió, haciendo especial hincapié en esas tres palabras.

—Supongo que esperan que acatemos sus órdenes sin rechistar.

—Y supongo que van a tener una gran decepción.

—¿Y qué sucede ahora? —preguntó Sophie.

Su hermano meneó la cabeza.

—No tengo ni idea. Bueno, en realidad sí, pero no quiero ni pensarlo.

Josh se desperezó para desentumecer los músculos.

—Hay algo espeluznante en este lugar, ¿no crees?

—¿Espeluznante? ¿Qué puede asustarte en este momento?

Sophie se puso en pie, dio varias palmadas para sacudirse el polvo de los guantes y se alejó ligeramente del patrón de círculos.

—Josh, ¿te has fijado en las personas con las que acabamos de cruzarnos? Intuyo que no son del todo personas, pero piensa en todo lo que hemos visto y hecho a lo largo de los últimos días.

Josh asintió.

—No deberías volver a tener miedo —concluyó Sophie.

Su mellizo encogió los hombros.

—Ahora estoy un poco asustado —admitió.

—Pues no lo estés —dijo su hermana con firmeza.

Josh puso los ojos en blanco.

—Cómo te gusta llevar la batuta. Deja que tenga miedo si quiero.

Los mellizos sonrieron con complicidad. Entonces Sophie se inclinó hacia delante y bajó la voz.

—Quizá sea por mis sentidos intensificados, pero creo que nos están vigilando.

Josh asintió una vez más y se rascó la nuca con indiferencia.

—Tengo un cosquilleo en la nuca. ¿Sabes esa sensación de que alguien te mira fijamente?

—¿Isis y Osiris? —propuso Sophie.

—No creo. ¿Qué motivo tendrían para espiarnos? Están acostumbrados a que hagamos todo lo que nos dicen, como buenos niños. Nos enseñaron a ser obedientes, tal y como han instruido a sus esclavos.

—Caminemos —sugirió Sophie en voz baja—. El sonido de las botas resonará en las paredes y será casi imposible oírnos.

La joven se entrelazó las manos tras la espalda y empezó a pasearse por el aposento, escudriñando las esquinas más oscuras, buscando algún extraño movimiento tras la penumbra.

Josh alcanzó a su hermana. Las botas de los mellizos producían un ruido metálico al tocar el suelo, un sonido chirriante que resonaba entre las piedras de la pirámide.

—A lo mejor era una biblioteca. Da la impresión de que hubo estanterías en aquellas paredes —dijo Sophie en voz alta, señalando con el dedo—. Se ven las marcas.

—Y entonces frunció el ceño y susurró—: Osiris ha insistido en que no toquemos nada, pero aquí no hay nada que podamos tocar.

—Así que, fuera lo que fuese, alguien lo ha sacado de aquí —adivinó Josh, que hablaba tapándose la boca con la mano.

—Pero Isis y Osiris no lo saben —añadió Sophie.

—Me da la sensación de que no pasan mucho tiempo aquí —intuyó el joven.

Sophie asintió, mostrándose así de acuerdo con la opinión de su hermano.

—Me pregunto por qué.

Los mellizos regresaron a la zona central del suelo para alejarse lo más posible de las paredes. Charlaron en voz alta sobre el tamaño del aposento, la altura, la luz. Josh incluso silbó y dio palmas para escuchar el eco.

Tras dar varias vueltas más, los hermanos decidieron dirigirse hacia una de las paredes. Unas líneas horizontales grabadas en la piedra dorada marcaban con claridad el perfil de varias estanterías. Además, unos diminutos agujeros sobre los ladrillos mostraban dónde se habían colocado. Sin embargo, no había rastro de las estanterías, ni de lo que sostenían, evidentemente.

Josh limpió la pared con la mano.

—Esto ha ocurrido hace poco. Ni siquiera hay polvo.

Sophie miró a su hermano algo impresionada.

—Eso ha sido brillante. Nunca habría pensado en algo así.

—Lo vi en una vieja película de Sherlock Holmes —admitió con una amplia sonrisa.

Los mellizos se encaminaron hacia el lugar donde Isis y Osiris les habían dejado. Sophie vaciló durante unos instantes y después frenó a su hermano cogiéndole del brazo. El guante metálico de la joven rasgó la armadura dorada.

—No son nuestros padres, ¿verdad?

Josh siguió caminando. Ya había adelantado un par de metros cuando por fin decidió contestar.

—Llevo dándole vueltas a ese asunto desde el mismo momento en que nos dijeron quiénes eran.

—Yo también —reconoció Sophie.

—En la tierra, durante todos estos años, han actuado como nuestros padres. Fueron buenos padres y tomaron siempre las decisiones adecuadas. Pero…

—Siempre fueron un poco fríos con nosotros —interrumpió Sophie—. Incluso antes de que todo esto ocurriera, había momentos en que me preguntaba si habrían leído un manual de instrucciones para ser padres. Había algo extraño en ellos. Los padres de todos nuestros amigos eran más…

La joven se quedó callada unos segundos, buscando la palabra apropiada.

—¿Naturales? —mencionó Josh.

—Sí, eso es. Naturales. Nuestros padres, en cambio, parecían forzados. Incluso en una ocasión se lo comenté a mamá, bueno, a Isis; justo después de trasladarnos a Austin. Su reacción fue reírse y decirme que por supuesto éramos diferentes y que era normal que nos resultara algo incómodo. Éramos mellizos, íbamos a una nueva escuela y, por esos y otros motivos, no era de extrañar que nos sintiéramos fuera de lugar.

—¿Y te acuerdas de lo que dijeron? —añadió Josh—. Que nos estaban educando.

—Preparando.

—Entrenándonos.

—Pero nunca mencionaron que era para este papel —acabó Sophie.

—Pero si no son nuestros padres, ¿quiénes somos? —preguntó Josh aminorando el paso hasta quedarse inmóvil—. Hace un rato estaba pensando precisamente en eso. Ya sabes que los Flamel se pasaron toda su vida buscando mellizos Oro y Plata…

Sophie empezó a decir que sí con la cabeza; acto seguido, al darse cuenta de qué estaba sugiriendo su hermano, puso los ojos como platos.

—Puede que Isis y Osiris hicieran lo mismo. Solo que nos encontraron primero.

A Sophie se le desencajó la mandíbula.

—Pero Josh, ¿en qué nos convierte eso? ¿De dónde venimos? ¿Somos adoptados? —tartamudeó—. ¿Somos mellizos?

Josh apoyó una mano sobre el hombro de su hermana y la abrazó.

—Siempre seré tu hermano, Sophie. Siempre cuidaré de ti.

La joven no pudo ocultar las lágrimas.

—Ya lo sé, Josh. Pero me encantaría saber quiénes somos.

—¿Y la Bruja no lo sabría? ¿No estará en sus recuerdos?

—No estoy segura… —empezó Sophie, pero mientras hablaba, una avalancha de imágenes le hizo perder el equilibrio. Josh la cogió por el brazo para evitar que se cayera al suelo. La joven abrió los ojos y trató de orientarse.

—¿Qué has visto? —preguntó Josh, inquieto.

—Los recuerdos de la Bruja…

—¿Y?

—Tú y yo, en la cima de esta pirámide. Luchando.

El joven meneó la cabeza.

—Eso no va a ocurrir. De ningún modo.

—Sí. Y va a ocurrir hoy mismo. En cuestión de horas.

—No, no puede ser. Estás viendo uno de los múltiples futuros posibles. Uno que jamás sucederá —dijo con aire desafiante.

Una lágrima plateada asomó por el rabillo del ojo de Sophie.

—¿Has visto algo más sobre nosotros? —preguntó.

—No —mintió Sophie.

No quería contarle qué más había visto. No quería confesarle que le había visto solo y perdido sobre la pirámide, abandonado y abatido mientras ella huía…

—Pero he visto a Scathach. Y a Juana de Arco, Saint-Germain, Shakespeare y Palamedes. Todos estaban aquí.

—¿Dónde?

—Aquí, en los peldaños de esta pirámide —respondió.

—Eso es imposible.

De repente, los mellizos escucharon pasos apresurados por el pasillo y un golpe precipitado en la puerta.

—Justo a tiempo —murmuró Josh—. Empezaba a sentirme como un prisionero.

El picaporte de la puerta, un círculo dorado con una serpiente tragándose su propia cola esculpida, giró y las bisagras chirriaron.

—Espera, espera —dijo Josh dirigiéndose corriendo a la puerta para girar la llave en el paño. Miró de reojo a su hermana—. ¿Cómo consiguen llegar hasta aquí? —preguntó.

Y justo entonces la puerta se abrió de golpe, propulsando a Josh varios metros. El joven dio varias volteretas en el suelo mientras su armadura escupía chispas doradas. Sophie no dudó en correr hacia su hermano.

Una silueta encapuchada apareció en el umbral y entró en el aposento. Dos figuras más la siguieron. La última en entrar cerró la puerta con llave. A juzgar por la silueta, los mellizos enseguida intuyeron que eran seres altos y musculosos, pero incluso antes de deslizar la capucha se dieron cuenta de que no eran criaturas humanas. Aunque lucían el mismo cuerpo que el de un ser humano, tenían la cabeza, las zarpas y los pies de un oso negro. Llevaban la ropa hecha jirones y, alrededor de la cadera, lucían un cinturón cosido con piel de oso.

—Hombres lobo —susurró Sophie—. Bersekers.

Las tres criaturas desenfundaron unas hachas de guerra de empuñadura corta y unos puñales de cristal negro.

Josh se puso en pie y desenvainó las dos espadas que llevaba atadas a la espalda.

Sophie se colocó a la izquierda de su hermano y apretó los puños.

—¿Tenéis idea de quiénes somos? —preguntó Josh.

—No —respondió el berserker con un gruñido—. Pero tampoco nos importa. Nos han enviado a mataros —anunció—. No tardaremos mucho, a menos que decidáis oponeros. Tenemos la esperanza de que luchéis por vuestra vida —añadió.

—Oh, lucharemos —prometió Josh.

—Bien. Más deporte para nosotros.

Capítulo 52

irginia —empezó el doctor John Dee—. Sinceramente, no creo que sea una buena idea.

Virginia Dare le ignoró por completo.

Dee alcanzó a la inmortal americana y la agarró del brazo para obligarla a aminorar el paso.

—Espera, espera. No soy tan joven como solía serlo —dijo jadeando y con la cara colorada—. Me va a dar un infarto.

La inmortal mantuvo el rostro impasible.

—Podría morir. Aquí y ahora —añadió.

De pronto, la inmortal dibujó una sonrisa salvaje y espeluznante y dejó caer una pesada mano sobre el hombro del Mago.

—¿Es una amenaza o una promesa?

—Oh, te has convertido en una persona muy severa. Antes no eras así —gruñó.

—¿Así cómo? —quiso saber.

Dee y Virginia se hallaban en el corazón de un mercado de fruta y, cuando la inmortal alzó la voz, no pudo evitar llamar la atención de todos los presentes. Algunos de los tenderos y clientes la observaban con curiosidad. Aunque se había vestido con la túnica blanca y el sombrero cónico que llevaban los humanos de Danu Talis, resultaba evidente que aquella jovencita era distinta. Se podía intuir por su porte, por el modo en que caminaba y por cómo trataba al anciano que la acompañaba.

Virginia señaló con el dedo a Dee.

—En todos los años que me he asociado contigo, nunca, ni una sola vez, te has molestado en buscar algún tipo de información sobre mí. No sabes nada de mí.

El Mago empezó a mirar a su alrededor, nervioso e inquieto.

—Baja la voz; la gente nos está mirando.

—Me da lo mismo.

—Ya sé que mataste a tu maestro Inmemorial.

—Y eso es todo lo que sabes —espetó Virginia—. De hecho, eso es lo único que sabe la gente de mí. Lo primero que me dicen es: «Oh, tú eres aquella inmortal que asesinó a su maestro».

—No puedes negar que es un detalle digno de admiración —dijo Dee—. No debe haber más de un puñado de gente que pueda presumir de tal hazaña y, de entre todos los que se jactan de haberlo hecho, tú eres la única a la que creo.

—¿Qué está pasando aquí?

Un Asterión, uno de los guardias con cabeza de toro, se abrió camino entre la muchedumbre y se aproximó a la pareja, acercándose peligrosamente a Virginia. Les invadió un hedor fortísimo a granja, carne y estiércol.

Virginia ni siquiera se dio la vuelta para mirar a la criatura.

—Tú. Apártate de mí —ordenó.

Atónito y sin dar crédito a lo que acababa de escuchar, el Asterión abrió y cerró la boca. Ningún humano se había dirigido a él con esos modales.

La inmortal hizo caso omiso a la presencia de la criatura y clavó la mirada en el Mago inglés.

—¿Estoy casada? ¿Tengo hijos? ¿Algún pariente, quizá? ¿Quiénes son mis padres? ¿Cuál es mi té favorito? ¿Qué sabor de helado me provoca sarpullido?

—¿Virginia? —murmuró Dee mirando a su alrededor.

Varias personas se habían agolpado junto a ellos, formando un semicírculo.

—No sabes nada sobre mí porque jamás me has preguntado. Y eso es porque… sencillamente… nunca… te ha importado —contestó haciendo énfasis en las últimas palabras.

El Asterión se acercó un poco más con la mano apoyada sobre el látigo que tenía atado a la cadera.

—A ver, empezad a dispersaros. Estáis armando un alboroto.

Por fin, Virginia miró de reojo a la criatura con cabeza taurina.

—Si te atreves a utilizar ese látigo —dijo—, te arrepentirás.

La bestia soltó una carcajada.

—Amenazado por una humana. ¿Adónde vamos a llegar?

Con un simple golpe de muñeca, Virginia le convirtió en piedra. Un gemido de dolor recorrió todos los puestos de la plaza del mercado. La inmortal volvió a centrar toda su atención en Dee.

—¿No te importa que toda esta gente viva en una esclavitud absoluta?

Dee echó un rápido vistazo al gentío que se había agrupado a su alrededor.

—No.

—¿Y por qué no?

—Para empezar, no es mi gente —respondió con una amplia sonrisa.

De repente, el Mago se fijó en la ordenada fila que todos los presentes habían formado. Querían tocar la estatua de piedra que, segundos antes, había sido un soldado tirano. Primero, la rozaban con los dedos y después la rascaban con monedas o cuchillos, comprobando el material. Les maravillaba cada detalle de la estatua, las arrugas en el uniforme de cuero, las gotas de sudor en la frente de la bestia. Les asombraba que los ojos marrones de la criatura todavía se movieran bajo esa concha de piedra.

El círculo que rodeaba a Virginia y Dee empezó a crecer a medida que el rumor de la anécdota empezaba a recorrer todo el mercado.

—Mírales —ordenó Virginia—. Es tu gente. Son seres humanos. No son Inmemoriales, ni criaturas de la Última Generación, ni tampoco monstruos híbridos. Son humanos. Igual que tú. Y si vuelves a decirme que no son como tú, no voy a tener más remedio que darte una bofetada o convertirte en piedra. O ambas cosas.

Dee cerró el pico sin musitar palabra.

—Me quedé huérfana y crecí sola en un bosque salvaje y primigenio. No tenía a nadie. Ni amigos, ni familia, nadie. Pero era libre. Y aprendí a valorar el tesoro de la libertad. A lo largo de mi larguísima vida inmortal mi único objetivo ha sido luchar por la libertad.

—Así que cuando me pediste un mundo para ti…

—No era para lo que imaginas. No quería un reino donde poder gobernar como una dictadora. Ansiaba poder crear un mundo que fuera verdaderamente libre.

—Deberías habérmelo dicho —sugirió Dee.

—Te habrías reído de mí y, créeme, te habrías arrepentido —prometió Virginia.

Una tropa de asteriones capitaneados por un anpu lleno de cicatrices empezó a trotar hacia la plaza. Iban armados con látigos y mazas que no dudaron en utilizar para abrirse camino entre la multitud y apartarla con violencia. Desde que Anubis comenzó a intuir ese malestar social había prohibido cualquier reunión entre los humanos.

El líder anpu descubrió un grupo de personas que se habían agolpado ante la estatua del Asterión y, algo intrigado, aminoró el paso para fijarse en aquel bloque de piedra. Él mismo había patrullado esa plaza hacía menos de una hora y no había notado la presencia de ninguna estatua. Además, jamás había visto una escultura de uno de los guerreros con cabeza de toro: ¿quién querría esculpir la figura de una bestia? No fue hasta que estuvo a pocos metros de distancia cuando se dio cuenta de los rasgos brutales que mostraba la bestia. Era uno de sus hombres. Le miró a la cara… y un par de ojos bovinos se movieron, rogándole en silencio que le liberara.

Algo aturdido, el comandante anpu retrocedió tambaleándose y alzó un puño cerrado. La tropa de asteriones formó filas a su alrededor, protegiéndole en un estrecho círculo, y desenvainaron espadas y lanzas. Al líder anpu le temblaban los dedos y le costó una barbaridad sacar el cuerno del cinturón. Cuando por fin lo consiguió, se llevó el cuerno a los labios y sopló con fuerza para convocar a más refuerzos.

Pero no salió ningún sonido.

Desconcertado, meneó el cuerno y volvió a intentarlo. No se escuchó sonido alguno.

La criatura se dio media vuelta y observó a una humana alta y esbelta que se quitaba el sombrero para entregárselo al anciano que la acompañaba. La joven sujetaba una flauta de madera que no tardó en acercarse a los labios, pero el anpu no distinguió ningún sonido. Así que dejó caer el cuerno al suelo y sacó su *kopesh* de la funda. Pero el metal se transformó en polvo bajo sus dedos y entonces, sin que nadie se lo esperara, todo el metal del uniforme, como las hebillas o los corchetes, empezaron a desmoronarse. Por último, las botas metálicas del anpu se deshicieron en motas de polvo.

Las filas de criaturas empezaron a romperse cuando las armas, los uniformes y las armaduras empezaron a resquebrajarse, partirse y deshacerse en arenilla.

Alguien de entre la multitud empezó a reírse. Le siguió una segunda y después una tercera risa. Una oleada de carcajadas recorrió la plaza del mercado, transformándose poco a poco en un rugido de irrisión.

—Sin todo ese metal y cuero no intimidáis mucho, ¿eh?

El comandante anpu miró fijamente a la humana. No sabía si atacar o escapar. Se había corrido un extraño rumor entre los cuarteles militares. Varios agentes aseguraban haber visto un humano cruzando los canales después de dejar al menos dos tropas de anpu inconscientes sobre el suelo. El comandante no había querido creerse aquella historia, por supuesto. Era una absoluta ridiculez.

—Dile a tus maestros que estamos de camino —anunció la humana. La joven extendió la mano derecha, refiriéndose a toda la multitud—. E iremos todos.

El anpu, con el uniforme hecho jirones, se dio media vuelta y huyó de la plaza del mercado, seguido por la tropa de asteriones. La avalancha de mofas y risotadas continuó durante largo rato.

La muchedumbre que rodeaba a Virginia y a Dee rugía de alegría y satisfacción.

—¿Ves? —dijo Virginia—. Así es como uno consigue que la gente se ponga de su lado. Solo tienes que ridiculizar al enemigo. Y no hemos tenido que matar a nadie.

—¿Y qué me dices de la estatua?

—Oh, no está muerto. Dentro de poco la piedra se deshará. Y ahora vayamos a darles una charla sobre libertad.

Virginia se subió a un tenderete de frutas y, una vez arriba, ofreció la mano al doctor para ayudarle a subir junto a ella.

—¿Así que esa discusión solo ha sido una artimaña para llamar la atención? —preguntó el Mago—. ¿Ha sido un truco?

Pero Virginia no quiso contestar a las preguntas de John Dee.

—¿Me equivoco? —insistió.

La inmortal americana contempló la marea de rostros y extendió los brazos. Su cabellera negra azabache se arremolinó tras ella, como un par de alas de ángel. La multitud se agitó entre murmullos y desconfianza pero enseguida se quedó en silencio.

—¿Qué sabes de mí? —preguntó a Dee en voz baja—. A parte de que maté a mi maestro Inmemorial, claro está.

John Dee caviló durante unos segundos.

—Nada —admitió al fin.

—¿Y desde cuándo nos conocemos?

—Desde hace mucho, mucho tiempo —contestó—. Cuatrocientos años, o puede que más.

Virginia clavó su mirada en el inmortal inglés pero prefirió no decir nada más.

Dee se encogió de hombros.

—Tienes razón. Debería haberte hecho miles de preguntas. Qué puedo decir, fui un egoísta. Pero entonces era una persona distinta y vivía en una época también muy distinta. La gente puede cambiar. Y yo he cambiado —se apresuró a decir—. Para empezar, ya no soy inmortal; y eso me da una perspectiva totalmente diferente.

—Humanos de Danu Talis —exclamó Virginia en voz alta. El sonido retumbó entre todos los tenderetes del mercado—. Soy Virginia Dare…

—Virginiadare… Virginiadare… Virginiadare…

El tumulto susurraba su nombre como una sola palabra.

—Y él es John Dee…

—Johndee… Johndee… Johndee…

—¡Y hemos venido para liberaros!

La muchedumbre aulló, un bramido que sonó como una ola rompiendo en la orilla del mar.

—El helado de galletas —dijo de repente, alzando la voz por encima de los alaridos— me provoca sarpullido.

—Oh, genial.

—¿Genial?

—Es mi sabor preferido. Así que más para mí.

Capítulo 53

ras la destrucción de la esfinge, todos los mons-truos reunidos en Alcatraz se habían dado cuenta de que no estaban solos en la isla. La mayoría se había agolpado tras los barrotes metálicos de las celdas de la cárcel y los muros de piedra retumbaban con el sonido de chillidos y aullidos. Un nuevo olor cubría el aire de la isla: el aroma cobrizo de la sangre.

Black Hawk guio a Billy el Niño y a Maquiavelo a través de un infinito pasadizo con celdas a ambos lados llamado Michigan Avenue. Odín se encargaba de ayudar a la malherida Hel y a Marte en la retaguardia para pro-tegerles de las criaturas que se escondían en las esquinas más oscuras.

Billy el Niño no pudo contener una carcajada.

—Están tan ocupados comiéndose entre ellos que ni siquiera se fijarían en nosotros.

—No —musitó Hel, lamiéndose los labios—. Muchas de estas criaturas —dijo mientras azotaba con el látigo a un trío de murciélagos con cabeza humana, derribándo-los—… muchas de estas criaturas acechan a los humanos y se nutren de sangre humana. Vosotros tres —dijo seña-lando con el látigo a Billy, Maquiavelo y Black Hawk— desprendéis un olor que huele a cena de lujo. Nos seguirán.

—¿Estás insinuando que huelo mal? —preguntó Billy.

Hel abrió las ventanas de la nariz para respirar hondamente.

—Como pollo asado. Con un toque de romero.

—¿Y qué me dices de vosotros? —contestó Billy dirigiéndose a los tres Inmemoriales de la retaguardia—. ¿Acaso no se atreverán a acercarse a vosotros?

Odín encogió los hombros.

—Ninguno estamos a salvo aquí —respondió—. A pesar de no ser humanos, somos carne fresca para algunas bestias. Y estas pobres criaturas están muertas de hambre.

—¿Sientes lástima por ellas? —preguntó Maquiavelo.

Al inmortal italiano le había estado sangrando un corte profundo de la cabeza y su rostro parecía una máscara bermeja.

—No están aquí por elección propia —contestó Odín—. Son igual de prisioneros que los humanos que fueron encarcelados en Alcatraz décadas atrás.

—Pero eso no les impediría zamparnos ni matarnos —rebatió Marte.

El Inmortal se hizo a un lado para esquivar a una serpiente de tres cabezas que asomaba por los barrotes de una celda en penumbras. La criatura escupió varias serpentinas de color amarillo. Marte alzó la espada y, tras un ágil movimiento, cortó dos de las tres cabezas.

—Y si consiguen alcanzar la ciudad, estarán semanas, o incluso meses, arrasando con lo que se encuentren antes de que alguien consiga capturarlas.

—Ninguna bestia conseguirá salir de esta isla —aseguró Black Hawk en tono grave. El inmortal había vuelto a atar dos puntas de lanza en forma de hoja a los palos de madera—. Nos quedaremos y lucharemos.

—Entonces morirás —concluyó Hel.

—Muchísima gente me ha dicho lo mismo a lo largo de mi vida —dijo Black Hawk sacudiendo la cabeza—. Y sigo aquí. Son ellos los que ya no están.

Un pequeño minotauro apareció de repente tras una celda y clavó las pezuñas sobre el hombro de Billy el Niño, obligándole así a arrodillarse. Maquiavelo meneó la mano ante la nariz para disipar el olor rancio de la serpiente. Y en ese instante, el minotauro aulló, moviendo la cabeza a ambos lados, y comenzó a rascarse frenéticamente, provocándose profundos arañazos en la piel. Black Hawk giró el mango de una de las lanzas y clavó la punta en las piernas de la bestia. El minotauro se desplomó y dio varias vueltas sobre el suelo, chillando y rascándose con furia.

—Tijeretas y pulgas —informó Maquiavelo con una sonrisa—. Siempre he opinado que se subestima a estos insectos. Sobre todo si se introducen en los oídos.

—Has metido tijeretas en sus oídos —dijo Billy algo espeluznado—. Es asqueroso.

—Tienes toda la razón. Quizás hubieras preferido que el minotauro te diera un buen mordisco.

Antes de que Billy pudiera responder, dos sátiros aparecieron ante una puerta abierta situada al fondo del pasillo. Tenían el torso raquítico de un humano pero los cuernos y las patas de una cabra. Los dos iban armados con unos arcos de hueso. Balaron de alegría al ajustar tres flechas con punta negra sobre la cuerda del arco.

Maquiavelo dibujó medio círculo en el aire con la mano, abriendo y cerrando los dedos con un movimiento rápido como un rayo. Los balidos de los sátiros se transformaron en gritos de alarma cuando se dieron cuenta de que la cuerda del arco se había convertido en una serpiente que se enroscaba alrededor de sus brazos. Arrojaron las flechas al suelo y salieron corriendo hacia la oscuridad de la noche.

—Ilusión —dijo Maquiavelo—. Siempre ha sido mi especialidad.

—Eres una caja llena de sorpresas —dijo Billy, impresionado.

El italiano alzó una ceja.

—No tienes la menor idea.

El grupo de Inmemoriales e inmortales avanzó corriendo por el pasadizo y más tarde cruzó una puerta estrecha que conducía a una serie de habitaciones con paredes de cristal desde donde se podía apreciar la niebla del exterior. Los hombres-cabra se habían esfumado, pero la oscuridad parecía estar viva por la multitud de sonidos que retumbaban. Y ninguno era precisamente agradable. Entre las tinieblas se movían unas siluetas nauseabundas que Marte y Odín se encargaron de abatir.

—Esperad un momento —dijo Maquiavelo sin moverse del umbral, intentando así orientarse—. Debemos encontrar el modo de saber en qué parte de la isla estamos.

—Acabamos de salir del Edificio de Administración —contestó Black Hawk de inmediato.

—¿Cómo lo sabes? —preguntó el italiano.

El inmortal norteamericano cogió a Maquiavelo por el brazo y le dio media vuelta. Justo encima del marco de la puerta se distinguía un águila esculpida, con las alas extendidas y, justo debajo, una bandera de Estados Unidos con la forma de un escudo. Y, debajo de esa talla, se leían las palabras Edificio de Administración.

—El faro debería estar casi delante de nosotros —adivinó Black Hawk, señalando hacia la nube de niebla.

—Pero ¿dónde está Areop-Enap? —preguntó Marte—. Flamel utilizó el loro para decirnos que la Vieja Araña estaba en la isla.

La bruma se arremolinó para formar la silueta del fantasma de Juan Manuel de Ayala. Todos los presentes, incluso Marte, dieron un salto del susto.

—Qué susto. Casi me da un ataque al corazón —murmuró Hel.

Billy esbozó una amplia sonrisa.

—No sabía que tuvieras corazón.

—*A vuestra izquierda* —susurró el fantasma, en cuya voz parecían explotar diminutas burbujas— *se hallan las ruinas de la Casa del Guardián. Areop-Enap está ahí dentro.*

—Vamos —dijo Billy dispuesto a marcharse.

—Billy, ¡espera! —gritaron Maquiavelo y Black Hawk al mismo tiempo.

Pero el inmortal optó por ignorar la advertencia. Mientras avanzaba con suma cautela por entre la niebla, empezó a distinguir la silueta del gigantesco pilar de la torre del faro a su derecha. A su izquierda parecía intuir la forma de unos muros grises y ventanas vacías. De repente, se fijó en una figura. La niebla envolvía a una criatura alta y deforme que se movía tras una de las ventanas. Billy vislumbró la criatura y creyó ver una melena blanca que le tapaba la espalda. ¿Era un centauro u otro sátiro? Observó cómo la criatura se quedaba quieta y, lentamente, se volvía hacia él, con el rostro ovalado y blanquecino clavado en él.

Los dedos cadavéricos de aquella criatura le señalaron

y, acto seguido, Billy sacó las puntas de la lanza que tenía guardadas en el bolsillo y las lanzó hacia al aire…

… en el mismo instante en que Perenelle Flamel, con el cabello blanco y brillante por la humedad, daba un paso hacia delante y le saludaba con la mano.

Capítulo 54

n la salvaje costa noreste de Danu Talis, la torre de cristal que se alzaba entre las olas empezó a latir con un resplandor dorado y algo pálido. Después comenzó a vibrar, una profunda sacudida subsónica que hizo temblar hasta la misma tierra, convirtiendo el mar en espuma blanca.

—Estoy aquí —dijo Tsagaglalal. Llevaba la armadura de cerámica blanca que su marido le había regalado y con los *kopesh* a juego en sus fundas correspondientes atadas a la espalda.

Abraham el Mago estaba en uno de los aposentos más oscuros ubicados en la parte superior de la Tor Ri. Estaba rodeado de sombras y prefería darle la espalda a su mujer para evitar que pudiera ver los efectos de la Mutación, que se había apoderado casi por completo de su cuerpo, transformándolo en oro sólido.

—Deja que te vea —rogó tratando de dirigir a su marido hacia la luz—. Déjame verte y que recuerde este momento.

—Preferiría que me recordaras tal como era.

—Siempre guardaré esa imagen en mi corazón —dijo Tsagaglalal. Y entonces posó la palma de su mano en el pecho de Abraham—. Pero este también eres tú, y nunca lo olvidaré. Nunca te olvidaré, Abraham.

Estrechó el cuerpo sólido de su marido entre sus brazos, notando el metal contra su piel, y lloró sobre su hombro. Al alzar la mirada, Tsagaglalal vio una única lágrima, una gota de oro, que recorría la mejilla de su marido. Se puso de puntillas para besarle la lágrima. Se llevó las manos al estómago y dijo:

—Siempre la llevaré conmigo.

—Estás a punto de iniciar un viaje que durará diez mil años, Tsagaglalal. —Cada aliento de Abraham suponía un esfuerzo sobrehumano—. He visto tu futuro y sé qué te aguarda.

—No me lo digas —interpuso enseguida—. No quiero saberlo.

Pero Abraham continuó.

—Como en la vida de todo el mundo, habrá pena y alegría. Tribus y naciones enteras se alzarán y te venerarán. Serás conocida por miles de nombres y se escribirán canciones y cuentos sobre ti. Tu leyenda perdurará.

La torre vibraba con más fuerza ahora. La cima se balanceaba de un lado a otro y los cristales empezaban a mostrar diminutas grietas.

—Si pudiera pedir un deseo por ti, sería el de conocer a un compañero, alguien con quien compartir tu vida —continuó—. No quiero que vivas en soledad. Sin embargo, en los próximos años de tu vida no consigo ver a nadie.

—Jamás podré estar con alguien más —dijo Tsagaglalal con convencimiento—. Tú y yo no estábamos destinados a conocernos: yo era una estatua de barro a la que Prometeo dio vida con su aura. Tú eres uno de los Inmemoriales de Danu Talis. Y, sin embargo, en el momento en que te vi supe, con absoluta convicción, que estaríamos juntos el resto de nuestra vida. Y ahora puedo decir, con la misma convicción, que jamás habrá otra persona en mi vida.

Abraham tomó aliento.

—¿Te arrepientes de algo? —preguntó.

—Me habría gustado tener hijos —contestó.

—Durante los próximos años, Tsagaglalal, serás la madre de muchos niños. Acogerás y adoptarás a miles de humanos. Muchísimos críos se referirán a ti como madre, tía y abuela, y te querrán como si fueran tus propios hijos. Y, después de diez mil años, cuando cuides, protejas y guíes a los mellizos, disfrutarás de una felicidad plena. Esto es lo que he visto: aunque les exasperarás y, en más de una ocasión enfurecerás, te querrán con toda su alma, pues entenderán que, en el fondo, les amas incondicionalmente.

—Diez mil años —suspiró—. ¿De verdad tengo que vivir tantos años?

—Sí. No tienes alternativa —dijo en tono áspero—. En el plan que hemos construido Marethyu y yo no hay jugadores de poca importancia. Todo el mundo, Inmemoriales, Última Generación y la propia humanidad, tiene un papel que jugar. Pero Tsagaglalal, el tuyo es el más crítico y fundamental de todos. Sin ti, el plan se derrumbaría.

—¿Y si fracaso…? —musitó.

Tsagaglalal perdió el equilibrio cuando la torre sufrió una tremenda sacudida. Las vibraciones eran cada vez más intensas.

—No fracasarás. Eres Tsagaglalal, Aquella que Todo lo Ve. Ya sabes qué debes hacer.

—Lo sé. No me gusta —desafió con ferocidad—, pero lo sé.

—Pues hazlo —dijo con cierta dificultad—. ¿Tienes el Libro?

—Sí.

—Entonces, vete —dijo el Inmemorial, a quien ya le era imposible vocalizar—. Cuenta ciento treinta y dos escalones y espera ahí.

La torre se balanceó y, de repente, un gigantesco pedazo de cristal ancestral se hizo añicos. El mar que se mecía a los pies de la torre empezó a hervir y a producir espuma.

—Te amo, Tsagaglalal —suspiró Abraham—. Desde el momento en que apareciste en mi vida, supe que no necesitaría nada más.

—Te he querido y te seguiré queriendo durante todos los días de mi vida —contestó.

Y después, Tsagaglalal se dio media vuelta y salió corriendo de la habitación.

—Lo sé —murmuró.

Abraham el Mago escuchaba a su esposa bajar las escaleras y oía el tintineo de los tacones al tocar el cristal. Contó los pasos. La torre rugía y daba bandazos continuamente. Los cristales se resquebrajaban y enormes pedazos de vidrio explotaban sobre el mar.

Cincuenta peldaños...

Abraham desvió la mirada hacia el horizonte. Incluso ahora, con la muerte, la verdadera muerte, a tan solo unos instantes de distancia, descubrió que tenía curiosidad. A lo lejos podía distinguir la línea del hielo polar y las cimas irregulares de las Montañas de la Locura. Siempre había querido organizar una expedición a ese lugar, pero nunca tuvo tiempo de llevarla a cabo. Había hablado con Marethyu sobre su fascinación por la blancura ártica. El hombre del garfio le había asegurado que había estado allí y había visto maravillas.

Cien peldaños...

Abraham había vivido unos diez mil años, y todavía le quedaban muchas cosas por hacer.

Ciento diez...

Y muchas cosas por ver. Sin duda, añoraría la alegría de los descubrimientos.

Ciento veinte...

Pero sobre todas las cosas...

Ciento treinta...

... extrañaría a Tsagaglalal.

Ciento treinta y dos.

Los pasos apresurados se silenciaron.

—Te quiero —murmuró Abraham.

Tsagaglalal se quedó inmóvil en el peldaño y esperó.

Su marido le había ordenado que jamás se quedara quieta sobre los peldaños. Al menos doce líneas telúricas irradiaban de aquella escalera y se cruzaban con varios Mundos de Sombras.

Notó que la torre temblaba y una repentina oleada de calor le recorrió el cuerpo entero. Bajó la mirada y observó un diseño en el peldaño sobre el que estaba colocada, un dibujo en el que nunca antes se había fijado: un sol y una luna labrados a partir de miles de baldosas de oro y plata.

El aura de Tsagaglalal se iluminó y el aroma a jazmín inundó la escalinata.

El volcán entró en erupción justo bajo los pies de la Tor Ri. De inmediato, la torre se partió por la mitad y la lava se tragó el majestuoso edificio. En cuestión de segundos, la torre de cristal, y todo lo que contenía su interior, desapareció.

Capítulo 55

Un centenar de personas habían decidido seguir a Virginia Dare desde la plaza del mercado. En cuanto la inmortal llegó a la plaza que se extendía frente a la cárcel, la multitud se había multiplicado por diez, y cada minuto que pasaba llegaban más y más personas. Coreaban el nombre de Aten, y sus gritos retumbaban en los muros de la prisión.

—Ah, tu primera prueba de fuego —dijo el doctor John Dee, casi con regocijo—. En unos pocos minutos, las puertas de la cárcel se abrirán para dar paso a los anpu y asteriones. Si tu gente empieza a dispersarse, habrás perdido. Y créeme, Virginia, en cuanto vean una gota de sangre, echarán a correr. Llevan huyendo toda su vida.

—Gracias por tus palabras de ánimo —murmuró Virginia.

Sin embargo, en el fondo sabía que el Mago estaba en lo cierto: cuando una tropa de guerreros armados hasta los dientes se abalanzaba sobre la población civil, el coraje de los humanos se evaporaba en cuestión de segundos.

—Son granjeros, tenderos y esclavos —dijo Dee—. ¿Qué saben ellos de la guerra?

—Algunos han traído armas —apuntó Virginia.

La plaza de la prisión estaba a rebosar de gente y las

nuevas incorporaciones habían traído armamento improvisado: palas, picas y palos. Avistó a un panadero con un rodillo y muchos de los presentes cargaban con antorchas llameantes.

—Oh sí. Esas «armas» pueden ser muy eficaces contra las espadas, lanzas y arcos —comentó con cierto sarcasmo.

El doctor John Dee se colocó junto a la inmortal y echó un vistazo a los altísimos muros del edificio. Había guardias por todos lados y podía escuchar risas de mofa en cada rincón.

—No has sopesado tu decisión, ¿verdad? Marethyu habló contigo y un minuto después ya estabas levantando una revolución.

—No —admitió la inmortal—. Todo ha ocurrido muy rápido.

—¿Te estás arrepintiendo? —preguntó.

—¡Por supuesto que no! —gritó—. Cuando los ingleses, los franceses y los españoles invadieron mi país, podría haberme enfrentado a ellos. De hecho, debería haberlo hecho. Pero no lo hice.

Dee frunció el ceño.

—¿De qué estás hablando? Eres inglesa.

—Soy americana —dijo con orgullo—. Soy la primera europea nacida en suelo americano. —La melena de Virginia empezó a alborotarse a medida que su ira iba en aumento—. Mira a tu alrededor, doctor: ¿qué ves?

El Mago encogió los hombros.

—El pueblo de Danu Talis. Personas normales y corrientes —añadió.

—Que son esclavizadas por los Inmemoriales, quienes utilizan monstruos para reforzar sus leyes. Ya he visto esto antes, en este mundo y en muchos otros, y no todos los monstruos tienen aspecto de bestia. Lo vi en mi propio país. No permitiré que vuelva a ocurrir —juró con desafío.

—Podrías morir aquí —musitó Dee.

—Podría.

—Por gente a la que no conoces...

—Conozco a esta gente. He conocido a personas como ellos a lo largo de mi vida. Y ahora el destino me ha traído hasta aquí.

—Bueno, de hecho, fui yo, no el destino. Aunque el tipo de la hoz en la mano también ha tenido algo que ver.

Un rugido corrió entre la multitud cuando las puertas de la cárcel se abrieron y varias tropas empezaron a filtrarse para formar filas largas y rectas. La luz del atardecer teñía de color sangre sus armaduras y armas.

—Y quiero creer que estoy aquí por un motivo.

Golpeó al Mago en el pecho con los dedos, lo bastante fuerte como para hacerle perder el equilibrio.

—Así que dime, doctor Dee: ¿por qué estás aquí?

Por fin le había hecho la pregunta que Dee había temido que le hiciera desde el momento en que Marethyu le había repuesto su salud, aunque no su juventud. ¿Por qué estaba allí? Aquel día había sido una mezcla extraordinaria de emociones opuestas. Había pasado del triunfo a la desesperación en cuestión de segundos; había estado a punto de morir, pero había revivido. ¿Y para qué? Su larga vida le había proporcionado cualidades maravillosas. ¿Cómo debería usarlas?

El anciano suspiró al mirar a su alrededor. Las personas que habían acudido a la plaza ya superaban los dos millares. Gritaban y coreaban el nombre de Aten, pero nadie se atrevía a acercarse demasiado a los muros de la

cárcel. En cualquier momento, los guardias con cabeza
de animal atacarían, y a Dee no le cabía la menor duda de
que se produciría una terrible masacre en la plaza. Hubo
un tiempo en que eso no le habría preocupado en absoluto. Pero entonces era inmortal, era algo más que un simple humano. Ahora, era un mortal como otro cualquiera.
Y eso le daba una perspectiva algo diferente.

—Bueno —anunció por fin Dee—, me pasé gran parte
de mi vida mortal dando consejos a la reina más famosa de Inglaterra. Ayudé a derrotar a la Armada española.
Por lo visto, todo apunta a que acabaré mi vida tal y como
la empecé: como asesor de una reina.

Virginia parpadeó, sorprendida.

—No soy una reina.

—Oh, pero lo serás —dijo con confianza—. Esto es lo
que te propongo.

Capítulo 56

Scathach merodeaba por las afueras de Danu Talis, envuelta en una túnica de lino blanco y con su cabellera pelirroja y puntiaguda escondida bajo un sombrero de paja cónico.

Las calles estaban casi desérticas. Algunos ancianos estaban sentados sobre los portales oscuros de sus casas y la observaban corretear por las callejuelas. Unos críos escuálidos jugueteaban en las calles sin pavimentar y la miraban con ojos curiosos.

Scathach se detuvo frente a una fuente a beber un poco de agua fresca. Dejó que vertiera sobre la mano y sorbió con cierta precaución; el agua sabía a sal y a tierra amarga. Miró a su alrededor para tratar de orientarse. Allí, en el borde de la ciudad, los vecindarios eran extensas barriadas de chozas que, de forma gradual, se iban convirtiendo en casas más grandes y, a lo lejos, más cerca del corazón de la metrópolis, la Sombra avistó las pirámides y palacios propios de la nobleza. Aquellas residencias parecían rozar el cielo. Tras ellas, dominando el centro de Danu Talis, se alzaba la Pirámide del Sol.

Se dio media vuelta y, protegiéndose los ojos de los rayos de sol, miró hacia el oeste. La luz era cegadora... Huitzilopochtli había programado el ataque de forma deliberada, puesto que el ocaso ayudaría a disimular la llegada de vímanas y planeadores. Pero la Sombra podía distinguir las aeronaves en el cielo. Llegarían pronto, muy pronto.

Un extraño ruido la puso en alerta; tras avistar un sutil movimiento por el rabillo del ojo, Scathach buscó las armas que llevaba escondidas bajo el vestido blanco. Una niña con unos enormes ojos color avellana se había acercado a la fuente. Cogido de su mano, un crío aún más pequeño la miraba con ojos como platos. Iban descalzos y vestían harapos que, con toda seguridad, nunca habían sido de color blanco.

Los dos niños contemplaban a la Sombra.

—¿Te has perdido? —preguntó la niña.

Scathach se fijó en la pequeña. Costaba adivinar su edad, debía de tener unos cuatro o cinco años y el niño dos. La inmortal se agachó para mirar a la niña.

—Pues creo que sí. Quizá podríais echarme una mano.

—Todo el mundo está frente a la cárcel —informó la pequeña.

—Aten —añadió el crío, que no dejaba de chuparse el dedo pulgar.

La cría asintió con solemnidad.

—Todos han ido a rescatar a Aten. Está en la cárcel.

—Hombres malos —dijo el pequeño.

—Los hombres malos le han encerrado ahí —explicó la niña.

—¿Sabéis cuál de todos esos grandes edificios es la prisión? —preguntó Scathach con tono cariñoso.

La muchacha asintió. Se puso de puntillas y señaló el cielo.

—No veo —protestó.

—Quizá si te alzara en brazos… —sugirió Scathach.

—Y también a mi hermano —sugirió la pequeña de inmediato.

—Desde luego.

Rodeando a los dos hermanitos con los brazos, la Sombra les levantó. La niña enseguida abrazó a Scathach y acercó su infantil rostro a la mejilla de la inmortal. Y entonces señaló una pirámide con la cima plana.

—Es ahí. Esa es la casa de los malos.

—Casa de los malos —repitió el hermano.

—Mamá dice que si te portas mal, te llevan a la casa de los malos. ¿Es verdad?

—A veces —contestó Scathach.

Un segundo más tarde se agachó para dejar a los dos niños sobre el suelo y después se arrodilló ante ellos. Acarició el pelo de la cría con los dedos. Deseaba tener algo para regalarles, pero lo único que tenía, y que siempre había tenido, era la ropa que llevaba y las armas que empuñaba.

—¿Cómo os llamáis? —preguntó.

—Me llamo Brigid y él es mi hermanito Cermait. Mamá le llama Milbel —añadió con una risita.

—Boca de miel —susurró Scathach.

Reconoció los nombres de inmediato. Había vivido una larga época en Irlanda y Escocia; sobrevivirían al Hundimiento de Danu Talis, puesto que sabía quiénes eran esos críos.

—¿Vas a ir a la casa de los malos? —preguntó Brigid.

—Sí —respondió Scathach—. Hay alguien a quien debo ver.

—¿Alguien malo?

—No lo sé todavía. Voy a descubrirlo.

Cermait tiró de la túnica de Scathach y recitó una frase incomprensible.

—Quiere saber si eres una persona mala —tradujo su hermana.

—A veces —susurró—, pero solo con la gente mala.

—¿Quién eres? —cuestionó Brigid.

—Soy Scathach, la Sombra.

Capítulo 57

N o! —gritó Billy el Niño con voz aguda y angustiada.

Las lanzas en forma de hoja parecieron cobrar vida al dar vueltas en el aire, rasgando la niebla, cortándola y dejando tras de sí espirales de humedad.

El inmortal americano vio el gesto de sorpresa en el rostro de Perenelle y, en ese preciso instante, ambos supieron que la Hechicera no podría escapar de las afiladas hojas.

Y el tiempo empezó a ralentizarse.

El látigo de Hel salió disparado, pero la Inmemorial estaba demasiado lejos y no pudo alcanzar su objetivo.

Maquiavelo chilló y arrojó una oleada de aura grisácea en busca de las puntas de lanza, pero se quedó corto y ni siquiera las tocó.

Nicolas Flamel rugió y, acto seguido, un resplandor esmeralda iluminó sus manos. Logró chamuscar las esquinas, pero las lanzas siguieron su curso.

Juan Manuel de Ayala se colocó frente a las lanzas, pero las puntas afiladas atravesaron el fantasma en una explosión de gotas de agua.

—No… —murmuró Billy el Niño. Se tambaleó y, si Black Hawk no le hubiera cogido, se habría desplomado sobre el suelo—. ¿Qué he hecho? —jadeó.

Y el tiempo se detuvo.

Entonces, una extraña figura corrió para ponerse delante de la Hechicera y la rodeó con sus brazos, envolviéndola, protegiéndola.

Las puntas de las lanzas se estrellaron contra la capa de plumas negras de la criatura en un estallido de frías llamaradas. La fuerza del golpe propulsó a la Diosa Cuervo hacia los brazos de Perenelle, desequilibrándola hacia su marido. El Alquimista agarró a las dos mujeres para evitar que se cayeran al suelo.

La Hechicera se quedó petrificada. Tras unos segundos, clavó la mirada en los ojos amarillos y rojos de la Diosa Cuerva y susurró:

—¿Por qué?

Perenelle abrazó a la criatura para ayudarla a mantenerse en pie, pues notaba que había empezado a tiritar.

—¿Por qué? —repitió.

La Diosa Cuervo apoyó la barbilla sobre el hombro de Perenelle.

—Tú nos liberaste —murmuró con los dientes castañeteando—. Nos evitaste una eternidad de sufrimiento. Durante todos los años de nuestra larguísima vida ese ha sido el único gesto de amabilidad que un humano nos ha regalado. Y es un regalo que merece un buen agradecimiento.

—Me habéis salvado —dijo Perenelle, emocionada—. No teníais por qué hacerlo.

—Sí teníamos por qué. Además, era lo más correcto.

—Y vosotras siempre habéis hecho lo correcto —agradeció Perenelle.

—Nosotras sí… aunque Morrigan no siempre ha actuado igual —reconoció la Inmemorial, que cada vez estaba más débil—. Ahora, Hechicera, tienes trabajo que hacer. No dejes que nuestro sacrificio sea en vano.

La Hechicera acarició el cabello corto de la criatura.

—Si conseguimos nuestro objetivo esta noche, será gracias a vosotras.

La Diosa Cuervo estaba temblando con tal violencia que Perenelle apenas podía sostenerla un segundo más. La voz de la Inmemorial estaba cambiando y alternaba las voces de Macha y de Badb.

—Y no tengáis tan mal concepto de vuestra hermana pequeña. Decidió ir por el mal camino.

De repente, la criatura levantó la barbilla y miró a Perenelle a los ojos. En ese momento, la Hechicera se percató de que la mirada amarillenta y bermeja de la Inmemorial se había teñido de un negro sólido. Morrigan se había despertado. Abrió la boca en un gesto salvaje y los colmillos quedaron a unos pocos centímetros de la garganta de Perenelle. Cada uno de sus instintos le indicaban que se alejara de la bestia, pero la Hechicera continuó sujetando a la criatura temblorosa entre sus brazos.

Y entonces, Morrigan cerró la boca y su mirada pareció suavizarse.

—Te despreciaba por lo que me hiciste —suspiró—, pero ahora ya no. Gracias, Hechicera, por haberme reunido con mis hermanas.

La Inmemorial empezó a parpadear y, tras cada pestañeo, los ojos cambiaban de color, aunque cada vez los tonos eran más pálidos y menos intensos.

—Te recordaré siempre —prometió Perenelle—. A las tres: Macha, Morrigan y Badb.

Y tras la última palabra, la Diosa Cuervo se desmoronó en miles de motas negras. El único sonido que se escuchó fue el tintineo de las lanzas al caerse sobre las piedras.

Perenelle Flamel cogió a Billy el Niño de la mano y le ayudó a levantarse del suelo. El joven inmortal estaba tiritando y tenía el rostro cubierto de sudor frío. Le acarició las mejillas con las manos, dejando un rastro grisáceo por los restos de la Diosa Cuervo, y, tras alzarle la mejilla, le secó la cara con la camiseta.

—Billy, no te reproches nada. No has hecho nada malo.

—Podría haberte matado.

—Pero no ha sido así.

—Pero he matado a Morrigan…

—No ha sido solo a Morrigan, sino también a sus hermanas, Macha y Badb. Se sacrificaron por voluntad propia y, al final, Morrigan se despertó: no creo que estuviera triste. Al fin y al cabo murieron juntas, como si fueran un único ser.

—Reaccioné —suspiró.

Perenelle le apretó un poco más la mejilla, obligándole a mirarla a la cara.

—Lamentaremos la muerte de la Diosa Cuervo más tarde. Ahora, deberíamos honrar su memoria y destruir a los monstruos de la isla.

La Hechicera le devolvió las puntas de lanza.

—Vas a necesitarlas. Vamos, despertemos a Areop-Enap.

Billy alargó la mano y cogió el brazo de la Hechicera. Unos zarcillos de aura rojiza se enroscaron alrededor de sus dedos.

—Te juro que te protegeré durante el resto de tus días —dijo con plena sinceridad.

—Muchas gracias, Billy. Pero, en este momento, mi vida se mide en horas, no en días.

—Aun así, prometo cuidarte —añadió rápidamente.

Perenelle Flamel sonrió.

—Sé que lo harás.

Capítulo 58

no debería estar ardiendo, ¿verdad? —quiso saber William Shakespeare.

El Bardo se había apartado de la espiral de humo que brotaba del panel de control de la aeronave.

—No, no debería —gruñó Prometeo—, ¿así que por qué no haces algo útil y extingues el fuego?

—¿Cómo? —preguntó Shakespeare mirando de un lado a otro—. ¿Acaso parece que lleve un extintor en el bolsillo?

Palamedes se interpuso entre el Inmemorial y el inmortal para arrancar el panel en llamas y una llamarada le chamuscó las cejas.

—Me alegro de no tener pelo —dijo con tono alegre.

Las llamas empezaron a extinguirse y Palamedes asomó la nariz para echar un vistazo a las ruinas.

—Esto es un desastre —anunció.

De repente, el ambiente se cubrió de la esencia a clavos y una nube de color verde oliva emergió de la palma de su mano y bañó el panel de controles, apagando por completo el fuego.

El zumbido del motor de la vímana fue perdiendo intensidad hasta convertirse en un aullido.

Shakespeare miró hacia arriba, alarmado, e incluso Saint-Germain apartó la vista de su libreta.

—Estamos bien —tranquilizó Prometeo cuando el motor recuperó su zumbido agudo habitual—. Algunas de las vímanas más primitivas pueden repararse por sí solas.

Juana asomó la cabeza por una portilla sin cristal. La ciudad estaba ahora mucho más cerca. Era una mancha marrón de barriadas y estrechas callejuelas que conducían a amplias avenidas e hileras de casas doradas, rodeadas por círculos de canales brillantes y, en el corazón de la metrópolis, una espectacular profusión de edificios magníficos. Justo enfrente de la aeronave, alzándose como si de una montaña de oro sólido se tratara, en el mismísimo centro de la inmensa ciudad, se hallaba la Pirámide del Sol.

—¿Dónde aterrizaremos? —preguntó.

—Mi intención es alcanzar la plaza, lo más cerca posible de la pirámide —respondió Prometeo—. Debemos tomar posiciones ante la pirámide para defender la escalera.

Palamedes se reunió junto a Juana en la ventana.

—Parece que hay mucha actividad ahí abajo —murmuró—. Veo demasiadas armaduras y espadas. Descenderemos a un área de guerra, sin duda.

Juana asintió.

—Prometeo, ¿y si aterrizamos sobre la pirámide? —sugirió—. La cima es llana.

Palamedes sonrió de oreja a oreja.

—Es una idea furtiva. Me gusta.

—¿Puedes hacerlo? —insistió Juana.

—Lo intentaré.

—¿Y las defensas? —preguntó William.

—Habrá un puñado de vímanas. Todos quienes hayan sobrevivido al ataque de la Tor Ri —dijo Palamedes— y algunos de los Inmemoriales más ricos o ancianos traerán consigo sus vímanas personales. Pero no van armados. La mayoría de los planeadores de Huitzilopochtli tratará de aterrizar sobre la plaza de la pirámide. Si consiguen derribar a los guardias anpu, abrirán los puentes para permitir que el resto de humanos pueda cruzar los canales. Algunas de nuestras vímanas y naves tomarán tierra al otro lado de los canales para ayudar a la población a vencer a los anpu que puedan patrullar por aquella zona.

—¿Y qué hay de Aten? —preguntó Palamedes—. ¿Por qué no atacamos la cárcel y le liberamos?

Prometeo sacudió la cabeza.

—Marethyu fue muy claro respecto a eso. Aseguró que solo el pueblo de Danu Talis podría invadir la cárcel. Sería su victoria o su derrota.

—Sé a qué se refiere —comentó Juana—. Si pueden tomar la cárcel, demostrarán al resto de la población lo que pueden llegar a conseguir. Una victoria de esas características revolucionará a toda la ciudad.

Una serie de chispas empezó a danzar por el panel de control. Shakespeare las apartó con la manga de su camisa.

—¿Cuánto falta para aterrizar?

—Poco —respondió Palamedes.

En ese instante se escuchó un chasquido y, sin más avisos, el panel rectangular se desprendió de la vímana, dejando un espacio abierto por donde podían observarse las afueras de la ciudad.

—Demasiado poco —dijo Shakespeare en voz alta, para que todos le escucharan.

Capítulo 59

J osh giró las muñecas y, al cortar el aire, las puntas de Excalibur y Clarent vibraron.

—Hay un modo más sencillo —dijo Sophie mientras abría y cerraba la mano para crear una pelota de fuego plateado en la palma de la mano—. No tenéis la menor idea de quiénes somos —dijo dirigiéndose a los tipos con cabeza de oso.

La bola de plata chisporroteó, burbujeó y se encogió antes de explotar como si fuera un globo hinchable.

—Y vosotros no tenéis ni idea de dónde estáis —rebatió el gigantesco berserker con un gruñido. La bestia señaló el techo del aposento con el filo de su hacha de guerra. Las losas de la bóveda brillaban algo más que antes—. El aura no tiene poder alguno en la pirámide. Las paredes la absorben.

—¿Qué tal se te dan esas espadas? —preguntó Sophie a su hermano.

—No muy bien —confesó el muchacho—. Normalmente, Clarent hace todo el trabajo por mí.

Josh sacudió la espada en su mano izquierda, pero no ocurrió nada.

—Lo que está nutriéndose de nuestro poder áurico también está absorbiendo la energía de las espadas —intuyó.

Sophie desenfundó sus dos espadas. La joven empuñaba a Durendal, la Espada del Aire, y a Joyeuse, la Espada de la Tierra. Pero las dos armas parecían dos pedazos de piedra en sus manos.

—Bonitos juguetes —dijo el berserker—. Cuatro espadas. Nosotros somos tres. Yo me encargaré de dos y mis hermanos tendrán una espada para cada uno. —La criatura señaló a Josh con el puñal de cristal negro—. Yo me ocuparé de tus dos espaditas.

De forma inesperada, el descomunal berserker que estaba a la izquierda del guerrero le asestó un fuerte puñetazo en el hombro.

—Quiero esa —dijo señalando a Clarent.

A Josh se le ocurrieron una docena de distintas estrategias. Sabía que estaba accediendo a la sabiduría que Marte Ultor le había concedido. Se arriesgó a mirar de reojo a su hermana.

—Tenemos que entrar en el juego para ganar tiempo —susurró—. Isis y Osiris regresarán pronto. —Y entonces, en voz alta, anunció—: Clarent es una espada que solo obedece a un líder. Y, por ese motivo, sea quien sea el líder entre vosotros debería tenerla.

—Soy yo —respondieron las tres criaturas a la vez.

Josh dio un paso hacia atrás y los tres berserkers avanzaron de forma automática.

—Si consiguiera atraerlos hacia el fondo, ¿crees que podrías llegar a la puerta y abrirla?

—Ni de broma —contestó Sophie.

—Inténtalo de todas formas.

—Dame la espada —ordenó la más grande de las tres bestias.

Josh miró a los otros dos berserkers.

—¿Debería?

—No —gruñeron al unísono.

El muchacho desvió la mirada hacia el guerrero y se encogió de hombros.

—Lo siento. Me han dicho que no.

Los tres guardias con cabeza de oso empezaron a discutir entre ellos con gruñidos salvajes y agresivos.

—Si atacan, ¿qué hacemos? ¿Nos separamos o nos quedamos juntos? —preguntó Sophie.

—Nos separamos —respondió Josh de inmediato—. Correremos hacia el otro extremo del aposento y, a medio camino, me daré la vuelta para distraerlos. Tú darás media vuelta para llegar a la puerta lo más rápido que puedas. Si consigues salir al pasillo y dar la voz de alarma, estaremos bien.

—Hemos decidido —anunció el mayor de los berserkers— que os mataremos a los dos y después nos llevaremos las espadas. Ya nos pelearemos por las espadas más tarde.

—Apuesto a que tú estás deseando ganarte esta —dijo Josh refiriéndose a Clarent. Entonces miró a los otros dos osos—. Ahora sabéis que si gana esta espada es que os ha estado engañando.

La criatura gruñó y el sonido retumbó en cada esquina de la sala vacía.

—En mi vida he hecho trampas. Es un insulto a mi buen nombre.

—¿Acaso los berserkers tienen buen nombre? —preguntó Sophie.

La criatura abrió el hocico para mostrar sus dientes afilados y salvajes.

—Un mal nombre siempre es mejor.

—Antes de que nos matéis —dijo Josh—, ¿quién os envió aquí? Creo que tenemos el derecho de saber quién ordenó nuestro asesinato.

Los tres berserkers se miraron entre sí y después asintieron.

—Anubis —resopló uno—. Un Inmemorial con cabeza de chacal. Feo —añadió—, muy feo.

—Aunque no tan feo como su madre —opinó el tercero.

Sus compañeros dijeron que sí con la cabeza.

—Es horrorosa. Seguramente su madre le ha obligado a hacerlo —comentó el mayor de los guerreros—. ¡Ya basta de cháchara!

Y tras pronunciar la última frase, la criatura se abalanzó hacia delante, con el puñal y el hacha de guerra apuntando a los mellizos.

El muchacho gritó alarmado y colocó las dos espadas en forma de X delante de su rostro. Más por casualidad que por haberlo planeado, esquivó el golpe del hacha. Al chocarse con las espadas, el arma estalló en una lluvia de chispas. Pero el berserker se agachó y, con la mano izquierda, clavó el puñal en el pecho de Josh.

Sophie chilló.

Y justo cuando la daga entró en contacto con la armadura de cerámica de Josh, se desmenuzó hasta convertirse en polvo.

El joven atacó con Clarent y rasgó con un corte profundo el torso de la criatura. De inmediato, la espada empezó a latir. Josh sintió la pulsación en su cuerpo, un único latido, y entonces adivinó que, si podía alimentar a Clarent con sangre, la espada sabría qué hacer.

Los otros dos berserkers rodearon a Sophie.

Cogió aire para llenar los pulmones y gritó con todas sus fuerzas.

El sonido rebotó en las paredes y resonó en todo el aposento. Los dos monstruos se tambalearon, sorprendidos por la fuerza de aquel sonido. Y en ese instante, la joven se abalanzó hacia el par de criaturas, con una espada en cada mano. Uno de los berserkers consiguió esquivar el ataque, pero el otro recibió el golpe en la cadera y aulló. Aquel gemido era una mezcla de sorpresa y dolor.

Josh atacó a la criatura que se alzaba ante él, moviendo y girando ambas espadas con los ojos cerrados. Notaba gotas de sudor recorriéndole la espalda y los hombros le empezaban a doler. Atónito, el berserker retrocedió, dejando así que Josh se reuniera con su hermana.

—No sois tan duros ahora —jadeó Josh.

—Habéis tenido suerte —gruñó el oso.

—Oh, no lo sé. Tienes el pecho ensangrentado y tu amiguito no podrá sentarse en un par de semanas. Nosotros, en cambio, estamos ilesos. Ni un rasguño.

Los tres berserkers se dispersaron.

—Habíamos pensado que tuvierais un muerte rápida —dijo uno de ellos—, pero hemos cambiado de opinión. Ahora tendréis que… —Y entonces se quedó en silencio.

Sophie y Josh se miraron confundidos.

—¿Tendremos que…? —apuntó Sophie.

—¿Qué tendremos que hacer? —insistió Josh.

Un segundo más tarde, el joven se dio cuenta de que el trío de guerreros no les estaba mirando. Algo detrás de su hermana y él había llamado su atención.

Sophie y Josh se volvieron a la vez.

Ambos vieron a una mujer en el centro del aposento, de pie sobre el círculo que conformaban las losas doradas y plateadas. Esbelta y ataviada con una armadura de cerámica blanca, la desconocida sujetaba el Códex con cubierta metálica en su mano izquierda y un *kopesh* dorado en la derecha. Levantó la cabeza y miró a los mellizos con unos ojos grises. Los mellizos reconocieron enseguida aquella mirada. Les resultaba más que familiar.

La mujer se alejó del círculo y entregó a Josh el *kopesh*.

—Es un regalo de Abraham el Mago —dijo—. Tengo entendido que posees las páginas que faltan.

Después, con una elegancia infinita, desenvainó un segundo *kopesh* y se colocó ante los tres berserkers. Las tres criaturas parecían inseguras.

—¿Quién de vosotros quiere morir primero? —preguntó—. ¿Tú? —dijo señalando al mayor de los tres—. ¿O tú?… ¿O quizá tú?

—Nuestra disputa no tiene nada que ver contigo. Nos han enviado a matar a los humanos.

—Entonces vuestra pelea sí va conmigo —replicó la desconocida—. Están a mi cargo. Yo les vigilo, les protejo.

—¿Quién eres? —preguntaron Josh y el berserker simultáneamente.

—Soy Aquella que Todo lo Ve. Soy Tsagaglalal…

Y justo cuando pronunció su verdadero nombre, Sophie se dio cuenta de quién era.

—Tía Agnes —suspiró.

Capítulo 60

a Cámara del Consejo, situada en el corazón de la Pirámide del Sol, ocupaba todo el piso 314, el punto medio exacto del edificio. Había varias gradas de filas de asientos organizadas en forma cuadrada que se inclinaban ligeramente hacia un círculo dibujado justo en el centro de la sala. La cámara era perfecta en términos acústicos: se podían oír con claridad y perfección conversaciones desde el otro extremo de la sala, incluso en el punto más lejano, como si se estuviera charlando al lado de uno mismo.

El aposento, como el resto de la pirámide, también absorbía toda la energía áurica presente.

Cuando los Grandes Inmemoriales crearon la Pirámide del Sol original, cuyas dimensiones eran todavía más grandes, tuvieron en cuenta la necesidad de crear un ambiente seguro en el cual llevar a cabo todos sus negocios. Un lugar donde ningún Inmemorial pudiera influenciar a otro utilizando la fuerza de su aura. Una combinación de matemáticas y cristal con hojas de oro y plata que cubrían las paredes se tragaba toda la energía de las auras. Toda la energía que se filtraba por aquel sistema de seguridad único se canalizaba para iluminar el resto de habitaciones. En el interior de la Pirámide del Sol, los poderosos Grandes Inmemoriales, y también los Inmemoriales que les siguieron, eran iguales, pues carecían de cualquier poder.

Y la mayoría de Inmemoriales actuales que gobernaba el imperio de la isla detestaba la pirámide por esa misma razón.

—Míralos —bufó Bastet.

—¿A quién? —preguntó Anubis tratando de adivinar hacia dónde estaba mirando su madre.

—¡A Isis y Osiris! ¡A quién si no!

Bastet y Anubis estaban en una de las gradas más altas de la cámara. Puesto que eran Inmemoriales destacados, siempre se sentaban en primera línea, en la fila de asientos dorados, justo delante del círculo. Pero esta vez Bastet había insistido en quedarse al fondo para poder observar con detenimiento a cada miembro del Consejo.

La mayoría de los Inmemoriales seguía teniendo rasgos humanos, pero otros, en cambio, se habían convertido en criaturas hediondas y horribles por la edad y porque el uso acumulativo de sus auras les había afectado. Cabezas peludas de animales diversos eran más que habituales; algunas criaturas hasta tenían alas. Otras habían empezado a transformarse en bestias de piedra o madera e incluso alguna se había convertido en una monstruosidad con tentáculos.

—Tan solo un puñado no ha asistido —comentó Anubis—. No veo a Cronos.

—Eso es bueno.

—Tampoco ha aparecido Annis la Negra.

—Qué lástima, es una buena aliada —dijo Bastet algo distraída.

La Inmemorial se inclinó hacia delante para seguir los pasos de Isis y Osiris entre la multitud de bestias y monstruos. Era sencillo seguirles la pista, puesto que destacaban entre los demás miembros. La pareja iba vestida con una armadura ceremonial de color blanco. Bastet les observaba con una sonrisa.

—Ahora no harán nada. Han creado mucha expectación y prometido que revelarán el secreto muy pronto.

—¿Cómo lo sabes? —preguntó Anubis a su madre.

—Porque es lo que yo haría —respondió mirando de reojo a su hijo—. Los mellizos: ¿están muertos?

Anubis, confiado, dijo que sí con un gesto de cabeza.

He enviado a tres berserkers —contestó con una gran sonrisa.

—Tres bestias para un par de críos. Un poco exagerado, ¿no te parece?

Anubis se encogió de hombros.

—Quería asegurarme.

Bastet asintió con gesto de felicidad.

—Bien. Sigue pensando así y te convertirás en un gran gobernante. ¿Y Aten?

—Está de camino. Ard-Greimne me ha dicho que hay un grupo de humanos protestando fuera de la cárcel. Solo tiene que ocuparse de ellos antes.

—Me gusta. Es brutal y eficiente —opinó Bastet—. Estoy convencida de que encontraremos un papel para él en los próximos días.

Anubis no pudo evitar fijarse en el uso de la palabra «encontraremos», pero prefirió no decir nada. Tenía planes para gobernar Danu Talis… y esos planes no incluían a su madre.

El diminuto Jano se dirigió hacia el centro del círculo.

El proceso de la Mutación había afectado al Inmemorial de una forma terrible, y ahora poseía cuatro rostros distintos. Cada uno era capaz de moverse y hablar independientemente de los demás, lo cual era atroz. En general, solía mantener las cuatro caras cubiertas bajo un casco de cristal negro y solo dejaba ver uno de sus rostros al resto del mundo, pero hoy había abandonado toda máscara.

A pesar de lo horrible, su cambio particular le facilitaba observar los cuatro lados de la cámara sin tener que moverse un ápice. De pronto, Jano alzó un minúsculo triángulo plateado y lo golpeó con un martillo de oro. El sonido, puro y claro, retumbó en la sala de tal manera que silenció toda conversación de inmediato.

—Inmemoriales de Danu Talis —anunció—. Por favor, coged asiento, pues está a punto de iniciarse la primera Gran Sesión desde hace muchos años.

Se produjo un zumbido de movimiento cuando todos los presentes comenzaron a acomodarse en sus asientos. Se habían arrancado algunos asientos para permitir que los Inmemoriales con mutaciones también pudieran sentarse.

Jano volvió a hacer sonar el triángulo.

—Hoy es un día espléndido a la vez que terrible. Un día en que tendremos que elegir al próximo gobernante de esta ciudad. Un día en que deberemos juzgar a uno de los nuestros.

Los Inmemoriales continuaban avanzando por las pasarelas para dirigirse hacia sus asientos. Anubis siguió a Bastet por entre las gradas, asintiendo y sonriendo a medida que avanzaba. Tenía muchos amigos allí; bueno, en realidad no eran amigos, sino más bien aliados. Y, en toda la sala, no habría más de un puñado que apoyara a Aten y defendiera a los humanos. Sin embargo, ese puñado eran Inmemoriales poderosos que no debía subestimar.

Jano golpeó el triángulo por tercera vez.

—Sin embargo, estoy convencido de que este será el día más memorable de la historia de Danu Talis.

Bastet se retorció en su asiento y miró a su hijo con el rabillo del ojo.

—Apuesto a que Isis y Osiris le han pagado para que diga eso.

La criatura felina esbozó una rencorosa sonrisa al Inmemorial de los cuatro rostros y se deslizó a su asiento de primera fila.

Anubis se acomodó a su lado. Y entonces asestó un suave codazo a su madre. Los dos asientos de delante pertenecían a Isis y Osiris, pero tan solo Isis había comparecido.

—¿Dónde está Osiris? —preguntó Anubis, olvidando por completo que su comentario se oiría en toda la sala.

—Ha ido a buscar a los mellizos de la leyenda —respondió Isis en voz alta.

Al oír esas palabras, todos los Inmemoriales congregados se inclinaron hacia delante y la Cámara del Consejo quedó sumida en un silencio absoluto.

—Sí, están aquí. Los verdaderos y legítimos gobernantes de Danu Talis han vuelto a casa.

Y justo cuando estaba volviéndose hacia las puertas de la Cámara del Consejo, Osiris las abrió de par en par, jadeando y con los ojos como platos.

—¡Han desaparecido! —gritó—. ¡Y hay sangre por todas partes!

—Oh, qué pena —ronroneó Bastet.

—Qué triste —añadió Anubis—. Es una pérdida terrible.

—Hay tres berserkers muertos en el antiguo museo.

Bastet agarró el brazo de su hijo y le clavó sus zarpas hasta arañarle el hueso. En ese instante, toda la sala estalló en una serie de gritos y preguntas.

De pronto, un anpu lleno de cicatrices entró corriendo por la puerta de la sala y empujó a Osiris para alcanzar el centro del círculo. Y entonces la cámara se quedó muda. No se permitía a ninguna bestia ni híbrido entrar a la Cámara del Consejo. Y, por si fuera poco, aquel anpu había cometido la osadía de tocar a un Inmemorial.

—Defendeos —ladró el anpu—. ¡Nos están atacando! ¡Humanos desde el cielo nos están atacando!

Mientras la sala entraba en caos, Bastet se volvió hacia su hijo.

—No sabía que podían hablar —susurró.

—Yo tampoco —murmuró Anubis—. Nunca les había oído decir una sola palabra.

Y en ese instante, la Pirámide del Sol empezó a temblar.

—Un terremoto —suspiró Bastet—. Oh, ¿acaso este día podría empeorar aún más?

Al otro lado de la sala, Isis y Osiris se volvieron hacia Bastet con una sonrisa idéntica.

—Oh, claro que sí —murmuraron—. Puede empeorar mucho más.

Capítulo 61

obre una diminuta isla rodeada de lava burbujeante, Aten, el Señor de Danu Talis, estaba
sentado en una jaula, a esperas de ser llamado
para la ejecución.

Estaba agotado y tenía quemaduras y ampollas por
todo el cuerpo. La lava no dejaba de salpicarle y cada gota
del líquido ardiente le agujereaba la ropa y le ardía la piel.
Aten era consciente de que, a medida que pasaban los minutos, la marea iba subiendo y las burbujas se hacían más
grandes y habituales.

El aire, cargado de azufre, cada vez era más irrespirable. Si no venían a matarle pronto, le encontrarían tirado
en el suelo, asfixiado. Y sabía que, si su madre y su hermano se enteraban de que Aten había muerto de asfixia,
armarían un buen alboroto.

De repente, al otro extremo de la piscina de lava, se
abrió una puerta para dejar entrar un rectángulo de luz
blanca. Enseguida aparecieron tres gigantescos anpu que
colocaron el puente en su lugar para que Dagon, el carcelero, pudiera trotar hacia la jaula. Los anteojos protectores
que llevaba le otorgaban un aspecto de pez. Dos guardias
le acompañaron y el tercero se quedó junto a la puerta.
Aunque un prisionero lograra deshacerse de los guardias,

jamás conseguiría cruzar el puente y salir de aquel infierno, pues entre tanto el anpu de la puerta habría conseguido salir de allí y cerrarla con llave desde el exterior.

Dagon no quiso mirar a Aten a los ojos mientras jugueteaba con la complicada cerradura de su jaula.

—Ya es la hora, lord Aten.

—Lo sé.

—Los guardas tienen órdenes de matarte si intentas escapar.

—No lo intentaré, Dagon. ¿Adónde iría? ¿Qué haría? Estoy donde se supone que debo estar.

El carcelero soltó una risa adusta, desalentadora.

—Vaya, lord Aten, todo el mundo creerá que permitiste que te encerraran.

De repente, la criatura miró a Aten a los ojos. Se acercó un poco a los barrotes y bajó el tono de voz.

431

—Los humanos te aclaman, lord Aten. Están protestando fuera de la cárcel. Y se han producido disturbios por toda la ciudad —explicó en voz muy baja—. Corren rumores que aseguran que en este mismo instante un inmenso ejército avanza hacia la ciudad para rescatarte.

—¿A quién pertenece tal ejército? —preguntó el Inmemorial con cierta curiosidad.

—La Diosa de los Tres Rostros ha enviado a Huitzilopochtli a salvarte.

—¿Y dónde has oído tal rumor?

—Del propio Ard-Greimne. Ya sabes que tiene espías en todas partes.

Aten agachó la cabeza, como si estuviera sumido en una profunda reflexión, pero tanto Dagon como él sabían que ese gesto era una muestra de agradecimiento por la información.

Ard-Greimne controlaba la gigantesca prisión y era el responsable de mantener el orden en la ciudad y alrededores. El viejo Inmemorial tenía bajo su mando a un ejército de anpu y guardias asteriones, además de varios nuevos híbridos que salían de los laboratorios de Anubis, como jabalís, osos y gatos. Solía jactarse de que ningún humano jamás patrullaría las calles de Danu Talis y se vanagloriaba de haber conseguido que ningún pie humano pisara los adoquines de oro de los círculos que rodeaban los hogares de los Inmemoriales.

La puerta de la celda se abrió tras un chasquido y Aten salió de aquella jaula insoportable.

—Sígueme —dijo Dagon—. Y ten cuidado; algunas de las tablillas del puente están rotas. Hace tiempo que quiero cambiarlas, pero he estado muy ocupado y no he tenido tiempo.

Aten siguió cada paso de Dagon.

—Me van a arrojar a la boca de un volcán, así que un poco de chamusquina no es nada.

Dagon no sabía si Aten estaba tomándole el pelo o hablando en serio.

—Ard-Greimne quiere verte antes.

—Oh, estoy seguro de que está deseando regodearse —respondió Aten con voz alegre—. Nunca le he caído bien, y debo reconocer que el sentimiento es mutuo. No es ningún secreto que llevaba tiempo buscando a alguien que le reemplazara.

Dagon guio a Aten por el puente y después esperó junto a él a que el anpu levantara la pasarela de la lava. Si dejaban demasiado tiempo, el puente sobre la piscina ardiente se quemaría. El guardia abrió la puerta y Aten siguió a Dagon. El Inmemorial parpadeó varias veces cuando salió a la luz.

—Hay muchos escalones —se disculpó Dagon mirando hacia arriba.

Aten siguió la mirada del carcelero y vio cientos de estrechos y planos escalones que conducían hacia una penumbra absoluta.

—Si este debe ser mi último paseo, quiero disfrutarlo —respondió Aten. Y acto seguido carcelero y prisionero iniciaron el larguísimo ascenso desde los fondos de la cárcel hacia el exterior.

—Estamos a medio camino —informó Dagon un poco más tarde.

Por lo visto, subir aquella cantidad de escalones no había afectado al carcelero, pero Aten notaba el latir de su corazón bombeándole el pecho. También se percató de un suave ruido constante. Al principio, creyó que era la lava, pero después se dio cuenta de que venía del exterior.

—¿Qué es ese ruido? —preguntó el Inmemorial.

—Son las protestas de los humanos —explicó Dagon—. Cuando entré, empezaban a concentrarse. Hace un rato había alrededor de mil humanos; ahora deben de ser ocho mil o incluso puede que diez mil. El pueblo exige tu libertad.

—¿Y qué dice Ard-Greimne? —quiso saber Aten.

—Está decidido a enviar todos sus refuerzos para aplastarlos. Tengo entendido que ha ordenado a los guardias no tener piedad y actuar con brutalidad. Asegura que va a enseñar a los humanos una lección que jamás olvidarán.

—Ya veo. —Aten sabía muy bien qué estaba pasando—. Tiene que alejar a todos los manifestantes para poder trasladarme a la pirámide.

Dagon no mostró reacción ninguna. Deslizó los ante-

433

ojos por la frente y los dejó sobre la cabeza, pareciendo así que tenía dos pares de ojos.

—Por lo visto, Bastet y Anubis están esperando tu llegada.

Aten asintió.

—Y estoy seguro de que no quieren que llegue tarde a mi propio funeral.

Ard-Greimne esperaba en lo alto de la escalera.

Era un Inmemorial bajito, esbelto y de aspecto normal y corriente. La Mutación no había sido particularmente cruel con él; se le había caído todo el cabello y mostraba un cráneo más alargado de lo habitual, lo cual hacía que todos los rasgos del rostro parecieran estar estirados hacia ambos lados. Tenía dos mechones de bigote pelirrojo bajo la nariz que se rizaban al alcanzar la comisura de los labios. La mirada de Ard-Greimne era de un verde extraordinario. Lucía, como siempre había hecho, una túnica arcaica de forma rectangular que se extendía desde el cuello hasta los pies y le dejaba los brazos desnudos. Hacía siglos que esa prenda de ropa había pasado de moda.

—Cómo caen los más poderosos —dijo mirando a Aten.

Ard-Greimne era un tapón y, por lo tanto, era más que sensible con relación a su altura. Siempre llevaba zapatos con alzas en el interior. Al ver que Aten no respondía ante tal provocación, volvió a intentarlo.

—He dicho que cómo caen los…

—No me ha parecido divertido ni ingenioso la primera vez que lo has dicho —interrumpió Aten—. Ni tampoco original.

El hombrecillo torció el rostro hasta esbozar lo que parecía una sonrisa.

—Palabras muy valientes para un hombre que está a punto de morir.

—Aún no estoy muerto —replicó Aten.

—Oh, pero lo estarás muy pronto.

Aten alcanzó lo más alto de la escalera y pasó por delante del Inmemorial, dejando tras él la cárcel de Tártaro para salir a un patio inmenso. Los gritos de la gente que se había agolpado junto a los muros de la cárcel eran como una tormenta de ruidos que retumbaban contra las piedras.

—Aten... Aten... Aten...

—Tu pueblo te llama —se burló Ard-Greimne.

Justo delante de Aten se alzaban cuatro interminables filas de los agentes personales de Ard-Greimne. La mayoría eran anpu o asteriones, pero también había híbridos de toros y jabalíes entre sus filas. Todos llevaban una armadura de cuero negro con el símbolo personal de Ard-Greimne marcado sobre la piel. El símbolo era un ojo abierto que siempre vigilaba. Los guardias iban armados con mazas y látigos, y unos pocos tenían lanzas. Había también un puñado de arqueros entre el ejército personal del Inmemorial.

—Sé que respetas a esos humanos... —empezó Ard-Greimne.

—Así es —confirmó Aten antes de que el bajito Inmemorial pudiera acabar la frase.

Ard-Greimne no pudo ocultar una sonrisa.

—Y que les consideras los sucesores de los Inmemoriales.

—Sí.

—Si realmente les profesas tal respeto, quiero que subas a lo más alto de la cárcel y les pidas que se dispersen pacíficamente.

—¿Por qué crees que haría eso? —preguntó Aten.

—Porque si no se van, mandaré a mis agentes personales. Colocaré cien, no, doscientos arqueros sobre los muros de la prisión para que arrojen lanzas de fuego hacia la multitud. Habrá momentos de pánico. Y entonces enviaré a mis hombres ahí fuera.

—Sería una masacre —murmuró Aten.

—Tan solo morirían varios cientos. No les mataremos a todos. Lo único que queremos es que vuelvan a casa y corran la voz. Ya sabemos que no es muy buena idea matar a todos los esclavos disponibles.

—¿Quieres que hable con el pueblo? —quiso confirmar Aten.

—Sí.

—Entonces así lo haré —dijo Aten sin vacilar.

—Pensé que te negarías, la verdad —dijo Ard-Greimne, sorprendido.

Aten sacudió la cabeza.

—Les diré lo que deben hacer.

Capítulo 62

¡Agarraos! —gritó Prometeo.

—No pienso volver a montarme en una vímana nunca más —prometió Shakespeare—. Si no se estrellan contra algo, se incendian. Ahora veo por qué dejaron de utilizarse.

Traqueteando y dando bandazos, la vímana empezó a descender hacia la gran Pirámide del Sol.

—Tenemos que actuar con rapidez para evitar que se den cuenta de qué vamos a hacer —dijo Prometeo—, así que cuando aterricemos, salid de inmediato de la aeronave y tomad posiciones sobre la escalera. No permitáis que nadie se acerque al tejado. ¿Está claro? Nadie.

—¿Por qué? —preguntó Juana.

—No tengo ni idea, pero Abraham me dio órdenes muy claras. Que nadie alcance la cima de la pirámide.

Juana le dio una suave patada a su marido.

—Guarda la libreta. Creo que estás a punto de llevar a cabo una investigación muy práctica para el final de esta obra musical.

—¿Qué tipo de investigación? —preguntó un tanto desconcertado.

—De las de choques, gritos y fuego, creo —respondió Juana.

—Armagedón —anunció Saint-Germain poniéndose en pie y con la mirada llena de emoción y entusiasmo—. Pienso llamar a este trabajo «Armagedón», o quizá «Armagedón Rocks!», con signos de exclamación incluidos.

—No necesitaba que me recordaras ese asunto justo ahora… —protestó Juana con voz amable y cariñosa.

—¿No es un buen momento?

Juana señaló la ventanilla de la vímana, y Saint-Germain se acercó para echar un vistazo. Se colocó junto a su esposa y vio aproximarse a la gigantesca pirámide que gobernaba el corazón de la ciudad. Rodeó a Juana con el brazo y la sujetó cuando la aeronave empezó a vibrar una vez más. Los motores rugían, emitiendo un ruido espantosamente alto, y toda la superficie de la nave temblaba.

438 Los cristales de las ventanas se reventaron, haciéndose añicos, y una tira de metal se desprendió de debajo del asiento de William Shakespeare, quien se quedó con los pies colgando en el aire. Palamedes agarró al Bardo y le alzó en el mismo instante en que el asiento se desplomó por la abertura.

—¡No digas ni una palabra! —avisó Palamedes.

El panel de control que había delante de Prometeo empezó a desmoronarse y resquebrajarse antes de derretirse en burbujas líquidas.

—¡Este ruido es insoportable! —gritó Will, que no tardó en taparse los oídos con ambas manos.

De repente, los motores se quedaron en silencio y el único sonido audible era el del aire soplando por cada abertura, ventanilla y rasguño de la vímana.

El Bardo se destapó los oídos y miró a su alrededor.

—La verdad, estaba más cómodo con el ruido.

Y justo entonces, la vímana tomó tierra sobre la cima de la pirámide con un chirrido metálico. La aeronave se deslizó por la superficie plana y pulida y empezó a dar vueltas.

—Si no paramos este chisme, nos despeñaremos —observó Saint-Germain sin perder la calma. Entonces alargó el brazo por la ventana destrozada y movió los dedos—. *Ignis* —suspiró.

De inmediato, una espiral de mariposas emergió de la manga del conde y el aire se cubrió del suave aroma a hojas quemadas.

Una llamarada blanca bañó la superficie de la pirámide, mezclándose con las losas de oro, convirtiéndolas en un material pegajoso. Acto seguido, la vímana, que hasta entonces seguía resbalándose por la cima, empezó a aminorar la velocidad en una lluvia de gotas de oro. Saint-Germain chasqueó los dedos y el oro adoptó un estado sólido, lo cual hizo frenar a la aeronave, que quedó inmóvil a pocos centímetros del borde del tejado.

William Shakespeare rompió el largo e incómodo silencio que prosiguió.

—Muy impresionante, Músico —dijo con voz temblorosa—. Me aseguraré de agradecértelo en mi próxima obra de teatro. De hecho, puede que te incluya como protagonista.

Saint-Germain esbozó una amplia sonrisa de orgullo.

—¿Un héroe?

—¿No crees que los villanos son personajes mucho más interesantes? —preguntó William—. Siempre consiguen los mejores diálogos.

Prometeo y Palamedes dieron sendas patadas a los costados de la aeronave y salieron de un brinco. El Caballero Sarraceno ofreció la mano para ayudar a Juana de Arco, seguida de Shakespeare y finalmente Saint-Germain. Prometeo posó el hombro sobre la destrozada vímana y empujó con todas sus fuerzas. Al principio, la aeronave se resistió pero después, tras apartar varios trozos de oro solidificado, se desplomó por el precipicio. Cayó formando un arco y se estrelló repetidas veces contra los peldaños de la escalera en una explosión de madera, metal y cristal.

—Eso sorprenderá a alguien de ahí abajo, sin duda —dijo Juana al asomarse por el borde. Aquella escalera parecía infinita, y las personas que se habían concentrado en la plaza apenas podían distinguirse desde aquella altura.

—Cuando llegue al suelo, dudo mucho de que quede algo de esa vímana —añadió Saint-Germain con una sonrisa—. Polvo, seguramente.

Desde allí avistaron al resto de vímanas y planeadores que, en ese instante, empezaban a aterrizar sobre la plaza y, muy distantes, llegaron los primeros sonidos de la batalla.

—Bajad unos cuantos peldaños y tomad posiciones —ordenó Prometeo—. No permitáis que nadie llegue al tejado. Will y Palamedes, ocupaos de la zona norte. Saint-Germain, ¿puedes encargarte de la zona oeste? Juana, la parte este es toda tuya. Yo vigilaré el sur.

—¿Por qué te has asignado la zona más peligrosa? —preguntó Saint-Germain.

El gigantesco Inmemorial sonrió.

—Todas las zonas son peligrosas.

Todos se dieron un abrazo. Aunque nadie dijo ni una palabra, todos sabían que aquella podía ser la última vez que se veían con vida.

Saint-Germain besó a Juana de Arco antes de separarse.

—Te quiero —murmuró.

Juana asintió. Las lágrimas engrandecían aún más su mirada grisácea.

—Cuando todo esto acabe, propongo que nos vayamos de luna de miel, otra vez —dijo el Conde.

—Me encantaría —respondió Juana—. Hawái siempre es un destino perfecto en esta época del año, y sabes que adoro esa isla.

Saint-Germain negó con la cabeza.

—No pienso ir a otro sitio que tenga un volcán en activo.

—Te quiero —susurró. Y entonces se dio la vuelta para evitar que alguien pudiera verla llorar.

—¿Aparezco en tu nueva obra de teatro? —preguntó Palamedes a Shakespeare cuando comenzaron a descender los peldaños del lado norte de la pirámide.

—Por supuesto. Y pienso hacer de ti todo un héroe.

—Creí que los villanos siempre tenían los mejores diálogos —se quejó el caballero.

—Así es —dijo Shakespeare guiñando un ojo—, pero los héroes suelen tener los discursos más largos.

—¿Ya has decidido el título?

—*Pesadilla de una noche de verano.*

Palamedes se echó a reír.

—Entonces, ¿no es una comedia?

Capítulo 63

in tocar a nadie, Scathach se movió con suma facilidad entre la inmensa multitud que se había congregado junto a la cárcel. Echó un rápido vistazo a la muchedumbre para calcular el número de personas: diez mil humanos, quizá, o a lo mejor incluso más. No todos los presentes eran jóvenes. Había hombres y mujeres de todas las edades que habían decidido acercarse hasta los muros de la cárcel para vitorear el nombre de Aten.

Les escuchaba hablar con nervios, con emoción.

Todos eran conscientes de los peligros, pero del mismo modo sabían que era la única oportunidad que jamás tendrían para exigir la libertad. Si Aten moría, toda esperanza de un futuro mejor se esfumaría con él. Y, además, tenían un defensor, una voz.

Los rumores habían corrido entre los barrios bajos y las callejuelas de la ciudad. Varias historias aseguraban que una humana con el pelo cobrizo y negro azabache había burlado a diez, o cien, o puede que mil guardias de seguridad. Contaban que esa misma humana había convertido a un hombre o a una bestia en piedra, o que le había aplastado la cabeza. El pueblo de Danu Talis se había reunido para ver a la mujer que poseía los poderes de un Inmemorial.

Scathach se deslizó hasta la parte frontal del gentío y, de repente, se quedó quieta, como si se hubiera topado con un muro de piedra. Hasta entonces, no sabía qué, o quién, estaba guiando y liderando a las humanos. Pero jamás, en sus diez mil años de vida, habría esperado encontrarse a Virginia Dare... y al doctor John Dee.

Los dos estaban un poco alejados de la multitud, con la cabeza agachada, concentrados en una conversación por lo visto muy importante. Scathach observó a la inmortal golpear con el dedo el pecho del Mago inglés, como si quisiera dejar algo claro entre ambos.

Más allá de los dos inmortales, al otro lado de la plaza, se alineaba una fila de guerreros anpu y asteriones, que permanecían inmóviles y en silencio. Todos los guardias iban con armadura y con todo tipo de armas, como si estuvieran a punto de enfrentarse a tropas mortíferas en vez de a humanos desarmados. Scathach mostró los dientes en una sonrisa vampírica. Sin duda, sería una batalla que merecería la pena combatir.

De repente, unas luces se encendieron en la parte superior de los inmensos muros de la cárcel, iluminando así las diversas líneas de arqueros que empezaban a tomar posiciones. Calculó que habría unos cien o doscientos arqueros. Scathach sabía por experiencia propia que un buen arquero podría arrojar quince lanzas por minuto. En cuanto la primera lanza saliera disparada del arco, la siguiente ya estaría volando.

Un suspiro recorrió la muchedumbre. Nadie se movió, pero las consignas fueron en aumento.

Se iluminaron varias antorchas y una figura apareció sobre el muro frontal de la prisión. Era una figura bajita y pálida, con el rostro un poco alargado y una pelusa peli-

443

rroja por encima de los labios. Iba ataviado con una túnica negra que resplandecía bajo la luz del fuego. Alzó los dos brazos y esperó a que la multitud se quedara callada. Y entonces su voz retumbó en toda la plaza.

—Mortales de Danu Talis.

Un murmullo serpenteó entre la muchedumbre; a nadie le gustaba el término «mortales»; lo consideraban un insulto.

—Mortales de Danu Talis —repitió—. Ya me conocéis. Soy Ard-Greimne, y mi palabra es la ley. Habéis querido correr un grave peligro. Pero todavía existe una posibilidad para salvar vuestras vidas. Idos, regresad a vuestras casas y, por lo menos, sobreviviréis esta noche. Pero si decidís quedaros aquí, vuestro futuro será incierto. No tengo el poder de la clarividencia y no soy capaz de prever el futuro, pero quedaos aquí, ante estos muros, y os prometo dolor, muerte y destrucción. ¿Acaso es eso lo que queréis?

Alguien de entre la multitud gritó, pero sus compañeros enseguida le silenciaron.

—Quizá penséis que sois muchos, pero recordad que os enfrentáis a los guerreros más salvajes del mundo conocido. Aquí hay anpu y asteriones, berserkers y todos los nuevos híbridos que, un día no muy lejano, os reemplazarán, pues podrán realizar tareas que vosotros sois incapaces de llevar a cabo.

Ard-Greimne se quedó en silencio, a esperas de que la multitud empezara a dispersarse.

—Si no estáis dispuestos a escucharme, quizá sí escuchéis a aquel que ostenta el nombre que tanto coreáis.

Y la multitud aulló su nombre.

—¡Aten! ¡Aten! ¡Aten!

Las voces latían como un corazón único. El pueblo seguía chillando el nombre de Aten y no parecía dispuesto a callarse.

El doctor John Dee se volvió para echar un vistazo a la multitud y se encontró observando la mirada esmeralda de Scathach la Sombra. Tras un día lleno de sorpresas, esta era otra para añadir a la lista.

Scathach se dio cuenta de que el Mago la había visto y se apartó de la muchedumbre; se quitó el sombrero, se arrancó el vestido blanco y dejó al descubierto una camiseta negra, los pantalones de combate y las botas con puntera metálica. Llevaba dos espadas cortas atadas a la espalda, varios puñales colgados de la cintura y un par de nunchaku amarrados al cinturón.

La gente de su alrededor fue testigo de tal transformación y aulló.

—¿Has venido a matarme, Sombra? —preguntó Dee.

—Quizás en otro momento —respondió Scathach con serenidad.

El Mago ofreció una mano a Dare.

—Virginia Dare, permíteme que te presente a la legendaria Scathach la Sombra.

Las dos mujeres se cruzaron la mirada y asintieron con la cabeza. Y entonces Virginia sonrió.

—Esperaba que fueras más alta.

—Suelen decírmelo.

—¿Has venido a rescatar a Aten? —preguntó Dee.

Scathach negó con la cabeza.

—He venido a ver a Ard-Greimne, el Inmemorial.

—¿Por qué? —quiso saber el Mago.

445

—Quiero comprobar si es tan malvado y cruel como la gente dice.

Virginia miró a Scathach de pies a cabeza y después escudriñó la figura que había sobre el muro de la cárcel.

—Hay cierto parecido en los pómulos y la barbilla —comentó—. ¿Es familiar tuyo?

Scathach afirmó con la cabeza.

—¿Tu hermano?

—Es mi padre —susurró.

Y entonces un terremoto sacudió toda la isla.

Capítulo 64

os pies deformes de Xolotl le dificultaban, y a menudo impedían, caminar. El Inmemorial avanzaba con torpeza hacia la mezcla de auras de los distintos Inmemoriales y humanos inmortales. Xolotl rasgaba las piedras con los huesos con cada paso que daba.

Estaba deseando matar al Alquimista. Y, más emocionante aún, Xolotl sabía que si el Alquimista estaba en Alcatraz, su esposa no podría andar muy lejos. El estómago del Inmemorial rugió ante tal idea. Sería un banquete memorable.

Xolotl inspiró hondamente una vez más, echando atrás su cabeza perruna y abriendo las aletas de su nariz negra. Creyó distinguir al menos siete, o quizás ocho, auras distintas en el aire nocturno. La niebla, con cierto aroma a carne, ocultaba los demás olores, así que cabía la posibilidad de que hubiera alguien más allí, pero daba lo mismo. Los mataría a todos por satisfacción propia y dejaría los restos sin vida a los monstruos que le seguían.

Le importaba un comino si Flamel tenía diez o cien acompañantes; no podría escapar de lo que en ese instante se arrastraba tras él.

ϒ

En una esquina de la Casa del Guardián, completamente en ruinas, había una especie de caparazón de barro. Nicolas golpeó la cáscara con los nudillos. Era sólida.

Nicolás Maquiavelo cruzó los brazos sobre el pecho y miró al Alquimista.

—Siempre supe que volveríamos a encontrarnos —dijo en francés—, aunque nunca imaginé que sería en estas circunstancias —añadió con una sonrisa—. Estaba seguro de que os atraparía en París el sábado pasado.

El italiano hizo una reverencia, un gesto de cortesía pasado de moda, cuando Perenelle se reunió con su marido.

—Señora Perenelle, por lo visto estamos destinados a encontrarnos siempre en una isla.

—La última vez que nos vimos habías envenenado a mi marido y tenías intención de matarme —le recordó Perenelle en italiano.

Hacía unos trescientos años, la Hechicera y el inmortal italiano se habían enzarzado en una batalla a los pies del monte Etna, en Sicilia. Aunque Perenelle venció a Maquiavelo, la energía que ambos desataron provocó la erupción del antiguo volcán. La lava siguió fluyendo durante cinco semanas después de la batalla y destruyó diez pueblos.

—Perdóname; entonces era joven, insensato e imprudente. Y tú saliste victoriosa de aquel encuentro. Sigo teniendo las cicatrices de aquel día.

—Intentemos no hacer estallar esta isla —dijo Perenelle con una sonrisa. Y entonces le ofreció la mano como gesto de paz—. Vi cómo intentabas salvarme antes. Ya no hay rastro de enemistad entre nosotros.

Maquiavelo tomó los dedos de la Hechicera y se inclinó hacia delante.

—Gracias. Eso me complace.

Marte y Odín salieron del edificio para vigilar una de las entradas. Billy el Niño y Black Hawk, por otro lado, decidieron custodiar el otro camino de entrada. Hel asomó la cabeza por la puerta de la Casa del Guardián sin apoyar la pierna herida. Era la última línea de defensa.

Nicolas, Perenelle y Maquiavelo se quedaron alrededor de la pelota de barro.

—¿Estás segura de que Areop-Enap está ahí dentro? —preguntó el italiano golpeando con los nudillos el caparazón.

—Vi a la Araña meterse ahí dentro y envolverse en esa cáscara —respondió Perenelle.

—¿Cómo podemos abrirla? —cuestionó Maquiavelo.

—No creo que sea buena idea intentarlo —dijo Maquiavelo—. Podría ser peligroso para Areop-Enap y también para nosotros. La Araña es una criatura imprevisible —añadió mirando a su esposa de reojo—. ¿O tengo que recordarte la última vez que nos encontramos con la Vieja Araña?

Maquiavelo sonrió de oreja a oreja.

—Déjame adivinar… luchasteis.

—Así es —confirmó Perenelle—. Y también fue en una isla, en Pompeya.

—¿Qué problema tenéis con las islas? —preguntó el italiano—. Japón, Irlanda, Pompeya, las Aleutianas. Siempre dejáis un rastro de destrucción, caos y muerte.

—Estás bien informado —comentó Perenelle.

—Era, bueno, y creo que sigue siendo, mi trabajo.

—Y normalmente era tu amiguito Dee quien provocaba tal destrucción, caos y muerte —añadió Perenelle—. Nosotros siempre huíamos de él.

—Dee no es amigo mío —rebatió Maquiavelo.

El italiano posó la palma de la mano sobre la bola de barro y dejó que su aura grisácea y de aspecto sucio fluyera por la superficie del cascarón. Al principio, el fango chisporroteó e incluso burbujeó, pero el aura enseguida perdió toda su fuerza, recorriendo la figura de barro como si de agua se tratara. El inmortal bajó la cabeza para acercar el oído a la piedra.

—Silencio —dijo al fin.

Los tres inmortales colocaron las manos sobre el caparazón e invocaron sus auras. Los aromas de la menta y serpiente se fundieron entre la niebla mientras energías de colores distintos, blanco níveo, verde esmeralda y gris sucio, iluminaban la cáscara de barro.

Nicolas fue el primero en perder las fuerzas. Estaba jadeando y tenía nuevas líneas de expresión en la frente y en la nariz.

—Un momento, por favor. Dejad que me recupere un poco. ¿Qué te ha hecho cambiar de opinión? —preguntó ladeando la cabeza hacia el italiano—. ¿Por qué has decidido ponerte de nuestro lado?

El inmortal se encogió de hombros. Se apoyó contra un muro de piedra y empezó a sacudirse el traje negro hecho a medida que, a estas alturas, estaba sucio y descosido.

—Hace ya mucho tiempo que mi relación con los Oscuros Inmemoriales me preocupa, me turba —murmuró—. Pero la verdad es que venir aquí para trabajar codo con codo con Billy y Black Hawk me ha traído muchísimos viejos recuerdos. Me recordaron algo que mi querida esposa, Marietta, me dijo una vez. Me acusó de ser un monstruo sin sentimientos. Me dijo que moriría solo porque no me importaba nadie en absoluto —explicó con tono melancólico—. Me he dado cuenta de que tenía razón en ambas cosas. Y entonces Black Hawk me hizo una pregunta. Quería saber si alguna vez había hecho algo con ilusión, con emoción. Le dije que no, al menos desde hacía muchísimo tiempo. Y entonces me dijo que sentía lástima por mí, que consideraba que estaba echando a perder mi inmortalidad. Me dijo que no estaba viviendo, sino sobreviviendo. Y, si queréis saber algo, tenía razón.

—A veces creo que los inmortales no saben apreciar el maravilloso regalo que es la inmortalidad —murmuró Nicolas.

—No siempre es un regalo —añadió Perenelle en voz baja.

—Y entonces conocí en persona a Billy —continuó el italiano—. Es joven, desborda vitalidad y entusiasmo. Puede ser irritante y molesto, sí, pero tiene un gran corazón. Me recordó qué era ser humano. Disfrutar de la vida. Y cuando se presentó el momento, decidimos, Billy y yo, que no queríamos monstruos corriendo por las calles de San Francisco, que no deseábamos la muerte de miles de personas. Nuestras conciencias jamás lo habrían perdonado. Al menos no si podíamos hacer algo para evitarlo. ¿Sabéis una cosa? Creo que es el discurso más largo que he dado en un siglo. Quizás en dos.

Se oyó un silbido seguido por los rasguños y repiqueteos de zarpas acercándose.

—El hermano gemelo de Quetzalcoatl, Xolotl, controla los monstruos de la isla —explicó rápidamente Nicolas a Maquiavelo—. Está un poco enfadado porque le hundimos un barco repleto de monstruos. Juró venganza.

—¿Quieres decir que hay más criaturas? —preguntó el italiano, un tanto desesperado.

451

—Muchas más —respondió Perenelle con una sonrisa—. Las celdas solo albergaban a los monstruos más pequeños. Las bestias más espeluznantes y gigantescas están encerradas en la Casa de Máquinas y el Edificio de la Intendencia, junto a la orilla.

—Entonces no tenemos más remedio que abrir este caparazón —concluyó el italiano.

Los tres inmortales se volvieron de nuevo hacia la bola de barro y posaron las manos sobre la superficie, vertiendo cada gota de energía áurica que les quedaba.

La sala se iluminó con la luz de sus auras.

Nicolas fue el primero en desfallecer, aunque Maquiavelo no tardó en desplomarse, pues se había quedado también sin fuerzas. Los dos inmortales se dejaron caer sobre el caparazón de la Vieja Araña. Perenelle les miró a ambos.

—Lo intentaremos una última vez —anunció—. Si no conseguimos romper la cáscara, dejaremos en paz a la Araña; no podemos permitirnos malgastar más energía.

La Hechicera se arrodilló junto a su marido y acarició las nuevas arrugas que se habían formado en el rostro de este.

—Estamos muy débiles, y sabes lo peligroso que es.

De repente, Black Hawk entró corriendo por la puerta.

—Tenemos visita —dijo casi sin aliento—. Un centenar de anpu y varios unicornios horrendos se dirigen hacia aquí.

—¿De qué color tienen los cuernos? —preguntó enseguida Perenelle.

Black Hawk meneó la cabeza.

—No me he fijado, la verdad.

—¡Piensa! ¡Los has visto!

—Blancos… negros… con las puntas rojas —espetó.

—Monokerata. Los cuernos de estas criaturas son venenosos, así que evitad el roce a toda costa.

Y en ese instante, Billy el Niño entró a toda prisa en la sala, jadeando y con la cara roja. Las puntas de lanza que tenía en las manos estaban manchadas de sangre negra.

—Olvidaos de los anpu y los unicornios —comentó—. Tenemos otro problema. Hay un cangrejo gigante ahí fuera.

—¿Cuán grande? —preguntó Maquiavelo.

—¡Muy grande! —exclamó Billy—. Tan grande como una casa. Una de esas bestias con cabeza de toro se cruzó en su camino y el maldito cangrejo la partió por la mitad.

—Karkinos —murmuraron Flamel y Maquiavelo al mismo tiempo.

—¿Eso significa gran cangrejo o algo así? —preguntó Billy.

—No. Significa cangrejo gigante —aclaró Maquiavelo.

—Y… —dijo Billy tomando aliento—. Todos esos monstruos están encabezados por un esqueleto con cabeza de perro —finalizó con tono dramático—. Un perro sarnoso que da mucho asco.

—Oh, ya le hemos visto antes —dijo Perenelle—. Hemos estado charlando un buen rato.

—Es el hermano gemelo de Quetzalcoatl —explicó Maquiavelo.

Billy parpadeó, sorprendido por la última información.

—¡Ese viejo monstruo tiene un hermano! —exclamó—. ¡Supongo que no son idénticos!

—Lo fueron una vez —dijo Hel desde la puerta—. Él es Xolotl. Es el hermano malvado.

Marte y Odín entraron corriendo por la puerta.

—Ha llegado el momento de tomar decisiones —anunció Marte—. Tenemos dos opciones: quedarnos aquí y tratar de enfrentarnos a todo ese ejército —dijo echando un rápido vistazo a la sala—, o podemos huir e intentar encontrar otro lugar donde refugiarnos.

—Nos quedamos aquí —opinó Flamel dando suaves golpes a la cáscara—. Debéis mantenerlos ocupados mientras probamos de despertar a Areop-Enap. Es nuestra única esperanza.

—Quizá podamos proteger las ventanas y puertas —dijo Marte algo dubitativo. El edificio en ruinas no eran más que cuatro paredes mal puestas, sin techo y con agujeros como ventanas—. Pero si nos atacan…

—¡Nos atacan! —gritó Hel.

Capítulo 65

Sophie y Josh siguieron a Tsagaglalal por un pasadizo.

Todavía estaban algo aturdidos por lo que acababa de suceder en el gigantesco aposento de la pirámide. La mujer de aspecto juvenil protegida con una armadura blanca se había colocado frente a los tres monstruosos berserkers y, en un abrir y cerrar de ojos, había aparecido tras ellos con las espadas curvadas goteando sangre negra. Los tres hombres oso se arrodillaron ante Tsagaglalal con una expresión de asombro en su rostro.

—Las preguntas para después —dijo Tsagaglalal cuando salieron corriendo de aquella sala—, pero dejad que os dé algunas respuestas antes.

De pronto, un guardia anpu muy desafortunado les avistó y cometió el error de intentar atrapar a Sophie. Josh le golpeó con tanta fuerza que la bestia salió propulsada hacia la pared.

—Tenemos que salir lo antes posible de este edificio para que podáis utilizar vuestros poderes —comentó Tsagaglalal.

Y así, sin más, el edificio entero tembló, una profunda sacudida que recorrió todo el suelo.

—Un terremoto —suspiró Sophie.

—Mi marido lo ha creado —explicó Tsagaglalal—. La onda expansiva se apresura hacia aquí. Ha provocado el terremoto para que uno de vosotros lo utilice. Pero tenéis que estar en un lugar donde realmente podáis utilizarlo.

Josh se detuvo de forma tan repentina que Sophie no pudo impedir chocarse contra él. Sus armaduras tintinearon al tocarse.

—Empiezo a estar bastante harto y cansado de que todo el mundo nos diga qué debemos hacer y esperen que lo hagamos sin más, sin cuestionarlo. Si no eres tú, son Isis y Osiris.

Tsagaglalal abrió sus ojos grisáceos de par en par.

—Oh, créeme, Josh, no estoy diciéndote lo que tienes que hacer. Tú tomarás, deberás tomar, la decisión por ti mismo.

La mujer señaló un pasadizo algo más alejado y los mellizos vieron a Isis y Osiris doblar una esquina.

La pareja de Inmemoriales notó la presencia de los mellizos, alzó la cabeza y empezó a correr hacia ellos.

—Quizá penséis que os han instruido con un único objetivo —murmuró Tsagaglalal—, para que puedan reinar sobre esta tierra con vosotros en el trono. Pero mi marido está convencido de que hay algo más detrás de eso. Tienen un poder inmenso, de modo que podrían poner a cualquiera en el trono, así que, ¿para qué pasar milenios tramando un plan para asegurarse de que fueran un Oro y Plata? Os necesitan para algo más que simplemente gobernar sobre el imperio de la isla. Vuestro poder es incalculable. Abraham cree que Isis y Osiris trataban de acceder a ese poder, pero todas las enseñanzas e instrucciones que habéis recibido os permitirán tener el control y tomar vuestras propias decisiones. —Tsagaglalal extendió los brazos y añadió—: Es vuestra elección.

Sophie cogió la mano de su hermano.

—Salgamos de aquí ahora mismo. Ya hemos elegido.

—Lo sé —susurró Tsagaglalal.

—¿Cómo lo sabes? —preguntó Sophie.

—Porque confiaba en que tomaríais la decisión apropiada.

Los mellizos dieron la espalda a Isis y Osiris y salieron escopeteados por el pasadizo, dirigiéndose hacia la puerta por donde se filtraba la luz del exterior.

Tras ellos, los dos Inmemoriales chillaban sus nombres. Y no era un sonido particularmente agradable.

—Matadlos. ¡Matadlos a todos! —gritó Bastet—. No quiero supervivientes.

La Inmemorial se había desplazado hasta el exterior de la pirámide y observaba furiosa decenas de vímanas y planeadores reuniéndose sobre el cielo de la edificación.

El aire empezaba a zumbar con flechas y varios guardias anpu con rifles *tonbogiri* estaban disparando a los asaltantes. El suelo seguía temblando con terremotos de menor intensidad y entre las piedras comenzaban a aparecer grietas.

Una riada de Inmemoriales empezó a salir en tropel de la pirámide. Todos miraban a su alrededor con expresión de asombro, sin dar crédito a lo que sus ojos estaban presenciando: decenas de vímanas y planeadores en el aire. Infinidad de lanzas y flechas empezaron a llover desde los muros de la pirámide.

Un Inmemorial, con cara de hombre y de simio, se

tambaleó y se desplomó sobre la plaza. Y ese mero gesto bastó para provocar al resto de Inmemoriales. Una criatura envuelta con ropajes húmedos y apestosos alzó el brazo para mostrar una mano con tres dedos y, de inmediato, una vímana que sobrevolaba sobre aquella figura se incendió y descendió en picado hasta explotar contra la plaza.

Los Inmemoriales aullaron, chillaron y cacarearon con satisfacción.

—¡Matadlos a todos! —gritó Bastet una vez más—. ¡Muerte a todos los humanos!

La mayoría de los Inmemoriales adoptaron y copiaron el grito de guerra.

—¡Muerte a todos los humanos!

—¡Que no haya supervivientes! —aulló Bastet.

—¡Que no haya supervivientes! —corearon los Inmemoriales.

La mezcla de sus auras creó un arcoíris de colores y todos empezaron a derribar las vímanas con sus poderes. Varias de las aeronaves más grandes estallaron en llamas y cayeron sobre la ciudad como si de cometas ardientes se tratara.

—¡No! —chilló Inanna la Inmemorial mientras avanzaba a zancadas por la plaza de la pirámide, rasgando el suelo con sus afiladas zarpas—. ¡No!

—¡Sí! —rebatió un Inmemorial con cara de ratón—. Después de esta noche, la raza humana dejará de existir. Ha llegado la hora de poner punto y final a ese error.

Inanna saltó y, con ayuda de las alas, alcanzó al menos seis metros de altura en el aire. Al aterrizar sobre el Inmemorial con rostro de roedor, le partió sus frágiles huesos y la criatura murió antes de golpear el suelo.

—He dicho que no —repitió Inanna—. No podemos exterminar a una raza entera.

—Oh sí, sí podemos —chilló Bastet—. Deberíamos haberlo hecho hace muchísimo tiempo.

Varias manos y garras ayudaron a Inanna a levantarse del suelo, pero la Inmemorial no agradeció tal gesto. Al contrario, se dio media vuelta y de forma repentina uno de los Inmemoriales que estaba a su derecha se convirtió en una bola de fuego y otro de su izquierda se transformó en una pila de sal.

El patio que se extendía frente a la pirámide se disolvió en caos. Cada Inmemorial se enfrentaba a otro de su especie mientras los guardias híbridos luchaban contra los humanos. Sin embargo, aquellos Inmemoriales que apoyaban la causa humana eran muchos menos que los que defendían su aniquilación. Y miles de híbridos seguían saliendo de la pirámide.

En mitad de tal confusión y barullo, Tsagaglalal guio a Sophie y a Josh por la entrada de la pirámide y los tres iniciaron el largo ascenso de la escalera. Las armaduras de los mellizos, una dorada y otra plateada, reflejaban el sol vespertino y titilaban vivamente, reflejando los rayos de sol sobre las piedras doradas.

Bastet agarró el brazo de Anubis y lo apretó con tal fuerza que le dejó un moretón inmediato.

—¡Mátalos! —exclamó. Con una fuerza sorprendente, la Inmemorial hizo girar a su hijo—. Mátalos, y Danu Talis será nuestra. Tuya —rectificó. Después, bajó el tono de voz y acercó el hocico al oído de su hijo—. Deja que los humanos maten a todos los Inmemoriales que puedan y podrás gobernar como un emperador absoluto, sin oposición alguna. Piénsalo.

Anubis apartó el brazo de su madre y se abrió camino entre la marea humana para alcanzar al comandante anpu más cercano. Señaló las tres armaduras que ascendían por la escalera de la pirámide, blanca, dorada y plateada.

—Dejad los humanos a los Inmemoriales. Convoca a todo el mundo, a toda bestia, monstruo e híbrido que tengas bajo tu mando y perseguid a esos tres. Matadlos y traedme sus cabezas y armaduras como prueba de su muerte.

El comandante miró a su alrededor y señaló a ambos lados, con una pregunta clara en su rostro de chacal. Un pequeño grupo de humanos arqueros estaba atacando a los anpu que vigilaban uno de los puentes. Otro grupo había estrellado una vímana sobre una tropa de asteriones, diezmándolos. Con el puente libre, incontables humanos empezaron a entrar en la plaza. Anubis sacudió la cabeza.

—Son males menores. Matad a los niños primero.

El anpu gruñó, se llevó el cuerno de caza a los labios y sopló con fuerza, tres toques cortos. De pronto, todos los anpu, seguidos por el resto de híbridos, se replegaron hacia la pirámide, permitiendo así que los humanos se apoderaran de los puentes y la plaza.

El comandante volvió a soplar y, tras ese último toque, cada criatura salió disparada hacia la pirámide, tras Tsagaglalal, Sophie y Josh.

Y, al otro extremo de la plaza, serpenteando entre Inmemoriales y humanos, pasando desapercibidos y evitando cualquier conflicto, Isis y Osiris corrieron hacia su vímana.

Capítulo 66

Pueblo de Danu Talis —anunció Aten.

Todos los presentes gritaban su nombre, pero el Inmemorial alzó las manos en un gesto de silencio y la muchedumbre calló.

—Humanos de Danu Talis: Ard-Greimne quiere que os diga qué debéis hacer.

La gente protestó.

—Quiere que os diga que os vayáis a casa…

La multitud se quejó todavía más.

—… y que abandonéis este lugar.

—¡No! —gritó alguien.

—Pero no pienso pediros que hagáis eso —dijo Aten alzando la voz. Las llamas de las antorchas iluminaban su rostro con luces y sombras, otorgándole una altura y corpulencia exageradas—. Si hubiera permanecido en el poder, habría luchado por la igualdad entre humanos e Inmemoriales. Pero ahora los Inmemoriales están decididos a no permitir que evolucionéis. Desean que sigáis siendo un pueblo esclavizado. Y, si fuera por unos pocos, dejaríais de existir como raza.

Υ

—Preparaos —dijo Scathach de repente.

Había estado observando a Ard-Greimne con detenimiento, fijándose en cómo se le tensaban los músculos,
notando cómo forzaba la mandíbula y apretaba los dientes.

Jamás había conocido a la persona que su padre había
sido antes del Hundimiento de la isla. La familia nunca
quiso hablar sobre eso. Siempre había tenido tempera-
mento y, por ciertos gestos y detalles, suponía que debía
haber sido un monstruo; o peor, que había matado a cientos, puede que incluso miles, de humanos, pero Scathach
se había negado a creerlo.

Y sin embargo, ahí estaba él, preparado para ordenar a
sus arqueros que dispararan fuego hacia una multitud
desarmada antes de soltar tropas de anpu para atacar.

462

—Ard-Greimne quiere que os diga qué debéis hacer
—continuó Aten—. Quiero que miréis la Pirámide del
Sol y me digáis qué veis.

Como si fueran uno, todos los humanos se dieron media vuelta. A lo lejos, bañada por el sol del atardecer se
alzaba la Pirámide del Sol. En el cielo, varios destellos de
luz de vímanas desplomándose sobre el suelo e infinidad
de planeadores.

El escalofrío de emoción que recorrió a la multitud
fue algo físico. Todos estallaron en gritos y alaridos.

—El Clan del Árbol se ha alzado —anunció Aten—.
Son seres humanos. Están encabezados por Hécate y siguen las órdenes de Huitzilopochtli. Prometeo les protege y les guía. Abraham el Mago les vigila muy de cerca.
Inmemoriales y humanos juntos. Iguales, unidos.

La multitud rugió.

Υ

Scathach vio a Ard-Greimne acercarse a Aten. De inmediato, la inmortal echó a correr, zigzagueando por la plaza hasta llegar a las filas de anpu.

Dee alargó la mano para coger a Virginia por el brazo. El doctor inglés también había notado el movimiento de Ard-Greimne y sabía perfectamente qué se disponía a hacer.

—Toma mi aura, Virginia, y haz lo que debas hacer.

Con sumo cuidado, Virginia Dare apartó la mano del Mago de su brazo y la envolvió entre las suyas.

—Gracias, John.

—John —suspiró el doctor.

La inmortal le observó con cierta curiosidad.

—Desde que nos conocemos, de lo cual ya hace bastantes años, jamás me habías llamado por mi nombre —dijo.

—Desde luego que sí. Muchas veces.

—Pero jamás con afecto…

—Eso es porque desde que nos conocemos, de lo cual ya hace bastantes años, siempre has sido un inmortal arrogante llamado Dee.

Ard-Greimne avanzó hacia Aten y suspiró. Los dos inmemoriales echaron un vistazo hacia abajo y contemplaron al gentío que se agolpaba en la plaza. Y entonces Ard-Greimne desvió la mirada hacia la Pirámide del Sol.

—Supongo que esta noche no te necesitarán, ¿verdad?

—Supones bien —respondió Aten.

El carcelero posó la mano sobre el hombro de Aten.

—Pero serás testigo de esto antes —advirtió—. ¡Fuego a discreción! —ordenó a la línea de arqueros.

Doscientos arcos sisearon y decenas de lanzas salieron disparadas, una y otra vez, una y otra vez. Cada lanza contenía un diminuto agujero en la punta para emitir un silbido al volar por el aire. Las flechas sobrevolaban formando un arco en el cielo nocturno y descendían en una lluvia mortal sobre la multitud.

Y en ese instante, el aire salado de Danu Talis se tiñó de salvia y azufre.

Un resplandor de color verde pálido envolvió la silueta de Virginia Dare, mientras una neblina amarillenta emergía del cuerpo enclenque del mago inglés.

—Da lo mejor de ti —había aconsejado Dee a Virginia minutos antes, cuando habían urdido el plan—. Solo tendrás una oportunidad, aprovéchala.

—Nunca he hecho algo parecido a esto —había contestado la inmortal.

—Es el momento idóneo para empezar.

Virginia Dare era una experta en la Magia del Aire. Había adquirido sus habilidades en los bosques de la Costa Este norteamericana y las había perfeccionado en las selvas de la zona noreste del país. Sabía cómo crear y modelar nubes, cómo utilizar el aire como herramienta… y como arma letal.

La inmortal evocó cada gota de su aura, reuniendo así toda su energía, para un golpe masivo. Podía sentir el calor del Mago fluyendo entre su mano, colándose por su piel, fortaleciéndola. El poder del doctor era oscuro y amargo, pero se complementaba a la perfección con el suyo.

Las lanzas se alzaron.

Virginia Dare cerró los ojos.

Las lanzas silbaron al volar por el cielo.

El aura de la inmortal empezó a brillar cada vez con más fuerza, hasta convertir a Virginia en una almenara verde. El aura de Dee, en cambio, emitía un suave resplandor amarillo que reflejaba unas sombras grotescas sobre el suelo. Virginia abrió los ojos y notó cómo John le apretaba la mano.

—Ahora —murmuró el Mago.

Virginia exhaló con todas sus fuerzas.

Y en ese preciso instante, todas las flechas se detuvieron, quedando así suspendidas sobre la multitud, atrapadas en una pared de aire invisible.

Todos los presentes, tanto humanos como bestias, se quedaron en silencio absoluto.

465

Después, el viento cambió de rumbo y los cientos de flechas dieron media vuelta en el aire y volaron en dirección opuesta. Tras una segunda ráfaga de viento, la masa de flechas silbó hacia las filas de guerreros armados ubicados frente a los muros de la cárcel, acribillándoles en un estrépito de metal y armadura.

En lo alto de los muros, observando a los guardias caer bajo sus pies, Aten asintió.

—Me alegro de que me hicieras esperar para ver esto. ¿Qué piensas hacer ahora, Ard-Greimne? —preguntó—. Parece ser que tres cuartas partes de tus tropas están muertas, y no sé si el resto de tu ejército estará muy dispuesto a luchar. Y, ¿sabes una cosa?, creo que todo esto ha sido obra de un humano.

Aten señaló con la barbilla a la Pirámide del Sol, que estaba repleta de diminutos fuegos.

—¿Adónde irás?

—Sobreviviré —espetó el Inmemorial—, que ya es más de lo que puedes decir tú.

Ard-Greimne colocó la mano sobre la espalda de Aten y empujó con todas sus fuerzas, arrojándole por el borde del muro.

Corriendo como jamás lo había hecho antes, Scathach atravesó la plaza como un rayo. Los anpu que protegían el muro no dudaron en desenvainar sus armas al verla, pero no pudieron evitar un gesto de sorpresa ante lo que estaban presenciando: una jovencita a punto de atacarles.

La Sombra escuchó cómo tensaban los arcos desde lo más alto del muro, cómo vibraban al disparar las decenas de flechas que más tarde percibió deslizarse por el cielo. Y en ese instante sintió una oleada de energía con olor a salvia y azufre. Los silbidos de las flechas se detuvieron, como si alguien hubiera silenciado el ruido. Scathach se dejó caer sobre el suelo y dio varias volteretas mientras las decenas de flechas volvían a sisear sobre su cabeza. Alzó la mirada y observó una lluvia de flechas horizontal y, cuando volvió a ponerse en pie, todas las filas de anpu y demás híbridos caían como moscas bajo aquella arremetida mortal.

Observó a Aten caerse del muro. Sabía que su padre le había empujado y en ese momento se convenció de que todo lo que había oído sobre él era cierto.

Y entonces, como había ocurrido en cada batalla que había librado, sus sentidos agudizados entraron en juego.

Era como si el mundo que la rodeaba se ralentizase, pero la Sombra seguía moviéndose a un ritmo normal.

Aten se desplomaba…

… y seguía cayéndose…

… y cayéndose…

La Sombra se fijó en el Inmemorial: tenía los ojos cerrados y un ademán sereno y tranquilo. Scathach pisó los cuerpos de los anpu caídos, trepó por encima de ellos y saltó hacia el aire, formando un círculo.

Y le cogió.

467

olotl se sentó sobre un muro bajo y observó a los anpu correr hacia el edificio en ruinas. Los monstruos con cabeza de chacal eran silenciosos hasta el último momento de librar una batalla. Entonces aullaban como bestias inhumanas. El sonido era tan aterrador que hacía que los enemigos se quedaran inmóviles o dieran media vuelta y huyeran despavoridos. Xolotl dudaba de que tuviera ese efecto en el matrimonio Flamel y sus acompañantes. Su hocico canino se abrió en una amplia sonrisa: además, no tenían a dónde huir.

Al grupo de anpu le seguían unicornios monokerata. Él mismo los había escogido. A Xolotl le encantaban los unicornios, aunque estos no eran los unicornios blancos y delicados que tanto adoraba la raza humana. Esta especie era natural de la India y, a pesar de tener cuerpos blancos, tenían la cabeza del color de la sangre, con unos cuernos mortales y tricolores que medían casi un metro de largo y que crecían en espiral desde el centro de la frente. Los monokerata atravesaban a sus víctimas con los cuernos y después echaban la cabeza atrás para que su presa se deslizara por el asta y poder comérsela con más comodidad.

El Inmemorial esquelético se dio media vuelta y entornó los ojos para observar el camino. Lo único que podía distinguir era la silueta del gigantesco cangrejo entre la niebla. Le costaba agarrarse a las piedras con aquellas patas tan largas y flacas, puesto que estaban húmedas y resbaladizas, pero la criatura se las había ingeniado para arrastrarse con las zarpas delanteras.

Xolotl se frotó las manos, tintineando así los huesos, y deseó tener algo para picar mientras disfrutaba del espectáculo que estaba a punto de comenzar. Bajó de un brinco del muro y merodeó por el camino, con la esperanza de encontrar un tentempié con que entretenerse mientras esperaba el gran acontecimiento.

Odín tomó posiciones tras Hel, en el umbral de la Casa del Guardián.

—Recuerdo la última vez que me enfrenté a un anpu —dijo.

Hel asintió.

—En Danu Talis. Menudo día fue aquel —comentó mientras rememoraba tal día—. Entonces era hermosa.

—Y sigues siendo hermosa —murmuró—. Retrocede, sobrina.

—¿Por qué? —preguntó.

Odín se acarició el parche metálico que le cubría el ojo derecho.

—Los anpu entrarán en tropel por aquí —dijo cambiando a un lenguaje gutural que jamás se había oído en la faz de la tierra—. Los humanos inmortales perecerán antes de despertar a la Vieja Araña y todo esto habrá sido en vano. —Unos zarcillos de aura con aroma a ozono emergieron de las yemas de sus dedos—. Pero puedo hacerles ganar algo de tiempo.

Los anpu estaban cada vez más cerca. De hecho, estaban lo bastante cerca como para que los Inmemoriales vieran los hilos de saliva colgando de sus colmillos y las gotas de humedad de la niebla recorriendo su armadura de cerámica y metal.

—Gritarán en cualquier momento —farfulló Odín—. Billy el Niño y Black Hawk se quedarán tan horrorizados ante el chillido que caerán. Seguramente les ocurrirá lo mismo a Maquiavelo y Nicolas Flamel.

—La mujer no se inmutará, ni tampoco Marte Ultor —añadió Hel—. Y nosotros tampoco caeremos.

—No, no caeremos. Pero tampoco seremos capaces de detenerles. No sin armas…

Hel alargó la mano, más parecida a una zarpa de animal. Su tío la observó fijamente y después desvió la mirada hacia los ojos negros de la Inmemorial.

—¿Estás segura? —preguntó.

—Mi mundo ha desaparecido. El Yggdrasill, también tu Yggdrasill, ya no existe. ¿Adónde iré? ¿Qué haré? —cuestionó Hel.

Odín asintió, mostrando así su comprensión.

—Me adentré en este mundo para vengar a mi querida Hécate. Juré venganza a John Dee, pero quizá podamos disfrutar de una mayor victoria.

Odín tomó la mano de su sobrina y entrelazó los dedos.

El limpio aroma del ozono se vio invadido por el rancio hedor a pescado podrido.

—Siempre quise cambiar mi olor —murmuró Hel—, pero con el paso de los siglos debo reconocer que me ha empezado a gustar.

Las manos de Odín comenzaron a humear y de inme-

diato todos supieron que el aura del Inmemorial estaba
cobrando vida.

—Hermano Odín —dijo Marte alarmado—. No...

—Sí —susurró Odín.

Los anpu abrieron la boca para gritar.

—¡Agachaos! —gritó Marte—. ¡Todos! ¡Agachaos!
Tapaos los ojos.

Odín estrujó la mano de su sobrina.

—¿Por qué no les dices a esos chacales quién soy?

Hel dijo que sí con la cabeza. Se enderezó, inclinó la
cabeza hacia atrás y empezó a rezumar su aura bermeja.
La peste a pescado podrido se tornó abrumadora y su voz,
profunda y poderosa, retumbó entre las piedras de las
ruinas.

—Estáis frente a Odín, Señor de los Aesir, de los Poderosos y los Sabios, de los Ancianos y los Misericor-
diosos...

La mano derecha de Odín era un guante sólido.

—No tenemos tiempo para listar los doscientos nombres —farfulló. Después, palpó el parche que le tapaba el
ojo derecho.

—Estáis ante Yggr, Terror.

Odín se quitó el parche metálico.

—También conocido como Baleyg, el Ojo Ardiente.

Un haz de luz amarilla y blanquecina salió disparado
del ojo del Inmemorial, bañando la línea frontal de anpu
y a todos los monokerata. Las bestias crepitaron hasta
convertirse en ceniza. Los anpu de la segunda línea de
ataque gritaron cuando su armadura entró en contacto
con el inmenso calor. Al detenerse, los cuernos de los unicornios se los llevaron por delante. Pero el rayo de luz era
implacable y constante. Las baldosas que pisaban se rom-

pían y se hacían añicos, burbujeando como si fueran de un material líquido.

Odín volvió la cabeza lentamente para que la luz amarillenta bañara toda la superficie. Nada podría escapar de su mirada.

Un puñado de monokerata que había conseguido sobrevivir se dispersó aterrorizado, abandonando así a los anpu ante la peligrosa lanza de fuego. En silencio absoluto, los anpu siguieron avanzando, tratando de acercarse a los dos Inmemoriales. Arrojaron lanzas, e incluso espadas, pero Odín convirtió todas las armas en charcos metálicos al fijar su mirada en ellas.

El aire se cubrió de hollín y cenizas. Apestaba a pescado podrido y ozono, pero el olor fue perdiendo intensidad a medida que Hel se debilitaba. El aura gris de Odín empezó a difuminarse y se tiñó de rosa pálido cuando Hel vertió las últimas gotas de su aura sobre su tío. El aura de Odín parpadeó como la llama de una vela, y otra docena de anpu trotó hacia la casa.

La mirada de Odín emitió un rayo de luz aún más potente que el anterior. Derribó a todos los anpu y las llamas alcanzaron los muros del Edificio de Administración, incendiándolo de arriba abajo. El Inmemorial se tambaleó, echó la cabeza hacia atrás y una espiral de llamaradas salió disparada hacia el cielo, creó un arco en el aire y a punto estuvo de rociar a Xolotl. El hermano de Quetzalcoatl trataba desesperadamente de huir. Un hilo de fuego pegajoso rozó su capa multicolor y la tela enseguida se incendió. El Inmemorial no tardó un segundo en quitarse la capa y lanzarla al suelo. Por el rabillo del ojo vio a muchísimos anpu convertidos en ceniza.

El aura carmesí de Hel empalideció aún más, hasta

desteñirse por completo. Le fallaban las fuerzas y apenas podía mantenerse en pie, pero aun así no se soltó de la mano de su tío. El halo de luz que lanzaba Odín por su ojo derecho parpadeó varias veces hasta extinguirse. El Inmemorial se desplomó sobre el umbral, junto a su sobrina. De su cuerpo seguían brotando zarcillos de humillo gris. El hasta entonces alto y fornido Inmemorial se había encogido.

La rabia se había apoderado de la coherencia de Xolotl, a quien no le tembló el pulso para enviar a los últimos anpu, su guardaespaldas personal y a otra docena de guerreros hacia la Casa del Guardián.

—Matad a todo aquel que esté ahí dentro —ordenó—. ¡A todos!

Las doce criaturas, más grandes y corpulentas que el resto, se separaron formando un semicírculo y se aproximaron hacia las dos figuras que yacían en el umbral de la puerta. Tras una orden que solo ellos advirtieron, se abalanzaron hacia delante como si fueran uno, con los hocicos abiertos para aullar la victoria.

Odín levantó la cabeza por última vez.

—Soy Odín —gritó.

Su ojo derecho escupió de nuevo el rayo de luz, un rayo mucho más brillante, intenso y poderoso que los anteriores. Miró a todos y cada uno de los anpu y los incineró sin vacilación. Se desmoronó sobre sus rodillas, pero la luz siguió brillando. Y entonces alzó el brazo de su sobrina.

—Y ella es Hel. Hoy somos vuestra condena.

Y en ese instante, la luz se apagó. Se dio la vuelta para mirar por última vez a Hel y la vio como una vez había sido: alta, elegante y muy, muy hermosa, con la mirada del color del cielo matutino y una cabellera como nubes de tormenta. Una diminuta lengua rosa se movía entre unos labios carnosos y una dentadura demasiado perfecta.

—¿A cuántos hemos abatido, Tío? —preguntó.

—A todos —murmuró.

De repente, un anpu chamuscado apareció de entre la noche. Cargó contra tío y sobrina con un gigantesco *kopesh* entre ambas manos.

—¡A todos! —gritó Marte antes de golpear a la criatura con su espada.

El Inmemorial se agachó junto a Odín y Hel y, con sumo cuidado, colocó el parche metálico de Odín en su lugar. Marte tomó las manos de Odín entre las suyas; parecían niños pequeños que acaban de encontrarse después de mucho tiempo. Odín, que había sido tan alto y musculoso como Marte, ahora medía la mitad.

—Ha sido un honor luchar junto a ti hoy —dijo Marte.

—Es un honor morir en tu compañía —contestó Odín antes de su último aliento. La tez del Inmemorial había palidecido hasta cobrar el mismo color que un pergamino antiguo. El cuerpo de Odín se fue desconchando hasta desmenuzarse en polvo. Más tarde, la arenilla del Inmemorial se empezó a colar por entre las grietas de las baldosas, hasta desintegrarse por completo.

Un líquido transparente cubrió el cuerpo de Hel, que seguía siendo hermosa, y entonces, de forma repentina e inesperada, como una burbuja al estallar, la Inmemorial se disolvió, rociando las mismas piedras que habían absorbido el polvo de su tío.

Capítulo 68

Scathach y Virginia Dare se arrodillaron junto a John Dee. Aten se agachó a los pies del Mago. Estaban rodeados por una banda protectora de humanos. Todos iban cargados con armas que habían arrebatado a los guerreros caídos.

El resto de la muchedumbre se había adentrado en la cárcel para arrasar con todo aquel que se encontrara por el camino y liberar a los prisioneros. De las ventanas superiores empezaban a salir columnas de humo y varios humanos pedían derribar la pirámide. Otros, en cambio, habían salido corriendo de la plaza para hacer correr la voz por toda la ciudad. Ningún anpu u otro híbrido superviviente había conseguido escabullirse de la cárcel.

Dee estaba muriéndose. Había utilizado hasta la última gota de su aura para ayudar a Virginia a crear el gigantesco escudo de aire para proteger a la población y enviar las lanzas de vuelta a los guardias. Antes ya había envejecido; ahora era demasiado viejo y sus rasgos antaño característicos se perdían entre una masa de arrugas y líneas de expresión.

Virginia cogió la mano del Mago. La sostuvo entre las suyas como si fuera la mano de un recién nacido, diminuta y delicada.

Tras un esfuerzo tremendo, el doctor John Dee abrió los ojos y miró a Virginia y Scathach.

—Nunca pensé que mi último aliento sería junto a vosotras —farfulló. Después, volvió la cabeza hacia Scathach y continuó—: Aunque siempre sospeché que tú acabarías con mi vida. Habías estado a punto de matarme en demasiadas ocasiones.

—Me alegro de no haberlo hecho —respondió Scathach—. Sin tu ayuda, nunca habríamos podido conseguir lo de esta noche.

—Te agradezco el cumplido, pero no es cierto. Virginia hizo todo el trabajo.

La inmortal americana sacudió la cabeza.

—Scathach tiene razón. No hubiera tenido la fuerza de hacerlo sola. Y recuerda que fue idea tuya.

—Podría curarte —susurró Aten—, podría restablecer parte de tu buena salud. Podría devolverte la vista y el oído, también. Sin embargo, tu cuerpo seguiría siendo como es ahora.

Dee negó con la cabeza.

—Gracias, pero no. He envejecido y rejuvenecido bastantes veces por hoy. Y, tal y como el señor Shakespeare diría, me ha llegado la hora. Dejadme morir en paz. Es la única gran aventura que me queda por vivir; no temo a la muerte.

—John —rogó Virginia en voz baja—, no te vayas todavía. Quédate con nosotros un poco más.

—No, Virginia. Tienes mucho trabajo que hacer en las próximas semanas y meses. Te has convertido en un símbolo para los mortales… para los seres humanos de aquí —corrigió—. El pueblo te exigirá mucho esfuerzo y no podrás permitirte el lujo de que un viejo cansado como yo te distraiga y ocupe tu tiempo. —Después, el inglés se volvió hacia Scathach para hacerle una última pregunta—. ¿Por qué has venido hoy aquí, Sombra?

—Obviamente para rescatar a Aten —dijo con tono alegre.

—¿Por qué viniste realmente aquí? —insistió.

—Porque quería ver a Ard-Greimne —musitó.

—Tu padre.

Scathach asintió.

—Mi padre.

Aten meneó la cabeza. Parecía confuso y desorientado.

—Pero no tiene ninguna hija.

—Todavía no, pero la tendrá —explicó Scathach—. De hecho, tendrá dos hijas gemelas. De pequeñas, mi hermana y yo no tuvimos la oportunidad de conocer a nuestros padres. Sin embargo, sí nos llegó alguna que otra historia sobre nuestro padre. Todos le consideraban como una bestia monstruosa.

—Oh, y lo es —confirmó Aten—, no tengas ninguna duda sobre eso.

—Y cuando mi hermana o yo nos portábamos mal, mi madre, que siempre estaba pendiente de nuestro hermano y no tenía tiempo para nosotras, nos decía que éramos clavaditas a nuestro padre. Crecí preguntándome si era un monstruo, como él. —La Sombra esbozó una triste sonrisa y después, continuó—: Y cuando me crecieron los colmillos y me di cuenta de mi verdadera naturaleza, llegué a pensar que era verdad, que era realmente un monstruo. En cuanto puse un pie aquí, en este lugar, en esta época de la historia, supe que tenía que verle, mirarle para saber cómo era.

—¿Y has encontrado lo que estabas buscando? —preguntó Aten.

Scathach asintió con la cabeza.

—He descubierto que nunca he sido como él. Ni tampoco mi hermana, Aoife. Y, solo por eso, agradezco haber venido hasta aquí.

—Ayúdame a levantarme —dijo de repente Dee.

Scathach y Virginia enseguida le alzaron del suelo. El rostro del Mago parecía húmedo y, cuando Virginia pasó un pañuelo por las mejillas del doctor inglés, preguntó:

—¿Por qué lloras? ¿Te arrepientes de lo que has hecho?

—En realidad, no —contestó el Mago—, me arrepiento más de lo que no he hecho. —Después, miró a la Sombra y preguntó—: ¿Tienes noticias de los Flamel?

Scathach negó con la cabeza.

—No tengo ni idea de dónde están o qué les ha ocurrido.

—Si alguna vez vuelves a verles, diles… diles lo que he hecho hoy, aquí.

—Lo haré.

—Quiero que sepan que, al final, hice lo correcto. Puede que así pueda compensar algo de todo el daño que les he hecho.

El doctor inglés levantó la mano y la observó con detenimiento. Su piel empezaba a desintegrarse, y el viento soplaba las motas de polvo en finos zarcillos.

—Ayudaste a liberar a toda una raza y a salvar el mundo —resumió Virginia—. Eso contará, sin duda.

—Gracias —farfulló Dee, que levantó la cabeza por última vez para mirar a Aten—. Tu mundo acaba esta noche.

—Danu Talis acaba… Y el mundo moderno empieza.

Aten miró a lo lejos y las dos inmortales siguieron su mirada, clavada en la Pirámide del Sol.

—Ahora todo depende de los mellizos.

—Josh hará lo correcto —suspiró John Dee—. El muchacho tiene un buen corazón.

Y el viento arremolinó los restos del Mago y los esparció por la inmensa ciudad de Danu Talis.

Capítulo 69

asgando, escarbando y chasqueando sobre las piedras, Karkinos, una criatura anaranjada y brillante, se acercaba con sigilo.

El cangrejo era gigante.

—Joder, tío —susurró Billy—, no pienso comer patas de cangrejo nunca más. Y sabes que me encantan las patas de cangrejo con un chorrito de limón y mantequilla.

—Estamos metidos en un buen lío —dijo Black Hawk—, y lo único que se te pasa por la cabeza es tu estómago.

—Bueno, tengo hambre. Y, además, estaremos en un buen lío si esa cosa nos atrapa —añadió.

—Y somos muy difíciles de atrapar —confirmó Black Hawk.

Los dos inmortales norteamericanos permanecían de pie bajo la puerta principal de la Casa del Guardián mientras observaban al monstruoso cangrejo aproximarse cada vez más.

—¿Mide tres metros de altura? —preguntó Billy.

—Más bien dos y medio; puede que casi roce los tres metros.

—No parece muy firme sobre esas piernas —recalcó Billy.

Black Hawk asintió.

—Ya me he fijado.

Las ocho patas del descomunal cangrejo poseían unas puntas afiladas de aspecto metálico. Repiqueteaban y rasguñaban las baldosas del suelo, pero aun así la criatura buscaba pequeños agujeros donde clavar las puntas para ganar algo de equilibrio. Además, el cascarón del cangrejo tenía una superficie rugosa, repleta de espinas irregulares.

—¿Y cuánto crees que miden esas garras? —preguntó Billy.

—En mi opinión, esos quelípedos deben de medir unos tres metros —apuntó Black Hawk.

—Queli… ¿qué?

—Quelípedos. Esas garras con un par de pinzas se denominan quelípedos.

—Pero ¿qué dices? ¿Te estás entrenando para un concurso televisivo o algo así?

—Todo el mundo sabe que se llaman quelípedos —murmuró Black Hawk.

—Pues yo no. Cuando voy a la pescadería, pido un cubo de patas de cangrejo, no un kilo de quelípedos.

El inmortal se quedó callado para observar en silencio al atroz cangrejo acercándose a la puerta, posando cada pata con sumo cuidado, tratando de mantener el equilibrio con cautela.

—Me recuerda a un potro recién nacido —murmuró—, tratando de no perder el equilibrio.

—Cuando esa bestia llegue a esta parte, podrá caminar con paso firme —dijo el hombre con piel de color cobre—. Plantará seis patas con solidez y después cortará en mil pedazos la casa con esas gigantescas pinzas. ¿Quién sabe? Puede que meta la zarpa y nos arranque los brazos —añadió con una sonrisa—. Después de todas las patas de cangrejo que te has comido, sería como mínimo paradójico que acabaras en el estómago de esa bestia.

—No hace falta que muestres tanta alegría ante esa opción —protestó Billy sin apartar la mirada del monstruo—. A mi parecer, creo que deberíamos impedir que esa bestia llegara a esta parte.

El muchacho miró a Black Hawk, quien asintió en un gesto casi imperceptible.

—Dame un minuto —pidió Billy.

El joven se dirigió hacia Marte y ambos charlaron en voz baja. Después, se trasladó hacia la esquina de la casa, donde los Flamel y Maquiavelo seguían vertiendo sus auras sobre la inmensa pelota de arcilla. El esfuerzo les había envejecido a todos, en especial a Nicolas y Perenelle. La Hechicera mostraba una cabellera casi blanca, y las venas de las manos y brazos sobresalían como las de una anciana.

Los tres inmortales que rodeaban a la araña durmiente se volvieron para mirar a Billy y el joven movió el dedo pulgar hacia la puerta.

—El maldito cangrejo está casi aquí. Black Hawk y yo saldremos ahí fuera para ver si podemos retrasar a la bestia. Así, ganaremos algo de tiempo para que podáis acabar lo que estáis haciendo.

El muchacho sacó las dos puntas de lanza de su cinturón y las colocó sobre el fango endurecido.

—He pensado que podríais quedaros con estas lanzas por si acaso... bueno, por si acaso y punto —finalizó.

—No te vayas, Billy —rogó Maquiavelo en voz baja.

Pero el americano negó con la cabeza.

—Tengo que irme ya. Black Hawk y yo podemos quedarnos en la puerta y esperar a que el monstruo venga y nos parta en dos con sus pinzas, o podemos salir ahí fuera y jugar un poco con el maldito cangrejo.

—Ni te imaginas qué más camina por ahí fuera —avisó Perenelle.

—Bueno, en realidad no quedan muchas bestias. Odín y Hel derribaron a la mayor parte de guerreros anpu y los horrendos unicornios que no mataron salieron huyendo, despavoridos y asustados. Toda criatura con un poco de sentido común se mantendrá alejada de nosotros. A excepción del gigantesco cangrejo y el hermano esquelético de Quetzalcoatl, claro está. Parece un poco irritado —añadió. Billy el Niño dio unos golpes a la superficie de barro con los nudillos—. ¿Cómo va el asuntillo con la Vieja Araña?

—Estamos trabajando en ello —contestó Maquiavelo.

—La gente suele decir eso cuando las cosas no van bien —dijo Billy entre dientes.

Perenelle le dedicó una sonrisa.

—Buena suerte, Billy.

—No hagas nada estúpido —aconsejó Maquiavelo.

Billy se despidió y salió corriendo hacia la puerta.

—He estado pensando... —murmuró a Black Hawk—. Necesitamos una cuerda o algo así para anudar un lazo.

Black Hawk alzó su *tomahawk*. El mango del arma estaba envuelto de muchas tiras de cuero manchadas de sudor. El inmortal había arrancado varias bandas de cuero que dejaron al descubierto una madera de color blanco.

—Empieza atando estas tiras —ordenó mientras desenmarañaba las bandas que quedaban alrededor del mango y entregaba a Billy una docena de retales de piel marrón.

—Siempre estás preparado. Tendrías que haber sido un boy scout —masculló Billy.

—Fui un Maestro Explorador durante un buen tiempo. Capitaneaba una de las mejores tropas de la zona oeste.

—Nunca me lo habías dicho antes —dijo Billy sin dejar de anudar los trozos de cuero.

—Nunca me lo habías preguntado.

—Creo que yo también podría haber sido un gran boy scout.

—Estoy de acuerdo contigo —apuntó Black Hawk cuando arrancó la última banda de cuero para dársela a Billy. El forajido añadió esa tira al extremo de la cuerda y, con la habilidad de un experto, retorció la cuerda para formar un lazo.

—Como en los viejos tiempos —sonrió Billy.

—Esto no se parece en absoluto a los viejos tiempos —rebatió Black Hawk, girando el *tomahawk* en la mano—. ¿Cuándo fue la última vez que cazamos un cangrejo?

Perenelle, Nicolas y Maquiavelo observaron a los dos inmortales deslizarse hacia la inmensidad nocturna. Todos eran conscientes de que las posibilidades de volverles a ver con vida eran muy pocas. Perenelle centró de nuevo su atención en la bola de barro y quiso coger las dos puntas de lanza que Billy había dejado sobre la superficie.

Las lanzas con punta de hoja se habían sumergido en el barro.

Perenelle cogió una y presionó un dedo contra el filo

de la lanza. Esperaba sentir un calor abrumador, pero en realidad el tacto era frío.

—Nicolas —suspiró.

El Alquimista recogió la segunda lanza y trató de clavarla en el barro. La lanza penetró el fango con facilidad. Después, agarrándola con ambas manos, Nicolas la arrastró por el fango dibujando un rectángulo. Perenelle hundió los dedos en la bola de fango y extrajo el rectángulo que su marido acababa de trazar. Lo dejó caer sobre el suelo y el pedazo de barro se rompió por la mitad.

Maquiavelo cogió la otra punta de lanza y empezó a cortar otro agujero sobre el barro endurecido.

—Ve a buscar a Billy y a Black Hawk —ordenó a Marte—. Necesitamos todas las puntas de lanza.

—Demasiado tarde —se lamentó el gigantesco Inmemorial—. Han salido a dar caza a Karkinos.

Capítulo 70

ophie y Josh gateaban tras Tsagaglalal por la escalinata de la Pirámide del Sol.

Y los monstruos escalaban los peldaños tras ellos.

Los anpu con patas caninas correteaban con cierta facilidad por el costado de la pirámide, pero los toros, osos y jabalíes avanzaban con más lentitud, pues les costaba subir aquellos peldaños tan altos y estrechos; de hecho, la pendiente era tan empinada que parecía una escalera de mano. Los híbridos con cabeza felina, que no dejaban de erizar el pelo y bufar, trotaban sobre las cuatro patas, brincando de peldaño en peldaño. Sin duda, serían las primeras criaturas en alcanzar a los mellizos.

Varias flechas empezaron a llover sobre la pirámide y un tonbogiri se deslizó por la pendiente de la pirámide hasta alcanzar la mano de Sophie. Al rozar el guante metálico la bola estalló en una serie de motas doradas.

—¿Cuántos escalones faltan hasta la cima? —preguntó Josh.

—Un montón —respondió Tsagaglalal—. Demasiados. No lo conseguiremos.

—¿Y por qué tenemos que llegar hasta la cima? —exigió saber Sophie.

La muchacha se arriesgó a mirar de reojo hacia abajo y de inmediato se arrepintió. Había cientos de criaturas, puede que incluso miles, ascendiendo la misma escalera por la que estaban avanzando. Atisbó un movimiento con el rabillo del ojo y supuso que había otro ejército de bestias subiendo los otros costados del edificio. Aquellos monstruos venían a por ellos en todas direcciones; sería imposible vencerlos a todos.

—Poder —dijo Tsagaglalal unos segundos más tarde. Esperó a que los mellizos la alcanzaran para continuar—. Esta pirámide es algo más que un edificio. Consideradla como una batería gigantesca. Se construyó utilizando materiales muy especiales con especificaciones muy precisas y siguiendo una serie de ángulos matemáticos. Hubo un tiempo en que un puñado de Grandes Inmemoriales controlaba el mundo entero desde lo alto de esta pirámide. Crearon los primeros Mundos de Sombras desde allí arriba. Si algún planeta amenazaba con estrellarse contra el imperio, utilizaban el poder de este lugar para detenerlo y ponerlo en órbita junto a la luna. Pero con el paso del tiempo esas destrezas se han ido olvidando y los Grandes Inmemoriales han dejado de existir. Algunos han muerto, otros han Mutado y muchos han preferido trasladarse a Mundos de Sombras creados a su antojo. Sin embargo, el poder permanece aquí: desde la cima de esta pirámide uno puede controlar el mundo entero.

—Baja el ritmo —jadeó Josh. Le costaba respirar y el corazón le latía con fuerza, amartillándole el pecho de la armadura.

—Josh —llamó Sophie—. No tenemos tiempo. Están muy cerca.

487

—Continuad vosotras —resolló—, yo me quedaré aquí para frenarles.

El joven alzó la mano y su aura dorada emergió de su armadura como un humillo dorado.

—¡No! —gritó Tsagaglalal—. No deberías malgastar tu aura. Necesitarás cada pizca de energía y fuerza para… para más tarde.

—Pero si no usamos nuestras auras, no conseguiremos llegar hasta ahí arriba —se apresuró en protestar Josh.

La tierra volvió a temblar, una sacudida que hizo vibrar cada uno de los peldaños de la pirámide. Dos de las criaturas con cabeza de toro gimieron y aullaron al perder el equilibrio y despeñarse por los escalones. Mientras caían pirámide abajo, se llevaron por delante a una docena de compañeros, arrastrándoles consigo hasta el suelo.

—¿Y si solo uno de nosotros utiliza su aura? —propuso el joven.

Tsagaglalal echó un rápido vistazo a los anpu que se acercaban peligrosamente. Ahora, había miles de aquellas bestias ascendiendo por la pirámide.

—Tú, Josh. Solo tú. Sophie, guarda tu fuerza.

Sophie abrió la boca para quejarse, pero Tsagaglalal negó con la cabeza y le señaló con el dedo índice. La joven no pudo evitar esconder una sonrisa.

—Dentro de diez mil años, seguirás agitando el dedo de la misma forma.

Josh se dio media vuelta, se sentó sobre un escalón y apoyó las manos sobre las rodilleras de su armadura.

—Josh, no creo que sea el mejor momento para… —empezó Sophie.

Y en ese instante su hermano mellizo silbó. Cinco notas quedaron suspendidas en el aire. De inmediato, todo el ejército de anpu se llevó las manos a los oídos.

—¿Josh? —llamó Sophie.

—¿Sabes ese tatuaje que sirve como gatillo para evocar una magia? —preguntó.

La joven asintió. Una cinta negra rodeaba su muñeca derecha como si de una pulsera se tratara. En la parte interior había un círculo perfecto de color dorado con un punto rojo en el centro. Siempre que evocaba la Magia del Fuego simplemente apretaba el punto.

—Mi gatillo es un silbido.

Y Josh volvió a silbar las cinco notas.

—Es la banda sonora de…

Aquella melodía le resultaba muy familiar, pero aun así no lograba recordar el nombre de la película.

—*Encuentros en la Tercera Fase* —finalizó Josh, volviéndola a silbar—. Virginia Dare me enseñó la Magia del Aire cuando estábamos en Alcatraz. —Se quedó durante unos segundos callado, cavilando—. ¿Ha sido hoy? ¿O fue ayer?

De repente, una criatura de cabeza felina dio un brinco que sobrepasó los diez peldaños y los sobrevoló en dirección a Josh. El *kopesh* de Tsagaglalal apareció de la nada y cortó los bigotes de la bestia. El animal, al tratar de esquivar el golpe en el aire, perdió el equilibrio, se cayó sobre los peldaños y empezó el descenso.

—Josh, si piensas hacer algo… —alentó Sophie.

—Siéntate aquí conmigo —invitó el joven—. Tú también, tía Agnes… Tsagaglalal.

—No es momento para sentarse y descansar —protestó Tsagaglalal.

—Confía en mí —rebatió Josh con una sonrisa pícara.

Sophie se acomodó a la derecha de su hermano y Tsagaglalal, nerviosa y algo alterada, se sentó a su izquierda.

—Hasta las bestias parecen sorprendidas —murmuró Tsagaglalal.

—Cogedme del brazo y agarraos fuerte.

Josh volvió a silbar.

Tsagaglalal gruñó cuando una nueva sacudida hizo vibrar el suelo. Los terremotos cada vez eran más frecuentes. Y entonces se dio cuenta de que no eran las piedras bajo sus pies las que vibraban. De hecho, ni siquiera seguía sentada sobre el escalón, junto a Josh. Estaba elevándose lentamente hacia el aire.

Y Josh estaba sonriendo de oreja a oreja.

—¿No es lo más emocionante que habéis vivido en vuestra vida? —preguntó—. Virginia me enseñó a hacerlo.

El joven estiró las piernas para balancearse en el aire y Sophie imitó el movimiento.

—Desde luego es mucho mejor que caminar.

Los tres daban volteretas en el aire mientras seguían elevándose hacia el cielo.

—Estoy caminando por el aire —suspiró Sophie dando patadas.

—Aire solidificado; es el mismo principio que el de un aerodeslizador —explicó. Después, se volvió hacia Tsagaglalal y preguntó—: ¿Qué piensas?

La mujer esbozó una sonrisa.

—Deberíais haber visto la cara que han puesto esos anpu.

El trío siguió ascendiendo cada vez más y más rápido hacia el cielo. El aire que los rodeaba era frío, casi helador, y los peldaños de la escalera se difuminaban en la distancia. De pronto, toda la ciudad de Danu Talis se había encogido y la multitud de batallas quedaban reducidas a puntos de fuego.

A medida que se acercaban a la cima, Sophie miró entre sus pies y avistó una sombra ascendiendo por la escalinata. Tras unos instantes de reflexión cayó en la cuenta de que aquella sombra era el ejército de anpu y demás híbridos.

—Siguen viniendo. Hay miles de ellos.

—No se detendrán hasta que alguien se lo ordene —aclaró Tsagaglalal—. Y ni Bastet ni Anubis decidirán abortar el ataque. Os necesitan muertos.

Sophie alzó la mirada.

—¿Estamos cerca de…? Oh, hay alguien en los últimos peldaños —dijo con voz de alarma—. Se parece a…

Y la joven se quedó sin palabras.

Con una armadura bermeja, Prometeo estaba sentado sobre uno de los últimos peldaños de la escalera, con los brazos apoyados en los muslos y las manos entrelazadas.

—Ah, aquí estáis —saludó con tono agradable—. Os estábamos esperando.

—¿Estábamos? —preguntó Josh, a quien el esfuerzo de volar le había debilitado. Empezaba a estar muy cansado.

—¿Por qué no dais una vuelta a la pirámide? —sugirió con voz alegre.

Josh sacó fuerzas de donde pudo y trasladó el cojín de aire alrededor de la pirámide. A quien primero encontró fue a Saint-Germain, que estaba medio estirado sobre un escalón, ocupado con su libreta de notas. Al verlos, les saludó con la mano.

—Una tarde maravillosa, ¿no os parece? —dijo—. Fijaos en ese atardecer; es incluso musical.

Palamedes y William Shakespeare estaban en el costado norte de la gran pirámide. El Bardo miró al Caballero Sarraceno y señaló al trío en cuanto les vio pasar por delante.

—Fíjate en eso, no es algo que uno vea cada día.

Y al fin alcanzaron la escalinata este, bañada por completo por la oscuridad nocturna. Juana de Arco estaba sentada con las piernas cruzadas sobre un peldaño, con los ojos cruzados y las palmas de la mano sobre el regazo. Abrió los ojos, sonrió de alegría e inclinó la cabeza.

—Bonita armadura, Sophie.

Tras el cumplido, Juana extendió los brazos y el aire se perfumó del rico aroma de lavanda.

—¿Qué hacen aquí? —preguntó Sophie.

—Han venido a defenderos, a protegeros —explicó Tsagaglalal mientras seguían elevándose en el aire, acercándose cada vez más a la cima de la pirámide—. Mantendrán a los anpu ocupados todo el tiempo posible. Pero no os retraséis demasiado.

—¿De qué estás hablando? —interrumpió Josh. Empezaba a tiritar por la tensión de mantener el cojín de aire suspendido y en movimiento—. ¿Estamos cerca? No podré mantener esta nube mucho más tiempo.

—Llévanos a los peldaños —ordenó Tsagaglalal—. ¡Ahora!

En cuanto Josh apoyó el pie sobre un peldaño de piedra, perdió el conocimiento. Sophie y Tsagaglalal le ayudaron a subir la última media docena de escaleras hacia la cima de la pirámide...

... y justo entonces la vímana de cristal de Isis y Osiris aterrizó sobre el suelo llano de la pirámide.

—Y aquí acaba todo —murmuró Tsagaglalal—. Ahora, el destino del mundo, de este planeta y de todos los reinos y Mundos de Sombras está en vuestras manos.

Tsagaglalal sacó un pequeño rectángulo de esmeralda y se lo entregó a Josh.

—Pero antes de que tomes la decisión final deberías leer esto.

—¿Qué es?

—Un regalo de despedida de Abraham el Mago. Es el último mensaje que escribió —explicó. La mujer se detuvo al borde del último escalón, se dio media vuelta y tomó las manos de los mellizos entre las suyas. Tsagaglalal sonrió con tristeza y con lágrimas en los ojos—. Tengo la esperanza de volver a veros en diez mil años. Portaos bien con vuestra vieja tía Agnes, ella os quiere muchísimo.

Después, les besó en la mejilla y se alejó de los mellizos para colocarse junto a Prometeo, dejando así a los hermanos solos frente a Isis y Osiris.

Josh miró a Sophie.

—Solos tú y yo —dijo—, como siempre.

Y entonces, juntos, Sophie y Josh se dirigieron hacia la vímana de cristal.

493

Capítulo 71

Tsagaglalal corrió hacia el puente.

El aura de Tsagaglalal resplandecía en contraste con la niebla, emitiendo un brillo de color blanco que parecía crear una especie de agujero entre la bruma que la rodeaba. Se adentró a toda prisa por la abertura que había entre las dos líneas de coches y de inmediato adivinó lo que Niten y Prometeo habían intentado hacer. Avistó las lanzas rotas sobre el suelo y enseguida reconoció el color de la sangre en las manchas del suelo: habían librado una batalla justo ahí y habían salido malheridos. En el aire nocturno, reconoció el perfume de sus auras e intuyó el lugar exacto donde se habían curado con la ayuda de su energía áurica. Sin embargo, el aroma era ligeramente amargo, agrio, una señal inequívoca que indicaba que estaban débiles y heridos.

Un guerrero espartoi apareció tambaleándose a su izquierda.

—Pero ¿qué tenemos aquí? —preguntó con una risa tonta—. Carne fresca…

El *kopesh* siniestro de Tsagaglalal destelló entre la niebla y la criatura cayó inconsciente sin tan siquiera acabar la frase.

Unas sombras se movieron delante de ella: dos espartoi trotaban a toda prisa por el puente, hacia ella, con las espadas y las lanzas desenvainadas. Los espartoi eran guerreros rápidos, inhumanamente rápidos, pero Tsagaglalal frenó su embestida sin mover un pie. Hacía muchos años, cuando el mundo era un lugar muy distinto, e incluso antes del Hundimiento de Danu Talis, algunos de los guerreros más expertos jamás conocidos la habían instruido, entrenado en el arte de la lucha. Más tarde, tras recibir el nombre de Myrina y estar al mando de los guerreros más feroces y temibles de todos los Mundos de Sombras, había transmitido esos conocimientos y habilidades a dos jovencitas que tenía bajo su protección: Scathach y Aoife.

Tsagaglalal siguió avanzando por el túnel de coches. Distinguió unos surcos profundos sobre la superficie del puente, justo donde un muro metálico había sido arrancado de cuajo. Supuso que, cuando Niten y Prometeo se dieron cuenta de que las criaturas estaban desmontando la barrera, el Inmemorial y el inmortal decidieron abandonar la batalla en vez de permanecer sobre el puente y permitir que les invadieran.

Apreció un ápice de olor a té verde en el aire con una pizca de anís y entonces, justo en frente de ella, vio unas manchas azules y rojas tras la cortina de niebla. Tsagaglalal no dudó en correr hacia los colores. Un espartoi malherido se acercó a ella cojeando, con una expresión de asombro en el rostro; obviamente, le costaba creer que estuviera herido. La mujer alzó su *kopesh* y la criatura murió con la misma expresión de sorpresa en la cara.

Tsagaglalal escuchaba el sonido de armas chocando entre sí, del metal rozando el metal, los golpes de la madera contra la piel, los silbidos de los espartoi y los gruñi-

495

dos de los dos hombres. Emergió de entre la niebla como un fantasma y descubrió al Inmemorial y al inmortal espalda contra espalda, enfrentándose a una veintena de guerreros. La armadura de Prometeo brillaba con una luz bermeja que parecía perder intensidad por momentos y la silueta del inmortal japonés era como una capa de brillo azul marino. Los dos estaban malheridos, pero media docena de las criaturas contra las que luchaban todavía seguían en pie.

De forma abrupta, como si hubieran escuchado una nueva orden, todos los espartoi atacaron al unísono.

Tsagaglalal fue testigo de cómo Niten recibía al menos una docena de golpes. Prometeo retrocedió para proteger el cuerpo del inmortal, defendiéndole, girando su espada en movimientos ágiles y rápidos, pero había demasiados espartoi, y eran demasiado rápidos. Prometeo se desplomó, pues aquellos que temían enfrentarse cara a cara a él le habían atacado por la espalda.

Aquella Que Todo lo Ve gritó.

El sonido fue ancestral, un aullido salvaje que jamás podría haber salido de la garganta de un ser humano. Y la realidad era que Tsagaglalal no era, ni nunca había sido, humana. El berrido se filtró entre la niebla y retumbó en toda la ciudad, deteniendo así todo movimiento.

Los espartoi se volvieron hacia el gemido y comenzaron a avanzar hacia la silueta que lucía una armadura de cerámica. De repente, el aire se cubrió del rico aroma a jazmín.

—Las Magias Elementales —gruñó Tsagaglalal, derribando a una criatura sin tan siquiera mirarla—. Son iguales, idénticas. Ninguna es superior a las demás. El agua...

Y en ese instante una parte del puente se convirtió en

un líquido sucio. De inmediato, el charco se tragó a seis de los guerreros espartoi, que se deslizaron por el puente acuoso hasta sumergirse en el fondo del mar.

—El aire…

Y entonces otra porción del puente se vaporizó. Tres de las criaturas ni siquiera tuvieron tiempo de gritar antes de desaparecer y desplomarse por el espacio vacío que se había creado. Las tres no tuvieron más remedio que enfrentarse a las imperdonables aguas de la bahía.

—El fuego…

De pronto, un tramo de varios metros de la estructura metálica empezó a calentarse, hasta alcanzar una temperatura sobrehumana. Tres guerreros desafortunados se incendiaron en un abrir y cerrar de ojos.

Tan solo quedaba un puñado de espartoi. Bufando con nerviosismo y desesperación, los guerreros se alejaron de la mujer de blanco.

—Y Tierra…

Justo la parte del puente donde estaban los espartoi se transformó en tierras movedizas. Los guerreros apenas pudieron gritar antes de que el puente se los tragara. Un instante más tarde, el suelo volvió a reconstruirse, dejando una apenas perceptible huella de sus cuerpos sobre la superficie.

Tsagaglalal se frotó las manos. Sin ceremonias ni cuidados, arrojó a un lado los cuerpos de las lagartijas caídas para alcanzar a los dos hombres y agacharse junto a ellos.

—¿Queréis saber algo? —murmuró—. Hoy mismo le contaba a Sophie que no hay una magia más poderosa o superior a las demás. Todas son iguales…

Tsagaglalal se quedó sin palabras. Ni Prometeo ni Niten se movían.

—Oh, no —suspiró.

Tras apartar al último guerrero espartoi de su camino, descubrió que los dos hombres tenían incontables heridas. La armadura de Prometeo estaba hecha pedazos, y el traje negro de Niten se había convertido en un cúmulo de jirones. Con delicadeza, acercó los dedos al cuello del espadachín japonés. No tenía pulso. No tenía sentido que comprobara el pulso de Prometeo, puesto que jamás había tenido, pero la mujer deslizó sus párpados. No había rastro de color en sus ojos.

—¡No! —gritó con ferocidad.

El Inmemorial y el inmortal habían entregado sus vidas para defender la ciudad.

—No —repitió Tsagaglalal, esta vez con más convencimiento—. No lo permitiré.

Y entonces echó atrás la cabeza y dio rienda suelta a su angustia.

En la cresta de la colina, observando el puente de Golden Gate, Bastet y Quetzalcoatl respiraron un aire cargado de jazmín. En ese instante vislumbraron un globo de luz blanca que destacaba entre la niebla.

Y entonces un sonido retumbó en mitad de la noche y, a pesar de que habían pasado más de diez mil años desde la última vez que habían oído aquel aullido, lo reconocieron de inmediato.

Los dos Inmemoriales se miraron entre sí y después echaron a correr hacia el coche. Un segundo más tarde, la limusina de Bastet salió escopeteada del aparcamiento. Los neumáticos se deslizaban y derrapaban sobre el pavimento húmedo. Quetzalcoatl hizo lo mismo mientras se preguntaba si conseguiría llegar a tiempo a su Mundo de Sombras, donde estaría mucho más seguro.

Ninguno de los dos deseaba enfrentarse a la cólera de Aquella Que Todo lo Ve.

Capítulo 72

ué demonios creéis que estáis haciendo?
—exigió saber Osiris, que tenía la cara enrojecida por la furia.

—¿Por qué habéis huido de nosotros? —espetó Isis—. Os dijimos que…

Sophie dio una palmada con los guantes metálicos de su armadura que, en la cima de la pirámide, sonó como el disparo de una bala. El sonido silenció a los dos Inmemoriales.

—¿Quiénes sois? —preguntó sin alterar el tono de voz.

—¿Qué sois? —especificó Josh.

Sorprendidos, Isis y Osiris seguían de pie junto a su vímana. Intercambiaron una mirada cómplice y después se volvieron hacia los mellizos.

—Esa no es forma de hablar a vuestros padres —empezó Isis.

—Tienes razón —interpuso Sophie—. Pero no sois nuestros padres, ¿verdad?

Isis y Osiris se quedaron en silencio, pero un gesto sutil les cambió la expresión. Su mirada se ensombreció, y sus mejillas se sonrojaron.

—Sabéis de sobra que poseo todos los recuerdos de la

Bruja de Endor —continuó Sophie, cerrando las manos en puños. Su aura plateada empezó a emerger de su armadura y, con el soplo de la brisa vespertina, todos advirtieron la esencia de vainilla—. Ella jamás os tuvo aprecio.

—Era una… —protestó Isis.

—Se pasó varios siglos tratando de averiguar quiénes erais —prosiguió Sophie—. La Bruja no creía que fuerais Inmemoriales. Y sabía a ciencia cierta que tampoco erais Grandes Inmemoriales ni Ancestrales.

Mientras hablaba, la joven visualizaba varias imágenes en su mente, retazos de las experiencias de la Bruja. Sophie dejó escapar un grito ahogado cuando las imágenes se hicieron más vigorizantes, más reales.

—Pero nunca logró descubrir el misterio. Aunque estuvo a punto. Y cuando empezó a sospechar lo que quizá podíais ser, la Bruja se propuso destruir milenios de antigua sabiduría. Solo para que vosotros no pudierais tener acceso.

Una tremenda sacudida recorrió la pirámide.

—La Bruja era, es y seguirá siendo una idiota —dijo Isis con petulancia.

—Y vosotros sois otro par de tontos por prestarle atención o creerla.

Osiris merodeaba por el borde de la pirámide para echar un vistazo abajo. Los incansables anpu se acercaban.

—Todavía no es demasiado tarde —dijo.

—¿Demasiado tarde para qué? —preguntó Josh con los brazos extendidos—. Mirad a vuestro alrededor. Los Inmemoriales están acabados. El pueblo de Danu Talis se ha revelado.

—¿Y qué más da? Podríamos destruirlos chasqueando los dedos —replicó Osiris.

Isis miró a Sophie.

—¿Os hacéis una idea del poder que ejercéis?

—No —respondió Josh con toda sinceridad—. ¿Y tú?

Osiris le guiñó el ojo y, en ese instante, el muchacho supo que no podían imaginarlo.

Otro espasmo hizo temblar la pirámide y, hacia el este, el volcán de la metrópolis empezó a suspirar humo negro. El volcán escupía unas cenizas ardientes que sobrevolaban el cielo nocturno como si fueran fuegos artificiales.

—No sois nuestros padres, ¿verdad? —preguntó Sophie una vez más.

—Os hemos criado como si fuerais nuestros hijos —respondió Isis.

Se escuchó un ruido aterrador. Era el ejército de anpu aullando su grito de guerra. Los guerreros estaban a punto de alcanzar a los seis individuos que protegían la cima de la pirámide.

—Esa no es mi pregunta —contestó Sophie—. ¿Sois nuestros padres?

—No —murmuró Isis, incapaz de ocultar una mueca de disgusto—. No os di a luz.

Los mellizos se miraron. Aunque esperaban esa respuesta, fue toda una sorpresa.

—Bien —dijo Josh con voz temblorosa—. La verdad es que no os queremos como padres.

El rostro de Sophie era una máscara pálida, fantasmal con el reflejo de su armadura plateada. La búsqueda de la verdad entre los recuerdos de la Bruja empezó a desfallecer.

—Y Sophie y yo… ¿estamos emparentados?

Josh acababa de hacer la pregunta cuya respuesta temía conocer.

Isis y Osiris se quedaron en silencio, observando a los mellizos.

—¡Lo estamos! —gritó de repente, y los dos Inmemoriales brincaron.

—No sois hermanos de sangre, pero sois Oro y Plata —respondió al fin Osiris—. Es una línea de descendencia ancestral. Así que sí hay algo de parentesco entre vosotros.

—¿Quiénes somos? —gritó Sophie.

La joven había empezado a temblar en una combinación de miedo e ira. Un sentimiento de pérdida terrible la invadió. Sophie no prestó atención a las lágrimas plateadas que brotaban de sus ojos.

Isis se encogió de hombros.

—Oh, ¿quién sabe? —dijo con indiferencia—. Hemos perseguido a Oros y Platas a lo largo de los siglos y rastreado Mundos de Sombras en su busca. Recogimos a Josh en un campamento neandertal treinta mil años antes de encontrarte a ti. Te descubrimos en algún lugar de las estepas, donde ahora se sitúa Rusia allá por el siglo X... ¿o era el siglo IX?

—Siglo X, creo —respondió Osiris.

—Os mantuvimos a salvo, aislados y protegidos en un Mundo de Sombras donde no pasa el tiempo y entonces, cuando todo estaba listo y preparado, os trajimos hasta el siglo XXI.

Sophie sintió que estaba a punto de desmayarse, o de perder el conocimiento, pero Josh se acercó a ella y la sujetó con ambos brazos.

—¿Por qué? —farfulló el joven.

—Erais Oro y Plata —explicó Osiris con tono alegre—. Poseíais las auras más puras que jamás habíamos visto tras milenios de búsqueda. No podíamos permitir que os pudrierais en una cabaña primitiva perdida en la nada.

—Nos secuestrasteis —murmuró Josh.

Isis y Osiris se echaron a reír.

—Bueno, el término «secuestro» es un tanto exagerado —opinó Osiris—. Teniendo en cuenta cómo habríais vivido, podemos decir que habéis disfrutado de una vida repleta de lujos. De hecho, hemos sido mejores padres de lo que jamás habrían sido vuestros progenitores. ¿Sabéis la esperanza de vida de un recién nacido neandertal o de una niña en las estepas heladas de Rusia? A pesar de no haberos engendrado, os dimos una vida.

—Y solo por eso nos debéis una gratitud y un respeto —añadió Isis.

—¡No os debemos nada! —gritó Sophie.

Muy cerca, a tan solo unos metros de distancia, los mellizos oían los choques entre armas, los aullidos de los anpu y los bufidos de los híbridos felinos.

Temblando de rabia, y también de miedo, con el estómago revuelto y con un dolor de cabeza que le amartillaba el cráneo, Josh dio la espalda a Isis y Osiris y se dirigió hacia el borde del techo. No podía mirarles a los ojos. Las manos se le abrían y cerraban de forma espasmódica mientras el joven trataba de asimilar las terribles revelaciones que acababa de escuchar.

Justo bajo sus pies vio a Palamedes acompañado de William Shakespeare.

El Bardo movía las manos mientras conjuraba serpientes y lagartijas. Shakespeare se desternillaba de la risa al ver cómo los reptiles se deslizaban hacia las criaturas que avanzaban por la escalinata de la pirámide.

De pronto, Josh atisbó a un anpu alzar un arma parecida a un rifle y disparar. El Bardo se desplomó sin producir sonido alguno y las lagartijas y serpientes desaparecieron como por arte de magia. Los atacantes aprovecharon tal momento de desconcierto para avanzar y un águila con cabeza de león descendió en picado hacia la muchedumbre para picotear al inmortal caído. Palamedes agarró a la bestia por el pescuezo y, tras realizar un esfuerzo sobrehumano, la arrojó hacia las bestias. Pero aun así, los anpu seguían acercándose.

Josh inclinó la cabeza hacia atrás y gritó a pleno pulmón para descargar sus miedos y frustraciones. Apretó el pulgar contra la palma de la mano para invocar la Magia del Fuego que Prometeo le había enseñado y lanzó una espada en llamas hacia los escalones. El filo de la espada echaba espuma y salpicaba llamaradas, lo cual atemorizó a los monstruos.

El muchacho se tambaleó hacia la derecha, donde Saint-Germain estaba arrancando bolas de fuego del mismísimo aire para arrojarlas hacia los monstruos. Los escalones de oro se estaban derritiendo.

Con las manos aún ardiendo, Josh echó un rápido vistazo a Prometeo y Tsagaglalal: el Inmemorial estaba de pie, inmóvil y con las manos extendidas mientras un fuego de color blanco y frío fluía por los escalones como si fuera agua.

Por fin, Josh alcanzó el costado este de la pirámide, vigilado por Juana de Arco.

Tenía la armadura destrozada. La guerrera parecía una antorcha plateada que cegaba a las bestias que aullaban y gruñían en la oscuridad. Estaba completamente rodeada por anpu con cabeza de chacal; algunos empezaban a arrastrarse tras ella. Josh levantó la mano para crear una lanza de fuego, pero enseguida se detuvo; las criaturas estaban demasiado cerca y, si les arrojaba el arma en llamas, también dañaría a Juana.

Y entonces una silueta apareció volando en el aire.

Una amazona colgada de un planeador.

En ese instante, el resplandor que emitía la armadura de Juana iluminó un rostro blanco, una cabellera pelirroja y una dentadura salvaje y vampírica.

Josh observó a Scathach desabrocharse las cuerdas que la mantenían atada al planeador para caer sobre los anpu, que no daban crédito a lo que estaban viviendo. La Sombra gritó de puro deleite. Se puso espalda contra espalda con Juana; las armas de Scathach apenas podían distinguirse en el aire. Una a una, las bestias fueron cayendo.

Sin embargo, los monstruos seguían escalando la pirámide por los otros costados.

—Más no, por favor —rogó Josh, volviéndose de nuevo hacia Isis y Osiris—. Dejad que esto acabe ya.

—Solo vosotros podéis poner fin a esta masacre —dijo Isis—. Solo vosotros tenéis ese poder —agregó con una sonrisa—. Considerad esto: podríais eliminar a los anpu, aniquilar a la raza humana, incluso a los Inmemoriales si os lo propusierais. Este reino y todos los Mundos de Sombras que lo rodean podrían estar bajo vuestras órdenes.

—¡Mirad a vuestro alrededor! —chilló Osiris extendiendo los brazos por completo—. Contemplad todo lo que podría ser vuestro. El mayor imperio jamás conocido. Todo para vosotros.

—Pero no lo queremos —dijo Sophie, hablando por los dos—. Vosotros sois quienes lo ansiáis.

—Y no queremos regalároslo —añadió Josh.

Isis y Osiris les miraron sin comprender el mensaje.

—Haréis todo lo que os digamos —insistió Isis.

—¡No! —exclamaron los mellizos a la vez.

—Entonces no nos servís para nada —siseó Isis. Y después, mirando a Osiris, ordenó—: Mátalos.

Capítulo 73

Compañero, vaya crustáceo más feo —dijo Black Hawk.

Los dos inmortales americanos se deslizaban entre la niebla en dirección al cangrejo gigante, arrastrándose por el suelo con la barriga rozando las frías baldosas del suelo.

—Hay mucha chicha en esas garras —comentó Billy con una amplia sonrisa—. Al menos estaríamos dos semanas comiendo cangrejo.

—No digas tonterías, Billy —refunfuñó Black Hawk—. Recuerda qué pasó la última vez.

La última vez que los dos hombres se habían ido de caza, Billy estuvo a punto de ser aplastado por una estampida de búfalos.

—Había casi un millón de búfalos aquel día —se quejó Billy—, y aquí solo tenemos un cangrejo. Aunque hay que reconocer que es monstruoso.

—En algún momento doblará la esquina del Edificio de Administración —informó Black Hawk—. Perderá el equilibrio, puesto que las patas traseras son más pequeñas que las delanteras. Si eres capaz de engancharle una pata, tira de ella con todas tus fuerzas.

El inmortal con piel de cobre llevaba dos lanzas atadas a la espalda. Se las quitó y entregó una a Billy.

—Si ves la oportunidad, aprovéchala. Y, Billy —añadió—, recuerda que hay más criaturas ahí fuera. No te despistes y anda con cuidado no vaya a ser que alguna te pegue un buen mordisco. No seas creativo. No seas estúpido.

—Es lo mismo que dijo Maquiavelo. Vosotros dos tenéis muchísima fe en mí, ¿verdad?

—Ninguno queremos perderte en esta isla. Ten cuidado y punto, Billy.

—Cuidado es mi segundo nombre.

Black Hawk puso los ojos en blanco.

—Me dijiste que era Henry.

Con la ayuda de las puntas de lanza, Nicolas, Perenelle y Maquiavelo cavaron un gigantesco agujero en el cascarón que protegía a la Inmemorial Areop-Enap. En ciertas zonas, el barro era de un grosor de varios centímetros. Contenía millones de cadáveres de moscas que habían envenenado, días antes, a la Vieja Araña.

Perenelle asomó la cabeza por el agujero. Al apartar la cabeza de la cáscara de fango, tenía lágrimas en los ojos.

—Apesta —jadeó.

Mirando hacia otro lado, la Hechicera inspiró profundamente y después utilizó su aura para iluminar su dedo índice. Introdujo el brazo en el agujero y observó la llama danzar entre las sombras, parpadeando mientras quemaba los gases nocivos. Con Nicolas sujetándola por las caderas, Perenelle asomó la cabeza por la abertura y echó un vistazo. Cuando volvió a alzar la mirada, tenía los ojos brillantes de emoción.

—He visto a Areop-Enap.

—¿Está viva?

—Es difícil saberlo. Pero tiene un aspecto bastante saludable; las terribles heridas y ampollas han desaparecido.

—Así que lo único que debemos hacer es despertarla —propuso Nicolas. Después, miró al italiano y preguntó—: ¿Tienes idea de cómo despertar a un Inmemorial que está hibernando?

Maquiavelo negó con la cabeza.

—Marte, ¿y tú? ¿Algún consejo?

—Sí. No lo hagas.

Vegetariano, decidió Billy. Cuando aquella aventura llegara a su fin, se haría vegetariano. Vegano, de hecho. Nunca más volvería a meterse en la boca nada que se arrastrara, caminara, deslizara o nadara. En particular, no volvería a comerse nada con patas. Alcatraz estaba repleta de monstruos o, mejor dicho, de partes de monstruos. Ninguna bestia había sobrevivido y, a decir verdad, no lograba reconocer a la inmensa mayoría de criaturas.

Billy había visto con sus propios ojos las consecuencias de una matanza de búfalos, había caminado por campos de batalla y había atestiguado las secuelas de todo tipo de desastres naturales; sin embargo, nada de todo aquello le había preparado para la carnicería que en aquel instante estaba presenciando. En ningún momento dudó de que liberar a los monstruos en la ciudad fuera una mala idea. Pero el hecho de ver lo que se habían hecho entre sí le hizo estremecerse. La mente humana era incapaz de imaginarse qué habría pasado si, en vez de otras criaturas, hubieran sido seres humanos. El número de víctimas mortales habría sido aterrador.

El inmortal americano apoyó la espalda contra una de las paredes del Edificio de Administración y se concentró en respirar. Mirando el lado bueno, al matarse entre sí, Black Hawk y él tendrían menos monstruos a los que enfrentarse. Percibió el rico y familiar aroma del mar y, justo en ese instante, escuchó unas garras arañando las piedras. Se arriesgó a echar un fugaz vistazo tras la esquina. Entre la niebla, Billy distinguió a Karkinos avanzando hacia la Casa del Guardián. La bestia utilizaba las gigantescas garras —quelípedos, recordó—, para arrastrarse.

Y, sentado a los lomos del descomunal cangrejo, estaba el hermano gemelo de Quetzalcoatl, moviendo su cabeza de sabueso de un lado a otro. Xolotl golpeaba con fuerza la cabeza del cangrejo con su mano huesuda en un intento de hacer correr un poco más a la criatura. Le asestaba patadas, pero puesto que tenía los pies al revés, le atizaba con los dedos en vez de con los talones, lo cual no provocaba efecto alguno sobre el crustáceo.

Billy empezó a hacer girar el lazo sobre su cabeza. Black Hawk le había aconsejado que se anduviera con cuidado. De hecho, Black Hawk siempre le decía que tuviera mucho cuidado, pero el inmortal también le había dicho que, si veía la oportunidad, la aprovechara. Y ahí había una oportunidad. Billy miró de reojo al improvisado lazo, preguntándose si era lo bastante largo. Aunque no lo fuera, decidió que lo arrojaría para atrapar a la criatura.

A un par de metros de distancia, Black Hawk tomó su posición. Solo veía la sombra de Billy el Niño deslizándose entre las bandas de bruma. El inmortal distinguió un remolino en la niebla, lo cual le indicaba que Billy había empezado a hacer girar el lazo. Lo único que el forajido tenía que hacer era enganchar una pata y tirar con fuerza. Si Karkinos perdía el equilibrio, Black Hawk aprovecharía el momento de desconcierto para saltar sobre el lomo de la criatura y clavar una lanza en su espalda. No sabía si su ataque tendría efecto alguno en la bestia, pero sin duda irritaría al monstruo y eso daría un poco más de tiempo a los que estaban en el interior de la casa en ruinas tratando de despertar a la Vieja Araña. Sin embargo, no estaba tan convencido como los demás sobre la Inmemorial. En una refriega entre una araña y un cangrejo, Black Hawk apostaría, sin pensárselo dos veces, por el cangrejo con púas afiladas en vez de por una araña peluda.

Black Hawk distinguió la figura de Billy moverse tras la bruma y, de inmediato, supo que algo no andaba bien.

—Por favor, Billy, no hagas ninguna estupidez —rogó entre susurros.

Billy se colocó justo delante del cangrejo gigante.

—A eso precisamente me refería —murmuró Black Hawk.

Se puso en pie, olvidando así toda pretensión de mantenerse oculto, y corrió a toda prisa a ayudar a su amigo, con el *tomahawk* en una mano y la lanza en la otra.

Billy el Niño revoleó la cuerda. Las bandas de cuero atadas azotaban y fustigaban el aire, y el inmortal se acercó un poco más al enorme cangrejo.

—¡La pata, Billy! ¡Engánchale la pata! ¡Tira de la pata!

Pero Black Hawk sabía que Billy no sería capaz de enganchar una pata del cangrejo. Karkinos miraba al frente, con la mirada algo perdida. Billy el Niño medía un metro setenta y el crustáceo era tan alto que ni siquiera se había percatado de su presencia. Black Hawk distinguió a Xolotl montado encima del cangrejo. Y justo en ese mismo instante, el esquelético Inmemorial descubrió a Billy bajo la criatura.

—Oh, Billy —murmuró Black Hawk, desesperado.

Xolotl golpeó con fuerza la cabeza del cangrejo en un intento de hacerle mirar hacia abajo, pero la bestia se resbaló al posar mal una de las patas delanteras y se tropezó. El cangrejo se desplomó hacia delante y quedó con los ojos y la mandíbula justo enfrente de Billy el Niño. El inmortal ignoró al monstruo en su propia cara para concentrarse en el Inmemorial que iba montado a su espalda. Haciendo girar el lazo por última vez, lo arrojó.

—Lanza... —gritó Billy.

El látigo azotó a Xolotl, golpeándole en su cabeza canina. Acto seguido, el lazo rodeó la caja torácica huesuda del Inmemorial.

—¡Y encesta!

Billy clavó los talones de sus botas en el suelo y tiró con todas sus fuerzas. Tras un gañido, el Inmemorial se deslizó de la espalda de Karkinos.

El gigantesco cangrejo atisbó un extraño movimiento y de forma instintiva alzó su garra derecha. La abrió y la cerró con un chasquido y atrapó el enclenque cuerpecillo del Inmemorial en el aire. Aquella garra hubiera partido por la mitad a cualquier humano, pero Xolotl no tenía piel, solo huesos, así que simplemente quedó atrapado entre las pinzas del cangrejo.

Enfurecido, Xolotl empezó a gritar, exigiendo que le soltara y le dejara en el suelo. Golpeó y pateó a la criatura y, por fin, Karkinos abrió la garra. El Inmemorial se cayó sobre el suelo emitiendo un sonido similar al de un sonajero.

La pinza del crustáceo también había cortado el látigo. Billy trató de mantener el equilibrio, pero se tambaleó y se cayó. Los restos de la cuerda de piel le rodearon cual serpiente retorciéndose.

La mirada del cangrejo gigante siguió el movimiento del látigo, vio cómo caía sobre el indefenso inmortal y chasqueó sus descomunales pinzas. Billy rodó hacia un lado y la garra arañó el suelo.

—¡Casi! —exclamó Billy entre carcajadas.

Y entonces Karkinos atravesó el pecho del forajido con una de sus patas delanteras, clavándole en el suelo.

Aullando un grito de guerra salvaje, Black Hawk se abalanzó hacia Karkinos. El inmortal atacó con el *tomahawk* y con la espada al mismo tiempo. El cangrejo levantó la pata, llevándose consigo el cuerpo de Billy, y Black Hawk agarró a su amigo para sacarlo de allí. Le cogió entre los brazos y corrió hacia la Casa del Guardián.

—¿Qué te había dicho? —gritó—. Te dije que te anduvieras con cuidado. Pero ¿escuchaste mi consejo? Oh, ¡claro que no!

—Tuve cuidado —susurró Billy.

Su tez había perdido color y ahora mostraba una palidez mortal. Además, tenía sangre en los labios.

—Estaba mirando la garra. No imaginé que iba a clavármela en una especie de movimiento de cangrejo ninja.

—Utiliza tu aura —ordenó Black Hawk—. Cúrate lo antes posible. Estás perdiendo demasiada sangre.

—Imposible —jadeó Billy—. No me queda aura para curar una herida como esta. No debería haberla malgastado para cicatrizar esos arañazos antes.

—Deja que te cure yo, entonces.

—No, no puedes. Esta herida no es un rasguño sin

importancia. Además, te queda más o menos la misma energía que a mí. Resérvala para más tarde.

Una criatura con colmillos y alas apareció de la nada, en mitad de la noche, atraída por el olor que desprendía la sangre del inmortal. Black Hawk la derribó enseguida.

—He acabado con el tío esquelético ese, ¿verdad?

—Así es.

—Supongo que no podré volver a trabajar para Quetzalcoatl, ¿eh?

—Cuando todo esto acabe, Billy —dijo Black Hawk—, creo que deberíamos hacer una pequeña visita a la Serpiente Emplumada. Y entregarle en mano nuestra dimisión. Ya me encargaré yo de llevar una caja de cerillas.

—¿Piensas tostar nubes de azúcar junto a una hoguera con él?

—Tostaré algo —prometió Black Hawk.

Por fin la silueta de la casa emergió de entre la niebla y el inmortal gritó, anunciando así su presencia.

—Marte, somos nosotros.

Lo último que quería era que el Inmemorial que protegía la puerta de entrada les atacara.

Marte se reunió con el par de inmortales en la entrada del edificio y evaluó a Billy con el ojo de un soldado profesional. Un segundo más tarde, regresó a su posición sin musitar palabra.

—No tiene muy buena pinta, ¿verdad? —preguntó Billy—. Las noticias no suelen ser buenas cuando la gente prefiere callar.

Black Hawk dejó a Billy sobre el suelo. Rasgó la camiseta empapada del forajido para examinar de cerca la herida.

—¿Cómo lo ves? ¿Crees que volveré a tocar el piano? —bromeó Billy.

Maquiavelo apareció de repente y corrió hacia los dos inmortales americanos. Se agachó junto a ellos y, sin articular palabra, colocó la palma de la mano sobre el pecho de Billy. El aura grisácea del italiano se deslizó por la herida abierta del inmortal como si fuera leche agria.

—Huele a serpiente —masculló Billy, quien enseguida notó que se le nublaba la vista. Estaba empezando a perder el conocimiento.

—Me gustan los reptiles —murmuró el italiano.

Ya desesperado y sin más recursos, Maquiavelo hizo un tremendo esfuerzo para verter algo más de aura en la herida de Billy. A medida que la energía fluía de su cuerpo, el italiano envejecía. Intentar despertar a Areop-Enap le había dejado exhausto. Tenía nuevas arrugas en la frente y más líneas de expresión alrededor de los ojos. Pero la tensión de curar a Billy le provocaba un envejecimiento pleno. El pelo crespo de Maquiavelo se tiñó del mismo color que su mirada gris y, poco a poco, fue cayendo en forma de motas de polvo, quedándose así completamente calvo. La espalda empezó a curvarse y unas arrugas muy profundas le ocuparon la frente y la nariz. En un abrir y cerrar de ojos, unas manchas marrones propias de la vejez empezaron a oscurecerle las manos.

—Ya basta —espetó Black Hawk—. Acabarás consumiéndote.

—Déjame que le entregue un poco más —rogó el inmortal.

—¡No!

—Todavía me queda un poco de aura. Puedo dársela —jadeó Maquiavelo.

—No —insistió Black Hawk—. Si utilizas una gota más, te quedarás sin nada para ti —añadió y, con sumo cuidado, apartó la mano de Maquiavelo del pecho del muchacho—. Ya basta. O estallarás en llamas. Has hecho mucho más de lo que cualquiera hubiera podido. Ahora ya no depende de ti. Vivirá o morirá: eso está en sus manos. Y es Billy el Niño. Sobrevivirá.

De repente, el inmortal agarró la mano del italiano y la estrechó con fuerza.

—Pase lo que pase, has ganado un amigo de por vida esta noche, italiano. Dos, si Billy consigue sobrevivir.

—Tres —anunció Marte desde el umbral, saludando a Maquiavelo con la espada y con una sonrisa en el rostro—. Eso es lo que me encanta de los humanos. En esencia, tenéis bondad.

—No todos —replicó Maquiavelo con tono cansado.

—No, no todo el mundo. Pero muchos sí. —Marte Ultor se volvió hacia la puerta y se colocó en una postura de ataque—. Karkinos ha vuelto —anunció—. ¡Y mucho me temo que ha crecido! —De repente, el Inmemorial se arrojó hacia el interior de la casa y gritó—: ¡Agachaos!

Una pinza gigante arrancó un pedazo de pared del edificio. Una segunda garra destrozó las vigas metálicas que aguantaban en pie los muros de la casa, partiéndolas por la mitad como si fueran de paja. La criatura se asomó por el tejado abierto y echó un vistazo. En cuestión de minutos, desde que Black Hawk había sacado el cuerpo de Billy de sus zarpas, había doblado y triplicado su tamaño.

—Se ha comido a Xolotl —adivinó Marte—. Por eso ha crecido tanto.

El Inmemorial rodó hacia un lado cuando una parte de la pared se desmoronó sobre el suelo.

—No es la primera vez que presencio algo así. La carne de un Inmemorial es idónea para sus sistemas, y les hace crecer muchísimo. Y una vez catan la carne de un Inmemorial, ya no hay nada que pueda satisfacer su apetito. Seguramente irá a por mí.

Y entonces, cuando se dio cuenta de que la criatura le ignoraba por completo, añadió:

—O puede que no…

Dos gigantescas garras se colaron por la parte superior del edificio y se clavaron en el barro solidificado que rodeaba y protegía a Areop-Enap. La bestia encontró el agujero que el matrimonio Flamel y Maquiavelo habían cavado y fue directa hacia él. Metió la pinza en la abertura y la hizo más y más grande.

—¡Va a por Areop-Enap! —chilló Perenelle.

—Tenemos que proteger a la Vieja Araña. Si consigue comérsela, absorberá toda su energía y será indestructible —gritó Marte—. Nadie, ni siquiera un Gran Inmemorial, será capaz de detener a ese bicho.

De inmediato, Perenelle alzó el brazo, pero apenas le quedaban fuerzas. Tan solo desató un puñado de energía fría que la criatura ni siquiera notó.

Marte se abalanzó hacia Karkinos, con la espada vibrando y girando en el aire. La hoja de metal chirrió al chocar contra las patas armadas de la bestia. El Inmemorial la golpeó con todas sus fuerzas en las articulaciones en un intento de derribarla hacia el suelo.

—Protege a Billy —ordenó Black Hawk al italiano.

El inmortal se arrastró por el suelo y, justo cuando estuvo debajo de la criatura, se levantó y le clavó la lanza. El cangrejo se alzó sobre las patas traseras mientras movía con histerismo las cuatro delanteras. Las enormes pinzas del crustáceo chasqueaban y chocaban.

Black Hawk atacó de nuevo, hundiendo aún más la

lanza en la piel del monstruo. El cangrejo se dio media vuelta en el último momento y se llevó consigo al inmortal, que parecía estar volando por los aires. Black Hawk se quedó colgado del mango de la lanza. Las pinzas frontales de Karkinos chasqueaban a pocos centímetros de su cabeza. La criatura no había dejado de menear sin sentido alguno las patas delanteras y, de repente, una quedó enganchada en la trabilla de los vaqueros de Black Hawk. Todavía pendido de la lanza, el americano se retorció para soltarse. La trabilla se rompió, pero el cangrejo dio un coletazo con la pata y Black Hawk salió disparado por encima de la pared. Un instante más tarde todos escucharon el cuerpo del inmortal zambulléndose en el mar.

Y, además, todos sabían que las Nereidas estaban esperando un tentempié. El cangrejo gigante volvió a centrar su atención en la bola de fango y reanudó su plan. El Alquimista arrojó varias lanzas de luz verde a la criatura y Perenelle la roció con hielo y fuego. Pero su ataque no tuvo efecto alguno.

—¡Tenéis que despertar a la Vieja Araña! —gritó Marte.

Nicolas se dirigió hacia el cascarón. Karkinos había destrozado la capa más superficial del fango protector. Debajo se intuía una segunda bola de barro. En el interior de esa cáscara se distinguía la silueta peluda de Areop-Enap, la Vieja Araña.

—¡Despierta, despierta, despierta!

Flamel golpeaba la cáscara con las manos, dejando unas huellas verdes sobre la superficie de barro.

—No está ocurriendo nada —dijo un tanto desesperado.

El Alquimista había visto con sus propios ojos cómo el

cangrejo atravesaba el caparazón de fango con facilidad; no le costaría romper esta segunda capa solidificada. Y entonces, el aura de Marte se encendió, iluminando el edificio en ruinas con un resplandor carmesí. Al instante, el aire se inundó del hedor a carne quemada.

Karkinos vaciló y sus gigantescas pinzas empezaron a temblar.

—Huele eso —gritó Marte—. Es lo que quieres, ¿verdad?

El Inmemorial desprendía una luz cada vez más brillante, casi cegadora. Su aura se convirtió en una armadura bermeja que fue envolviendo su cuerpo hasta la cabeza, donde creó un casco metálico. Marte Ultor adoptó el semblante del feroz guerrero de leyenda. Unos zarcillos de luz brotaban de su cuerpo y Karkinos empezó a ponerse frenético por probar aquella poderosa energía.

Marte bajó la espada y después la guardó en su vaina. Se dirigió hacia la criatura y murmuró:

—Aquí estoy, monstruito. Huele esto… Es la esencia de un Inmemorial. Quieres un poco, ¿me equivoco? Bueno, pues aquí estoy.

—¡Marte, no! —chilló Flamel.

—¡Por favor, detente! —exclamó Perenelle—. ¡Para ahora mismo!

—Aún me quedan fuerzas —contestó—. Puedo guiar a la criatura y alejarla de aquí.

El Inmemorial empezó a caminar hacia la puerta; el cangrejo rastreó sus movimientos con su gigantesca mirada.

—No, Marte, no puedes —murmuró la Hechicera al ver lo que estaba ocurriendo.

El olor del Inmemorial cambió, se tornó un tanto más amargo, más agrio y, a pesar de que el aura seguía irradiando de su cuerpo, parpadeaba. El cangrejo avanzó dando bandazos tras él, siguiendo un aroma que le resultaba más que apetitoso.

—Acércate y prueba el aura de Marte Ultor, conocido también como Ares y Nergal y una docena más de nombres.

Marte se concentró para iluminar y fortalecer su aura.

—Pero antes de Nergal fui Huitzilopochtli, el Defensor de la Humanidad. Es el nombre del que siempre he estado más orgulloso.

Y entonces su aura se apagó.

De forma inesperada, Marte se dio media vuelta y echó a correr. Todavía no había cruzado el umbral cuando el Inmemorial estalló en una nube de cenizas. Cuando su aura consumió toda su energía, se nutrió de su cuerpo.

521

Nicolas Flamel acercó la cabeza a la cáscara que protegía a Areop-Enap. Estaban perdidos.

Karkinos seguía suelto y acababa de hacer añicos otra pared, la única que quedaba en pie del edificio.

El Alquimista alzó la mirada y descubrió al cangrejo anaranjado asomado por el tejado, haciendo chasquear las pinzas. Desesperado, Nicolas trató de pensar en un hechizo, en una última transformación, en un encantamiento que pudiera despertar a la Vieja Araña, pero su aura estaba a punto de agotarse. Apenas le quedaba una pizca de energía. Era un anciano cansado y su esposa Perenelle otra anciana de aspecto frágil y endeble. Su fuerza vital estaba a punto de acabarse. Sus amigos y aliados habían desaparecido. Habían estado cerca, muy, muy cerca de vencer a los Oscuros Inmemoriales. Pero no lo habían conseguido.

—Lo siento —dijo Nicolas Flamel a nadie en particular.

Agachó la cabeza y echó un vistazo a la capa de barro que envolvía a la Vieja Araña. Descubrió entonces ocho ojos de color morado mirándole sin inmutarse.

Areop-Enap se había despertado.

Capítulo 74

Tsagaglalal y su hermano habían cobrado vida gracias al aura de Prometeo.

Habían enviado a Prometeo y a su hermana Zephaniah a una ciudad abandonada, construida sobre cristal negro y oro reluciente, en el mismísimo límite del mundo. La Ciudad Sin Nombre yacía sobre el vértice de muchas líneas telúricas, donde confluían siete Mundos de Sombras. Había historias que relataban que la ciudad de negro y oro existía simultáneamente en los siete reinos.

Varias leyendas aseguraban que los Arcontes habían construido aquella ciudad, pero Abraham el Mago sostenía que las ancestrales criaturas tan solo habían establecido sus residencias en los majestuosos edificios. Creía que se habían alzado durante el Tiempo antes del Tiempo. Con el paso de los siglos, tras abandonar la ciudad, la selva reclamó lo que una vez había sido una gigantesca metrópolis.

Cada detalle de la Ciudad sin Nombre sugería que había sido diseñada y construida por criaturas inhumanas. Las puertas eran demasiado altas y estrechas, las ventanas muy pequeñas, los escalones llanos, y los ángulos irregulares de los edificios les daban un aspecto extraño, casi turbador. La mayoría de edificaciones mostraban una fa-

523

chada con espirales y caracoles esculpidos. La tradición popular de los Inmemoriales contaba decenas de historias en que aquellos círculos habían hipnotizado a multitud de individuos. Se quedaban boquiabiertos y con los ojos como platos observando los diseños. Se negaban a apartar la mirada, despreciaban la comida y el agua y, cuando hablaban, solo era para informar de las maravillas y horrores que contemplaban.

Abraham envió a Zephaniah y a Prometeo a la Ciudad sin Nombre con claras instrucciones: encontrar las misteriosas calaveras de cristal que, algunas veces, habían aparecido entre las ruinas de arcontes y ancestrales.

Fue en una gigantesca sala, en el corazón de la biblioteca, donde encontraron a las estatuas de barro.

Eran unas estatuas talladas con delicadeza, hermosas y de distintas tonalidades: desde el negro más opaco hasta el blanco más pálido. Cada centímetro de sus perfectos cuerpos tallados estaba cubierto con una escritura arcaica, jeroglíficos de un lenguaje olvidado. Sin embargo, los rostros no tenían rasgos marcados y definidos: solo eran óvalos llanos, lisos, sin ojos, orejas, narices ni bocas. Tanto los hombres como las mujeres eran idénticos y se alzaban en una misma postura. Eran esculturas esbeltas, elegantes, de otro mundo. Guardaban cierto parecido con los Inmemoriales y Arcontes, pero era obvio que pertenecían a una raza completamente distinta.

Cuando Prometeo entró en aquella sala llena de estatuas, su aura se encendió de inmediato, iluminando así las esculturas más cercanas. Unas chispas bermejas rociaron las escrituras, entregándoles vida, y su aura se sumergió en el barro, que empezó a retorcerse y derretirse por el calor. Sus rostros impasibles adoptaron rasgos: el fango se deslizó de su frente y, con las gotas, formó narices y barbillas. Los antiguos textos emitieron una luz naranja, después roja y por fin azul, como si fueran venas formándose bajo su piel.

Prometeo ardía en llamas. Su aura brotaba de su cuerpo en hélices de poder que bañaban todas y cada una de las estatuas... otorgándoles vida.

Tsagaglalal era la estatua de arcilla más cercana a Prometeo. En un abrir y cerrar de ojos, pasó de ser una estatua sin conciencia a una criatura con vida. En cuanto deslizó los párpados, supo qué había ocurrido. El calor había despertado recuerdos y pensamientos, había sembrado ideas y ahora sabía quién era. Incluso conocía el nombre de la figura que la alimentaba con energía cruda.

Era Tsagaglalal.

Alzó el brazo y una fina capa de arcilla se desprendió de la estatua, haciéndose añicos al caer sobre el suelo. Así, Tsagaglalal supo que tenía la tez oscura. Se llevó la mano al rostro y flexionó los dedos. El movimiento agrietó el fango, que poco a poco se fue desmoronando.

Tras Tsagaglalal, una segunda estatua, un hombre, se retorció y un pedazo de arcilla se cayó de su torso para dejar al descubierto una tez dorada y brillante. Se volvió para echar un vistazo a aquella escultura. Unos recuerdos que no eran propios le desvelaron el nombre. Era Gilgamés y, juntos, eran las primeras criaturas de los Primeros Hombres.

El aura de Prometeo les había dado vida. Esa llama había mantenido a Tsagaglalal con vida durante muchos, muchos milenios.

Y el aura del Inmemorial seguía ardiendo en su interior.

ϒ

Tsagaglalal estaba sentada de piernas cruzadas sobre el puente Golden Gate, dándole la espalda a la ciudad. Prometeo y Niten estaban tumbados sobre el suelo, junto a ella. Les había colocado con los pies señalando la ciudad para que, cuando se sentara entre ambos, pudiera tocarles la frente con las palmas de la mano.

Con las manos sobre el estómago, Tsagaglalal inspiró hondamente y sintió el calor en su interior. Su aura blanca con perfume a jazmín se alteró ligeramente, pues se intuía una pizca de anís y el color era un poco más rosado.

La edad de Tsagaglalal no podía medirse en siglos o milenios, sino en cientos de miles de años. Había visto incontables civilizaciones nacer y perecer, había explorado infinidad de Mundos de Sombras y había vivido en reinos donde el tiempo fluía de forma distinta.

Había sido testigo de grandes acontecimientos y había alcanzado grandes logros. Pero aun así, había un gran misterio cuya respuesta siempre se le escapaba: ¿quién la había creado? Prometeo le había entregado la vida pero ¿quién había esculpido las estatuas de arcilla? ¿Quién las había colocado en la Ciudad sin Nombre?

Tras milenios de investigaciones, todavía no estaba cerca de la verdad. Incluso su marido, el legendario Abraham el Mago, había sido incapaz de responder su pregunta.

—Quizá nunca llegues a descubrirlo —le había dicho una vez—. Lo único que sé es que estás aquí por una razón. Tu hermano y tú estáis destinados a encontraros. Vuestro destino era que Prometeo os diera la vida. Puede que algún día averigües el motivo de tu existencia.

Y ahora, sentada sobre un puente húmedo en una tarde

de verano en San Francisco, Tsagaglalal creía haber descubierto el motivo.

Una oleada de calor intenso le recorría todo el cuerpo. Fluía por sus brazos hasta alcanzar las manos, que las tenía ahuecadas sobre el regazo. Los dedos de Tsagaglalal empezaron a iluminarse, con un tono rojizo en las puntas que fue cambiando a amarillo y al fin blanco. Las uñas se fundieron hasta convertirse en un líquido gelatinoso que se deslizaba por sus dedos y manos.

El aroma a jazmín había desaparecido por completo, opacado por el intenso olor del anís.

Tsagaglalal bajó la vista. Un diminuto charco de aura carmesí resplandecía en la palma de su mano. Con un cuidado infinito, levantó las manos… y se detuvo. No bastaba. Había utilizado mucha energía antes, para rejuvenecer su aspecto; solo le quedaba aura para uno.

Pero ¿cuál de ellos?

Tsagaglalal miró a Niten, después a Prometeo y de nuevo al japonés. Le caía bien. Parecía una persona sosegada y sin pretensiones; además, sabía de buena tinta que el Espadachín tenía una reputación impecable: era un guerrero temible y un hombre de honor. Era un inmortal excepcional: se había enfrentado al ejército de espartoi a sabiendas de que no regresaría con vida. Estaba preparado para sacrificar su vida y así salvar la ciudad. Merecía vivir.

Tsagaglalal miró a su derecha: Prometeo era un Inmemorial. Sin duda, en la guerra que se avecinaba sus poderes serían mucho más útiles. Y, más importante aún, Prometeo era, en muchos aspectos, su padre. Gracias a su aura Tsagaglalal había cobrado vida y lo más apropiado en esas circunstancias era devolverle el mismo regalo.

Tsagaglalal pestañeó y, de repente, varias lágrimas brotaron de sus ojos. En ese instante, el mundo se disolvió en un arcoíris. Solo había llorado en una ocasión, cuando Danu Talis se sumergió y perdió a su marido.

—Lo siento, Niten —murmuró.

Tras pronunciar la última palabra, vertió el aura líquida carmesí por la garganta de Prometeo. El efecto fue instantáneo.

El aura del Inmemorial cobró un color rojo intenso. Prometeo se estremeció, tosió varias veces y después abrió sus ojos verdes.

—Hola, padre.

Prometeo alargó el brazo para acariciar el rostro de Tsagaglalal.

—Tal y como te recordaba —susurró—, tal y como te vi la primera vez, joven y hermosa. ¿Y los espartoi?

—Muertos. Todos muertos.

—¿Y Niten?

Tsagaglalal bajó la cabeza.

—Solo podía salvar a uno de vosotros.

A Prometeo le costó una barbaridad incorporarse y Tsagaglalal le agarró del brazo para ayudarle a ponerse en pie.

—Tsagaglalal, ¿qué has hecho?

—Devolverte el regalo que me entregaste hace mucho tiempo. Tú me concediste la vida y ahora yo he salvado la tuya.

El Inmemorial se volvió para mirarla a los ojos.

—Pero ¿a qué precio?

De pronto, el rostro de Tsagaglalal empezó a envejecer, a arrugarse, a marchitarse. Un mechón de cabello blanco se deslizó de su cabellera.

—Creo que este era mi cometido —respondió.

—Sin mi aura no podrás renovar tu piel. A partir de ahora envejecerás rápido y morirás pronto.

—Todo tiene un precio —replicó Tsagaglalal—. Y estoy dispuesta a pagarlo. En realidad, me parece un precio muy razonable a cambio de todas las experiencias que he vivido.

Prometeo se dio media vuelta para echar un vistazo al cuerpo inmóvil de Niten.

—Pero Tsagaglalal —prosiguió el Inmemorial en voz baja—, tu elección no ha sido la correcta. Has salvado la vida al equivocado.

—¡No!

—Sí —insistió Prometeo—. Mi tiempo ha llegado a su fin. Mi Mundo de Sombras es una nube de polvo y los Primeros Hombres han dejado de existir. No me queda nada en este reino: es hora de que me marche.

—No… —rogó sacudiendo la cabeza.

—Sí —dijo el Inmemorial con firmeza—. Hace diez mil años tu marido me contó que así acabaría todo. Me reveló que moriría en un río, envuelto de niebla, en una ciudad que superaba la imaginación humana, en un tiempo más allá del tiempo. Supe que moriría esta misma noche. Sabía cómo acabaría todo. Ahora debes dejar que me vaya —suplicó—. Recupera mi aura y entrégasela a Niten.

Tsagaglalal negó con la cabeza, sin dejar de sollozar.

—No, no puedo. No lo haré.

—Te lo pido como amigo…

La mujer volvió a sacudir la cabeza y, con el movimiento, más mechones canosos caían sobre el suelo.

—Nunca te he pedido nada. Así que déjame que te pida este último favor, como padre. Hazlo por mí. Por favor.

Tsagaglalal agachó la cabeza y rompió a llorar. Entonces colocó la mano derecha sobre el pecho del Inmemorial y posó la izquierda sobre el pecho del japonés. Prometeo se recostó sobre el suelo y contempló el cielo nocturno.

—Estoy agotado; exhausto, más bien. Me vendrá bien descansar un poco. Si alguna vez te encuentras con mi hermana, explícale quién hizo todo esto; cuéntale quién envió a los espartoi. He reconocido las auras de Bastet y Quetzalcoatl en el aire. Cuando la veas, dile dónde puede encontrarlos. —Prometeo tosió una carcajada—. Sin duda, no les hará mucha gracia su visita.

Niten tomó una profunda bocanada de aire y la atmósfera se cubrió del delicado aroma del té verde.

—Y, Tsagaglalal…

—¿Sí, padre?

Prometeo cerró los ojos.

—Dile a Niten que encuentre a Aoife y le haga la pregunta. Dile… dile que Aoife responderá que sí.

Capítulo 75

sis y Osiris cambiaron.

La transformación fue repentina. En un abrir y cerrar de ojos pasaron de ser humanos a bestias. La armadura de cerámica se hizo añicos cuando su tez pálida empezó a agrietarse y partirse para desvelar algo oscuro y asqueroso. Doblaron su altura y la piel humana se desprendió como hojas de papel, mostrando así unas escamas rígidas cubiertas por una armadura triangular. Sus rostros empezaron a alargarse hasta alcanzar la forma de un hocico canino, repleto de dientes y colmillos asesinos. Los ojos de los Inmemoriales se fueron alargando de forma gradual y se tiñeron de amarillo; al mismo tiempo, dos cuernos retorcidos nacían de sus cabezas. Y un segundo más tarde, los dedos de Isis y Osiris se transformaron en garras de uñas afiladas. De la parte trasera nacieron un par de colas barbadas y de la espalda unas alas de murciélago horrendas a la par que espeluznantes.

Y justo en ese instante Sophie descubrió lo que la Bruja de Endor tan solo había sospechado pero que jamás había llegado a creer.

—Señores de la Tierra —susurró.

La joven desenvainó las espadas, que titilaban y vibraban entre sus manos.

—Por eso la Bruja destruyó toda la sabiduría ancestral que encontró. Quería alejar esos conocimientos de vosotros.

Josh estaba paralizado. Isis y Osiris se habían convertido en un par de bestias reptiles y las serpientes le aterrorizaban. Eran su pesadilla hecha realidad.

—Unos cien mil años atrás vuestros propios ancestros estuvieron a punto de aniquilar nuestra raza —dijo una de las criaturas con la misma voz que Osiris.

—Pero nosotros logramos sobrevivir y juramos una terrible venganza —continuó la otra bestia.

Las dos monstruosidades avanzaron hacia los mellizos y, de inmediato, Sophie se colocó frente a su hermano, protegiéndole.

—Con vuestros poderes, con vuestros incalculables y espléndidos poderes a nuestro alcance —dijo Isis dando una fuerte patada al suelo—, en este preciso lugar, en el mismísimo nexo de este Mundo de Sombras, íbamos a abrir un portal hacia el pasado para traer a nuestro pueblo a este momento de la historia. Menudo banquete se hubieran dado en este reino y todos los que lo rodean.

Los Señores de la Tierra se acercaban a los mellizos mientras hablaban.

Desprendían un olor rancio y multitud de insectos minúsculos y pulgas revoloteaban entre sus escamas. La saliva que caía de sus colmillos abrasaba las piedras como si fuera ácido. De pronto, las criaturas extendieron sus alas de murciélago para ocultar los últimos rayos de luz.

—Os mataremos y regresaremos a los Mundos de Sombras —anunció Isis—. Encontraremos otros Oros y Platas. No cometeremos los mismos errores otra vez.

—No, no lo haréis —murmuró Sophie.

La muchacha se abalanzó hacia las bestias, empuñando una espada en cada mano. El movimiento pilló a los Señores de la Tierra por sorpresa y las hojas chirriaron al estrellarse contra su piel metálica. La sangre que empezó a brotar por las heridas era de un color verdoso nauseabundo. Pero la punta de una cola que no dejaba de menearse con histerismo le golpeó la espalda, atizando con fuerza su armadura dorada. El impacto le rompió varias costillas y un brazo, así que la joven se cayó de bruces contra el suelo y las espadas resbalaron por el suelo.

Una de las criaturas se aproximó a la joven y plantó un pie con cinco zarpas sobre su estómago, clavándola así en el suelo. Sophie gruñó. Tenía el brazo izquierdo completamente entumecido y el dolor que sentía en las costillas era atroz, indescriptible. Cuando trató de invocar su aura, el pinchazo que le recorrió la espalda fue más intenso de lo que podía soportar.

Isis alzó una zarpa y se agachó junto a Sophie para acariciarle la mejilla.

—Si nos hubierais obedecido, las cosas serían muy distintas.

El segundo Señor de la Tierra también se puso de cuclillas junto a la joven.

—¿Cómo se os ha podido ocurrir que seríais capaces de vencernos? —preguntó con una carcajada líquida—. No sois más que un par de mortales.

—¡Somos Oro y Plata! —gritó Josh.

Clarent y Excalibur parecían dos antorchas; las dos espadas escupían unas intensas llamaradas rojas y azules incandescentes. Y Josh salió disparado hacia el par de criaturas con una en cada mano.

—¡Somos los mellizos de la leyenda!

ϒ

Un gigantesco círculo de llamas blancas explotó sobre la cima de la Pirámide del Sol y dos inmensas columnas de fuego destacaron bajo el cielo nocturno de la isla de Danu Talis.

ophie yacía sobre las gélidas baldosas de la pirámide; su hermano estaba sentado de piernas cruzadas junto a ella.

Los dos se sentían enfermos, vacíos.

Excalibur y Clarent estaban tiradas sobre el suelo, justo donde Josh las había dejado caer; las hojas de las dos espadas de piedra seguían desprendiendo unas llamas oleaginosas que soltaban chispas. Al lado de las espadas había un par de charcos burbujeantes de un líquido dorado. Era el lugar donde Isis y Osiris se habían consumido.

Sophie tenía la mirada clavada en la distancia.

—¿Ya ha acabado? —preguntó la joven. Se estaba concentrando en curar las heridas, y el aire rezumaba a vainilla.

—No —contestó Josh con tono triste—. Aún queda algo por hacer. Existe una profecía.

La joven asintió con la cabeza.

—Los mellizos legendarios —murmuró—. Uno para salvar el mundo, el otro para destruirlo.

Josh se inclinó hacia delante y notó que algo se movía bajo su armadura. Era la tableta de esmeralda que Tsagaglalal le había entregado horas antes. A primera vista, parecía una simple losa de piedra. La giró varias veces en las manos.

—No pone nada —dijo.

—Ten paciencia —aconsejó Sophie.

El joven frotó la superficie con el dedo pulgar, como si quisiera limpiar la tableta… y, de repente, empezaron a formarse unas palabras doradas que contrastaban con el verde de la esmeralda.

Soy Abraham de Danu Talis, a veces llamado el Mago, y envío cordiales saludos al Oro.

Sé muchas cosas sobre ti. Sé cómo te llamas y cuántos años tienes. Y sé que eres un chico. He seguido el rastro de tus ancestros a lo largo de diez mil años. Eres un jovencito maravilloso, el último de un linaje de hombres extraordinarios.

Te escribo este mensaje desde una torre situada en el límite del mundo conocido en la isla de Danu Talis. En cuestión de horas, la torre de cristal y la isla sobre la que está construida dejarán de existir. El pulso de energía que la destruyó se está expandiendo hacia la Pirámide del Sol, hacia ti. Puedes elegir. Puedes aprovechar esta energía y utilizarla a tu favor, o puedes dejar que se filtre en la tierra.

Debes saber una cosa: tu mundo empieza con la muerte del mío.

Danu Talis debe hundirse.

Siempre he sabido que el destino de nuestros mundos, el tuyo y el mío, está a merced de un puñado de individuos. Las acciones y decisiones de una única persona pueden cambiar el curso de un mundo y crear historia.

Y tú, al igual que Plata, eres uno de esos individuos.

Eres poderoso. Un Oro, el más poderoso que jamás he visto. Y, además, eres valiente. Lo has demostrado con

LA ENCANTADORA

creces. Sabes qué debe hacerse, y las espadas te darán el poder para hacerlo pues, en este preciso instante, en este hermoso atardecer, aún tienes elección. Y no es necesario que te diga que pagarás un precio por ello, un precio terrible, escojas lo que escojas.

A estas alturas, ya habrás oído hablar de la profecía. Los dos que son uno deben convertirse en el uno que lo es todo. Uno para salvar el mundo, uno para destruirlo.

Tú sabes quién eres, Josh Newman.

¿Sabes qué tienes que hacer?

¿Tienes el coraje para hacerlo?

Las palabras se difuminaron lentamente en la tableta, que una vez más se convirtió en un trozo inútil de piedra verde. Josh la giró en la mano y, con sumo cuidado, la deslizó bajo su armadura.

El joven echó un vistazo a la chica que no era su hermana pero seguía siendo su melliza y ambos asintieron.

—Ha llegado el momento —susurró Josh.

—¿El momento de qué? —preguntó Sophie algo desconcertada. La joven se incorporó con cierta dificultad y con la mano apoyada sobre el estómago.

—Uno para salvar el mundo —repitió—, uno para destruirlo.

La pirámide gruñó cuando otro terremoto sacudió el edificio. El volcán entró en erupción tras un ruido sordo, rociando la ciudad de chispas encendidas. De repente, los mellizos escucharon unos pasos a su alrededor. Josh agarró a Clarent y Excalibur y se puso de pie... en el mismo instante en que Prometeo y Tsagaglalal, después Scathach y Juana de Arco y por fin Saint-Germain y Palamedes, que llevaba en brazos a un quejicoso William Shakespeare, aparecieron sobre la cima de la pirámide. Todos estaban ensangrentados y llenos de moretones y rasguños, con las armaduras abolladas y las armas rotas. Pero, al menos, todos estaban vivos.

—Tenemos que irnos de aquí —ordenó Prometeo—. El terremoto derribará la pirámide.

El grupo de inmortales se dirigió hacia la vímana de Isis y Osiris, que seguía sostenida en el aire.

Josh ayudó a Sophie a levantarse y la acompañó hasta la aeronave. Scathach y Juana hicieron el amago de echar una mano al joven, pero Saint-Germain las frenó.

—No. Dejadles solos —dijo en francés—. Necesitan este momento para ellos.

Sophie estaba llorando.

—Josh, somos poderosos, podemos hacer algo más…

—Sabes qué se debe hacer —replicó—. Por eso estamos aquí. Por eso todos nosotros estamos aquí. Nos trajeron aquí para hacer eso. Nacimos para esto. Es nuestro destino.

—Yo debería hacerlo —insistió Sophie—. Soy la mayor.

—No, no lo eres —dijo Josh con una sonrisa en los labios—. Ya no. Tengo unos treinta mil años más que tú. Y, además, estás herida. Yo no.

El joven tenía los ojos llenos de lágrimas sinceras, aunque no era consciente de ello.

—Además, creo que te vas a ocupar del trabajo más difícil —añadió dándole un abrazo—. Déjame hacer esto —prosiguió—, y, si lo consigo, vendré a buscarte.

—¿Lo prometes?

—Lo prometo. Y ahora vete —rogó.

—Nunca te olvidaré —susurró Sophie.

—Siempre te recordaré —juró Josh.

Capítulo 77

reop-Enap se había despertado.

Ocho ojos amoratados miraron al Alquimista y, poco después, todos parpadearon a la vez. Aunque Areop-Enap tenía el cuerpo de una araña gigante, justo en el centro de su cuerpo arácnido se distinguía una cabeza enorme, casi humana. Era un rostro redondo y liso, sin nariz ni orejas, pero con una línea horizontal que hacía las veces de boca. Al igual que la tarántula, sus diminutos ojos estaban ubicados muy cerca del cráneo. Bajo aquel fino cascarón, la Vieja Araña abrió la boca, dejando así al descubierto dos colmillos afilados como lanzas.

—Deberías apartarte —dijo con un tono de voz sorprendentemente dulce.

Nicolas se apartó para que Areop-Enap saliera de aquella bola de fango.

Karkinos era una criatura descomunal.

Pero Areop-Enap era inmensa.

Cuando Perenelle se encontró por primera vez con la criatura, la Vieja Araña ya mostraba unas dimensiones temerarias, pero en el interior de aquel cascarón protector aún había crecido más. Se desperezó y estiró sus ocho patas. A primera vista, Areop-Enap doblaba el tamaño del cangrejo. Las púas lilas que cubrían la enorme espalda de la araña se erizaron.

—Puedo oler la peste de Quetzalcoatl y de esa monstruosidad con cabeza de gato en esta niebla —espetó. Después, se volvió hacia Perenelle y preguntó—: Madame, ¿te importaría explicarme qué está ocurriendo?

La Hechicera señaló con el dedo a Karkinos.

—Ese crustáceo intenta comerte. Acaba de zamparse a Xolotl. Te necesitamos, Vieja Araña.

La criatura se estremeció.

—Llevo toda una vida esperando oír eso.

Y entonces Areop-Enap saltó con sus ocho patas y aterrizó sobre el lomo de Karkinos. El cangrejo se puso a chillar y, de forma instintiva, empezó a chasquear las pinzas y a mordisquear trozos de ladrillos para después escupirlos hacia todos lados. Areop-Enap clavó un gigantesco aguijón sobre la espalda del cangrejo y la bestia se quedó petrificada. Un segundo más tarde, comenzó a sufrir espasmos violentos. De repente, unos zarcillos blanquecinos empezaron a envolver las pinzas del crustáceo, cerrándolas, y entonces la Vieja Araña movió las patas, alzó el cangrejo del suelo, le dio varias vueltas en el aire a una velocidad que escapaba al ojo humano y, en cuestión de segundos, la criatura quedó atrapada en una telaraña viscosa y pegajosa. Momentos más tarde, esa delicada telaraña se solidificó hasta convertirse en un paquete blanco. El proceso no duró más de un minuto.

—Voy a guardarme esto para luego —dijo Areop-Enap—. No tengo mucha hambre.

Con lentitud, incluso casi con delicadeza, se agachó frente a Perenelle. Sus ocho ojos observaban a la Hechicera impertérritos.

—¿Cuánto tiempo he dormido?

—Unos pocos días.

—Ah. Pero ahora que te veo más de cerca, pareces haber envejecido algo más que eso.

—Ha sido una semana muy entretenida —murmuró Perenelle—. ¿Te acuerdas de mi marido, Nicolas?

—Recuerdo que me arrojó una montaña encima.

—Tus devotos estaban a punto de sacrificar a mi esposa y arrojarla a un volcán —se justificó Nicolas—. Y era una montaña pequeñita.

—Lo era.

Areop-Enap se abrió camino en la habitación de la Casa del Guardián y se detuvo cerca de Maquiavelo, que sostenía el cuerpo de Billy el Niño sobre su regazo. El italiano echó una desafiante mirada a la gigantesca araña.

Billy torció la nariz y, de repente, abrió los ojos. El forajido miró algo incrédulo la cabeza casi humana con ocho ojos.

—Supongo que no es una pesadilla —farfulló.

—No lo es —confirmó Maquiavelo.

—Gracias, era mi mayor miedo —respondió Billy, volviendo a cerrar los ojos. Y entonces los abrió de repente y preguntó—: ¿Eso significa que hemos ganado?

—Así es —susurró Maquiavelo—, aunque el precio ha sido muy caro.

Areop-Enap dio media vuelta y regresó junto a Nicolas y Perenelle.

—De modo que sigo en la isla donde Dee estaba almacenando monstruos. Aún puedo oler bestias en este aire tan contaminado y nauseabundo.

—No tantas como había en realidad —recalcó Nicolas—. No queremos que ninguna de esas criaturas intente alcanzar la orilla a nado.

—Cuéntale lo de los unicornios —farfulló Billy.

La araña se estremeció.

—Es posible que haya varios unicornios monokerata correteando libremente por la isla —informó Maquiavelo.

—¿Con o sin cuernos? —preguntó Areop-Enap.

—Con.

—Los más crujientes. Mis favoritos.

Capítulo 78

a abarrotada vímana despegó de la cima de la Pirámide del Sol en plena noche para llevar a los supervivientes a un lugar seguro.

Josh Newman permanecía en el tejado y, moviendo la mano, se despedía de los que hasta entonces habían sido sus compañeros de batalla. Contempló a Sophie que, apoyada sobre Scathach y Juana, trataba de levantar una mano para decirle adiós. Había dejado de llorar; ya no le quedaban más lágrimas.

Uno para salvar el mundo…

Josh se sentó con las piernas cruzadas en el centro de la pirámide. Buscó bajo su armadura y extrajo el Códex, el mismo que Tsagaglalal le había entregado ese mismo día. Lo giró varias veces entre las manos y notó la superficie metálica fría en la piel. El libro se quedó abierto por el final, donde se podía distinguir dos páginas rasgadas, las mismas páginas que él arrancaría del Códex diez mil años después.

Agachó la cabeza y Josh sacó las dos últimas páginas de la bolsa que llevaba atada alrededor del cuello. Las colocó dentro del libro, en el lugar donde debían estar. De repente, las páginas cambiaron y aparecieron unas hebras que envolvieron las cubiertas como si fueran larguísimos gusanos y cosieron de nuevo el Códex, convirtiéndolo en una sola pieza una vez más.

Después abrió el libro al azar y, tras posar el dedo índice sobre una página cualquiera, observó cómo palabras en infinidad de idiomas se retorcían bajo su yema. Y, a medida que el texto iba cobrando forma ante sus ojos, Josh leyó la historia del mundo después del Hundimiento.

Durante los próximos días y semanas Sophie y los demás se reunirían con el resto de supervivientes para sacarles de la isla maldita y guiarles hacia el mundo.

El pueblo de Danu Talis, incluyendo Inmemoriales y humanos, seguiría a Aten y a Virginia Dare, un Inmemorial y una humana, por todo el globo terrestre. La pareja establecería colonias en todos los reinos que, con el paso del tiempo, se convertirían en grandes naciones que, algún día muy lejano, llegarían a gobernar la Tierra.

Sophie y Virginia, junto con Juana y Scathach, recibirían nombres distintos y serían veneradas como diosas, maestras y salvadoras de la humanidad.

Y algún día, Sophie Newman, después de vivir un sinfín de aventuras, hallaría el modo de guiar a los inmortales a través de una serie de puertas telúricas secuenciadas para que pudieran regresar a su hogar, a su época; es decir, para que pudieran llegar a San Francisco, donde empezó todo.

Josh cerró el Códex y volvió a guardarlo bajo su armadura. No quería seguir leyendo. No todavía. Tenía que mantener a salvo ese libro durante nueve mil quinientos años, hasta que se lo vendiera a un librero de origen francés sin un centavo en el bolsillo.

Uno para destruir el mundo.

Danu Talis debía hundirse para que el nuevo mundo pudiera florecer.

Y Josh tenía que destruir la ciudad.

Las cuatro espadas ancestrales estaban en el suelo, justo delante de él. Abraham le había revelado que las espadas le darían el poder; lo único que debía hacer era empuñarlas y dirigir la energía hacia la pirámide.

Solo tenía que recogerlas del suelo.

Abraham también le había dicho que podía elegir. Sin embargo, el muchacho era consciente de que, en realidad, no tenía elección. Si no arrasaba la ciudad, su hermana, y todos los demás, morirían. Y no estaba dispuesto a permitir que ocurriera eso.

Josh se sentó sobre la cima de la pirámide y colocó las cuatro espadas ante él.

Pero ¿cómo debía colocarlas? ¿Acaso había un orden establecido?

Y de repente, le vino algo a la mente. Recordó un consejo que Dee le había dado antes de despedirse. Josh pronunció las palabras en voz alta.

—Cuando dudes, sigue tu corazón. Las palabras pueden ser falsas y las imágenes y sonidos pueden manipularse. Pero esto… —dijo señalando su propio pecho—, siempre te dirá la verdad.

Sin titubear un ápice, cogió a Clarent, la Espada del Fuego, con la mano izquierda. Cuando la colocó sobre su palma, notó un calor escalofriante y, durante unos segundos, pensó en los orígenes de aquellas Espadas de Poder. «Qué importa», pensó; tendría tiempo de sobra en el futuro para investigar ese asunto.

Con la mano derecha, alcanzó a Joyeuse, la Espada de la Tierra, y la posó sobre su mano izquierda. La espada quedó encima de Clarent y, de inmediato, se desvaneció, convirtiéndose en un puñado de tierra y arena que la Espada del Fuego enseguida absorbió.

Clarent empezó a emitir un resplandor carmesí, y Josh distinguió el aroma de carne quemada en el ambiente. Era él.

Sin perder un segundo, el muchacho colocó a Durendal sobre Clarent. La Espada del Aire se disolvió al instante en una bruma blanquecina que se evaporó sobre el filo de la Espada del Fuego.

Y, por último, Excalibur, la Espada del Hielo.

Josh la alzó con la mano derecha y la sostuvo durante un segundo en el aire, pues sabía que en cuanto tocara a Clarent todo a su alrededor cambiaría... y entonces se puso a reír como un histérico. En realidad, todo ya había cambiado. Hacía mucho tiempo que había cambiado.

El joven se puso en pie, con Clarent en la mano izquierda y Excalibur en la derecha. Empuñando las dos espadas, toda la pirámide aulló como si de una bestia gigante se tratara. Y entonces juntó ambas manos frente a su rostro y unió la Espada de Hielo con Clarent. Las dos espadas se fundieron en una columna de humo explosiva que envolvió su mano izquierda. Las cuatro Espadas de Poder, Fuego, Tierra, Aire y Agua se combinaron para crear un quinto poder: Éter. A medida que la sustancia se iba consumiendo, Josh se veía embriagado por una nueva sabiduría y, con tales conocimientos, alcanzó un poder inimaginable; cientos de miles de años de historia y aprendizaje pasaron por su mente.

Josh sabía... ¡todo!

El aura del joven se encendió y, de repente, una lanza sólida de luz naranja salió disparada hacia el cielo.

Josh echó un vistazo a su mano. Las cuatro espadas de piedra habían desaparecido. Se habían unido en una única barra metálica que en ese preciso instante estaba fundiéndose con su piel, tragándosela, pasando a formar parte de él, doblándose, retorciéndose, enroscándose hasta adoptar la forma de una hoz metálica.

Y sintió dolor; un dolor que no podía compararse con nada de lo que había experimentado hasta entonces. Gritó a pleno pulmón y lo que empezó como un tormento intolerable se convirtió en un aullido triunfante. Josh podía notar la increíble energía que se estaba acumulando en la pirámide, que hacía sacudir la edificación y que esperaba a ser liberada. Arrasaría la isla y destruiría por completo el mundo de los Inmemoriales y, justo en ese instante, nacería el reino de la humanidad.

—Adiós, Sophie —susurró Josh Newman.

Y entonces Marethyu clavó el gancho en la pirámide que se alzaba bajo sus pies. Y recitó en voz alta las últimas palabras que había leído en el Códex.

—En este día, me convierto en la Muerte, en el destructor de los mundos.

VIERNES,
8 de junio

Capítulo 79

Cogidos del brazo, Nicolas y Perenelle Flamel paseaban por la isla. Habían envejecido muchísimo y cada año de sus seiscientos años de edad se hacía evidente tanto en su piel como en sus huesos.

El sol empezaba a asomarse por el este y la brisa fresca que soplaba desde el océano Pacífico estaba disipando la nauseabunda niebla que quedaba, llevándose consigo el hedor a carne chamuscada, a madera abrasada y a piedra fundida. El aire empezaba a oler a sal una vez más.

Pasaron junto al embarcadero y siguieron el muelle que rodeaba la isla hasta llegar al mismo sitio donde, doce horas antes, habían llegado. El banco estaba húmedo, así que Nicolas se agachó para frotar la madera con la manga antes de dejar que su esposa se sentara.

El Alquimista se acomodó junto a Perenelle y la Hechicera posó la cabeza sobre su hombro. Él la rodeó con el brazo y notó un cuerpo más delgado, más frágil, más anciano. Justo delante del matrimonio Flamel, la ciudad de San Francisco aparecía como un fantasma bajo la luz del amanecer.

—¿No hay sirenas en el agua? —preguntó Perenelle.

—Sin Nereo por aquí, no hay nada que las retenga.

—Bueno, al menos la ciudad sigue en pie —dijo la

Hechicera en francés—. No veo ni una sola columna de humo.

Nicolas miró a ambos lados.

—Y los puentes están intactos, lo cual es una buena señal.

—Prometeo y Niten no nos han fallado. Sin duda, habrán sobrevivido —murmuró—, o eso espero —añadió con toda sinceridad—. Esta noche ya hemos perdido a mucha gente.

—Sacrificaron su vida haciendo lo que creían correcto —le recordó Nicolas—. Entregaron su vida para que otros sobrevivieran y el mundo continuara su curso. No existe acto más generoso. Y San Francisco sigue ahí, como si no hubiera pasado nada, así que no murieron en vano.

—¿Y qué hay de nosotros, Nicolas? ¿Siempre hicimos lo correcto?

—Quizá no —murmuró—, pero siempre actuamos pensando que sí. ¿Es lo mismo?

—Últimamente me he estado preguntando si deberíamos haber iniciado nuestra búsqueda de los mellizos legendarios.

—Piensa que, si no lo hubiéramos hecho, jamás habríamos encontrado a Sophie y a Josh —respondió Nicolas—. Desde el mismo instante en que compré el Libro de Abraham, nuestras vidas se convirtieron en un viaje que nos ha traído a este lugar y a esta época de la historia. Era nuestro destino, y nadie puede escapar a su destino.

—¿Dónde deben estar los mellizos? —musitó la Hechicera—. Me gustaría saberlo… saberlo antes del fin. Necesito saber si han sobrevivido.

—Están a salvo, eso no lo dudes —dijo Nicolas con

convencimiento—. No tengo más remedio que creer eso, puesto que este mundo continúa.

Perenelle asintió.

—Tienes razón.

La Hechicera apoyó la mejilla en el brazo de su marido.

—Qué tranquilidad —suspiró—, la isla está en silencio esta mañana.

—No hay gaviotas. Los monstruos se las comieron o las asustaron. Ya volverán.

El césped ondeaba con la brisa marina y las olas rompían contra las piedras creando una melodía apaciguadora. Perenelle cerró los ojos.

—Qué solecito tan agradable —murmuró Perenelle.

Nicolas posó la mejilla sobre la cabeza de su esposa y puntualizó:

—Muy agradable. Va a ser un día memorable.

El sol se fue alzando lentamente hacia el cielo, bañando con una luz dorada la bahía de San Francisco. La ciudad pareció despertarse de repente y empezaron a escucharse los primeros ruidos del tráfico.

—Ya sabes que siempre te he querido —dijo Nicolas en voz baja.

Se produjo un largo silencio y, más tarde, Perenelle contestó con un susurro:

—Lo sé. ¿Y tú sabes que te amo?

El Alquimista asintió con la cabeza.

—Nunca lo he dudado.

—Me habría encantado que me enterraran en París —confesó de repente Perenelle—, en aquellas tumbas vacías que nosotros mismos diseñamos hace tantos años.

—Qué importa donde estemos siempre y cuando estemos juntos —dijo Nicolas, cerrando los ojos.

—Toda la razón —contestó Perenelle, y entonces también cerró los ojos.

Una sombra cayó sobre la pareja.

Los dos abrieron los ojos y encontraron ante sí a un jovencito de ojos azules. La figura lucía una capa de cuero que le llegaba hasta los pies. El sol estaba tras el desconocido, ocultándole el rostro. Una media luna metálica muy brillante ocupaba el lugar de su mano izquierda.

—Me preguntaba si vendrías —dijo Nicolas Flamel.

—Estaba aquí al principio, cuando te vendí el Libro hace ya muchos años y te inicié en esta gran aventura. Sería muy descortés por mi parte no regresar al final.

—¿Quién eres? —quiso saber el Alquimista.

El hombre con la hoz se deslizó la capucha. Se agachó frente a Nicolas y Perenelle Flamel, les cogió de la mano y les miró directamente a los ojos.

—Ya me conocéis.

Nicolas escudriñó el rostro de aquel joven, lleno de arañazos y cicatrices mientras su mujer, Perenelle, le acariciaba la barbilla y la frente.

—¿Josh? ¿Josh Newman?

—Me conocisteis como Josh Newman —explicó con tono amable—, pero eso era antes de esto —dijo alzando la media luna—, lo cual es una larga historia.

—¿Qué hay de Sophie?

—Para vosotros, solo ha pasado una noche. Para ella, casi setecientos años, aunque no ha envejecido ni un ápice. Ha vivido muchísimas aventuras durante todos esos años, pero esta misma mañana ha regresado sana y salva a San Francisco.

—¿Y tú, Josh? ¿Cómo estás?

—Josh ha dejado de existir. Ahora soy Marethyu. Soy la Muerte, y he venido para llevaros a casa.

Movió el garfio y creó un arco dorado sobre el banco. De repente, el aire se cubrió del aroma a naranjas y sonrió.

—Has dicho París, ¿verdad?

La puerta telúrica se abrió y todos desaparecieron.

Epílogo

 i querida hermana,
No puedo prometerte que te escribiré muchas cartas, ya sabes lo mal que se me da escribir, y donde he estado no hay muchos teléfonos.

Quiero que sepas que estoy sano y salvo, que estoy acostumbrándome cada día más al gancho. Me hice un rasguño una vez en la cabeza con la media luna, pero es un error que uno no comete dos veces. Me han ofrecido un par de veces convertirlo en una mano plateada o un guante dorado pero, si quieres que sea sincero, prefiero la media luna metálica. Y, por supuesto, tiene más de una ventaja. Lo utilicé para crear un Mundo de Sombras maravilloso justo el mes pasado. Coloqué algunos de los animales prehistóricos más conocidos y añadí un par de lunas y, desde luego, no hay serpientes.

Tengo entendido que te has ido a pasar unos días a Londres con la tía Agnes. Dale recuerdos a Gilgamés. Creo que es mejor no decirle quién era/soy/seré. Ya está bastante confundido.

Por favor, no te preocupes por mí.

Sé que es como pedirte que no respires, pero debes saber que estoy bien. Más que bien. Estoy descubriendo nuevos poderes cada día. Soy inmortal y eterno, y no me arrepiento de nada. Hicimos lo correcto: uno para salvar el mundo, uno para destruirlo.

Ya sabes que, si alguna vez me necesitas, lo único que debes hacer es mirar a un espejo y decir mi nombre tres veces. (Utiliza mi nuevo nombre; no estoy muy seguro de que funcione con Josh.)

Si alguna vez me llamas, vendré a buscarte.

Pero si no me llamas, Sophie, no te inquietes: te vigilaré y protegeré cada día de tu vida.

Se supone que eso es lo que un buen hermano debe hacer, ¿no?

Marethyu,
Escrito el 10 de Imbolc,
en el Mundo de Sombras
de Tir na nOg

P.D.: Los Flamel te envían saludos.
Marethyu

P.P.D.: Estuvimos en la boda de Aoife y Niten el mes pasado. Scathach fue la dama de honor. Todos lloraron.
M.

Nota del autor
La Atlántida (Danu Talis)

¿Realmente existió la Atlántida?

Habrá cantidad de libros que asegurarán que sí, y otros muchos que lo negarán en rotundo. ¿Estaba en el Atlántico? ¿En el Mediterráneo? ¿En la costa oeste de España o en África? ¿O quizás estaba en la costa americana o en México? ¿O era en el sur de India? ¿Está enterrada bajo la Antártida? ¿O era bajo el corazón de Irlanda?

Toda esta lluvia de investigaciones y especulaciones tiene su origen en un texto sorprendentemente corto. Todo lo que sabemos sobre Atlantis proviene de los diálogos entre Timeo, Critias y Platón alrededor del año 350 a.C. La palabra *Atlantis* la utiliza en concreto Timeo para describir un inmenso imperio isleño que existe «más allá de las columnas de Hércules», que se refiere al estrecho de Gibraltar. Platón nos regala una descripción muy detallada de la Atlántida, incluyendo los anillos de tierra y agua y los canales, muros y puentes. Cada puente, por ejemplo, se describía como una edificación que medía unos treinta metros de ancho, un detalle que quise utilizar cuando creé la Danu Talis que aparece en la saga de los Secretos del Inmortal Nicolas Flamel.

En la segunda obra, la inacabada *Critias*, hay un capítulo que relata una guerra catastrófica que arrasa la isla en un día y una noche a causa de una combinación de terremotos, volcanes y tsunamis.

Se supone que Platón basó sus diálogos en una historia que escuchó el legislador griego Solón trescientos años antes. Un sacerdote egipcio del templo de Neith en Sais mostró a Solón la antigua leyenda esculpida en piedra. Algunos de los primeros escritores griegos aseguraban haber visto tales piedras, pero jamás se han encontrado.

En la época de Platón, muy pocas personas creyeron que escribía sobre un lugar real, pues consideraban que la Atlántida era un mundo idealizado que había sido perfecto e idóneo hasta que la avaricia lo destruyó.

Desafortunadamente, no hay pruebas que demuestren la existencia de una civilización avanzada en la Atlántida; sin embargo, cada año se producen nuevas revelaciones sobre el pasado de nuestro planeta y descubrimos que las razas «más primitivas» no eran tan primitivas como creíamos. También es cierto que, unos diez mil años atrás, a finales de la última edad de hielo, el mar subió y muchas comunidades costeras fueron absorbidas por los océanos. Investigaciones muy recientes que utilizan ordenadores de última tecnología para reproducir las capas de hielo sugieren que los niveles del agua podrían haber subido unos dieciocho metros en doscientos años. Además, casi cada cultura del planeta contiene historias de una gran inundación que devastó el mundo, llevándose consigo ciudades enteras. Y ya sabemos que en el corazón de toda leyenda hay un granito de verdad.

De modo que es posible que realmente sí exista una Atlántida, un reino destruido por una serie de desastres naturales que espera ser redescubierto. Y, dado el caso, todo indica que sobrepasará los límites de la imaginación.

¿Y el nombre de Danu Talis?

Ya he dicho varias veces que los únicos personajes que creé para esta saga eran los mellizos. Todo lo demás está basado en historia y mitología. Sin embargo, sí debo reconocer que tuve algo que ver con la elección del nombre de Danu Talis.

Existe una colección de poemas e historias irlandeses, conocida bajo el nombre *Lebor Gabála Érenn*, o *El Libro de la Toma de Irlanda*, que incluye historias de Tuatha De Dannan, el Pueblo de Danu. Son los cinco invasores de Irlanda y, a diferencia de los demás, los Tuatha De Dannan son personas mágicas y misteriosas, refugiados del oeste que navegaron a Irlanda en embarcaciones en una época conocida como «la nube oscura».

Así que, a efectos de esta historia, los Tuatha De Dannan eran los supervivientes del hundimiento de la Atlántida, y la Atlántida se convirtió en Danu Talis.

Agradecimientos

Este libro pone punto y final a un viaje muy largo que empezó en mayo de 1997, cuando escribí por primera vez la palabra *Alquimista* en mi libreta. Una década más tarde, en mayo de 2007, el primer libro de la saga de los Secretos del Inmortal Nicolas Flamel, *El Alquimista*, fue publicado. Ahora, seis años más tarde, *La Encantadora* pone fin a esta serie.

Me alegra que muchas de las personas que iniciaron el viaje conmigo sigan conmigo aquí y ahora, en el final.

Este libro y, de hecho toda la serie, no podría haberse escrito sin el apoyo constante (y paciencia infinita) de Beverly Horowitz y la maravillosa Krista Marino de Delacorte Press.

Quiero dar las gracias a Colleen Fellingham (quien me ha mantenido a salvo y alejado de cualquier problema), a Tim Terhune, y a todo el equipo de Delacorte Press y Random House, en especial a Elizabeth Zajac, Jocelyn Lange y Andrea T. Sheridan, por cuidarme como lo han hecho.

Muchas gracias, como siempre, a Barry Krost de BKM, Frank Weimann de Literary Group, y a Richard Thompson y Bernard Sidman.

Mientras escribía esta saga me ha rodeado un grupo de personas cuya ayuda, consejos y apoyo me han servido de mucho. Si bien Claudette Sutherland lidera ese grupo, hay mucha gente detrás de ella que me ha regalado pensamientos, sugerencias, ideas y críticas que son más que inestimables: han sido esenciales para mí. En orden alfabético (para evitar cualquier discusión), mi más profundo agradecimiento a Michael Carroll, Co-lette Freedman, Jumeaux (que son Antonio Gambale y Libby Lavella), Patrick Kavanagh (por demasiadas cosas), Renee Lascala (y todo el rebaño, en especial a Pookie, quien me enseñó todo lo que sé sobre loros), a Alfred Molina y Jill Gascoine (sin orden alfabético, lo sé, pero no puedo separarles), Brooks y Maurizio Papalia, Melanie Rose, Mitch Ryan, Sonia Schorman, y Sherrod Turner y Jim Di Bella (también inseparables).

Esta saga me ha ayudado a conocer a personas extraordinarias y fascinantes. Una vez más en orden alfabético, Marilyn Anderson y Laysa Quintero, Lorenzo di Bonaventura, Topher Bradfield, LeVar Burton, Edie Ching, Jackie Collins, the Cooperkawa Clan, the Crooks Family, Simon Curtis, Jennifer Daugherty, Trista Delamere y Carleen Cappelletti, Roma Downey and Mark Burnett, Jim y Marissa Durham, Lynn Ferguson, Robin y Stephanie Gammell, Jerry Gelb, Melissa Gilbert, Alex Gogan, Andrea Goyan y Ron Freed, Bruce Hatton, Anne Kavanagh, Arnold y Anne Kopelson, Tina Lau, Gussie Lewis (y a todo su fabuloso equipo, que me apoyaron desde el principio de esta aventura), Laura Lizer, Dwight L. MacPherson, Lisa Maxson, O. R. Melling, Chris Miller y Elaine Sir (y justo cuando estaba finalizando este libro, Eliana «Elle» Sir Miller apareció), Pat Neal, Mark Ordesky, Pierre O'Rourke, Christopher Paolini, Sidney y Joanna Poitier, Rick Riordan, Frank Sharp, Ronald Shepherd, Armin Shimerman y Kitty Swink, Becky Stewart, Simon y Wendy Wells, Cynthia True y Eric Wiese, Bill Young, y Hans y Suzanne Zimmer.

Y, por supuesto, a todo el equipo de la página web de la serie, que conoce los libros mejor que yo: Julie Blewett-Grant, Jeffrey Smith, Jamie Krakover, Sean Gardell, Kristen Nolan Winsko, Rachel Carroll, Elena Charalambous, Bert Beattie, Genny Colby, Brittney Hauke y Joshua Ezekiel Crisanto.

Me he olvidado de alguien. Lo sé. Si eres tú, entonces te pido disculpas.

564

Otros títulos de la serie

Los secretos del inmortal Nicolas Flamel

Edició disponible també en català

El Alquimista

Cuando Sophie y Josh Newman,
dos adolescentes que viven
en San Francisco, deciden ponerse
a trabajar en verano para sacarse
un poco de dinero, no se imaginan
que los afables propietarios
de la librería donde Josh trabaja,
Nick y Perry Fleming, son en realidad
los últimos guardianes de un libro mágico
y milenario, responsable del equilibrio
entre el Bien y el Mal...

Edició disponible també en català

El Mago

Tras escapar de Ojai, Nicolas, Sophie,
Josh y Scatty aparecen en París,
el hogar del Alquimista y Perenelle,
pero la vuelta no será tan dulce como desearían.
Allí le estarán esperando nuevos enemigos
como Nicolás Maquiavelo, escritor inmortal
que trabaja al servicio de los Inmemoriales
y que está dispuesto a cualquier cosa por obtener
el poder del Libro de Abraham el Mago.
Mientras tanto, Perenelle sigue encerrada
en Alcatraz y el tiempo corre en su contra.
La profecía se está haciendo realidad.

Michael Scott
LA
HECHICERA
Los secretos
{ DEL INMORTAL
NICOLÁS FLAMEL }

Edició disponible també en català

La Hechicera

El corazón de Nicolas Flamel se rompió en mil pedazos cuando
vio como su querida París quedaba reducida a cenizas delante
de sus propios ojos. Dee y Maquiavelo son los culpables
del desastre, pero Flamel también tuvo parte de culpa,
porque al tener que proteger a Sophie y Josh Newman
(los gemelos de la profecía) y a los manuscritos de los Sabios
Oscuros, no pudo centrarse en evitar la caída de la ciudad.
La situación no podía ser peor: Nicolas se debilita día a día
y Perenelle, su mujer, sigue atrapada en Alcatraz. La única
oportunidad que tienen es encontrar un tutor que enseñe
los rudimentos mágicos necesarios a Sophie y Josh.
El problema es que el único que puede hacerlo
es un personaje llamado Gilgamés,
que está muy, pero que muy loco.

El Brujo

Alcatraz. Los planes de los Oscuros Inmemoriales se siguen
cumpliendo: dejarán sueltas a las criaturas de Alcatraz en la
ciudad de San Francisco, para acabar con la raza humana.
Danu Talis. El Mundo de Sombras es mucho más peligroso
de lo que nadie nunca llegó a imaginar, pero el grupo se ha
reunido porque debe viajar a Danu Talis y destruirla.
La isla, también conocida como Atlántida, debe desaparecer
para que el mundo moderno llegue a existir.
San Francisco. El final se acerca. Josh Newman ha escogido
un bando y no es junto a su hermana Sophie ni a Nicolas
Flamel. Peleará junto a Dee y la misteriosa Virginia Dare...
En la quinta entrega de esta exitosa serie, los gemelos de la
profecía se han separado y el final está comenzando.

ESTE LIBRO UTILIZA EL TIPO ALDUS, QUE TOMA SU NOMBRE

DEL VANGUARDISTA IMPRESOR DEL RENACIMIENTO

ITALIANO, ALDUS MANUTIUS. HERMANN ZAPF

DISEÑÓ EL TIPO ALDUS PARA LA IMPRENTA

STEMPEL EN 1954, COMO UNA RÉPLICA

MÁS LIGERA Y ELEGANTE DEL

POPULAR TIPO

PALATINO

LA ENCANTADORA SE ACABÓ DE IMPRIMIR

EN UN DÍA DE PRIMAVERA DE 2013, EN LOS

TALLERES GRÁFICOS DE EGEDSA,

ROIS DE CORELLA 12-16, NAVE 1.

08205 SABADELL

(BARCELONA)